Siobhan MacDonald
Zeit der Lügen

Kr. Keißig

PIPER

Zu diesem Buch

Sarah, Maeve, Liz und Julie brauchen dringend eine Auszeit. Eine Auszeit vom Lernstress, von einem erfolglosen Studiensemester, vom ewigen Ärger mit Männern und Eltern. Sie verbringen ein Wochenende in einem idyllisch gelegenen Cottage in der Hügellandschaft Westirlands. Doch plötzlich ist Sarah verschwunden. Auf der Suche nach ihr führen alle Spuren ins Leere. Es vergehen mehr als zwanzig Jahre, ehe eine lange gehütete Schuld endlich ans Tageslicht kommt und sich ein Mann bei der Polizei meldet, der angibt zu wissen, was damals mit Sarah geschah. Aber kann man seiner Aussage nach all den Jahren Glauben schenken? Und was wissen die verbliebenen Freundinnen wirklich über die Umstände von Sarahs Verschwinden?

Siobhan MacDonald wurde in Cork, Irland, geboren. Nach ihrem Studium in Galway arbeitete sie mehrere Jahre in Schottland und Frankreich als technische Redakteurin, bevor sie in ihre Heimat zurückkehrte. Heute wohnt sie mit ihrem Mann und ihren beiden Söhnen in Limerick. »Zeit der Lügen« ist ihr erster Roman.

Siobhan MacDonald

Zeit der Lügen

Roman

Aus dem Englischen von
Karin Dufner

Piper München Zürich

Mehr über unsere Autoren und Bücher:
www.piper.de

FSC
www.fsc.org
MIX
Papier aus verantwortungsvollen Quellen
FSC® C083411

Deutsche Erstausgabe
März 2015

Titel der englischen Originalausgabe:
»The Blue Pool«

Umschlaggestaltung und -motiv: buerosüd°, München
Satz: Fotosatz Amann, Memmingen
Gesetzt aus der Adobe Garamond Pro
Papier: Munken Print von Arctic Paper Munkedals AB, Schweden
Druck und Bindung: CPI books GmbH, Leck
Printed in Germany ISBN 978-3-492-30457-3

Kapitel 1
Maeve

»Hallo, Maeve, bist du das? Ich bin es, Liz.«

Die Stimme war durchdringend und angespannt.

Maeves Griff um den Telefonhörer wurde fester. Im Wintergarten war es plötzlich kühl geworden.

»Liz?«, wiederholte sie. Sie wusste genau, wer am Apparat war. Die wenigen kurzen Wörter hatten eindeutig einen irischen Akzent gehabt.

»Ja, Liz Dillon.«

»Liz, aber natürlich. Was für eine Überraschung! Entschuldige, ich habe deine Stimme nicht gleich erkannt.«

Sie war eine ziemlich gute Lügnerin.

»Tut mir leid, dass ich dich so überfalle. Es ist nur, dass … nun, sie haben jemanden erwischt … Ich dachte, das würdest du wissen wollen …«

Maeve sackte in ihrem Sessel zusammen und starrte auf die Rasenfläche. Sie hatte seit vielen Jahren nicht mehr mit Liz gesprochen, seit fünfzehn, um exakt zu sein, und dennoch wusste sie genau, wovon die Rede war.

»Wer ist es denn?«, flüsterte sie. »Es kam nichts in den Nachrichten.«

Maeve lebte zwar schon seit zehn Jahren in Windsor, hielt sich aber noch immer über die aktuellen Ereignisse in Irland auf dem Laufenden.

»Irgend so ein Spinner. Ist einfach in Limerick ins Polizeirevier spaziert.«

»Ist er … ist er so ein Perverser … du weißt schon, der auf einer von diesen Listen steht …?« Sie brachte es nicht über sich, das Wort auszusprechen, und spürte, wie ihr vor Angst plötzlich die Knie weich wurden.

»Du meinst, ein registrierter Sexualstraftäter? Keine Ahnung … ich habe nur gehört, dass er selbstständiger Fliesenleger und über sechzig ist.«

Sofort hatte Maeve einen Gelegenheitsarbeiter vor Augen – ein teigiges, pockennarbiges Gesicht. Das Böse im Blaumann.

»Woher weißt du das alles, Liz?« Sie musste sich an der Armlehne des Sessels festhalten.

»Einer von Vinnys Kollegen ist in Limerick stationiert. Der Typ ist einfach gestern Abend dort aufgekreuzt. Vinny hat mich gleich heute Morgen angerufen.«

Liz' Bruder Vinny war bei der Polizei. So funktionierte das eben in Irland. Während normalerweise jeder Mensch jeden anderen über sechs Ecken kannte, waren es in Irland drei. Jeder war mit jedem entweder verwandt oder bekannt.

»Ich nehme an, er hat gestanden?«

»Wie ich schon sagte, weiß ich auch nicht mehr. Er wird noch verhört. Vinny meint, sie wollten die Sache diskret behandeln. Keine Presse. Nicht so wie beim letzten Mal.«

»Hast du mit Julie gesprochen?«

Eine Pause entstand.

»Nein …« Liz zögerte. »Wir haben schon seit einer Ewigkeit keinen Kontakt mehr. Ich glaube, mit Jules steht es seither nicht zum Besten. Ich kann nicht abschätzen, wie sie darauf reagieren wird. Du kennst sie ja. Seit damals ist sie nicht mehr wie früher.«

Als wäre auch nur eine von ihnen wie früher.

Sie hatten versucht, nach vorne zu schauen. Nicht, um zu vergessen, sondern um ihren Frieden zu finden und weiterleben zu können. Nur Julie war einfach nicht in der Lage gewesen loszulassen. Sie war völlig in ihrer Trauer aufgegangen, hatte sich in ihre Verzweiflung gehüllt wie in eine Decke. Sie hatte sich von ihren Freundinnen zurückgezogen, vom Leben, ja, von allem.

»Es war für uns alle nicht gerade das reinste Honigschlecken.« Maeve wusste, dass sie verbittert und gehässig klang.

Schweigen.

Jede von ihnen hatte Wunden davongetragen, nur dass der Schmerz bei Julie offensichtlicher und näher an der Oberfläche lag. Ihre Lebensumstände waren härter und fordernder gewesen. Und Maeve war schon seit Langem mit ihrer Geduld am Ende.

»Und was treibt unsere Diva inzwischen so?«, brach Maeve das Schweigen.

»Aber, Maeve! Mir ist klar, dass ihr euch nicht gerade in Freundschaft getrennt habt, doch das ist jetzt ein bisschen unfair …«

»Ach, mach mal 'nen Punkt, Liz, du brauchst sie nicht in Schutz zu nehmen! Wir alle wissen, dass sie ein Katastrophengebiet auf zwei Beinen ist. Das war sie schon immer, und das wird sie auch immer bleiben. Einige Dinge ändern sich nie.«

»Es war wirklich nicht leicht für sie …«

»Ja, ja, schon verstanden«, entgegnete Maeve. »Aber jemand muss es ihr sagen. Soll ich das übernehmen?« Sie würde nicht lange um den heißen Brei herumreden und sofort auf den Punkt kommen.

»Würdest du das wirklich tun, Maeve? Ich glaube nämlich, ich könnte das nicht.«

Maeve spürte, wie erleichtert Liz war. Nach all den Jahren hatte sich nichts an der Rollenverteilung geändert. Es war immer das Gleiche – Probleme zu lösen war Maeves Aufgabe.

Den Großteil dieses letzten Jahres an der Uni waren die drei Freundinnen geblieben. Aber dann hatten sie sich, langsam und unaufhaltsam, aus den Augen verloren. Sie hatten es einfach nicht ertragen, dass etwas so Unaussprechliches sie miteinander verband. Nun, Jahre später, wusste Maeve, dass sie für immer und ewig zusammengekettet sein würden, auch wenn noch so viele Kilometer zwischen ihnen lagen. Die Ereignisse jenes längst vergangenen Wochenendes würden ihre Beziehung bis in alle Ewigkeit überschatten.

Sie saß wie erstarrt in ihrem Sessel. Die Furcht kroch ihr aus den Knochen in den Bauch und stellte ihr die Nackenhaare auf. Eine tiefe Wunde war wieder aufgerissen worden.

Als Maeve ein unterdrücktes Schluchzen hörte, wurde sie laut. »Herrgott, Liz, nicht. Fang jetzt nicht damit an. Das halte ich nicht aus. Wir haben vor fünfundzwanzig Jahren genug geweint. Es war nicht unsere Schuld.«

»Ich weiß, ich weiß, du hast natürlich recht …«, schniefte Liz. »Als Vinny es mir erzählt hat, ist mir so schlecht geworden, dass ich geglaubt habe, ich müsste mich übergeben. Inzwischen habe ich keine Ahnung mehr, was ich empfinden soll. Freude, weil sie das Schwein endlich haben? Erleichterung? Angst? Ich bin absolut ratlos.«

»Dass es ein Ende nimmt, Liz. Das wollen wir doch? Mehr können wir uns nicht erhoffen.« Maeve klang um einiges ruhiger, als sie sich fühlte.

Voller Neid betrachtete sie den wunderschönen Golden Retriever im Garten. Sie hätte in diesem Moment so gern mit ihm getauscht und sich auf einem von Büschen gesäumten Rasen geräkelt. Sie wollte die Geister von früher nicht wieder auferstehen lassen. Sie wollte nicht die Frau mit der dunklen Vergangenheit sein.

Sie spürte einen Stich im Herz. Es gab so wenige schöne Erinnerungen an ihre Zeit als Maeve Molloy. Doch sie hatte es überstanden. Sie und Kieran hatten sich hier in England ein angenehmes Leben aufgebaut, überdurchschnittlich angenehm. Ganz gleich, was jetzt auch geschah, sie würde sich daran festklammern.

»Soll ich dir Julies Mobilnummer geben?« Liz hörte sich unsicher an.

»Das ist wahrscheinlich das Beste. Und ich gebe dir meine«, übernahm Maeve das Kommando. »Dann können wir uns per SMS auf dem Laufenden halten. Du hast mir noch nicht erzählt, was Jules jetzt so macht …« Maeve war neugierig.

»Ach, entschuldige, hab ich das wirklich noch nicht gesagt? Alternative Therapie …«

»Das gibt's doch nicht! Wirklich? Ich hätte gedacht, dass man bei ihr schwerere Geschütze auffahren muss …«

»Stopp … du hast mich falsch verstanden, Maeve. *Sie* ist die Therapeutin.«

Maeve saß da wie vom Donner gerührt – Julie heilte andere Menschen, obwohl sie selbst so kaputt war.

»Maeve?«

»Ja, Liz?«

»Vielen Dank. Ich habe mir gleich gedacht, dass du weißt, was zu tun ist. Und du warst schon immer gut im Umgang mit Julie.«

Und du warst immer gut darin, dich vor unangenehmen Dingen zu drücken, dachte Maeve.

»Kein Problem.«

»Vielleicht erfahren wir jetzt ja, wie es passiert ist«, flüsterte Liz.

Maeves Herz fing an, wie wild zu klopfen. Genau davor hatte sie Angst. Ihre Handflächen wurden feucht. Sie holte tief Luft, und ihre Fingernägel bohrten sich in ihre Haut.

»Vielleicht … vielleicht nach all dieser Zeit. Es war die Hölle auf Erden.«

Zurück in der Küche bei ihrem unangetasteten grünen Tee betrachtete Maeve den silbrigen Schaum, der sich darauf abgesetzt hatte. Eine silbrige Schaumschicht, dachte sie – die hat mein Leben in den letzten Jahren überdeckt. Sie sah sich in der Küche um, blickte auf die blitzblanken Geräte, die Arbeitsflächen aus Granit, den Marmorfußboden. Die Putzfrau war gerade gegangen. Maeve gefiel das Leben, das sie jetzt führte. Trotz allem. Sie würde tun, was in ihrer Macht stand, um es zu behalten.

Maeve wohnte gerne in Windsor. Kierans Baufirma hatte ihr zu einem Lebensstandard verholfen, von dem sie nie zu träumen gewagt hatte. Jill und Hugo besuchten Privatschulen, und sie saß in beiden im Elternbeirat. Außerdem war sie als Kandidatin für den Vorsitz der Damenabteilung des Golfclubs im Gespräch. Sie war schlicht und ergreifend nicht bereit, zu einer *der Frauen* zu werden, über die die Damen beim Lunch hinter vorgehaltener Hand tuschelten.

Ihr Freundeskreis bestand aus wohlhabenden und interessanten Menschen. Sie unterschieden sich sehr von den Freundinnen, die sie an der Uni in Galway gehabt hatte. Man hatte sich in schweigender Übereinkunft aus den Augen verloren. In den letzten zehn Jahren war nicht einmal eine Weihnachtskarte gekommen. Sie alle waren erleichtert gewesen, eine Freundschaft hinter sich lassen zu können, in deren Mittelpunkt ein Mensch stand, der fehlte.

Allerdings machte es ganz den Eindruck, als würde ihre Vergangenheit ihnen jeden Moment um die Ohren fliegen, sodass sich ihre Wege wieder kreuzen würden. Maeve, Liz und Julie waren aneinander gekettet, vereint in einem unheiligen Bund. Und das alles nur wegen dem, was mit Sarah Devereaux geschehen war.

Kapitel 2
Julie

Julie Kingston hatte einen schlechten Tag. Seit sie um fünf aufgewacht war, wurde sie ein Gefühl der Angst nicht los. Es war nicht so, als ob heute mehr Grund dazu bestanden hätte als an jedem anderen beliebigen Tag. Und dennoch war das Gefühl morgens da gewesen, widerwärtig vertraut hatte es sich wie eine Decke über den Tag gelegt. Es war still im Haus. Bella verbrachte die Woche bei ihrem Vater.

Julie betrachtete die Yogamatte auf dem Schlafzimmerboden. Heute nicht, dachte sie. Yoga würde heute nichts nutzen. Sie schleppte sich zum offenen Treppenhaus und trat in die Küche, die sie in einen hellen, weißen und fröhlichen Raum verwandelt hatte. Vor den Glasfronten standen ein Ficus und Gummibäume. Alles war bewusst so gehalten, dass es eine Atmosphäre der Ruhe verbreitete. Das war wichtig für ihre Klienten. Und wichtig für sie selbst.

Als sie das Weizengras betrachtete, das in Reihen flacher Kästen auf der Anrichte wuchs, wurde sie von Niedergeschlagenheit ergriffen. Weizengras war im Moment ebenso wenig verlockend wie die Yogamatte.

»Zum Teufel mit dem Weizengrassaft«, murmelte sie.

Sie ging in die Garage der renovierten Doppelhaushälfte, in der ihr Kühlschrank stand. Der, den ihre Klienten nie zu sehen bekamen. Er war mit Würstchen, Speck und Käse gefüllt. Heute würde sie sündigen. Das gestattete sie sich einmal in der Woche. Und da sie das Essen sowieso nicht lange bei sich behalten würde, spielte es eigentlich keine Rolle.

Die Tage, die von Angst und Furcht bestimmt wurden, waren mehr oder weniger zur Gewohnheit geworden. Ihre Antenne zum Aufspüren von Unheil arbeitete heute auf Hochtouren. Julie spürte, dass etwas Schreckliches geschehen würde. Sie brauchte Trost. Als sie gerade mit der Anmut eines ausgehungerten Straßenköters einen Bagel mit Streichkäse in sich hineinstopfte, läutete das Telefon – die gerechte Strafe für ihren Fehltritt.

»Ganzheitliches Heilungszentrum, guten Morgen«, meldete sie sich so fröhlich wie möglich, während sie einen Teigklumpen in ihrer Backe zur Seite schob.

»Julie, ich bin es, Maeve Molloy. Ich habe Neuigkeiten für dich.«

»Maeve …«

Es schnürte ihr die Kehle zu, sodass sie Angst hatte, zu ersticken.

Sie schluckte.

Der Bagel-Kloß sackte wie ein Stein in ihren Magen.

»Entschuldige, warte mal einen Moment, Maeve …« Julie legte das Telefon auf den Schreibtisch im Flur und fuhr sich mit den Fingern durchs Haar. Mist, Mist, Mist, dachte sie. Ich will nicht mit Maeve Molloy reden. Neuigkeiten. Ich will keine Neuigkeiten.

Reiß dich zusammen, sagte die Stimme in ihrem Kopf. Nimm das Telefon. Sie holte noch einmal Luft und griff wieder nach dem Hörer.

»Julie? Jules, bist du noch dran?«

Sie hörte Maeve an, dass sie ungehalten war.

»Entschuldige, Maeve, ich habe mich nur verschluckt. Was gibt es? Ich habe nicht damit gerechnet, von dir zu hören. Woher hast du meine Nummer?« Sie plapperte, das wusste sie.

»Liz hat mir deine Nummer gegeben. Wie ich höre, läuft es mit deiner Praxis für alternative Therapien in Dublin gut. Das freut mich für dich.« Maeve klang wie immer: kultiviert, gebildet und selbstbewusst.

»Ja … es hat eine Weile gedauert. Aber jetzt habe ich endlich meine Nische gefunden!«

»Das ist gut. Wie ich schon sagte, habe ich Neuigkeiten …«

»Das hast du gesagt.« Julie trommelte mit den Fingern auf den Schreibtisch. Es war sicher nichts Erfreuliches.

»Sitzt du gerade?«

Sie hatte es ja gewusst. Schlechte Nachrichten.

»Es geht um Sarah …«

Ihr Magen machte einen Satz. Sarah. Sarah Devereaux. Der Name, mit dem sie ins Bett ging und mit dem sie jeden Morgen aufwachte.

»Oh, Gott«, flüsterte Julie. »Haben sie sie …? Ist sie …?« Ihre Stimme erstarb. Sie spürte, wie ihr der kalte Schweiß ausbrach.

Maeve blieb absolut sachlich.

»Liz rief gestern an. Sie haben einen Typen. Vinny hat es ihr erzählt. Erinnerst du dich noch an Vinny?«

Natürlich erinnerte sie sich. Vinny, der Polizist. Frech. Die Taschen voller Geld. Während sie verlotterte und bettelarme Studentinnen gewesen waren. Wie oft hatte er sie vor »Nudeln mit zusammengefegten Resten« gerettet – einer Spezialität, bei der alle noch in den Schränken vorhandenen

Esswaren einfach in einen Topf gekippt wurden – und sie stattdessen bei Lydons am Eyre Square zu Backhähnchen mit Pommes eingeladen.

»Vinny war ein netter Kerl«, meinte Julie. Von dieser Sorte hatte es viel zu wenige gegeben. Sie hatte mit ihm geschlafen, nicht, dass Liz je davon erfahren hätte. Eigentlich hatte sie es eher aus Mitleid getan, denn sie hatte nicht wirklich auf ihn gestanden, sondern hatte ihn einfach nur bedauert. In ihrer Studentenzeit war sie mit vielen Typen im Bett gewesen. Damals hatte Julie noch gewusst, wie man Party machte. Galway war nicht umsonst als Partystadt bekannt gewesen.

Doch Maeve holte sie aus ihren Träumen in die Wirklichkeit zurück.

»Sie wollen es nicht an die große Glocke hängen. Vinny hat es Liz erzählt, und die hat mich gebeten, es dir weiterzusagen. Die Medien sollen nichts darüber bringen. Doch es kann nicht schaden, vorbereitet zu sein …«

Es herrschte schon seit Jahren Ruhe. Anfangs waren noch Fernsehberichte und regelmäßige Meldungen in den Fahndungssendungen gelaufen. Aber nach einer Weile hatte das Interesse nachgelassen. Hin und wieder hatte Sarahs Familie die Öffentlichkeit noch um Mithilfe gebeten, und die Wochenendbeilagen hatten rührselige Kolumnen abgedruckt. Doch nach so vielen Jahren ohne neue Informationen war ein beklommenes Schweigen entstanden.

»Ist das zu fassen? Auch nach so langer Zeit fühle ich mich noch schuldig.« Julies Stimme zitterte. Die Wenns, die Abers und Vielleichts nagten nun schon seit einer Ewigkeit an ihr. »Wie kommst du mit den Schuldgefühlen klar, Maeve?«

»Herrje, Julie! Jetzt fang du nicht auch noch an. Lass das. Ich habe keine Lust, diesen ganzen Mist noch einmal durchzumachen. Auf keinen Fall!«

»Aber ich muss es wissen.« Sie wusste, dass ihre Stimme flehend klang. »Ich muss wissen, was geschehen ist. Nur so kann ich mich von der Schuld reinwaschen …« Erschrocken hielt sie inne. »Oh, Gott … glaubst du … glaubst du, die werden uns wieder zur Vernehmung einbestellen?«

Maeve war die Sachlichkeit in Person. »Vermutlich nicht, Liz. Wenigstens hoffe ich das.«

»Ich werde wieder anfangen müssen, mir die Nachrichten anzuhören.« Sie klopfte mit den Fingern auf den Schreibtisch. Julie hatte festgestellt, dass es ihre Unruhe dämpfte, wenn sie sich das Menü aus Kriegen, Gewalt und Elend im Allgemeinen versagte, das man in den Nachrichten serviert bekam. Inzwischen war ihre Welt sehr klein. Genau so, wie es ihr gefiel.

»Wissen es die Devereaux?«

»Die Schwestern?«, fragte Maeve.

Eva und Aisling waren Sarahs ältere Schwestern.

»Ich dachte erst einmal an ihre Eltern.«

»Hast du es denn nicht gehört?«

»Was gehört? Was habe ich jetzt schon wieder verpasst?«

Die Medien auszublenden bedeutete leider auch, dass einem wichtige Informationen entgingen.

»Ihr Auto wurde kurz vor Corofin von einer Flutwelle erfasst. Sie waren die Leute, die vor drei Wochen umgekommen sind – Mrs. D. und Sarahs Dad. Unterwegs zum Blue Pool, vermutlich wegen des Jahrestages.«

Es dauerte einen Moment, bis sie begriff.

»Sie sind tot?«

»Ja, Jules, sie sind tot.«

»Oh Gott, wie tragisch … wie entsetzlich tragisch.« Julie war schockiert.

»Das ist es wirklich.«

August. Der Monat des Jahrestages. Der letzte Sommermonat. Ein Monat, in den man so viele Strandtage wie möglich hineinstopfte, sich um Bellas Schulbücher und ihre Schuluniform kümmerte und Anfragen von neuen Klienten entgegennahm. Jedes Jahr überlebte sie den Jahrestag nur deshalb, weil sie sich ständig auf Trab hielt.

»Vielleicht ist es ja besser so«, sagte sie nach einer Weile leise.

»Besser?«, hakte Maeve nach.

»Ich konnte die Frau noch nie leiden, hätte ihr aber nie so etwas gewünscht. Jetzt wird Mrs. Devereaux niemals erfahren müssen, was genau dieser Kerl getan hat.«

»So kann man es natürlich auch betrachten.«

»Maeve?«

»Ja?«

»Was hat er denn ausgesagt?«

»Ich weiß es nicht, Julie, wirklich nicht.«

»Ist er von hier?«

»Ich bin nicht ganz sicher. Ein Handwerker, Schreiner oder so. Nein, Fliesenleger, hat Liz gesagt. Ein Typ über sechzig. Jetzt weißt du alles, was ich weiß.«

Wie konnte Maeve nur so distanziert, gefasst und sachlich klingen? Julie brummte der Schädel. Eine Stunde später schaltete sie zum ersten Mal seit Monaten das Radio ein. Sie blickte in den kleinen Garten hinaus und betrachtete Bellas Schaukel, die im Wind hin und her schwang. Zum ersten Mal im Leben war sie froh, dass Bella bei ihrem

Vater war. Die nächsten Tage würden nicht leicht werden.

Sie sagte Mrs. Wallaces Termin zur Reflexzonenmassage ab. Dann ging sie zu der Schublade in der Waschküche und holte zwei Folienpäckchen heraus. Valium oder Xanax? Sie entschied sich für Xanax.

Kapitel 3
Liz

Liz fühlte sich wohl in ihrem Kleinwagen. Er war schnittig und praktisch. Es fühlte sich immer noch extravagant an. So viel hatte sie eigentlich nicht ausgeben wollen. »Alles kostet mehr, als du ausgeben willst!«, hatte Eddie, ihr Mann, festgestellt. Sie war die Sparsamkeit aus ihren Studententagen nie losgeworden. Die ständige Angst, zu verarmen und nicht genug zu haben.

Die praktische Familienkutsche abzustoßen, in der sie zehn Jahre lang die Kinder chauffiert hatte, war gleichzeitig ein Abschied und eine Erlösung gewesen. Sie fand es schrecklich, wie die Zeit verging. »*Tempus fugit*«, flüsterte sie sich zu. Liz fühlte sich hin- und hergerissen. Sollte sie es bedauern, dass der schönste Abschnitt des Familienlebens nun vorbei war? Oder würde das Beste erst noch kommen? Die Kinder waren nun größer. Sie hatte sich schon seit Monaten vorgenommen, ihre Wachsmalkreidengemälde im Treppenhaus zu überpinseln, brachte es aber einfach nicht übers Herz. Natürlich sahen sie unschön aus. Es war unartig von den Mädchen gewesen, die Wand zu beschmieren. Und dennoch würde sie diese Jahre für immer auslöschen, wenn sie die Kritzeleien mit einer langweiligen Dispersionsfarbe überstrich.

Genauso würde ihr das ständige »wasch mich« fehlen,

das die Nachbarskinder mit dem Finger in die Schmutzschicht auf dem Lack des Wagens gemalt hatten. Auch der nicht zu vertreibende Geruch nach Kotze auf dem Rücksitz. Außerdem war das alte Auto mit Aufklebern von jeder vergnügten Überfahrt mit der Fähre nach Frankreich übersät gewesen. Doch all das kam nun zu seinem natürlichen Ende.

»Ich bin viel zu alt, um noch mit meinen Eltern in den Urlaub zu fahren«, hatte der siebzehnjährige Tom verkündet. »Ich bleibe zu Hause und besuche stattdessen ein paar Festivals.«

»Den Teufel wirst du tun!«, hatte Eddie, sein Vater, getobt. »Und wer sollte das bezahlen?«

Derzeit tobte ein Machtkampf. Der alte Bulle gegen den jungen. Sosehr sie sich auch bemühte, sie konnte die Uhr nicht anhalten. Alles hatte ein Verfallsdatum. Die Kinder wurden flügge, und es war an der Zeit, ein neues Leben anzufangen.

»Nicht schlecht für sechsundvierzig …« Sie schaute in den Spiegel und zog einen verführerischen Schmollmund. Viele Frauen in der Lebensmitte legten sich einen Kurzhaarschnitt zu. Liz fragte sich, ob sie nicht genau das Gegenteil tun sollte. Im Moment hatte sie dieselbe Igelfrisur wie damals als Teenager.

»Verfluchte Weiber am Steuer!«

Sie zuckte zusammen und riss das Lenkrad nach links. Sie war auf die andere Fahrbahn gekommen.

»Leg dir doch 'ne Brille zu, blöde Kuh!«, brüllte der Lastwagenfahrer durchs offene Fenster.

»Reizend«, murmelte Liz erschrocken. Und dann tat sie etwas, das sie noch nie zuvor getan hatte. Lächelnd trat sie aufs Gas und sauste an ihm vorbei – natürlich nicht, ohne ihm Aussicht auf ihren Mittelfinger zu gewähren. »Gott, das war toll«, sagte sie sich, plötzlich in Hochstimmung. Sie war zwar im Unrecht gewesen, aber er hätte verdammt noch mal netter sein können.

Während der Chaosjahre hatte sie es geschafft, berufstätig zu sein. Es war ihr gelungen, sich im Gewühl aus Windeln, Tobsuchtsanfällen und endlosen Stunden am Herd einen letzten kostbaren Rest von Geist zu bewahren. Die Kinder waren inzwischen mehr oder weniger selbstständig und stellten keine übertriebenen Forderungen an ihre Zeit mehr.

Liz dachte darüber nach, ihre Stelle im Labor einer Privatklinik zu kündigen, wo sie schon seit einer gefühlten Ewigkeit arbeitete. Die Leute nahmen sie nicht mehr zur Kenntnis. Sie hätte genauso gut ein Stück Tapete sein können. Am liebsten würde sie ein Aufbaustudium anfangen. Medizintechnik vielleicht. Aber sie war sich nicht ganz sicher, ob der Traum nicht anziehender war als die Wirklichkeit. Eddie störte es nicht, was sie tat, solange sie glücklich war. Und das war sie im Allgemeinen auch gewesen. Zumindest bis zu dem Anruf.

Der böige Wind von Galway wurde von einem steten Nieselregen abgelöst, als sie weiter Richtung Süden nach Limerick fuhr. Sie fummelte an der Scheibenwischanlage herum und suchte nach einer Einstellung, mit der sie die Scheibe säubern konnte, ohne dass es quietschte. Sie fuhr schon Auto, seit sie zwanzig und noch an der Uni gewesen war. Ihre Brüder in Amerika hatten ihr das Geld für das Auto geschickt, und Vinny, der einzige ihrer Brüder, der in Irland geblieben war, hatte die Versicherung bezahlt. Allerdings hatte sie den Wagen nur im Sommer benutzt, wenn sie sich das Benzin durch ihre Sommerjobs hatte leisten können.

Bei dem blassblauen R4 war der Hebel der Gangschaltung noch mitten aus dem Armaturenbrett herausgekommen. Sarah hatte dreckig gelacht und gesagt, das sehe echt pervers aus.

»Wie tief bist du denn gesunken, Sarah Devereaux?«, hatte Liz geprustet.

Das Nieseln schien sich für den Rest des Tages halten zu wollen, und diesmal schaute Liz ordentlich in den Rückspiegel, bevor sie die Spur wechselte, um zu überholen. Der Rücksitz war gähnend leer.

Sie wurde von Wehmut ergriffen, als sie sich an eine andere Zeit erinnerte. Eine Zeit, in der sie zu viert herumkutschiert waren. Als sie auf der äußeren Spur weiterfuhr, dachte sie daran, wie sie damals gewesen waren. Verantwortungslos, impulsiv und ohne etwas von den Niederlagen und Gefahren zu ahnen, die sie erwarteten. Die typischen Eigenschaften der Jugend eben. Ein nostalgisches Gefühl stieg in ihr hoch, als sie sich dabei ertappte, wie sie Gedichtzeilen rezitierte, die sie vor langer Zeit in der Schule in Westport auswendig gelernt hatte.

Tanz am Ufer nur, mein Kind;
Was kann dir widerfahren?
Das Wasser tost, es braust der Wind
Und zaust an deinen Haaren.
Die salz'gen Tropfen es benetzt.
Bist jung, kannst es nicht wissen,
Dass nach dem Sieg das Leid gesetzt,
Nach Lieben das Vermissen.

Die besten schon dahingerafft,
Musst viele Garben binden.
Was ist es, das dir Sorge schafft,
Das Brausen und das Winden?

Yeats hatte es gut ausgedrückt. Er war schon immer ihr Lieblingsdichter gewesen, und wenn sie an Sarah dachte, gab es nur wenige Verse, die ihre Gefühle so genau wiedergaben.

Liz fuhr in den letzten in einer schier endlosen Reihe von Kreisverkehren am Stadtrand. Ihr Herz pochte schneller und setzte einen Schlag aus. Sie war den Stadtverkehr zwar gewöhnt, fuhr aber nur selten allein über Land. Das war nicht nötig. Oder besser gesagt: Sie organisierte alles so, dass es nicht nötig wurde.

Mach dich nicht lächerlich, schalt sie sich. Du fährst nur nach Limerick. Das sind nur etwa sechzig Kilometer. Du kannst in anderthalb Stunden zu Hause sein, wenn es sein muss. Schlimmstenfalls in zwei. Es ist nicht die Rallye Paris-Dakar.

Sie zuckte zusammen, als ihr Mobiltelefon läutete. Es war in ihrer Handtasche auf dem Beifahrersitz. Seit Vinnys Anruf gestern war sie nervös. Ein Auge auf die Straße gerichtet, kippte sie die Tasche aus und durchwühlte den Krimskrams. Schlüssel, Inhalator, Tabletten gegen Sodbrennen, alte Lottoscheine, Wimperntusche, eine fast leere Zigarettenschachtel und endlich das Telefon.

»Hallo?«

Sie versuchte, nicht so schreckhaft zu klingen, wie sie sich fühlte.

»Liz, ich bin's. Ich wollte nur schauen, ob du gut losgekommen bist.«

Sie war erleichtert. Es war Eddie. Eddie, der Ruhepol, wie seine Familie ihn nannte. Und genau deshalb liebte sie ihn so. Sie hoffte, dass er in den letzten vierundzwanzig Stunden zu beschäftigt gewesen war, um ihr Unbehagen zu bemerken.

»Die Kinder kommen schon klar. Die sind doch alle fast erwachsen«, scherzte er.

»Ach, ich weiß«, erwiderte Liz lachend. »Es ist nur … nun, ich mache mir eben Sorgen. Was, wenn …«

»Was, wenn, Liz? Was, wenn meine Tante mein Onkel wäre? Dieses ständige Zweifeln ist doch Bockmist, und das ist dir auch klar! Du solltest so was öfter machen. Es ist schön, dass du dir mal einen Tag freinimmst.«

Seine derbe Ausdrucksweise störte sie nicht, sondern hatte eher eine beruhigende Wirkung. Sie brauchte Eddie, um wieder Bodenhaftung zu bekommen. Um die Dinge in die richtige Perspektive zu rücken. Sie verhielt sich unvernünftig. Absurd. Wieder einmal. All die alten Ängste stiegen in ihr hoch. War es in ihr angelegt, dass sie sich zur überbesorgten Mutter entwickelt hatte, oder hatten die Ereignisse mit Sarah sie aus der Bahn geworfen – so wie ein defektes Gen, das plötzlich aktiviert worden war? Und sie krank machen würde?

»*Bockmist*, Eddie? Jetzt mal halblang. Reden deine Kollegen auch so mit ihren Frauen?«, fragte sie in gespielter Entrüstung – der Witz daran war, dass die meisten der anderen Meeresbiologen geschieden waren oder getrennt lebten.

»Du weißt genau, was ich meine, Liz.« Sein Tonfall war voller Zuneigung. »Die Kinder überleben bestimmt mindestens einen Tag mit Nudelsuppe. Richte Beano viele Grüße von mir aus.«

In seiner Kindheit hatte Vinny den Spitznamen »Beano« gehabt. Er war ein pummeliges Kind gewesen, und die Fotos aus dieser Zeit zeigten ihn in billigen gestreiften Nylonpullis, die seinen Leibesumfang noch betonten. Eddie hatte ihn immer Beano genannt, selbst im direkten Gespräch, und zwar in einer halb hänselnden, halb brüderlichen Art, die ihn nicht kränkte.

Liz fühlte sich beklommen. Eddie kannte den wahren Grund nicht, aus dem sie nach Limerick fuhr. Er dachte, sie wolle nur ihren Radius erweitern, und nehme Vinny und sein neues Haus als Vorwand. Doch Vinny war kein Vorwand. Er *war* der Grund.

Auf der Fahrt durch Clarinbridge und Claregalway versuchte sie, ihr Verlangen zu unterdrücken. Doch es war zwecklos. Sie würde an einem Parkplatz anhalten müssen. Sie hielt Ausschau nach einem, der einen Blick auf die Bucht bot. Rauchen war ihr Laster. Ihr mit Schuldgefühlen belastetes, sündhaftes Vergnügen. Sie würde den Rauch und den Geruch genießen. Eddie hatte keine Ahnung, dass sie noch immer rauchte. Er würde sie nie für so dumm halten, trotz ihres Asthmas weiterzurauchen. Das einzige Mal, dass sie beinahe erwischt worden wäre, hatte sie es auf Tom, ihren Ältesten, geschoben. Inzwischen bereute sie das, denn es hatte wieder einmal zu einem Streit geführt. »Ich kann es riechen, ich bin ja nicht blöd«, hatte Eddie geschrien. »Entweder warst du es oder dein dämlicher Kumpel – Quacker, oder wie auch immer er heißt. Herrgott, warum können deine Freunde nicht mal anständige Namen haben, verdammt!« Der arme Tom hatte ihn nur verdattert angestarrt.

Eddie gehörte in das Kapitel »Nach S«: nach Sarah. Liz

wusste, sie hatte diesen Aspekt ihres Lebens mit Maeve und Julie gemein. Auch sie unterteilten ihr Leben in vor Sarah, »Vor S«, und nach Sarah, »Nach S«.

Allerdings wusste Eddie alles über Sarah. Das war eines der ersten persönlichen Dinge, die sie ihm anvertraut hatte. Und das hatte sie zu Anfang ihrer Beziehung noch enger zusammengeschweißt. Im Gegensatz zu allen anderen hatte Eddie sie weder verurteilt noch kritisiert. Doch im Laufe der Jahre war sogar er es leid geworden, es sich immer wieder anzuhören. Bedauerlicherweise hatte er genug davon gehabt, lange bevor Liz sich alles von der Seele geredet hatte. Zeit, nach vorne zu schauen, hatte er gesagt. Zeit, loszulassen.

»Manchmal geschehen eben schreckliche Dinge«, hatte er gemeint. »Wühl nicht ständig darin herum, Liz. Akzeptiere es und denk an die Zukunft.«

»Akzeptieren? Ich werde es niemals akzeptieren können. Vielen Dank auch für deine Geduld und dein Verständnis«, hatte Liz entgegnet.

Sie war aus ihrer kleinen gemeinsamen Wohnung gestürmt und hatte einen Spaziergang auf der Promenade von Salthill gemacht. So nah waren sie noch nie an einem Streit gewesen.

Nun lehnte sie an der Mauer und inhalierte tief, um auch noch das letzte krebserregende Atom tief in ihre Lunge zu saugen. Der Stein hinter ihr war feucht und kalt. Sie sollte sich wirklich die Zeitung holen, die unter dem Beifahrersitz lag, um sie dazwischenzulegen. Jedes Wochenende hob sie die Reisebeilage für ihre Mittagspause auf. Während sie auf dem Parkplatz den Rauch zum offenen Fenster hinauspustete, fragte sie sich dann, wie es wohl sein mochte, sich Belize anzuschauen oder in einer Jurte in Kasachstan zu leben. Ob sie es wohl je weiter schaffen würde als mit dem Wohnmobil nach Frankreich? Sie hatten Glück, sich wenigstens das leisten zu können. Sie wollte sich nicht beklagen. Und dennoch wurde das Gefühl, dass sie irgendetwas verpasst hatte, immer stärker, je mehr Jahre vergingen.

Die Zigarette war beinahe aufgeraucht. Die Zeitung war vergessen. Stattdessen warf sie einen Blick in die Zigarettenschachtel. Sie versprach nur noch eine mickrige Portion Nikotin im Inneren des Päckchens und verhieß dafür auf der Außenseite alle möglichen grässlichen Krankheiten. Ein schlechter Tausch, dachte sie. Genauso gut hätte da etwas von plötzlichem Tod stehen können. Sie war ein typisches Opfer ihres Lasters, wie sie da an der Mauer lehnte, die Kippe in der einen Hand, einen verbeulten Regenschirm in der anderen. Dennoch rauchte sie gierig und genoss das leichte Gefühl im Kopf.

Die erste Zigarette hatte sie während der Narrenwoche in Galway geraucht. Sie war in Röhrenjeans, Stulpen und chinesischen Ballerinas die Shop Street hinuntermarschiert – rauchend für Irland. Sie hatte erst spät angefangen. In ihrer Schulzeit hatten alle ihre Freunde geraucht, doch das war ihr zu dumm gewesen. Und dann hatte sie das Versäumte im ersten Studienjahr nachgeholt. Sie hatte geraucht. Sie hatte getrunken. Sie hatte gefeiert. Und sie hatte die Mädchen kennengelernt. Maeve, Julie und Sarah.

Als sie die Kippe an der vom Nieselregen feuchten Mauer ausdrückte, hörte sie, wie das Telefon im Auto läutete.

Ciara – ihr mittleres Kind. Etwas Schlimmes war passiert!

»Ciara, Schatz, was ist los? Ist etwas geschehen? Hast du

deinen Inhalator vergessen?« Sie hatte schon seit zwei Monaten keinen Asthmaanfall mehr gehabt.

»Herrje, Mum, krieg dich wieder ein. Keine Panik. Nein, nicht den Inhalator, ich bin gerade unterwegs zum Kieferorthopäden, und ich hab die Karte mit dem Termin vergessen. Ist das schlimm?«

»Sei nicht so frech, Ciara«, entgegnete Liz und ließ sich erleichtert wieder auf den Fahrersitz fallen. »Nein, das dürfte kein Problem sein. Die haben dich ja in den Akten.« Sie ließ den Motor an, denn sie wollte unbedingt weiter.

»Mum ...?«

Eine lange Pause entstand.

»Was ist, Ciara?« Liz konnte die Anspannung spüren.

»Mum, du ... stehst nicht schon wieder vor der Schule, oder?«

»Nein, natürlich nicht.«

Sie tat Ciaras Befürchtungen ab.

»Ich bin unterwegs nach Limerick, um Onkel Vinny zu besuchen.«

»Onkel Beano, meinst du?« Ciara kicherte respektlos. »Was ist los, Mum? Ist jemand gestorben, oder so? Du fährst doch sonst nie nach Limerick, um Onkel Beano zu sehen.«

Die Ironie der Situation ließ Liz erschaudern. Ciara konnte ja nicht wissen, dass sie den Nagel auf den Kopf getroffen hatte.

»Onkel Vinny hat sich gerade ein Häuschen in Adare, ganz in der Nähe von Limerick, gekauft, wenn es dich so brennend interessiert. Ich möchte ihm etwas zur Hauseinweihung schenken.«

»Wahrscheinlich zofft ihr euch nur wieder!«, höhnte Ciara.

»Jetzt habe ich genug von deinen frechen Bemerkungen, Ciara. Nach dem Kieferorthopäden gehst du sofort nach Hause, und zwar den langen Weg, nicht durch die Seitengasse.«

»Jetzt flipp nicht gleich aus, Mum. Ja, ich latsche einen Umweg von drei Kilometern, nur weil du mir verbietest, durch eine Seitengasse zu gehen, die nicht länger ist als eine Rolle Klopapier.«

»Versprochen?« Liz meinte es ernst.

»Ja, Mum, versprochen.«

Diesem Kind entgeht nichts, dachte Liz, als sie in die zweispurige Straße nach Ennis einbog.

Ciara – das mittlere Kind. Das schwierige Kind. Sie war viel störrischer als die anderen beiden und brauchte mehr Aufsicht. Obwohl Eddie da vermutlich anderer Meinung gewesen wäre. Zwischen ihm und Tom knallte es in letzter Zeit immer öfter. Liz musste sich um alle ihre Kinder kümmern. Das hatte sie auf die harte Tour gelernt. Es war ihre Aufgabe, dafür zu sorgen, dass ihnen nichts zustieß. Zumindest nicht, solange sie ein Auge auf sie hatte. Und Liz hatte immer ein Auge auf sie. Nur heute nicht. Heute fuhr sie nach Limerick, um etwas über Sarah herauszufinden. Nach all den Jahren hatte sich ein Mann gestellt. Sie hoffte nur, dass sie die Wahrheit würde ertragen können.

Kapitel 4
Maeve

»*Universitatis Hiberniae Nationalis Testantur hae literae gradum Baccalaureatus in Arte* …« Maeve starrte auf das eingerahmte Zeugnis an der Wand ihres Arbeitszimmers.

Da hing er, ihr Abschluss in Betriebswirtschaft. *Summa cum laude*. Sie hatte am Ende verdammt hart dafür gearbeitet. Obwohl dieser Teil der Wand im Schatten lag, wirkte das Zeugnis neben Jills und Hugos Auszeichnungen aus dem Musikwettbewerb alt und vergilbt. Die Fotos und Urkunden an der scharlachrot gestrichenen Wand zeichneten ihr und Kierans Leben in den letzten zwanzig Jahren nach.

Als sie Kieran geheiratet hatte, hatte sie sich zunächst geweigert, in Cricklewood, Kilburn oder einem anderen traditionellen irischen Arbeiterviertel zu wohnen. Kieran machte zwar dort seine Geschäfte, aber er wusste, dass es nicht ratsam war, mit seiner Frau herumzustreiten.

In ihrer Jugend hatte ihr Dad sie dazu angeregt *The Journal of an Irish Navvy* zu lesen. Es handelte von dem trostlosen Leben der Arbeiter, die in den Fünfzigerjahren in diesen Ghettos gelebt hatten. Doch anstelle der Anteilnahme, die es bei ihr hätte hervorrufen sollen, hatte sie nichts als Verachtung empfunden.

»Verdammter Mist!«, rief sie aus, als sie beinahe über einen Golfball gestolpert wäre. Inzwischen hatte sie ihren melodiösen irischen Akzent verloren. Im Laufe der Jahre war er neutraler und schwerer einzuordnen geworden. Sie hatte nicht bewusst daran gearbeitet. Es war mit der Zeit einfach geschehen.

Beim Anblick des Golfballs wurde ihr mulmig. Sie hatte sich stark im Club engagiert und neue Bekanntschaften und Freundschaften gepflegt. Maeve Joyce, Ehefrau von Kieran, dem Gründer des Bauunternehmens Joyce. Maeve Joyce, zweite Geschäftsführerin des Bauunternehmens Joyce. Maeve Joyce, Vorsitzende der Damenabteilung. Sie knirschte mit den Zähnen. Dieser Anruf würde nichts daran ändern. Auf gar keinen Fall. Das würde sie nicht zulassen. Niemand hier wusste von Sarah.

»Verdammter Mist!«, rief sie wieder aus, als sie auf die Uhr sah. Heute war sie an der Reihe, die Kinder abzuholen – auch die von Helen. Helen wohnte am anderen Ende der Straße im selben bewachten Wohnviertel. Die beiden Frauen hatten einen Zeitplan verabredet. Nicht, dass Helen das Abholen je selbst übernahm. Das erledigte das Kindermädchen. Helen verbrachte mehr Zeit auf dem Golfplatz als Maeve.

Während sie sich vor dem Spiegel den Schal umband, dachte sie an die Ereignisse in Irland. Sie konnte da wenig unternehmen, sondern musste die Entwicklungen einfach geduldig abwarten. Es war wirklich eine Ironie des Schicksals, ja, beinahe lachhaft, dass die besten Kriminalisten des Landes sich jahrelang vergeblich abgemüht hatten. Und nun hatte der einfache Polizist Vinny Dillon den Fall abgeschlossen. Sie hatte ihn immer für eine Witzfigur gehalten. Ein netter Kerl, aber trotzdem eine Witzfigur.

»Verdammt, nicht schon wieder eines«, murmelte sie und

riss sich ein graues Haar aus. Ihr gewelltes rotbraunes Haar fing an, sie im Stich zu lassen. Vielleicht sollte sie für morgen Nachmittag einen Friseurtermin vereinbaren. Sie hatte eigentlich ins Kino gehen wollen, aber das konnte warten. Schließlich würde sie ja niemanden versetzen. Sie wäre allein ins Kino gegangen. Maeve zupfte den Kragen ihrer rosafarbenen Baumwollbluse zurecht und zog den Gürtel enger zusammen. Dann richtete sie sich kerzengerade auf. Mit ihren knappen eins fünfundfünfzig konnte sie sich kein zusätzliches Kilo erlauben. Die Stiefel machten sie zwar ein Stück größer, doch selbst die Kinder waren inzwischen auf Augenhöhe.

»Pfui, Dawson!«, schimpfte sie, als der Hund die Terrassentür vollsabberte. »Wir müssen los …« Sie scheuchte das zappelnde Tier hinten in den Jeep.

Der Wagen mit Allradantrieb war Kierans Idee gewesen. Ihr hatte der Kombi völlig genügt. Sie fühlte sich unwohl, so als führe sie in einem der Lieferwagen ihres Vaters herum, wollte es Kieran jedoch nicht sagen, um ihn nicht zu kränken. Das Auto war ein Geburtstagsgeschenk gewesen. »Warum holst du dir nicht meinen alten Kindersitz vom Speicher?«, hatte Hugo gewitzelt, als er sah, dass sie im Jeep kaum über das Lenkrad blickte.

Da sie schon ihr Leben lang wegen ihrer Körpergröße gehänselt wurde, störte es sie nicht mehr. Sie mochte, was die Größe betraf, zu kurz gekommen sein, finanziell war sie es sicher nicht. Das war ein gewaltiger Vorteil – insbesondere, weil die Kinder im nächsten Jahr teure Schulen besuchen würden. Sie erinnerte sich an den Abend zuvor, als sie das Thema mit Kieran erörtert hatte, nachdem die Kinder schon schliefen.

»Wir müssen uns endlich für eine Schule entscheiden, Kieran.«

Kieran daddelte noch immer an dem neuesten FIFA-Spiel auf der Playstation herum, obwohl Hugo längst im Bett lag.

»Wir? Sprichst du von dir im Pluralis Majestatis?«

»Jetzt mal im Ernst, Kieran. Natürlich habe ich meine Vorstellungen, aber du musst dich auch beteiligen. Ich kann das doch nicht allein beschließen.«

Maeve glaubte, dass sie kooperativ klang. Und es stimmte auch. Sie wollte nicht, dass er sich ausgeschlossen fühlte. Und wenn es ihr gelang, ihm die Schule schmackhaft zu machen, die sie bereits ausgesucht hatte, umso besser.

»Hmmm …«, brummelte Kieran und beschäftigte sich weiter mit der Playstation. »Also ist das nicht, wie üblich, schon eine klare Sache? Okay dann, wenn du meinst. Ich finde die städtische Oberschule völlig in Ordnung.«

»Gütiger Himmel, Kieran!« Obwohl sie wusste, dass er sie nur auf den Arm nehmen wollte, konnte sie ihre Empörung nicht zurückhalten. »Das ist doch nicht dein Ernst! Hast du die Schüler dort gesehen? Das sind doch alles jugendliche Kriminelle. Das kannst du für Hugo und Jill unmöglich wollen!«

Ihre Entrüstung amüsierte ihn, und er lachte so richtig aus dem Bauch heraus. Kieran Joyce war ein beleibter Mann.

»Herrje, Maeve, es ist so einfach, dich zu ärgern.«

Als er sich plötzlich vorbeugte, um etwas am Bildschirm einzustellen, rutschte seine Hose herunter und gab die Ritze am Gesäß frei. Maeve zuckte zusammen.

»Ich weiß, dass du dir alles schon genau überlegt hast.

Oder hältst du mich für so dumm zu glauben, dass ich in dieser Sache etwas zu sagen hätte? Ich bin ja nicht von gestern …«

Sie lächelte widerwillig.

»Dir ist doch klar, dass ich für die Kinder nur das Beste will, oder, Kieran? Ich möchte, dass sie die richtigen Freunde haben. Freunde, die leistungsbereit sind. Das ist sehr wichtig, weißt du? Man muss sich mit Menschen umgeben, die etwas im Leben erreichen wollen, gute Freunde für das ganze Leben haben.«

»Ich habe Angst, sie zu sehr unter Druck zu setzen, Maeve.« Er blickte von seinem Spiel auf. »Die Kinder sind in Ordnung, so wie sie sind. Und was lebenslange Freundschaften betrifft, hast du ja auch keinen Kontakt mehr zu deinen Freundinnen in Irland.«

»Verdammt, Kieran, hör auf mit diesem dämlichen Ding rumzuspielen. Du bist ein erwachsener Mann!«, schimpfte Maeve und stürmte hinaus.

Im nächsten Moment bekam sie ein schlechtes Gewissen. Sie hatte ihn nicht anfahren wollen. Schließlich war es nicht seine Schuld. Sie wusste, dass Kieran sich nicht zum ersten Mal wunderte, warum sie stets so aufgebracht reagierte, wenn ihre alten Freundinnen erwähnt wurden.

»Ich muss zugeben, dass ich kein Wort mehr kapiere, Maeve.« Er war ihr in die Küche gefolgt. »Manchmal verstehe ich dich einfach nicht.«

»Was soll das heißen?«

»Nun, soweit ich es feststellen kann, kommen die Kinder im Leben gut zurecht. Und trotzdem hackst du ständig darauf herum, dass sie ehrgeizige Freunde brauchen. Sie sind elf und zwölf Jahre alt, verdammt. In diesem Alter haben

Freundschaften keinen Bestand. Schau dich nur selbst an. Wie ich schon sagte, du bist nur mit Leuten befreundet, die du hier kennengelernt hast.«

»Das stimmt schon«, erwiderte sie leise. Sie bereute, das Thema angesprochen zu haben.

Die meisten ihrer Freundinnen waren Engländerinnen oder Amerikanerinnen. Allerdings ahnte Kieran nicht, dass das kein Zufall, sondern Absicht war. Gut, sie waren keine langjährigen Vertrauten wie damals in Irland. Sie hatte in England keine einzige irische Freundin, denn sie hatte so viele Brücken wie möglich hinter sich abgebrochen.

Zum Glück war Kieran kein Mensch, der zu ausführlichen Selbstbetrachtungen neigte, und wechselte bald das Thema. Sie konnte es nicht leiden, ausgehorcht zu werden. Nachdem er eine Weile über das geheimnisvolle Wesen, mit dem er verheiratet war, den Kopf geschüttelt hatte, schenkte er sich ein großes Glas Milch ein und kehrte zurück ins Wohnzimmer.

Sie steckte noch einmal ihren Kopf hinein.

»Ich gehe jetzt ins Bett, Kieran.« Sie wollte heute Abend unbedingt diesen Politthriller zu Ende lesen. Sich auf andere Gedanken bringen.

»Nur zu. Ich bleibe noch ein bisschen auf.« Er wandte sich nicht um.

»Bist du damit fertig?«

Neben seinem Sessel lagen, wild durcheinander, die Seiten des Sportteils einer Boulevardzeitung.

»Ja, ja, die kannst du wegwerfen.«

Verärgert stopfte sie die Zeitung in den Mülleimer. Sie hasste es, dass er dieses Revolverblatt ins Haus brachte. Die Sportberichterstattung in den seriösen Zeitungen war doch sicher mindestens genauso gut, wenn nicht besser. Kieran war da anderer Meinung.

Doch meistens verstanden sie sich recht gut. Bevor sie Kieran kennengelernt hatte, hatte sie nie Erfolg bei Männern gehabt. Sie hatte sich nie gut dabei gefühlt zu flirten. Dieses ganze Theater – sich abweisend und geheimnisvoll zu geben wie die anderen Frauen –, das war ihr fürchterlich sinnlos erschienen. Die ein oder zwei Male, die sie versucht hatte, verschämt zu tun, war sie sich einfach nur albern und lächerlich vorgekommen. Aber Kieran hatte ihre Unverblümtheit zu schätzen gewusst, ihre Angewohnheit, zu reden, wie ihr der Schnabel gewachsen war.

Kieran war der einzige Mann, der ihr je das Gefühl gegeben hatte, dass sie attraktiv war. Von Sarah hatte sie ihm nie erzählt. Das konnte sie nicht riskieren. Schließlich hatte ihr außer ihm noch nie jemand den Hof gemacht. Ihr gefiel das Bild, das er offenbar von ihr hatte. Selbstbewusst, tüchtig und attraktiv. Innerlich fühlte sie sich gar nicht so attraktiv. Sie hatte hübsche Kleider, teure Schuhe und Schmuck, wusste aber, dass ihr die Ausstrahlung fehlte, die wahrhaft schöne Menschen besaßen.

Sexuell angezogen von Kieran fühlte Maeve sich tatsächlich nicht. Es war nicht so, dass die Leidenschaft im Laufe der Zeit nachgelassen hätte, nein, es hatte sie nie gegeben – zumindest nicht von ihrer Seite. Und dennoch funktionierte ihre Partnerschaft. Gut, in den ersten Jahren hatte sie sich etwas vorgemacht. Doch wenn sie ehrlich mit sich war, hatte sie nie Herzklopfen, Lust oder Begierde empfunden. Ihre Beziehung war in dieser Hinsicht schon seit Jahren tot. Stattdessen hatten sie eine Ebene erreicht, die tiefer ging als bloße Zuneigung, und manchmal fragte sich Maeve, ob sich vielleicht mehr daraus entwickeln konnte. Aber nein. Und trotzdem hatte er ihr etwas geschenkt, das ihr mehr bedeutete als flüchtige Romantik oder vergängliche Erotik. Er hatte ihr vor allem das Gefühl gegeben, dass sie es wert war, geliebt zu werden, etwas, an dem sie lange gezweifelt hatte. Nach Sarah hatte sie sich gefragt, ob sie je ein Mensch würde lieben können. Zumindest für dieses Gefühl war sie Kieran mehr als dankbar.

Als sie in den Anfangstagen der Baufirma als Buchhalterin dort angeheuert hatte, hatte er sie als wichtige Mitarbeiterin zu schätzen gewusst. Wenn er eines an ihr bewunderte, das wusste sie, dann war es ihr Geschäftssinn. Das Kaufmännische lag ihr im Blut, auch wenn sie nie das Bedürfnis gehabt hatte, in die Supermarktkette einzusteigen, die ihr Vater in North Kerry gegründet hatte. Inzwischen bestand »Paudies« aus fünf Filialen zwischen Listowel und Ballybunion, die bis spät in die Nacht geöffnet waren. Wie viele ihrer Mitstudenten in den Achtzigerjahren war sie einfach davon ausgegangen, dass sie nach London oder in die Staaten ziehen würde.

Irland war zu beengt, zu klein, zu erdrückend. Insbesondere nach dem, was geschehen war. Das letzte Jahr an der Universität war eine Tortur gewesen. All die vorwurfsvollen Mienen und Seitenblicke in der Studentenkneipe. Das Getuschel in der Mensa. Hörsäle, in denen schlagartig Totenstille herrschte. Beinahe wäre sie unter ihren Schuldgefühlen und der Trauer zusammengebrochen. Wie eine gnadenlose chronische Krankheit hatten sie Maeve jahrelang fest im Griff gehalten.

Es war eine Flucht gewesen, als sie 1988 an Bord der Fähre nach England gegangen war. Andere Uniabsolventen hatten darüber gejammert, in engen Einzimmerapartments oder besetzten Häusern wohnen zu müssen, bis sie eine Stelle gefunden hatten, aber Maeve hatte in diesem Land mit seinen sechsundfünfzig Millionen Einwohnern zum ersten Mal wieder richtig durchatmen können. Es hatte sie begeistert, wie groß und anonym hier alles war. Während der ersten Wochen in London hatte sie sich in der Jugendherberge geborgen gefühlt und lieber dort gelebt als bei Tante Anne in Staines oder in der überfüllten Wohnung, in der die meisten gerade aus Irland angekommenen Jungakademiker übergangsweise Unterschlupf gefunden hatten.

In der Jugendherberge wusste niemand, wer sie war. Und das hatte ihr mehr bedeutet als alles andere. Nun konnte sie neu beginnen, und das hatte sie auch getan. Inzwischen brauchte sie nur noch die Rolle weiterzuspielen, die sie sich selbst auf den Leib geschrieben hatte. Die Frau, die Kieran kannte.

Die alte Maeve gab es nicht mehr. Die hatte sie in Irland zurückgelassen. Bei jedem Menschen gab es Dinge, die er bereute, kleine Fehleinschätzungen und Taten, auf die er nicht stolz war. In ganz seltenen Momenten gestattete sie sich, an jenen Tag zu denken. Daran, was für ein gewaltiges Pech sie gehabt hatte. Wer hätte voraussehen können, dass eine einzige unglückliche Entscheidung solche Folgen haben würde?

Kapitel 5
Julie

»Hey, Jules, bist du da?«

Trotz des Zischens der Zwiebeln in der Pfanne hörte sie, wie die Eingangstür zufiel, gefolgt von Schritten auf der knarzenden Treppe. Die Milchglastür zum Treppenabsatz öffnete sich, und drei Mädchen standen im schiefen Türrahmen.

»Oh, nein, Jules, nicht schon wieder Leber Josephine mit Kartoffelbrei«, stöhnte Sarah und tat, als lege sie sich eine Schlinge um den Hals. Es war November 1986 – das Jahr in dem sie die Wohnung über dem Pub in Claddagh gemietet hatten.

»Sei nicht so ekelhaft«, erwiderte Julie. »Das ist immer noch besser als die Blutwurstlasagne von Liz!«

»Du meinst wohl Königslasagne«, ließ sich Maeve vernehmen. Jede von ihnen hatte ihr Spezialgericht.

In gespielter Entrüstung warf Liz ihren nassen Dufflecoat auf den Futon.

»*Was ist mit Euch, dahergelauf'ner Pöbel,*
Dass Ihr Euch blutig scheuert,
Um Eurer matten Meinung willen?«

Julie nahm die Herausforderung an. »*Halunkenpack! Mich graut vor Eurem Atem wie vor faulen Sümpfen, und Eure Liebe ist mir so viel wert wie die Gebeine der Gefallenen, die mir die Luft verpesten – hinfort mit Euch.*«

»Indes genug«, stimmte Maeve in die Shakespeare-Satire ein. »Es sehnt mein Magen sich nach Billigfraß, während ihr euch hier aufs Unflätigste beschimpfet.«

»Nehmt Platz, oh, niedre Dirnen ihr, und zollt Bewunderung der Köchin hier, die ein wohlfeiles Festmahl euch bereitet hat.« Julie wies auf den zerkratzten Holztisch, der mit zusammengewürfeltem und angeschlagenem Geschirr spärlich gedeckt war.

Diese Shakespeare-Verballhornungen waren zur Gewohnheit geworden, seit sie im Vorjahr mit der Studententheatergruppe *Corialanus* aufgeführt hatten. Wegen des Mangels an männlichen Teilnehmern hatten Julie und Liz Männerrollen gespielt. Die Theatergruppe war auch der Ort, an dem sie sich kennengelernt hatten und der Grund dafür, dass sie ein Semester später zusammen in einer Wohnung lebten.

Donnerstags war Julie mit dem Kochen des Abendessens an der Reihe, und in der Haushaltskasse herrschte, so spät in der Woche, unweigerlich Ebbe. Während die hungrigen Studentinnen sich an Leber, Zwiebeln und Kartoffelpüree aus der Tüte gütlich taten, ging das Geplänkel und Gefrotzel weiter, und die Ereignisse des Tages wurden eingehend erörtert und analysiert.

»Wie kann etwas so Bescheidenes wie Leber mit Zwiebeln ›Leber Josephine‹ heißen? Verrätst du uns das, Julie?«, fragte Sarah.

»In Roscommon haben sie einen sehr feinen Gaumen, wusstest du das nicht?«, entgegnete Liz spöttisch.

Julie, die aus der dünn besiedelten, ebenen Moorlandschaft an den Ufern des Shannon stammte, wurde häufig als Landei gehänselt.

»Also ist es ein Nationalgericht der Moorlandschaft,

Jules?« Maeve kratzte die letzten Zwiebeln und den glibberigen Kartoffelbrei zusammen.

»Ihr könnt mich mal«, erwiderte Julie grinsend.

»Ach, man kann zwar ein Mädchen aus dem Sumpf holen, aber den Sumpf nie aus dem Mädchen …« Mit träumerischer Miene spähte Liz aus dem schmutzigen Oberlicht.

»Moment mal, Mädels«, unterbrach Sarah. »Wenn ich mich nicht irre, seid ihr allesamt eine Horde Landeier. Ich bin die einzige Großstädterin hier.«

»In der Tat«, räumte Julie ein, »doch vergiss nicht, dass du die funkelnden Lichter Dublins gegen das Lotterleben, die Romantik und die Reize des Westens eingetauscht hast.«

»Und hier habe ich das Paradies gefunden – in einer Dreizimmersuite über einem Literatentreff.« Sarahs Tonfall triefte vor Sarkasmus.

Alle prusteten vor Lachen bei der Vorstellung, dass sie in einem Künstlerviertel der kleinen Universitätsstadt gelandet sein könnten, denn die Realität sah ganz anders aus. Die Klientel des Pubs im Erdgeschoss setzte sich aus älteren Männern mit Schirmmützen, Fischern, Hafenarbeitern und Handwerkern zusammen. Literaten waren ganz sicher keine dabei.

Obwohl sie die Bemerkung gemacht hatte, wusste Julie, dass Sarah keine Chance in Dublin in den Wind geschlagen hatte. Die Universität in Galway galt nicht als zweitklassig, sie war jedoch nicht Sarahs erste Wahl gewesen. Oder, um es genauer auszudrücken, nicht die erste Wahl ihrer Mutter. Eigentlich hätte Sarah an der Trinity Universität Pharmazie studieren sollen. Wie schon ihre Schwestern vor ihr. Wie ihre Mutter es von ihr erwartete. Allerdings hatte Sarahs

Notendurchschnitt nicht gereicht. Und so war auf Fassungslosigkeit und Enttäuschung Plan B gefolgt.

»Ach, Leute, habt doch ein bisschen Nachsicht mit mir. Diese Wohnung ist wirklich nicht das Schlechteste«, meinte Maeve mit biererntser Miene. »Sie ist das Beste, was im August noch auf dem Markt war – und da waren ein paar richtige Dreckslöcher dabei, das kann ich euch sagen. Buden, in denen an den Wänden Pilze wuchsen, die Vorhänge verschimmelt waren und es in der Küche vor Maden wimmelte. Wir haben ziemlich Glück gehabt – eine Viertelstunde in die Uni, noch schneller in die Innenstadt, und nach Salthill braucht man auch nicht lang.«

Das stimmt alles, dachte Julie. Man musste es Maeve wirklich zugute halten. Keine von ihnen hatte die Initiative ergriffen und sich auf die Wohnungssuche gemacht. Als sie sich im Juni verabschiedet hatten, waren sie sich zwar einig gewesen, dass es toll wäre zusammenzuziehen – doch niemand war aktiv geworden. Nicht, bis Maeve die Sache in die Hand genommen hatte. Sie hatte sie alle angerufen und verkündet, sie werde sich jetzt in Kerry in den Bus setzen und sich um die Angelegenheit kümmern. Nein, sagte sich Julie, das hatte sie gut gemacht. Es gab keinen Grund zur Klage. Maeve hatte das prima hingekriegt.

Die offensichtlichen Nachteile waren, dass sie sich die Schlafzimmer teilen mussten und einen gemeinsamen Eingang mit Flaherty's Pub im Erdgeschoss hatten. Man kam durch die Haustür in einen Flur, von dem rechts die Schankstube des Pubs abging. Von vielen Augen beobachtet, musste man an dieser Tür vorbei, bis man die Treppe am Ende des Flurs erreichte. Oben befand sich dann die Milchglastür, die ihnen als Wohnungstür diente.

Es ließ sich nicht vermeiden, dass es in der Wohnung nach Bier roch wie in einer Brauerei. Aber nach einer halben Stunde fiel es einem kaum noch auf. Außerdem quoll Zigarettenrauch durch die Dielenbretter nach oben, doch auch das störte niemanden, weil sie alle selbst rauchten. Die eine mehr, die andere weniger. Der Tupperware-Behälter, der als Haushaltskasse diente, enthielt häufig hingekritzelte Schuldscheine, auf denen ein Nikotinnotfall als Grund für die Plünderung aufgeführt war.

Am besten an der Wohnung gefiel Julie das Wohnzimmer im ersten Stock. Es hatte zwei riesige Panoramafenster mit Blick auf den Fluss Corrib und die Straße. Ihr Stundenplan war nicht so vollgestopft wie der ihrer Mitbewohnerinnen. Die meisten Vorlesungen in Psychologie im zweiten Jahr fanden vormittags statt, sodass sie nachmittags oft, ihre Notizen auf dem Schoß, an der Gasheizung saß und das Gewimmel unten auf der Straße beobachtete. Seit einiger Zeit hatte sie sich angewöhnt, ihren Morgenmantel und eine Strickmütze stets parat zu halten, da die Nutzung der Gasheizung streng rationiert war. Damit diese lief, musste eine Uhr mit Münzen gefüttert werden. Für die Nachtspeicheröfen und die Gasheizung gab es somit ebenfalls eine Kasse.

»Ich will ja nicht nerven, aber warum kannst du nicht in der Bibliothek oder im Lesesaal lernen? Da ist es warm. Du verbrauchst unser ganzes Heizbudget in Costa Claddagh«, beschwerte sich Liz.

»Zu viel Ablenkung«, entschuldigte sich Julie.

»Du meinst wohl, zu viele Männer«, brummelte Liz ärgerlich.

Liz hatte etwas an sich, das dafür sorgte, dass sie sich schlampig und verweichlicht fühlte. Ja, sie waren alle arme

Studentinnen, doch selbst in dieser Armut gab es noch ein Gefälle, und Liz war ganz unten. Julie verstand nie so recht, warum Liz' finanzielle Lage angespannter war als die der anderen, hatte jedoch einen Verdacht.

Liz' Dad war Abgeordneter beim County Council von Mayo. Eigentlich ein guter, ordentlich bezahlter Job, dachte Julie. Doch soweit sie im Bilde war, wurde Liz' Lebensunterhalt von den beiden ihrer drei Brüder finanziert, die in die Staaten ausgewandert waren. Nach dem Grund zu fragen, wäre unhöflich gewesen, doch Julie vermutete, dass Liz' Vater trank.

Ganz gleich, was dahintersteckte, Liz konnte gut mit Geld umgehen. Außerdem war sie organisiert und ordentlich. Ihre Seite des Zimmers wurde von einem fein säuberlich aufgehängten Stundenplan, gelben Haftnotizen mit ihrer Buchführung und einem Poster der letzten Inszenierung des Druid Theatre geschmückt.

Dann waren da noch Maeve und Sarah, die aus Unternehmerfamilien stammten. Maeves Eltern besaßen mehrere Supermärkte in Kerry, weshalb Maeve nie so pleite war, dass das Geld nicht einmal mehr für Tampons reichte. Sie hatte auch immer Geld, um von der Telefonzelle vor dem Haus aus bei ihren Eltern anzurufen. Viele Sonntagabende verbrachte sie dort, um ihren Vater zu überreden, ihr Monatsbudget zu erhöhen. Denn ihr Vater wollte genau wissen, wofür sie das Geld ausgab. Schließlich hatte er hart dafür gearbeitet und wollte, dass sie Verantwortung für sich selbst und ihr Geld übernahm.

Sarahs Eltern besaßen drei Apotheken in Dublin, von denen sie eines Tages eine übernehmen würde. Also hatte Sarah auch ihr Auskommen. Das Sympathische an Sarah war jedoch, dass sie es nie an die große Glocke hängte. Wie alle anderen jammerte sie, wie blank sie sei, nur dass es bei ihr immer nicht ganz echt klang. Sie war auch stets dabei, wenn es galt, gegen Stipendienkürzungen zu protestieren, obwohl sie selbst nie eines hätte in Anspruch nehmen können. Sie tat nur so, als sei sie eine arme Studentin, dachte Julie – das war eigentlich ein feiner Zug von ihr.

Ihre eigene Situation war Julie ein wenig peinlich. Sie wusste nicht so recht, was sie empfinden sollte. Sollte sie sich privilegiert fühlen? Sollte sie sich schämen? Nein, das vielleicht nicht, denn schließlich hatte sie ein Recht auf ihr Stipendium. Ansonsten hätte sie vermutlich nicht in Galway studieren können. Ihre Eltern waren kleine Farmer, und ihr Dad arbeitete noch zusätzlich in dem Torfkraftwerk vor Ort. Allerdings erinnerte sie sich, dass er ein bisschen übertrieben hatte, als die Prüferin, die über das Stipendium entschied, bei ihnen zu Hause gewesen war. Julie hatte sich schrecklich geniert. Ihr Dad hatte ihren Bruder Noel angewiesen, mit dem zwei Jahre alten Traktor hinter den Heuschober zu fahren, und er hatte die Fotos vom Kaminsims genommen, die ihn und Mum vor drei Jahren in Spanien zeigten. Der Spanienurlaub war Dads Idee gewesen. Mum litt an Rheuma, und Dad hatte gedacht, dass sie das aufheitern würde, und das hatte es auch. Allerdings ging der Spanienurlaub die Prüferin überhaupt nichts an. Diese Leute wussten ohnehin schon viel zu viel über das Privatleben ihrer Mitmenschen. Neugierige Bürokratin, hatte er gesagt, als sie fort gewesen war.

»Möchte jemand einen Schokojoghurt?«, fragte Julie, nachdem die bescheidene Mahlzeit verputzt war. »Sie waren im Supermarkt im Sonderangebot und müssen heute weg.«

»Na, dann essen wir sie doch«, erwiderte Sarah und wühlte in der ledernen Motorradjacke herum, in der sie mehr oder weniger wohnte. »Hat jemand meine Kippen gesehen?«, erkundigte sie sich.

»Sarah, du willst uns wohl veräppeln? Du hast seit Wochen keine Kippen mehr gekauft und schnorrst nur«, entgegnete Liz. »Ich habe beobachtet, wie du sogar den pickeligen Typen aus dem Pharmaseminar angebaggert hast, nur damit er dir eine Major gibt. Du hast überhaupt keine Prinzipien!«

Liz studierte dieselben Fächer wie Sarah – Mikrobiologie, Biologie und Pharmazie.

»Ach, das war Fintan. Den finde ich eigentlich recht nett«, protestierte Sarah. »Hat jemand eine Zigarette für mich? Ich muss zum Joghurt eine rauchen.«

»Eigentlich wollte ich die für die Party am Wochenende aufheben«, ließ sich Maeve vernehmen. »Aber wenn du so auf Entzug bist …« Sie förderte eine Stange Benson and Hedges zutage, worauf alle in lauten Jubel ausbrachen.

»Maeve, du bist ein Engel, wo hast du die denn her?«, meinte Liz, die ihren Anteil sicher am längsten strecken würde.

Maeve lachte. »Nun, offen gestanden, habe ich sie geklaut, als zu Hause im Laden die Automaten nachgefüllt wurden. Eine Stange hie und da ist doch nicht so schlimm, oder?«

Maeve tat Dinge, die Julie nicht im Traum eingefallen wären. Sie saß Friseuren Modell und bekam dafür kostenlos die Haare geschnitten. Sie ging in Kaufhäuser, ließ sich Kleider mitgeben, trug sie, brachte sie zurück und sagte, sie stünden ihr doch nicht. Die Miete für die Wohnung hatte sie gedrückt, weil es keinen Fernsehanschluss gab. Das Handeln und Feilschen lag ihr einfach im Blut.

»Die geborene Geschäftsfrau«, sagte Julie. Sie war erleichtert, dass sie nun einen Teil ihres Mietbudgets für ihre Freizeitgestaltung ausgeben konnte.

Manchmal wünschte sich Julie, sie könnte ein bisschen so sein wie Maeve. Auseinandersetzungen und Verhandlungen jeder Art widerstrebten ihr zutiefst. Anstatt sich zu streiten, hatte sie den Abwasch von gestern erledigt, bevor sie das heutige Abendessen gekocht hatte. Eigentlich war nicht sie, sondern Sarah an der Reihe gewesen, das Chaos des Vorabends zu beseitigen. Aber die hatte es vor sich hergeschoben. Zuerst hatte sie mit einem Bericht über ein Laborpraktikum gekämpft. Danach hatte sie eine Versammlung gehabt. Dann hatte es kein heißes Wasser gegeben, weil Maeve alles beim Baden aufgebraucht hatte. Um Streit zu vermeiden, hatte Julie einfach gespült, ehe sie mit dem Kochen angefangen hatte.

»Ich habe schon mal den Boiler fürs Spülwasser angemacht. Also wäre ich euch dankbar, wenn niemand heißes Wasser verbrauchen würde, bevor ich fertig bin«, sagte sie spitz.

»Oh, Mist, Jules, es tut mir so leid«, erwiderte Sarah. »Ich habe gestern Abend nicht mehr gespült. Ich war schon zu spät zur Protestversammlung dran. Keine Sorge, ich kümmere mich heute darum. Ich bleibe sowieso zu Hause, um mir die Haare zu waschen.«

Sarahs Haare waren ein ständiges Problem, da man ziemlich viel Zeit ins Waschen und Trocknen der langen blonden Locken investieren musste. »Bitte sagt, dass jemand Shampoo gekauft hat. Ich kann nicht schon wieder Geschirrspülmittel nehmen. Da sehe ich ja aus wie diese New-Age-Tussen, die in der Stadt rumlaufen!«

»Wenn du es schon selbst ansprichst …«, frotzelte Liz und musterte ihre blonde Freundin von Kopf bis Fuß. Sarah trug Doc Martens zu einem Minikleid und zog abwechselnd an ihrer Zigarette und schob sich Löffel voll Joghurt in den Mund.

»Jetzt mal im Ernst«, antwortete sie, begleitet von einer Rauchwolke. »Bei dir ist das kein Problem, Liz. Du hast ja keine Haare.« Was beinahe stimmte. Doch das war Liz' freie Entscheidung. Da sie sich keine regelmäßigen Friseurbesuche leisten konnte, hatte sie einen stacheligen Stoppelschnitt, der glücklicherweise zu ihrem schmalen Gesicht passte.

Sarah war in Fahrt gekommen. Sie drückte die Zigarette im Joghurtbecher aus. »Mir reichts! Dass ich mir die Haare mit Geschirrspülmittel waschen muss, geht zu weit. Wir müssen mehr Geld für Kosmetik zur Seite legen.«

»Ich glaube, das Klopapier wird auch allmählich knapp. Als ich beim Einkaufen war, habe ich nicht daran gedacht …« Julie verzog entschuldigend das Gesicht.

»Ha! Für dieses Problem habe ich eine Lösung.« Liz rauchte und schlürfte Kaffee. »Ich gehe nachher zum Lernen in die Bibliothek. Im Klo neben dem Lesesaal ist ein Spender kaputt. Ich klaue uns welches.«

»Das wäre also geklärt«, meinte Sarah und kratzte die Essensreste von den Tellern. »Ach, übrigens, Jules, warum steht dein Fahrrad auf dem Treppenabsatz und nicht hinten im Hof?«

Auf diese Frage hatte Julie schon gewartet. Sie wusste, dass sie deswegen wahrscheinlich verspottet werden würde.

Die anderen würden sagen, dass sie zu sensibel, zu phantasiebegabt oder sonst etwas war. Doch sie war machtlos gegen ihre Gefühle. Wenn sie den Eindruck hatte, dass etwas nicht stimmte, dann war das so, ganz gleich, ob es der Wahrheit entsprach oder nicht.

»Wegen Ivan Flaherty. Er war im Hinterhof, als ich mein Rad abstellen wollte.«

»Und?«, hakte Liz nach.

»Nun, ich habe ihn erst nicht gesehen. Aber ich habe gespürt, dass da jemand war, als ich meine Tasche vom Gepäckträger nahm. Er stand da in der Ecke neben den Fässern.«

»Wahrscheinlich hat er nur eine geraucht oder die Fässer gestapelt«, meinte Maeve und band ihren Pferdeschwanz neu.

»Nein, er hat gar nichts gemacht, sondern nur geglotzt. Und dabei hat er mich mit offenem Mund dämlich angegrinst. Echt fies. Ich gehe da hinten nicht mehr raus. Auf gar keinen Fall. Von nun an bleibt mein Rad auf dem Treppenabsatz.« Julie hatte nichts gegen männliche Aufmerksamkeit, allerdings nicht von dem seltsamen Sohn ihres Vermieters.

»Offenbar ist der arme Idiot deinem Charme erlegen«, witzelte Liz.

»Nun, ich glaube nicht, dass er so wählerisch ist, Liz! Er gafft uns alle von der Theke aus an. Wie blöd, dass wir an der Kneipentür vorbeimüssen, wenn wir nach oben gehen. Mit dem Typen stimmt echt etwas nicht.«

»Liegt es an dem Arm, der kürzer ist als der andere, an dem Auge mitten auf der Stirn oder nur daran, dass er sabbert?«, fragte Sarah in die Runde. Alle lachten.

»Weißt du, Julie, wenn du dich ein bisschen anstrengst, kriegen wir vielleicht Freibier«, schlug Liz vor.

»Ich glaube, so dringend werde ich einen Drink niemals nötig haben.« Julie bedachte sie mit einem strafenden Blick. »Jedenfalls bin ich heute Abend in der Uni-Bar verabredet.«

»Heißt das, dass du heute Nacht nicht nach Hause kommst?«, fragten Maeve und Sarah im Chor.

»Neid hilft euch auch nichts«, entgegnete Julie, wohl wissend, dass sie in diesem Jahr mehr Affären gehabt hatte als die anderen drei zusammen.

Liz begleitete sie, als sie ihr Rad den dunklen Weg am Kanal entlang zurück zur Uni schob.

»Zerbrich dir nicht den Kopf über Ivan Flaherty, Jules. Du siehst spitze aus. Wenn die Männer dich ignorieren würden, würdest du dich noch mehr beschweren«, frotzelte Liz und verschwand in der Bibliothek.

Doch Julie wusste, dass mit Ivan Flaherty etwas nicht in Ordnung war.

Kapitel 6
Liz

Ein teurer Abend, aber das war es wert gewesen, dachte Liz. Ein Wind trug in dieser stürmischen Dezembernacht eine kalte, salzige Gischt vom Meer heran. Zwei Menschen saßen eng beisammen auf einem Stein, betrachteten die Bucht und teilten sich den Rest einer Zigarette, deren Spitze in der Dunkelheit gelblich glomm. Sie gehörten zu den letzten, die aus dem Salthill Hotel gestolpert waren, wo noch die wandelnden Untoten herumwankten – die, die ein Glas zu viel erwischt hatten.

Beim Verlassen des Foyers hatte sie eine Schnapsleiche, kopfüber schlafend in einem großen Blumenkübel, bemerkt. Eine andere bemitleidenswerte Person hatte sich gerade das lange braune Haar vollgekotzt. Liz' Geld hatte nur für drei Bier gereicht, worüber sie jetzt froh war.

Als Don Fitzgerald, Medizinstudent im dritten Jahr, sie gefragt hatte, ob sie mit zu dem Weihnachtsball seines Jahrgangs kommen wolle, war sie gleichzeitig überrascht, erfreut und erschrocken gewesen. Der dritte Medizinerjahrgang folgte seltsamen demographischen Regeln und schien überwiegend aus gut aussehenden Männern zu bestehen. Also war jede Form von Aufmerksamkeit aus diesen Reihen als persönlicher Erfolg zu werten.

»Du? Du, Liz Dillon, wirst von Fitzy zum Medizinerball

eingeladen? Doch nicht etwa vom hinreißend aufregenden Fitzy? Von dem Fitzy, von dem jede Frau sich sofort Kinder wünscht?« Julie blieb vor Neid der Mund offen stehen.

»So, so, eine Einladung vom Paten«, meinte Maeve. »Ob wohl alle seine Kumpels schon ein Date haben? Bei den Medizinern im dritten Jahr gibt es ein paar wirklich schnuckelige Typen. Lass uns mal schauen, was man da machen kann … was haltet ihr davon, wenn wir nächstes Wochenende hier ein großes Curryessen veranstalten? Vielleicht springen da noch ein paar Einladungen zum Ball heraus?«

»Moment mal.« Liz hatte Angst. Das kam überhaupt nicht in Frage. »Du willst, dass ich einen Haufen anderer Mediziner zu uns einlade, damit ihr anderen auch zum Ball könnt?«

Aber Maeve meinte es wirklich ernst. Aus irgendeinem Grund schaffte sie es nie, selbst ein Date zu ergattern, und verließ sich dabei auf die anderen.

»Die Aufräumarbeiten nach der letzten Fete haben eine Woche gedauert«, stöhnte Sarah und stapelte die Filter von zwei Zigarettenkippen aufeinander. Sie hatte gerade erst dafür bezahlt, dass eine neue Scheibe in die Haustür eingesetzt würde. Der Typ, den sie eingeladen hatte, hatte sich außerordentlich kräftig betrunken und war dann auf Julies Rad den Flur entlang und durch die Wohnungstür gefahren. Als es passierte, hatten sich alle halb totgelacht. Allerdings hatte der alte Flaherty verlangt, dass sie die Reparatur bezahlten. Und nun kriegte Julie ständig die Krise, weil sie befürchtete, dass Flaherty junior unten an der Treppe stand und durch das Loch in der Tür glotzte. Fieser Spinner!

»Wartet mal, Leute«, sagte Sarah. »Momentan machen wir ein bisschen zu viel Party. Irgendwann müssen wir auch mal büffeln. Wir haben dieses Semester sowieso viel zu wenig gelernt.« Jetzt umwickelte sie gerade die Zigarettenfilter mit Klebeband.

Verdattert drehten sich drei Köpfe zu ihr um.

Aber Sarah ließ sich nicht beirren. »Ja, für euch ist es in Ordnung. Doch ich muss viel länger studieren als ihr, bis ich meinen Abschluss habe. Ich kann es mir nicht leisten, ein Jahr zu wiederholen. Ansonsten hänge ich hier rum, bis ich einen dämlichen Rollator brauche.«

Das stimmte. Liz hatte Mitleid mit ihr. Sarah hatte noch eine Menge Arbeit vor sich. Sie steuerte den Abschluss in Pharmazie auf einem Umweg an. Da ihre Noten nicht für ein Pharmaziestudium gereicht hatten, musste sie zuerst Naturwissenschaften studieren und dann später zur Pharmazie wechseln. Allerdings hatte Liz den Verdacht, dass Sarah mehr Zeit zum Lernen gehabt hätte, wenn sie nicht bei jeder Protestveranstaltung und jeder Demonstration der Studentenvertretung dabei gewesen wäre. Hätte Sarah im letzten Semester so viel Zeit mit ihren Büchern verbracht wie mit der Organisation einer Studentendemo gegen den Besuch von Präsident Reagan in Galway, hätte sie die geforderte 44-Prozent-Hürde vermutlich knapp geschafft.

»Ich bin ganz Sarahs Ansicht«, sagte Liz, die nicht unbedingt begeistert davon war, eine Horde von für ihre ausschweifenden Gelage berüchtigten Medizinstudenten in ihre Wohnung einzuladen. »Außerdem habe ich das viel dringendere Problem, ein traumhaftes Ballkleid aufzutreiben, das meinen Kurven schmeichelt …«

Mit dieser sarkastischen Bemerkung machte sich Liz selbst schlecht. Sie hatte zwar keine üppigen Kurven, aber sie war zierlich, knabenhaft und attraktiv.

»Ich habe in Dublin noch zwei Debütantinnenkleider«, bot Sarah an. »Die kannst du dir mal anschauen. Das eine ist ein rückenfreies aus roter Seide und das andere ein Taftkleid. Ich bringe sie mit, wenn ich nächstes Wochenende nach Hause fahre.«

»Oh, Sarah, du bist meine Rettung.« Gerührt von der Großzügigkeit ihrer Freundin, fiel Liz ihr um den Hals. Sarah war immer sofort bereit zu teilen.

»Kein Problem. Ich muss dieses Wochenende sowieso nach Hause, um Mrs. D. Bericht zu erstatten. Sie glaubt, dass wir hier nur Party machen. Sie könnte recht haben ... ach, vergiss diese Bastelei. Ich gehe ins Seminar, da haben sie immer Kippen.«

Sarahs Entschluss, sich auf den Hosenboden zu setzen, stand auf tönernen Füßen. Wieder würde ein Abend in Rauch aufgehen. »Seminar« war eine Bezeichnung, die in die Irre leitete – in Wirklichkeit handelte es sich um ein Haus in Hazel Park unweit der Universität, das von einigen Jungs aus Mayo bewohnt wurde, die immer Schwarz trugen. Die Anspielung auf ein Priesterseminar war pure Ironie, denn ihr Verhalten hatte absolut nichts Klösterliches an sich. Besucher wurden in der Vorhalle von einer knapp bekleideten Madonna aus Pappe begrüßt. Sie hatten die Pappfigur im Kino stibitzt und sie an der Kathedrale vorbei und die Newcastle Road entlang heimgeschleppt.

Zwischen Claddagh und dem Seminar herrschte reges Kommen und Gehen – hauptsächlich basierte der Kontakt auf Freundschaft und guten Gesprächen. Es gab keine der üblichen Komplikationen, die für gewöhnlich durch sexuelle Spannungen entstanden. Liz hatte nicht den Eindruck, dass auch nur ein einziger Seminarist an ihr interessiert war. Maeve schien derartige Begierden nicht auszulösen, und Sarah liebte alle Menschen gleichermaßen. Bei Julie konnte man sich allerdings nie ganz sicher sein – zwischen ihr und dem anderen Geschlecht lief immer etwas.

Liz empfand die entspannte Atmosphäre in Hazel Park stets als besonders angenehm. Sie wollte sich nicht durch romantische Gefühle von ihren Prüfungen ablenken lassen. Deshalb trafen sie die Verführungskünste von Don Fitzgerald völlig überraschend.

Einige Wochen nach der sagenumwobenen Einladung fand sie sich in Sarah Devereaux' rotem rückenfreiem Seidenkleid auf dem Medizinerball wieder. Und sie amüsierte sich großartig. Don war sehr aufmerksam und fürsorglich, als einige seiner Kommilitonen anfingen, ziemlich über die Stränge zu schlagen.

Ihr Tischnachbar beim Abendessen hatte schlechte Zähne, die er immer wieder in einem anzüglichen Grinsen fletschte. Eigentlich zeigte er mehr Interesse an Liz als an der blassen Frau, die er als Begleiterin mitgebracht hatte. Seine feuchtkalte Hand berührte Liz am nackten Rücken, während er sich über sie beugte und ihr seinen Knoblauchatem ins Gesicht pustete.

»Hast du Spaß mit Fitzy? Alle Frauen lieben Fitzy, nicht wahr? Er will sich auf Gynäkologie spezialisieren, wusstest du das …« Lüstern gaffte er Liz ins magere Dekolleté. Sie zuckte zusammen. Was für ein aufdringlicher Widerling.

»Nimm dich zusammen, Simon, und führ dich nicht so idiotisch auf«, sagte Don und beförderte die tastende Hand des Mannes mit einem Stoß zurück auf den Tisch.

»Verpisschh dich, Fizzy«, erwiderte Simon mit schwerer Zunge. »Ich hole mir jetzt ein Bier.« Mit diesen Worten torkelte er in Richtung Bar, während seine blasse Begleiterin ihm mit leidender Miene nachblickte.

»Eigentlich ist Simon ganz in Ordnung«, meinte Don und legte lässig den Arm um Liz' Stuhllehne. »Nur wenn es um Frauen geht, kann man ihn vergessen. Obwohl ich es ihm nicht zum Vorwurf machen kann, dass er versucht hat, dich anzugraben. Du siehst heute wirklich hinreißend aus – wirklich hinreißend.« Seine Hand wanderte vom Stuhl zu ihrer Schulter. Als er lächelte, entstanden Fältchen in seinen Augenwinkeln, und gesunde, ebenmäßige, weiße Zähne kamen in Sicht. Sie spürte, wie ihr von innen heraus angenehm warm wurde. Doch im nächsten Moment traf etwas Feuchtes ihre Brust und rutschte ihr in den Ausschnitt.

»Was zum …!!« Sie schaute an sich herunter und angelte eine schwarze Kirsche heraus, die noch vor Kurzem eine Schwarzwälder Kirschtorte geziert hatte. Am Nachbartisch war eine ausgiebige Essensschlacht ausgebrochen. Löffelweise Fruchtcocktail und Sahnehäufchen wurden durch den Raum geschleudert.

»In Deckung!«, rief Don. Ein Buttercremekringel flog knapp an Liz vorbei und landete frontal im Gesicht von Simon, der gerade torkelnd und mit einem Bier in der Hand von der Bar zurückkehrte.

»Komm, wir gehen eine rauchen.« Don packte sie an der Hand, und gemeinsam rannten sie, weiteren Wurfgeschossen ausweichend, am Hoteldirektor vorbei, der einem Herzanfall nahe zu sein schien.

Draußen lehnten sie sich an die Motorhaube eines Autos. Don legte Liz seine Jacke um die Schultern und nahm ein Döschen aus der Hosentasche.

»Magst du?«, fragte er, nachdem er den Joint gedreht hatte.

»Nein danke, von dem Zeug wird mir schlecht.«

»Sicher? Es ist guter Stoff …« Er inhalierte tief und pustete ihr den Rauch spielerisch auf die Lippen.

»Ich bin nicht sicher … ich glaube, besser nicht.«

»Komm schon. Mach den Mund auf«, wies er sie an.

Sie gehorchte, ohne zu wissen, was nun geschehen würde. Diesmal umfasste er beim Ausatmen ihr Gesicht und presste seine Lippen auf die ihren. Sie spürte, wie ihr schwindelig wurde, und fing an zu husten. Lachend strich Don ihr mit dem Finger über die Wange.

»Noch mal?«, fragte er.

»Machst du Witze?«, keuchte Liz. »Den Rauch kannst du weglassen«, fügte sie mit einem kecken Blick hinzu.

Don drückte den Joint aus und verstaute den Rest in dem Döschen. Dann fuhr er mit seinen Fingern durch ihre Igelfrisur, zog sie an sich und küsste sie lang und leidenschaftlich. Er küsst nicht schlecht, dachte Liz. Neun von zehn möglichen Punkten.

»Besser?«, fragte Don.

»Viel besser«, erwiderte Liz, schlang die Arme um ihn und steckte die Hände in seine Jackentaschen, um sich zu wärmen. Als sie einen kleinen, quadratischen Gegenstand ertastete, holte sie ihn heraus. Es war ein Plastikpäckchen.

»Offenbar hast du mit einem amüsanten Abend gerechnet. Findest du das nicht ein wenig voreilig?«, meinte Liz.

Don tat sein Bestes, genauso erstaunt zu wirken wie sie. Er nahm das Kondom und musterte es verwirrt.

»Wie mag es nur da hineingeraten sein? Sicher hat Simon, dieser Blödmann, es mir zugesteckt …«, sagte er mit bemüht verdatterter Miene.

»Wirklich?«, höhnte Liz. »Es wäre echt sehr kühn von dir zu glauben, dass ich beim ersten Date mit dir schlafe …«

Liz hatte ihre Prinzipien, und das war eines davon. Kein Sex beim ersten Date. Obwohl Julie behauptete, dass der Sex beim ersten Date meist der beste war.

»Ich bin völlig deiner Ansicht – ich habe auch meine Prinzipien.«

Dabei machte er ein so ernstes Gesicht, dass sie in Lachen ausbrach. Erleichtert legte er den Arm um sie und kehrte mit ihr in das Menschengewühl zurück, das den restlichen Abend bestimmte.

Als die Disco schließlich mit lauten Klängen von den Dexys Midnight Runners endete, schlug Don einen Spaziergang auf der Promenade vor, um wieder einen klaren Kopf zu bekommen. Sie schlenderten vom Ballsaal in Seapoint bis nach Blackrock, während der Wind Liz' Beine umwehte und ihren roten Rock wirbeln ließ wie bei Marilyn Monroe.

»Wirklich ein sehr schönes Kleid.« Dons Stimme klang samtig und süß wie Honig. Er strich ihr mit der Hand über den seidigen Stoff zwischen Oberschenkel und Knie.

»Findest du? Es gehört mir nicht. Eine Leihgabe von Sarah. Ich fürchte, meine Finanzen reichen nicht für Designerkleider.«

»Sarah – Sarah Devereaux, das Mädchen aus Dublin mit den großen traurigen Augen?«

Liz traute ihren Ohren nicht.

»Ja, dass sie aus Dublin ist, stimmt. Das mit den Augen weiß ich nicht. Wie kommst du darauf?« Liz hatte Sarah stets als vergnügtes Mädchen wahrgenommen und war erstaunt, dass jemand sie anders sah.

»Ich weiß nicht genau … Ich begegne ihr ab und zu im Labor. Sie macht auf mich immer einen traurigen Eindruck. So als fühle sie sich irgendwie fehl am Platz. Ich bin nicht sicher …« Seine Stimme erstarb. »Jetzt genug von Sarah Devereaux. Ich interessiere mich für dich. Am besten begleite ich dich jetzt nach Hause. Ich friere mir hier auf diesem Felsen nämlich den Arsch ab.«

Auf dem Rückweg nach Claddagh kamen sie an beschwipsten Nachtschwärmern vorbei, die sich als späten Imbiss Pommes mit Curry und Burger mit Krautsalat gönnten und das Papier einfach auf den Boden warfen.

So spät in der Nacht war es in der Wohnung sehr still. Sie sanken auf das abgewetzte Sofa und zogen die Schuhe aus. Trotz der Ankündigung, dass es keinen Sex geben würde, unternahm Don den Versuch, den Träger ihres rückenfreien Kleides zu öffnen. Doch nach einigen ungeschickten Anläufen kühlte sich seine Leidenschaft ab, und er nickte an Liz' Schulter ein. Das war zumindest das Letzte, woran sie sich erinnerte.

Sie wurde wieder in die Wirklichkeit zurückgeholt, als jemand, begleitet vom kläglichen Bimmeln der Klingel, laut und beharrlich an die Wohnungstür klopfte.

Verdammter Mist, wo brennt es? Mühsam richtete sie sich auf und rieb sich die Augen. *So ein Dreck, ich hab die Kontaktlinsen nicht rausgenommen.* Ihre Augen fühlten sich trocken und krümelig an, und sie hatte einen Geschmack im Mund, der an den Boden eines Vogelkäfigs erinnerte. Das Geklopfe ging weiter.

»Okay, okay, macht doch nicht so einen Aufstand. Ich komme!«, rief sie. Ihre Stimme klang, als spräche da jemand anderer.

Sie stolperte an der im Flur herumliegenden Unterwäsche vorbei. Da lag auch ein Slip. *Oh, Gott, nein … ich habe doch nicht etwa … oder*? Als sie das beruhigende Drücken des Gummibündchens spürte, legte sich die Panik sofort. Sie war gestern Nacht verhältnismäßig nüchtern gewesen. Sicher würde sie sich noch erinnern, wenn sie schwach geworden wäre.

Offenbar hatte jemand seinen Finger fest auf der Klingel liegen, denn das Bimmeln verwandelte sich in einen schrillen Dauerton. Verärgert riss sie die Tür auf und spähte mit finsterer Miene hinaus.

»Was soll der Schwachsinn?«, begann sie zu schimpfen, sah aber zu ihrer Überraschung eine zierliche, elegante Frau mit makelloser Frisur vor sich, die einen Pelzmantel trug und eine teure Handtasche umklammerte.

»Entschuldigen Sie die Störung«, sagte die Frau kühl. »Aber ich dachte, dass selbst Studenten um diese Uhrzeit wach sind.« Obwohl ihre Lippen sich zu einem Lächeln formten, blieb ihr Blick kalt. »Ich bin doch hier richtig, oder? Ist Sarah da? Sarah Devereaux?«

Ach, herrje, das war sicher die gefürchtete Mrs. D., Sarahs Mutter. Verdammter Mist! In der Wohnung sah es zum Gruseln aus. Wie in einem besetzten Haus, nein, noch schlimmer, wie in einem Puff.

»Angela Devereaux, Sarahs Mutter«, sagte sie und streckte Liz eine stark beringte Hand entgegen. »Ich fürchte, Sarah hat mich nicht erwartet. Wir hatten gestern Abend eine Apothekertagung im Ardilaun. Eigentlich war dieser Besuch nicht geplant.«

Ganz recht, verdammt, sie rechnet nicht mit dir, dachte Liz. Wo war Sarah eigentlich? Liz hatte keine Ahnung, ob sie sich überhaupt in der Wohnung aufhielt. Inzwischen hatte Mrs. Devereaux sich in die Wohnung geschoben und beäugte die Unterhose auf dem Fußboden. Liz bückte sich so lässig wie möglich und hob sie auf.

»Ach, hallo, Mrs. Devereaux. Ich bin Liz. Möchten Sie sich nicht ins Wohnzimmer setzen? Ich schaue nach, ob Sarah da ist.« Ihre Stimme klang noch heiser und belegt von gestern Abend. Im nächsten Moment fiel ihr ein, dass Don ja noch auf dem Sofa schlief. Was sollte sie tun? Die Küche kam auch nicht in Frage. Da stand der Abwasch von drei Tagen herum, und jemand hatte aus unerklärlichen Gründen den Wäscheständer auf den Tisch gestellt.

Zu spät. Mrs. Devereaux war bereits im Wohnzimmer und musterte abfällig Don, der gerade mit verquollenen Augen aufgewacht war. Zum Glück war er bekleidet. Man musste schon für die kleinen Dinge im Leben dankbar sein. Die beiden einander vorzustellen, erübrigte sich. Liz überließ sie ihrem Schicksal.

Sie hastete zu Sarahs und Julies Zimmer und klopfte an, wobei sie fast das geklaute Schild mit der Aufschrift *Moycullen 6 miles* heruntergeworfen hätte. Auf Stimmengemurmel folgte Gelächter. Vorsichtig öffnete sie die Tür und spähte um die Ecke. Sarahs Bett war leer, Julies Bett hingegen mehr als überbelegt: von Julie und einem Begleiter mit behaarten Beinen.

»Sarahs Mutter ist hier«, zischte Liz. »Wo zum Teufel ist Sarah?«

Julie fuhr ruckartig hoch, sie hatte nichts am Leib als einen Knutschfleck.

»Oh, Gott! Sarahs Mutter. Mist, was macht die denn hier? Sarah ist, glaube ich, gestern ins Seminar gegangen.

Die wollten selbst gebrautes Bier testen. Ich bin nur hier, weil ich meinen Text für *Die Katze auf dem heißen Blechdach* lernen wollte.«

Der Hügel im Bett fing an, sich zu bewegen. »Ja, ich verstehe«, murmelte Liz und zog mit einem Blick auf die behaarten Beine die Augenbrauen hoch. »Pass auf, ich leihe mir dein Rad und fahre hin, um sie zu holen. Das ist vermutlich deins.« Sie warf das Höschen aufs Bett und schloss die Tür.

»Ist Sarah gar nicht da?«, fragte Mrs. Devereaux leicht ungeduldig und mit einem Blick auf ihre goldene Armbanduhr. »Die Tagung fängt bald wieder an. Was für ein Jammer …«

»Kein Problem, Mrs. Devereaux. Sie ist gleich um die Ecke. Ich hole sie. Geben Sie mir nur ein paar Minuten.«

Liz stürmte aus der Wohnung und ließ einen verdatterten Don zurück, der eine zunehmend verärgerte Mrs. Devereaux verständnislos anstarrte.

Liz kam sich ein wenig albern vor, als sie wie von wilden Furien gejagt in einem roten Seidenkleid, Doc Martens und Dufflecoat die St. Mary's Road hinaufstrampelte. Aber etwas sagte ihr, es sei wichtig, dass sie Sarah so schnell wie möglich herbeischaffte.

Nach einem wilden Ritt auf der Lenkstange kam Sarah zwanzig Minuten später ins Wohnzimmer spaziert. Sie sah zerzaust, verkatert und nervös aus. Don Fitzgerald hatte sich aus dem Staub gemacht. Da Liz Ärger witterte, verdrückte sie sich in die unaufgeräumte Küche. Allerdings konnte sie nicht anders, als das förmliche Gespräch zu belauschen.

»Hallo, Mum, ich habe dich gar nicht erwartet.«

»Tja, das sehe ich selbst …« Mrs. Devereaux' Tonfall

sprach Bände. »Isst du regelmäßig, Sarah? Lernst du? Schläfst du überhaupt? Wir wollen doch nicht, dass du wieder im Krankenhaus landest wie im letzten Sommer …«

Krankenhaus? Das war Liz neu. Sarah hatte gar nicht erwähnt, dass sie im letzten Sommer im Krankenhaus gewesen war.

»Gott verhüte, dass ich dich noch einmal in Verlegenheit bringe. Welche Frage soll ich zuerst beantworten?«, gab Sarah zurück.

»Sei nicht störrisch, Sarah. Du bist hier nicht in einem dämlichen Ferienlager auf dem Land. Obwohl es hier aussieht wie in einem Lager – einem Straflager!«

Hoppla, das ist doch etwas übertrieben, dachte Liz, während sie festgebackene Cornflakes vom Spülbecken kratzte.

»Ich weiß, ich weiß, Mum. Ich lerne ja …« Inzwischen klang sie ein wenig versöhnlicher. »Ich besuche meine Vorlesungen. Ich gebe die Seminararbeiten pünktlich ab. Du brauchst dir also keine Sorgen zu machen. Ehrlich nicht.«

»Hör zu, Sarah, du bist jetzt erwachsen und für dich selbst verantwortlich. Trotzdem erwarten dein Vater und ich, dass du deine Chancen nicht einfach wegwirfst. Schau, was mit der Abschlussprüfung passiert ist. Die Apotheke in Rathmindes wartet auf dich, sobald du mit dem Studium fertig bist. Ich weiß, bis dahin ist noch viel Zeit, doch du hast ein klares Ziel vor Augen. Ich habe mit deinem Vater gesprochen, und wir sind uns einig, dass du in diesem Sommer dort arbeiten solltest, um ein Gefühl fürs Geschäftliche zu bekommen.«

Herrje, das hatte Sarah nicht eingeplant. Was war mit Amerika? Sie hatten doch alle zusammen mit einem Praktikumsvisum hinfliegen wollen.

»Aber Mum, was ist mit meinem Visum? Ich fliege im Sommer in die Staaten. Schon vergessen? Ich habe eine Praktikantenstelle als Kostümbildnerin an einem Theater …«

»Ach, Sarah, mein Kind, mach dich doch nicht lächerlich. Wie soll dich das denn weiterbringen? Vielleicht kannst du am Ende der Sommerferien ja Tante Dorothy auf Rhode Island besuchen. Daddy und ich finden natürlich, dass Fleiß auch belohnt werden muss.«

»Aber, Mum, Eva und Aisling durften in den Semesterferien per Interrail quer durch Europa fahren. Die hast du nicht gezwungen, in der Apotheke zu arbeiten …«

Es war Liz peinlich zu hören, wie verzweifelt Sarah klang. Sie versuchte, die Küchentür zu schließen, doch die war verzogen und ließ sich nicht ganz zumachen.

»Ach, übrigens, Sarah, mein Schatz, du solltest wirklich sorgsamer mit deinen Sachen umgehen. Das rote Kleid, das deine Freundin mehr oder weniger verrutscht am Leib hat, habe ich für dich in London gekauft. Soweit ich feststellen kann, ist es zerstört …«

Mit glühenden Wangen schaltete Liz das Radio an. Sie konnte nicht länger zuhören.

Die arme Sarah.

Kapitel 7
Maeve

Maeve war zurückgeblieben. Davon war sie überzeugt. Es war mehr oder weniger schleichend geschehen, und sie fühlte sich gar nicht wohl dabei. Sie hatte sich nicht bewusst entschieden, das Studium schleifen zu lassen, und dennoch war es passiert. In Statistik klafften einige Lücken, in denen ihr schlichtweg das Wissen fehlte. Um neun Uhr morgens zu den Vorlesungen zu gehen, hätte geholfen. Außerdem wollte jede Menge Wirtschaftstheorie auswendig gelernt werden. Nichts davon war zu realisieren, wenn sich die Gespräche über ihr seelisches Empfinden in ihrer Wohnung, bei Kaffee und Unmengen Zigaretten, bis in die Morgenstunden hinzogen.

Natürlich war es auch nicht sehr hilfreich, dass keine ihrer Mitbewohnerinnen vor Mitternacht den Weg ins Bett fand. Aus einem unerklärlichen Grund waren Gespräche um ein oder zwei Uhr morgens einfach interessanter als um acht Uhr abends.

Maeve war keine Einserstudentin. Sie hatte sich nie durch glänzende Noten hervorgetan, doch bis jetzt hatte es immer für einen guten Durchschnitt gereicht. Im letzten Jahr hatte sie zur Untermiete bei einer Familie gewohnt. Das bedeutete regelmäßige Mahlzeiten und jemanden, der ein Auge darauf hatte, wann sie kam und ging. Das war ihrer Vermieterin ein Anliegen gewesen.

In diesem Jahr war alles anders. Essen gab es irgendwann, und manchmal wurde es, wie auch das Schlafen, einfach ersatzlos gestrichen. Es gab jede Menge Ausreden. Ein spontaner Besucher zum Beispiel, Ebbe in der Kasse, eine Fete – etwas war immer geboten. Besonders seit ein paar Wochen hatte Maeve das Gefühl, dass die Dinge aus dem Ruder liefen.

Diese Woche ging es noch mehr drunter und drüber als sonst, denn es war Narrenwoche, die Woche, in der die meisten Studentenstreiche und Partys stattfanden. Es war zwecklos, sich an der Uni konzentrieren zu wollen. Eine aufgekratzte Stimmung hatte von jedem Arbeitsplatz im Lesesaal, jedem Hörsaal und jedem Tisch in der Bibliothek Besitz ergriffen. Es war Chaos pur, angefacht von einer aufgedrehten Stimmung, Alkohol und dem Galgenhumor derer, die wussten, dass sie es ohnehin nicht schaffen würden.

Sie hatte sich geweigert, bei einem verrückten Damespiel auf dem Vorplatz der Uni mitzumachen, denn sie hatte die desaströsen Folgen im letzten Jahr gesehen. Die Damesteine bestanden aus Gläsern mit Potcheen, einem Gerstenschnaps, oder roter Limonade darin – jedes brachte die Mitspieler einen Schritt näher an schwallartiges Erbrechen oder sogar einen Krankenhausaufenthalt.

Jetzt war der richtige Zeitpunkt, um aufzuholen. Wenn sie sich auf den Hosenboden setzte, konnte sie den Rückstand wieder wettmachen. Während alle anderen eine Lernpause einlegten, würde sie das Versäumte nacharbeiten. Die Vorstellung, das Jahr wiederholen zu müssen, war unerträglich. Die enttäuschte und gekränkte Miene ihres Vaters wollte sie sich nicht einmal vorstellen. Sie war die Erste in ihrer Familie, die studierte. Paudie Molloys Tochter studiert oben in Galway Wirtschaft, haben Sie das schon gehört? Nein, sie durfte ihm nicht den Stolz nehmen oder ihm die Hoffnungen rauben.

Sie hatte beobachtet, dass Wiederholer in einer Art Niemandsland lebten, während ihre Altersgenossen sie hinter sich zurückließen. Die Mitglieder des Jahrgangs, in dem sie landeten, wussten nicht, wie sie sich ihnen gegenüber verhalten sollten. Sollten sie sie bedauern? Oder ihr Scheitern überspielen, indem sie ihnen auf die Schulter klopften? »Sicher hattest du doch trotzdem ein tolles Jahr, ständig auf Feten und bei wilden Gelagen, oder?«, sagten sie dann. Doch damit war es noch lange nicht ausgestanden. Soweit Maeve es beurteilen konnte, waren Wiederholer im wahrsten Sinne des Wortes Wiederholungstäter. Offenbar lernten sie nicht aus ihren Fehlern.

Allerdings war Maeve nicht die Einzige, die in Schwierigkeiten steckte. Es war Zeit, dass sie alle Bilanz zogen. Sarah hatte Stein und Bein geschworen, dass sie wieder büffeln würde. Doch Maeve glaubte das nicht so ganz. Sarah strotzte immer vor guten Vorsätzen. Und dennoch war sich Maeve sicher, sie aus der Ferne gesehen zu haben, wie sie den College-Rudermannschaften zujubelte, die sich kostümiert auf dem Corrib ein Rennen lieferten. Sobald die Narrenwoche vorbei war, würde sie wieder in Verzweiflung versinken. Maeve hatte das schon öfter erlebt. Dann jammerte sie darüber, wie viel Stoff sie verpasst hatte. Dass alles so sinn- und zwecklos war. Und drohte, sich mit Benzin zu übergießen und sich mitten auf dem Vorplatz der Universität anzuzünden wie die indischen Märtyrer. Bis in die frühen Morgenstunden saß sie dann rauchend allein in ihrem Zimmer und schaffte es erst mittags aus dem Bett. Sie versäumte Seminare, wurde noch weiter abgehängt, war depressiv und einfach unerträglich.

Maeve würde nicht in diese Falle tappen. Sie würde einen Bogen um die Veranstaltungen während der Narrenwoche machen. Und die Finger von Sexorgien und dämlichen Trinkgelagen lassen. Ganz bestimmt. Sie würde jetzt zurück in die Wohnung in Claddagh gehen und büffeln. Auf dem Weg an der Kathedrale vorbei und Nun's Island hinunter beglückwünschte sie sich selbst zu ihrer Entscheidung.

Als sie sich dem Haus näherte, sah sie, dass Ivan Flaherty gerade die Fenster putzte. Herrje, was für ein Wicht. Ein richtiger Loser. Er steckte auch nicht mehr Energie ins Fensterputzen wie in andere Dinge.

»Wie läuft's denn so, Maeve?« Er grinste sie lüstern an.

Woher kannte er ihren Namen? Der Typ war ihr unheimlich. Schnell schlüpfte sie ins Haus.

Die Wohnung war unaufgeräumt, aber still. Da es schon Mitte März war, strömte Sonnenlicht durch die schmutzigen Scheiben. Sie würde sich ihre Bettdecke schnappen und sich mit ihren Büchern ans Fenster setzen.

Als sie die Tür zu Julies und ihrem gemeinsamen Zimmer öffnete, entstand in Julies Bett Bewegung, gefolgt von einem kehligen Auflachen.

»Mein Gott, Julie, wir haben Narrenwoche, nicht Vögelwoche!«

»Sehr witzig, Maeve.«

Austin Clancy, Mitglied der Theatergruppe, stützte sich im Bett auf und strich seine langen blonden Haare zurück. »Ja, wirklich witzig.« Er grinste breit.

»Entschuldige, Maeve, Austin wollte gerade gehen.«

»Echt? Ich hatte den Eindruck, dass er gerade kommen will …« Sie zerrte die Decke von ihrem eigenen ordentlich gemachten Bett.

»Ach, eine Komödiantin! Gar nicht so schlecht.« Austin zog die buschigen Augenbrauen hoch.

Mist, Mist, Mist, dachte Maeve. Warum habe ich das gesagt? *Was interessiert es mich, womit Julie ihre Zeit verbringt und mit wem sie vögelt.* Es war nur einfach nervig, ständig einen anderen Mann in ihrem Schlafzimmer anzutreffen. Kein Wunder, dass Julie Probleme in der Uni hatte. Sie war vom vielen Sex einfach zu erschöpft. Jetzt würde Austin Clancy Maeve für eine verbiesterte alte Jungfer halten, der man es nur mal so richtig besorgen musste. Sie nahm sich vor, besonders charmant zu sein, wenn er aus dem Zimmer kam.

Sie machte sich eine Tasse Kaffee, wickelte sich in ihre Decke und holte das Statistikskript heraus. Doch so sehr sie auch versuchte, sich zu konzentrieren, es klappte einfach nicht. Sie war noch immer verärgert. Lag es daran, dass sie als einzige keinen Freund hatte? Liz war noch immer mit Don Fitzgerald zusammen, dessen ständige Gegenwart ihn vom göttergleichen Wesen zum normalen Sterblichen herabgestuft hatte. Dass er von einer der »Claddagh Vier«, wie sie sich inzwischen nannten, erobert werden konnte, hatte ihn seines legendären Charismas beraubt. Bei Julie gaben sich die Verehrer die Klinke in die Hand, wobei Austin Clancy ihre neueste Eroberung war. Selbst Sarah hatte einen Freund. Sie war so kühn gewesen, mit jemandem anzubandeln, der nicht den illustren Studentenkreisen, sondern der Arbeiterschicht angehörte. Einem Mann, der einen ordentlichen Beruf ausübte und ein Gehalt verdiente. Maeve schmunzelte spöttisch. Sie fragte sich, ob Mrs. Devereaux das wohl auch so sehen würde. Vermutlich nicht. Diese Megäre mit ihrer steif gesprayten Frisur würde vermutlich vor Abscheu erschaudern, wenn sie erfuhr, dass ihre Tochter das Bett mit einem stinkenden Fischer teilte.

Inzwischen verbrachte Sarah nur noch wenige Nächte zu Hause und tauschte die spartanischen Reize der Wohnung in Claddagh gegen die nicht minder unkomfortable und streng riechende Kajüte von Raymonds Fischerboot. Sie war ihm erst vor zwei Monaten begegnet, nach vier Flaschen Stag und zwei Packungen Chips mit Räucherspeckaroma. »Ich habe ihn verführt!«, verkündete sie und tänzelte durch die Wohnung. Allerdings bezweifelte Maeve, dass große Verführungskünste nötig gewesen waren. Ein Lächeln und ein Blick in die richtige Richtung dürften genügt haben. Raymond war schlank und muskulös und hatte das wettergegerbte Gesicht eines Fischers. Außerdem erzählte er schmutzige Kalauer, die Sarah lustig fand. Maeve hingegen nicht.

Liz hatte wie immer die positive Seite dieser Beziehung gesehen und wie die WG davon profitieren konnte. Als Sarah nach einem Wochenende der Abwesenheit mit zwei großen Tüten voller Seehecht und Makrelen zurückgekehrt war, war Liz im siebten Himmel geschwebt. Kostenloses Essen! Eine Woche lang hatten sie sich von Fischpastete ernährt.

Maeve kritzelte eine Mischung aus Kringeln und Wörtern an den Rand ihres DIN-A4-Blocks und tröstete sich mit dem Wissen, dass sie nicht viel verpasste. Wenn Raymond der Fischer, das Beste war, auf das sie hoffen konnte, entging ihr eigentlich nichts.

Aber jetzt musste sie sich endlich konzentrieren. Bis zu den Prüfungen waren es nur noch knapp zwei Monate. Was sollte es bringen, sich so spät im Jahr auf eine Beziehung einzulassen? Im Sommer würde noch genug Zeit für Romantik sein. Ihr Visum war bewilligt worden. Nach den Prüfungen ging es auf in die Staaten.

Sollten die anderen doch Party machen oder in Salthill durch die Discos ziehen. Sollten sie ins Beach oder ins Warwick gehen oder im Oasis in ihren besten weißen T-Shirts bei Schwarzlicht tanzen. Sollten sie sich mit Pommes und Kebab vollstopfen und in Telefonzellen einschlafen. Sollten sie Verkehrszeichen und Einkaufswagen klauen. Maeve würde da nicht mitmachen. Sie würde lernen. Sie würde die bohrende Furcht und die Zweifel unterdrücken, die sich in ihrem Bauch aufbauten. Und wenn es sie umbrachte, sie würde diese Prüfungen bestehen.

Allerdings wurden ihre Pläne mitten in diesem Studienjahr von einigen Ereignissen durchkreuzt. Ereignisse, auf die sie keinen Einfluss hatte. Zuerst war da *der Zwischenfall* mit Julie und Ivan Flaherty, diesem Loser. Wie schaffte es Julie nur immer, im Mittelpunkt sämtlicher Schwierigkeiten zu stehen? Obwohl sie beschlossen hatte, dass es zu gefährlich war, ihr Fahrrad im Hinterhof des Pubs zu parken, kam sie auf den Gedanken, ihre Wäsche dort aufzuhängen, und spannte an einem windigen und sonnigen Samstag eine provisorische Wäscheleine zwischen zwei Türmen aus Fässern. Als sie zurückkehrte, um die Wäsche abzunehmen, ertappte sie Ivan Flaherty dabei, wie er verträumt die gepolsterten Körbchen ihres rosafarbenen Lieblings-BHs streichelte. Entsetzt machte sie auf dem Absatz kehrt und ließ ihre Sachen einfach hängen. Sie weigerte sich, sie hereinzuholen. Ihretwegen konnten sie da draußen verfaulen, nachdem er sie mit seinen abgekauten Fingern angefasst hatte.

Nach dieser Begebenheit folgte die absolute Krise. Julies Krisen hatten zwar nicht gerade Seltenheitswert, doch auf einer Skala von eins bis neun schaffte diese beinahe eine acht. Ihrer Ansicht nach hatte Ivan Flaherty nun die Grenze vom nervigen Spanner zum Sexualstraftäter überschritten. Ihre Lektüre zu diesem Zeitpunkt machte es nicht gerade besser, denn dabei handelte es sich um Fallstudien zum Thema Ursachen und Auslöser von Sexualverbrechen. Nicht zum ersten Mal fragte Maeve sich ernsthaft, ob Julie sich für ihr Psychologiestudium eignete. Wenn sie nicht wie eine Gottesanbeterin irgendwelche Männer verschlang, lebte sie in Todesangst, dass sie von einem Mann verschlungen werden könnte.

Bald bekamen die Jungs im Seminar Wind von Ivan Flahertys Tun und verhöhnten und verspotteten Julie wegen ihrer Befürchtungen. Leider hatten ihre Versuche, die Sache ins Lächerliche zu ziehen, genau die gegenteilige Wirkung des Erwünschten. Das ständige Summen von »*Psycho killer – qu'est-ce que c'est*?« steigerte Julies Panik noch.

Die Krise gipfelte in der tränenreichen Ankündigung, dass sie jetzt würde ausziehen müssen. Sie könne die ständige Bedrohung durch Ivan Flaherty nicht mehr ertragen. Aber wo wollte sie dann wohnen?, fragte sich Maeve. Bei Austin Clancy etwa? Es war eine höchst unerfreuliche Angelegenheit.

Aus irgendeinem Grund nahm Maeve es persönlich. Sie fühlte sich im Stich gelassen. Schließlich hatten sie vier sich verpflichtet, ein Jahr lang die Wohnung miteinander zu teilen. Männer kamen und gingen, doch sie waren einander doch mehr schuldig als einer flüchtigen Bekanntschaft. Zu dritt würde es nicht mehr dasselbe sein. Zum Teufel mit Julie und ihrer Überempfindlichkeit. Sie konnte einem wirklich auf die Nerven gehen.

»Es ist ein bisschen übertrieben, einfach auszuziehen. Findest du es nicht ein wenig drastisch, Jules?«, fragte Sarah anteilnehmend.

»Verdammt, Sarah, was weißt du denn schon. Du bist ja nie hier«, fauchte Julie gereizt.

»Entschuldige, dass ich lebe …«, murmelte Sarah.

»Er ist doch nur ein harmloser Schwachkopf, Julie«, wandte Liz ein. »Mehr ist nicht dran. Warum bittest du Austin Clancy nicht, mal ein Wörtchen mit ihm zu reden?«

»Ja, ja, das sagen die Leute immer: ›Er hat so harmlos gewirkt, wir dachten, dass er nur ein bisschen langsam ist. Nie hätten wir geglaubt, dass er jemanden überfallen würde. Und dass er seine Opfer zerstückelt und verspeist, nein, wer sollte darauf kommen?‹«

Julie leider schon.

»Herrje, Jules. Was treiben du und Austin denn so? Verbringt ihr die Zeit, in der ihr nicht vögelt, damit, euch *Freitag, der 13.* oder das *Texas Kettensägenmassaker* reinzuziehen?«, fragte Maeve.

Sarah bedachte Maeve mit einem tadelnden Blick. Maeve hatte ja nicht so grob werden wollen, doch Julie hatte sich jetzt nicht mehr im Griff und steigerte sich in einen hysterischen Anfall hinein. Eine tolle Psychologin würde sie mal werden.

»Hört auf, ständig Austin Clancy zu erwähnen. Austin ist ein Schwein. Ich will nichts mehr von ihm wissen, und ich werde ihn nicht mehr treffen!«

Damit hatten sie alle nicht gerechnet.

Schweigen.

Allmählich wird die Sache komplizierter, dachte Maeve. Also steckt noch mehr hinter diesem Zusammenbruch als das Offensichtliche.

»Warum denn das, Jules?«, erkundigte sie sich, diesmal freundlicher.

»Ich bin überfällig …«

»Überfällig?«, hakten Liz, Sarah und Maeve im Chor nach. Und im nächsten Moment fiel es ihnen wie Schuppen von den Augen.

»Als ich es ihm gesagt habe, hat er gefragt, wie ich sicher sein kann, dass es von ihm ist …« Julie war nicht nur aufgebracht, sondern regelrecht entrüstet.

Nicht sehr ritterlich?

Ja.

Ungerechtfertigt?

Nein.

Überraschend?

Nein.

In ihrer Abwesenheit hatten sie schon öfter darüber gesprochen. Julie schien einfach nicht zu verstehen, dass ihr umso weniger wahre Zuneigung und Treue entgegengebracht würde, je großzügiger sie ihre Zuneigung streute.

Wieder Schweigen.

»Hast du einen Schwangerschaftstest gemacht?«, fragte Maeve nach einer Weile.

»Nein, noch nicht …«

»Warum nicht?«

»Weil ich kein Geld habe, um einen zu kaufen.«

»Herrgott, Julie!« Maeve schüttelte den Kopf. »Ich leihe

dir das Geld. Verdammt, ich schenke es dir. Es sind doch nur ein paar Pfund. Mein Gott, warum hast du denn nichts gesagt? Du hättest doch nur zu fragen brauchen.«

»Ständig pumpe ich dich an. Du leihst mir dauernd Geld. Ich wollte nicht schon wieder …« Beschämt ließ Julie den Kopf hängen.

»Schwachsinn. Sei doch nicht albern!«

Sarah rutschte näher an die völlig aufgelöste Julie heran und legte ihr den Arm um die Schulter. Liz starrte Julie entgeistert an. Sie sagte kein Wort. Bin ich froh, dass es nicht mich erwischt hat, dachte sie sicher. Die schwangere Tochter eines Landrats würde zu Hause bestimmt nicht willkommen sein.

Na super! Zwei Krisen. Zwei Monate vor den Prüfungen. Schlimmer hätte es gar nicht kommen können. Doch Maeve würde eine Lösung finden. Wenigstens würde sie es versuchen. Schließlich hatte sie ein Händchen fürs Praktische.

Zuerst musste man sich um die mutmaßliche Schwangerschaft kümmern. Und zwar sofort. Wenn man es sich genauer überlegte, grenzte es an ein Wunder, dass so etwas nicht schon früher geschehen war. Julie vergaß ständig, die Pille zu nehmen oder sich ein neues Rezept zu holen. Manchmal vergaß sie auch, dass sie sie schon genommen hatte, und schluckte sie zweimal.

Je länger Maeve darüber nachdachte, desto mehr hoffte sie, dass Julie nicht schwanger war. Die Vorstellung allein erfüllte sie mit Angst. Julie mit einem Kleinkind. Julie, die kaum für sich selbst sorgen konnte. Sie legte in allen Dingen eine erstaunliche Verantwortungslosigkeit an den Tag.

Obwohl sie alle mit einem mageren Studentenbudget

auskommen mussten, achtete Julie nie aufs Geld, sodass das wöchentliche Haushaltsgeld für leichtfertige und überflüssige Ausgaben herhalten musste. Ohne mit der Wimper zu zucken, kaufte sie davon Blumen, damit die Wohnung freundlicher wirkte. Schön und gut, wenn man dafür sein eigenes Geld ausgab. Doch die verdammten Blumen konnten sie nicht essen, teilte Liz ihr mit. Oder sie lud ihren aktuellen Schwarm zum Abendessen ein, was hieß, dass die Portionen für alle anderen kleiner ausfielen. Es ist ja schön und gut, großzügig zu sein, aber bitte sei es auf deine eigenen Kosten, brüllte Liz.

Mutterschaft und Universität. Das ging nicht gut zusammen, dachte Maeve. Schon ein Leben als alleinerziehende Mutter bedeutete eine Herausforderung, der Julie sicher nicht gewachsen sein würde. Und dann kam da auch noch die Konfrontation mit ihrer Familie zu Hause hinzu. Die gesellschaftlichen Konsequenzen, die einer alleinerziehenden Mutter in Roscommon drohten, waren vermutlich ebenso unerfreulich wie in Kerry. Zwar lebten sie im Irland der Achtzigerjahre, doch die Einstellung der Gesellschaft hatte sich noch nicht sehr verändert, dachte Maeve. Ein mulmiges Gefühl ergriff von ihr Besitz. Julie stand möglicherweise eine trostlose Zukunft bevor.

Abtreibung?

Würde Julie eine Abtreibung überstehen, selbst wenn sie die Mittel zusammenkratzen konnte, um in England eine vornehmen zu lassen? Maeve bezweifelte das. Ganz gleich, ob Julie das Baby nun bekam oder die Schwangerschaft abbrach, es konnte beides zu ihrem Untergang führen. Deshalb hielt Maeve es für zwecklos, weiter über die Konsequenzen nachzugrübeln. Es war sinnvoller, etwas zu unternehmen.

Das Geld für den Test zu beschaffen, war nicht weiter schwierig. Sie verkaufte einfach eine Stange geklauter Zigaretten an die Jungs vom Seminar. Dann gab sie Julie das Geld und empfahl ihr, das mit dem Test so schnell wie möglich hinter sich zu bringen, damit sie und alle anderen Beteiligten Klarheit hatten.

Als Nächstes wandte sie sich dem leichter zu lösenden Problem namens Ivan Flaherty zu. Sie hatte lange und gründlich darüber nachgedacht. Sie würden umziehen müssen, daran führte kein Weg vorbei. Doch wie sollte sie das dem alten Flaherty erklären? Und mit welcher Begründung sollte sie die Kaution zurückfordern? Schließlich konnten sie es sich nicht leisten, darauf zu verzichten. Und, was noch wichtiger war, wo sollten sie in den noch verbleibenden zwei Monaten wohnen?

In den nächsten Tagen ließ sie alle Vorlesungen sausen und machte sich auf die Suche nach einem alternativen Domizil. Sie ging zu den einschlägigen Wohnungsvermittlungen für Studenten und erklärte, sie brauche für nur zwei Monate eine Unterkunft für vier wohlerzogene Studentinnen. Die Wohnungsvermittler starrten sie nur entgeistert an. Sicher fragten sie sich, welches Fehlverhalten wohl zum Rauswurf aus ihren derzeitigen Räumlichkeiten geführt haben mochte. Hatten sie die Heizkörper von den Wänden gerissen? Die Türen ausgehängt? Mit zertrümmerten Möbeln ein Lagerfeuer angezündet? Sie mussten es gar nicht aussprechen, denn Maeve erkannte es in ihren Augen. Ohne ihre momentane Adresse zu erwähnen, versicherte Maeve, dass die Schuld nicht bei den Studentinnen zu suchen sei, sondern bei einem Rattenbefall, gegen den der Vermieter nichts unternehmen wolle.

Sie wollte schon aufgeben, als ein Makler mit Schuppen auf dem Kragen ihr ein Angebot machte. Es war zwar nicht optimal, erfüllte aber die Voraussetzung, dass es für die zwei Monate zu haben war. Er hatte ein Häuschen mit drei Schlafzimmern in Hazel Park, unweit der Universität, auf der Liste. Und es war ab sofort verfügbar. Das war die gute Nachricht. Die schlechte lautete, dass es das ganze Jahr leer gestanden hatte, weil die Zentralheizung nicht funktionierte. Allerdings war es schon Anfang April, und wenn die Mädchen ohne Heizung auskamen, konnten sie das Haus haben. Maeve griff sofort zu. Solange der Wasserboiler in der Küche lief, war hin und wieder ein Bad möglich, und die anderen würden sicherlich begeistert sein. Auf Nimmerwiedersehen Flaherty, du Grabscher.

Jetzt musste sie nur noch mit Flaherty senior, ihrem Vermieter, fertigwerden. Maeve straffte die Schultern. Eine direkte Konfrontation war ihre einzige Chance. Sobald sie den Mietvertrag für das Haus in Hazel Park in der Tasche hatte, marschierte sie noch am selben Nachmittag in den Pub direkt zur Theke.

»Mr. Flaherty, Ihr Sohn hat ein Problem«, sagte sie. »Und ich vermute, dass es sich um ein Problem sexueller Natur handelt.«

Flaherty senior sah ziemlich beunruhigt aus.

»Tatsache ist, Mr. Flaherty, dass er sich an unserer Unterwäsche zu schaffen gemacht hat. Wie Sie sich bestimmt vorstellen können, finden wir das nicht erfreulich. So etwas geht gar nicht. Eine meiner Mitbewohnerinnen, deren Vater übrigens Anwalt ist, ist völlig verstört. Deshalb werden Sie sicher verstehen, Mr. Flaherty, dass wir ausziehen müssen. Und zwar noch heute Abend. Das ist eine beschlossene

Sache. Wenn Sie also so freundlich wären, uns sofort unsere Kaution zurückzuerstatten, werden wir dieses unangemessene und bedrohliche Verhalten nicht beim Studentenwerk melden. Allerdings würde ich an Ihrer Stelle einmal ein ernstes Wort mit Ihrem Sohn reden, Mr. Flaherty.«

Ein völlig verdatterter und am ganzen Leib zitternder Mr. Flaherty öffnete die Kasse und reichte ihr wortlos die knisternden Geldscheine. Sie hatte es geschafft!

Noch am selben Abend wurden die Habseligen der vier von einer chaotischen Menschenkarawane von der Wohnung in Claddagh nach Hazel Park transportiert. Die Jungs vom Seminar halfen mit ihren Fahrrädern, und ein paar stibitzten Einkaufswagen von Dunnes Stores

Über Nacht waren aus den »Claddagh Vier« die »Hazel Park Vier« geworden. Julie hatte den Schwangerschaftstest noch immer nicht gemacht, sie brachte es einfach nicht über sich. Sie hatte ihn zwar gekauft und starrte immer wieder darauf, fand aber einfach den Mut nicht. Stattdessen lenkte sie sich mit dem Gedanken ab, Ivan Flaherty, dem verhinderten Triebtäter, mit knapper Not entkommen zu sein.

Anfangs übte Maeve sich noch in Geduld. Doch nach einer Weile wurde diese von Gereiztheit und dann sogar von Zorn abgelöst. Beim Hinuntergehen der Newcastle Road nahm sie sich vor, ihre wertvolle Zeit nicht mehr mit ihrer Freundin zu vergeuden. Sie hatte für sie getan, was sie konnte. Der Rest war ihre Sache.

Als sie die Tür des Hauses in Hazel Park öffnete, wehte ihr Grillgeruch entgegen. Was zum Teufel war hier los? Sie spähte durchs Küchenfenster hinaus in den überwucherten Garten und erkannte Sarah und Raymond. Offenbar hatten sie etwas zu feiern. Sie hatten den Küchentisch nach draußen geschleppt und ihn mit einem geblümten Bettlaken bedeckt. Aus dem Radio dröhnte Alison Moyet. Sarah hatte eine Kette aus Gänseblümchen um den Hals. Raymond briet Fisch auf einem provisorischen Grill und trank dabei Cider aus einer Flasche.

»Sarah! Was macht ihr denn da? In ein paar Wochen sind Prüfungen. Ich dachte, du wolltest lernen!« Oh, Gott, sie klang wie eine Glucke.

Sarah nahm einen Schluck aus Raymonds Flasche.

»Oh, dessen bin ich mir bewusst, liebste Maeve. Aber es gibt Grund zu feiern, oder? Hast du es noch nicht gehört?«

»Was soll ich gehört haben?«

»Die holde Julie trägt kein Kind unter dem Herzen. Falscher Alarm!«

Maeve war unglaublich erleichtert. Julie hatte den Test gemacht, und alles war gut. Hallelujah!

»Das sind ja tolle Neuigkeiten! Jules ist bestimmt überglücklich. Wo ist sie denn … drinnen?«

»Sie ist feiern gegangen.«

»Nicht hier mit euch?«

»Nein, nicht so direkt …« Sarah machte ein verlegenes Gesicht.

»Wo ist sie dann?«

»Bei Austin Clancy.«

Kapitel 8

Julie

Julie schnitt eine Handvoll Weizengras aus dem Kasten auf dem Fensterbrett ab. Ohne Bella schleppte sich die Woche dahin. Sie nahm den Mixer und gab gehackten Ingwer und Bananen hinein. Vielleicht würde das ja gegen das saure Aufstoßen wegen des Wodkas vom Vorabend helfen. Ihr fiel etwas ein. Ja, sie musste unbedingt zum Altglascontainer, bevor Justin Bella zurückbrachte. Schließlich wollte sie ihm keine weitere Munition liefern. Justin, dieser Idiot. Warum musste sie sich ausgerechnet auf einen Anwalt einlassen? Einen Verbalgladiator. Einen linguistischen Schlangenmenschen. Einen Mann, der ihr das Wort im Mund herumdrehte und es dann gegen sie verwendete. Der sie als unfähig, flatterhaft und unzuverlässig darstellte. Attribute, die sie vielleicht früher einmal treffend beschrieben hatten. Aber jetzt nicht mehr. Jetzt hatte sie ihr Leben im Griff. Zumindest hatte sie es bis jetzt im Griff gehabt …

Wenn sie, wie so häufig, ins Grübeln geriet, überlegte sie, ab welchem Zeitpunkt es mit ihrer Beziehung bergab gegangen war. War es gewesen, als sie, im beschwipsten Zustand und nur zum Scherz, mit einem von Justins jüngeren Kollegen geflirtet hatte? Oder wegen der paar Male, die sie vergessen hatte, Bella von der Schule abzuholen? Sie war vom Meditieren abgelenkt gewesen. Sie musste meditieren und sich selbst heilen. Versuchen, sich zu verzeihen, was sie getan hatte. Andere Menschen waren offenbar in der Lage, einfach ihr Leben weiterzuführen. Doch Julie nicht. Die Schuldgefühle gingen nicht vorbei.

Eigentlich hatte das schlechte Karma schon viel früher angefangen. Bereits damals, während der chaotischen Geschichte mit Austin Clancy. Oder sogar noch davor. Wahrscheinlich zu der Zeit, als die Dinge zu Hause in Roscommon angefangen hatten schiefzulaufen. Wenn sie ihrem Bruder nur richtig zugehört hätte, wäre alles vielleicht ganz anders gekommen. Sie erinnerte sich noch so gut an den Tag. Nur, dass sie damals eine Flut schlechtes Karma losgelassen hatte, das sie beinahe mitgerissen hätte.

Sie hätte Noel richtig zuhören sollen. Sie hätte darauf achten sollen, was ihr Bruder ihr mitzuteilen versucht hatte. Sie hätte früher etwas unternehmen können. Und im Innersten ihres Herzens hatte sie ja immer gewusst, was er ihr hatte sagen wollen. Die Wahrheit war nur zu offensichtlich. Noel sehnte sich nach Bestätigung durch seine Familie. Und er wünschte sich, dass sie ihm sagten, sie fänden es so in Ordnung und nähmen ihn so, wie er war – dass sie akzeptierten, was er war. An jenem Tag auf dem Hof hatte er Julie um Unterstützung gebeten – und sie hatte ihn im Stich gelassen. Sie hatte sich ganz bewusst von ihm abgewandt, als er versucht hatte, ihr sein Herz auszuschütten.

Sie hatte es noch ganz deutlich vor Augen. Er hatte gerade die Melkkammer ausgespritzt, und nun standen sie da und genossen an einem verheißungsvoll warmen Nachmittag im Mai eine Zigarette. Julie war übers Wochenende nach Hause gefahren, um zu lernen. In zwei Wochen sollten die Prüfungen anfangen.

»Und wie läuft es so in Galway, Jules? Genießt du die Partys?«

»Ja, es ist spitze, Noel. Wirklich toll. Allerdings könnte ich auf diese dämlichen Prüfungen jetzt gerne verzichten …«

»Warst wohl zu viel unterwegs? Und bist du gut vorbereitet?«

»Nicht unbedingt, wenn ich ehrlich bin, Noel. Eigentlich gar nicht gut. In den letzten Wochen war einiges los, um es mal so auszudrücken.«

»Ich habe gehört, dass in Galway echt die Post abgeht und dass es da von hübschen Typen nur so wimmelt. Du bist ein Glückspilz, Jules. Du weißt ja, wie öde es hier sein kann.« Er stieß die Spitze seines Gummistiefels in den Boden. »Es ist nicht leicht, hier jemanden kennenzulernen.«

»Du hast ja alle Zeit der Welt. Schau dich doch mal um.«

»Ja«, meinte Noel und blickte ins Leere. »In einem Nest wie diesem treffe ich bestimmt niemanden. Ich meine, niemanden nach meinem Geschmack. In Dublin vielleicht oder sogar in Galway. Aber hier sicher nicht.«

»Du siehst doch spitze aus, Noel, natürlich wirst du jemanden kennenlernen.« Noch während sie das aussprach, wusste sie, dass sie sich absichtlich dumm stellte. Obwohl er attraktiv war, ein offenes, freundliches Gesicht und ein sympathisches Lächeln hatte, hatte er als Jugendlicher nie eine Freundin gehabt.

»Das glaube ich kaum …« Noel verzog zweifelnd das Gesicht. »Die Sache ist doch folgendermaßen, Jules. Ich bin hier auf der Farm. Eines Tages werde ich diese Farm erben, die schon seit Generationen in Familienbesitz ist. Das ist mein Leben, ganz gleich, ob es mir nun gefällt oder nicht. Alles ist vorgezeichnet. Von mir wird erwartet, dass ich heirate, Kinder habe und das Land irgendwann meinem Sohn vermache. Du kannst studieren, jemand anderer werden, von hier verschwinden. Selbst wenn ich jemanden kennenlernen würde … nun, das wäre dann sicher niemand, der vor Dads Augen bestehen könnte, nicht? Du verstehst doch, was ich meine, oder?«

Natürlich hatte sie verstanden. Und dennoch beschloss sie, sein Flehen um Verständnis, Anteilnahme und Unterstützung zu ignorieren. Sie wich seiner Frage aus, um keine Verantwortung zu übernehmen und nicht in etwas verwickelt zu werden, was die Gemüter aufheizen würde. Sie redete absichtlich an ihm vorbei, denn sie wollte diese Last nicht schultern, sie wollte dieses Wissen nicht mit ihren Eltern teilen müssen. Denn Noel würde es niemals können. Er wäre nicht in der Lage, das eisige Schweigen zu ertragen. Die Weigerung, eine solche Abweichung von der Norm zu dulden. Ihre Eltern waren einfache Leute. Sie gehörten zu den Menschen, die ihre Durchschnittlichkeit kultivierten. Sie wollten nicht, dass jemand anders war.

»Klingt, als bräuchtest du Urlaub, Noel«, sagte sie deshalb. »Ich werde mit Dad darüber reden. Bestimmt kommt er auch eine Woche oder so alleine klar. Ich könnte es ihm vorschlagen.«

Sie würde mit Dad über den Urlaub sprechen, aber auch nur über den Urlaub. Nicht darüber, dass Noel anders war. Dass er keine Frau mit auf die Farm bringen würde. Niemals.

Bis heute erinnerte sie sich an seine enttäuschte Miene. Langsam zertrat er die Zigarettenkippe. Sie hatte ihn weggestoßen, die Augen davor verschlossen, wer er wirklich war.

»Danke, Jules.« Er hatte zwar den Blick gesenkt, doch

sein gekränkter und schicksalsergebener Tonfall entging ihr nicht. »Pass in Galway auf dich auf, okay? Lass dich nicht unterkriegen von den Prüfungen.«

Sie erinnerte sich noch daran, wie seine starken, schwieligen Hände ihre Schultern umfasst hatten. Und an den Druck seiner kräftigen, geröteten Finger mit den Sommersprossen. Wenn er nur innerlich auch so eine dicke Hornhaut und mehr Widerstandskraft gehabt hätte. Wenn sie nur nicht so feige gewesen wäre. In seiner unbeholfenen Art hatte er sie gebeten, sich auf sie stützen zu dürfen, und sie hatte so getan, als verstünde sie ihn nicht.

Und so bot sich Julies Eltern am kommenden Samstag bei ihrer Rückkehr aus der Stadt ein seltsamer Anblick auf der Wiese hinter der Scheune. In der prachtvollen Rosskastanie mit ihren magentafarbenen Blüten hing etwas, das dort nicht hingehörte. Als sie sich der Gestalt näherten, die in der Brise hin und her schwankte, stieß Mrs. Kingston einen markerschütternden Schrei der Verzweiflung aus. Ihr vierundzwanzigjähriger Sohn hing leblos an einem Ast. Leuchtend bunte Blütendolden rieselten sanft auf seinen geneigten Kopf herab.

Warum hatte er das getan?, schluchzten sie. Was hatte so schrecklich sein können, dass er nicht mit ihnen darüber hätte reden können? Nie hatten sie geahnt, dass er so unglücklich war.

Stimmte das? Julie wusste es nicht. Sie wusste nur, dass sie schon seit Jahren beobachtet hatte, wie Noel versucht hatte, mit sich ins Reine zu kommen. Sie hatte gewusst, dass er schwul war. Und er hatte nichts weiter verlangt, als dass seine Sexualität respektiert und akzeptiert wurde. Er hatte sie um Hilfe gebeten. Und sie hatte sich abgewandt.

Maeve, Liz und Sarah kamen zur Beerdigung. Sie wussten nicht, was sie sagen sollten. Die einzigen Beerdigungen, auf denen sie schon gewesen waren, waren die von alten Menschen, die mit fleckiger Haut und morschen Knochen gestorben waren. Und nun lag Noel mit junger Haut und jungen Knochen kalt und allein auf einem Tisch in der Leichenhalle.

»Glaubst du, du bist nächste Woche wieder in Galway, Jules?« Sarah nahm sie am Arm.

»Ich bin nicht sicher. Eigentlich ist es mir egal, wohin ich gehe, Sarah, ich muss einfach nur weg hier. Sonst werde ich noch verrückt«, erwiderte Julie leise. Ihre Mutter hatte sich ins Bett gelegt und war nur zur Beerdigung aufgestanden. Ihr Vater wirkte wie betäubt und starrte stundenlang ins Kaminfeuer.

Einige Tage nach der Beerdigung kehrte Julie nach Galway zurück, beladen mit Schuldgefühlen, Trauer und Noels Medaillon mit dem heiligen Christopherus. Ihre Eltern hatten gewollt, dass sie es bekam. Warum? Sie hatte keine Ahnung. Der heilige Christopherus war ein Dreckskerl. Er hatte Noel im Stich gelassen. Er hatte ihn nicht auf seinen Schultern durchs tiefe Wasser getragen. Doch das galt auch für Julie. Und für ihre Eltern. Sie hatten ihn alle im Stich gelassen.

Im Haus in Hazel Park herrschte wieder der Alltag. Hier war kein Platz für Trauer und Kummer. Nein, eine völlig andere Stimmung hatte vom Haus Besitz ergriffen. Bis zu den Prüfungen waren es nur noch wenige Wochen, und die Bewohnerinnen waren von Panik erfüllt. Nur Julie ließ sich nicht von der Hysterie anstecken und zog sich in ihr Leid zurück. Allein der Gedanke an die Prüfungen erschien ihr absurd, ja, sogar schamlos. Wie konnte die Welt es wagen, sich einfach weiterzudrehen? Wussten die denn alle nicht, dass Noel tot war?

Julie isolierte sich vom restlichen Haushalt und versank in selbst auferlegter Einsamkeit. Sie saß in ihrem Zimmer und beobachtete, wie die anderen Studenten auf ihren Rädern zwischen den gleichförmigen Häusern hin und her fuhren. Ab und zu klopfte Maeve an und fragte sie, ob sie etwas brauche. Liz' Bruder Vinny kam, um ihr sein Beileid auszusprechen, und versuchte, sie alle aufzuheitern, indem er sie zu einem Backhähnchen bei Lydons am Eyre Square einlud.

Während dieser Wochen wusste Julie es zu schätzen, wie anteilnehmend sich alle um sie kümmerten. Zwischen ihren Versuchen der Prüfungsvorbereitung leistete Sarah ihr bei Unmengen von Instantkaffee manchmal bis in die frühen Morgenstunden Gesellschaft. Und dann, eines Nachts, stellte Sarah die Frage, die sich sonst niemand zu stellen getraut hatte.

»Julie, eigentlich geht es mich ja nichts an, und du kannst mir gerne sagen, dass ich mich verpissen soll, aber hast du eine Ahnung, warum er das gemacht hat?«

Julie wand sich. Doch Sarah fällte nie ein Urteil über ihre Mitmenschen, sondern hörte einfach nur zu, weshalb es so leicht war, mit ihr zu reden.

»Weil er schwul war, Sarah.« Sie hielt inne. »Kannst du dir vorstellen, wie es ist, auf dem Land schwul zu sein? Als einziger Sohn eines kleinen, engstirnigen Farmers?«

Julie war selbst erstaunt über ihren gehässigen Tonfall und bekam sofort ein schlechtes Gewissen, weil sie ihrem Vater die Schuld in die Schuhe schob, obwohl sie es doch gewesen war, die Noel im Stich gelassen hatte.

Sarah zündete zwei Zigaretten an und reichte Julie eine.

»Wussten deine Eltern, dass er schwul ist?«

»Er hat es nie klipp und klar gesagt oder sich ihnen offenbart, wenn du das meinst. *Ich* wusste es. Mir war es aus seinem Verhalten klargeworden. Keine Ahnung, ob Mum und Dad es wussten. Über solche Dinge wurde bei uns zu Hause nicht geredet.«

»Er muss sehr einsam gewesen sein.«

»Entsetzlich einsam«, bestätigte Julie. »Und ich bin die miese Schwester, die er um Hilfe gebeten hat. Ich bin die miese Schwester, die nicht darauf eingegangen ist. Ich hätte versuchen sollen, es Mum und Dad zu erklären. Aber es war einfach zu schwierig. Ich habe nur an mich gedacht …«

»Das stimmt nicht.« Sarah berührte Julie am Arm. »Er hat versucht, ein Mensch zu sein, der er nicht war. Er wollte Farmer werden, um deinem Dad einen Gefallen zu tun. Nach dem, was du erzählt hast, wollte er die Farm gar nicht übernehmen. Also musste er sich an zwei Fronten verleugnen. Selbst wenn er seine Sexualität offen gelebt hätte, wäre er noch immer dazu verdonnert gewesen, auf der Farm zu bleiben.«

Wie recht Sarah hatte. Und dagegen hätte auch sie, Julie, nichts tun können. Es war so tröstlich, diese Worte zu hören.

»Du hattest keine Möglichkeit, sein Leben für ihn zu regeln. Das musste er selbst tun. Jemand anderer sein zu müssen, ist erdrückend – es erstickt einen. Leider kenne ich mich auf diesem Gebiet ein wenig aus. Schau mich doch an, mein Gott. Sehe ich vielleicht aus wie eine dämliche Apothekerin?«

»Keine Ahnung, Sarah. Wie sehen Apothekerinnen denn aus?«

»Ganz sicher nicht grün im Gesicht, weil man ihnen nach einer Flasche Wodka und einer Unmenge Paracetamol den Magen ausgepumpt hat ...«

»Was?«

Julie traute ihren Ohren nicht. Sie verstand die Welt nicht mehr, und Sarahs hasserfüllter Tonfall erschreckte sie. Was meinte sie damit?

»Soll das heißen, du hast ...«

Doch Sarah fiel ihr ins Wort.

»Vergiss es. Vergiss, dass ich das gesagt habe, Jules. Es war wirklich blöd von mir. Ich war sauer. Durchgeknallt. Außerdem geht es jetzt nicht um mich, sondern um dich. Um Noel.« Hastig zündete sie sich an der verglimmenden Kippe die nächste Zigarette an. Inzwischen wirkte sie verlegen, so, als bereue sie ihren Ausbruch.

»Noel wollte jemand sein, der er nicht war, um deinen Eltern zu gefallen. Und dieses Problem konnte nur Noel selbst lösen, nicht du. Es ist nicht deine Schuld.«

Sarahs Tonfall war so anteilnehmend und verständnisvoll, dass Julie von Rührung ergriffen wurde.

»Du solltest Psychologie studieren, nicht ich! Wahrscheinlich ende ich als Korbflechterin irgendwo in Argentinien. Ich habe nicht die geringste Chance, diese Prüfungen zu bestehen. Es sei denn, ich gestatte Professor Thompson, sich gewisse sexuelle Freiheiten zu nehmen ...«

»Aber Julie, das würde so überhaupt nicht zu dir passen ...« Sarah kicherte.

»Hau ab, du Miststück! Ich habe meine Prinzipien! Bei dickbäuchigen, bärtigen Frauenhassern über vierzig ziehe ich ganz klar die Grenze!«

»Oh, nein, Jules, es ist schon wieder zwei Uhr morgens!

Ich muss ins Bett. Ich habe Tausende von Vorlesungen verpasst und muss das alles morgen unbedingt fotokopieren. Schau, warum lernst du nicht auch ein bisschen für die Prüfungen – und wenn es nur zur Ablenkung ist.«

Getröstet von Sarahs Verständnis, ging Julie zu Bett und schlief zum ersten Mal seit der Beerdigung die ganze Nacht durch. Sarah hatte recht. Sie würde es mit den Prüfungen versuchen. Sie hatte immer noch eine verschwindend geringe Chance, dass sie bestand.

Die nächsten Tage rauschten mit Fotokopieren, Büffeln und dem Trinken von Lucozade-Limo mit Koffeeintabletten an ihr vorbei.

Kapitel 9
Liz

»Ach herrje, ich krieg mich nicht mehr ein. Die Mutterglucke hat ihre Küken allein gelassen!« Vinny hob seine jüngere Schwester hoch und drückte sie fest an sich. An Vinny war alles überdimensioniert – sein Lächeln, sein Leibesumfang, seine Überschwänglichkeit und seine Großzügigkeit.

»Ich darf auch ohne Familie aus dem Haus, weißt du«, entgegnete Liz in gespielter Empörung.

Zugegeben, sie ließ die Kinder nur selten länger allein. Sie blieb lieber in der Nähe, nur für alle Fälle. Andere hielten sie deshalb für überfürsorglich, ängstlich und gluckenhaft. Doch selbst wenn das stimmte, kannte Vinny den Grund. Vinny war damals dabei gewesen und wusste, warum.

»Das Häuschen sieht toll aus, Vinny. Ich bin beeindruckt.«

Sie wollte nicht gleich mit ihren Fragen zu Sarah mit der Tür ins Haus fallen. Damit konnte sie auch noch eine Weile warten und sich erst einmal nach Vinnys neuem Domizil und dem Leben in Limerick erkundigen. Als sie in dem kleinen Garten des ockerfarbenen Reihenhäuschens standen, schien der Stolz regelrecht von seiner geschwellten Brust abzustrahlen. Das Bilderbuchstädtchen war ein himmelweiter Unterschied zu den anonymen Wohnblocks, in denen Vinny sein bisheriges Leben verbracht hatte.

»Nicht schlecht, was?«, meinte Vinny. »Vielleicht besorge ich mir noch ein paar Blumenampeln oder so.« Er fing an zu lachen.

Die Vorstellung, wie der schwerfällige, grobschlächtige Polizist einen Topf mit Petunien bepflanzte, war wirklich komisch. Liz fand es jammerschade, dass Vinny, ein gutmütiger Bär von einem Mann, nie die richtige Frau gefunden hatte. Der Gedanke, dass er als Junggeselle alt und einsam werden würde, machte sie traurig.

»Du wirst mit den Nachbarn mithalten müssen. Alle Gärten hier sind makellos gepflegt.«

Nach vielen Kilometern auf der zweispurigen Landstraße war ihr die gewundene, von Steinmauern gesäumte Zufahrt zu Adare so idyllisch erschienen. Die altmodischen kleinen Häuschen und Läden hatten sie an charmante Damen aus längst vergangenen Zeiten erinnert.

»Komm rein und schau dich um. Aber ich muss dich warnen, es ist ein bisschen unordentlich.«

»Unordentlicher als bei uns kann es kaum sein!«

Sie folgte Vinny durch die gelb lackierte Tür.

Drinnen dauerte es eine Weile, bis sich ihre Augen an die Dunkelheit gewöhnt hatten. Wegen der kleinen Fenster war das Haus nicht so lichtdurchflutet wie moderne Gebäude. Im Wohnzimmer standen ein geschwärzter Kaminofen, ein verbeultes Sofa und ein riesiger Fernseher, der nicht so recht in diese Umgebung passen wollte.

Vinny war in der winzigen Küche schwer beschäftigt gewesen: Auf dem kleinen Tisch aus Kiefernholz waren eine Sammlung Tupperware-Behälter und die Zutaten für ein Sandwich-Projekt zu sehen. Aus einem Rucksack ragte eine abgewetzte, karierte Thermosflasche.

»Wolltest du irgendwo hin?«, fragte Liz erstaunt. »Ich dachte, du hättest heute frei.«

»Habe ich auch, keine Sorge, Schwesterherz. Ich dachte, es wäre nett, ein Picknick einzupacken und ein paar Kilometer von hier im Wald spazieren zu gehen.«

Zwanzig Minuten später saßen sie auf einem Grundstück, das die Ruine eines historischen Gebäudes umgab, auf einer Picknickbank. Um sie herum erstreckten sich Wald und Parkgelände.

»Schinken oder Käse? Oder kann ich dich zu einer sündhaften Mischung aus Schinken und Käse verführen?«

Anerkennend musterte Liz die Sandwiches aus Vollkornbrot mit Ruccola und Gurkenscheiben.

»Ganz der Gourmetkoch, Vinny«, neckte sie ihn.

»Ach nun, ich gebe mir Mühe«, erwiderte er grinsend und aß einen Bissen. »Was ist eigentlich aus dem Typ geworden, mit dem du vor Eddie gegangen bist? War der nicht Koch?«

»Jack Hammon?«

Die Sache mit Jack war bloß ein kurzes Techtelmechtel gewesen. Ein Spaß, aber nicht mehr. Sie hatte nur etwas mit ihm angefangen, um Don Fitzgerald eifersüchtig zu machen.

»Ja, das war der Typ. Der hat die Uni hingeschmissen, oder?«

»Richtig. Er ist im Sommer in die Staaten geflogen und nie zurückgekommen. Ich glaube, er hatte Geldprobleme. Jack konnte sich die Studiengebühren nicht mehr leisten, also ist er einfach geblieben. Soweit ich weiß, hatte er dann einen Riesenerfolg.«

»Du hättest dort auch einen Riesenerfolg haben können,

Schwesterherz. Vielleicht hättest du jetzt ausgesorgt, wenn du bei ihm geblieben wärst.«

Liz wusste, dass er sie nur auf den Arm nahm. Vinny und Eddie verstanden sich großartig.

»Und der Typ davor?« Er warf den Vögeln ein paar Brotkrümel zu. »Hattest du vor Jack nicht noch einen?«

Ihr Herz setzte einen Schlag aus. Es wunderte sie, dass er sich überhaupt daran erinnerte.

»Oh, das war Don Fitzgerald.« Schon seit Jahren hatte sie seinen Namen nicht ausgesprochen. Sie hatte Don gern gehabt. Mehr als das.

»Don hat mich in die Wüste geschickt, schon vergessen?«

»*Er* hat *dich* in die Wüste geschickt?«

Bis heute konnte sie spüren, wie weh die Zurückweisung getan hatte.

»Einfach abgehakt hat er es, Vinny. Nach der Sache mit Sarah haben sich viele Leute von uns abgewandt.«

Sie schenkte sich Tee ein.

»Don war nur einer von vielen Kollateralschäden. Nach dem, was passiert war, wollte er nichts mehr von mir wissen. Keine Ahnung, ob er unsere Geschichte überhaupt geglaubt hat … was mich schnurstracks zu dem Typen bringt, den ihr festgenommen habt. Ist er schon offiziell in Haft?«

»So weit sind sie noch nicht.« Vinnys freundliche Miene wurde ernster.

Sie zog ihre Fleecejacke fester um ihre Schultern.

»Dieser Typ – er kam einfach ins Revier spaziert, Liz«, sagte Vinny, als er ihren Gesichtsausdruck bemerkte. »Wir haben ihn nicht gesucht. Er ist bei uns aufgekreuzt. Man hatte ihn damals zwar kurz vernommen, doch offenbar sind seitdem neue Beweise aufgetaucht. Wie du weißt, ist der Fall zu den Akten gelegt worden. Mein Kumpel Martin Shaw ist jetzt in der Henry Street dafür zuständig.«

Inzwischen war sein Blick besorgt.

»Offiziell bin ich nicht an den Ermittlungen beteiligt, das ist dir doch klar? Meine einzige Verbindung zu dem Fall ist, dass ich Sarah kannte. Sicher erinnerst du dich, dass ich auch damals nicht viel mit dem Fall zu tun hatte. Aber vielleicht kann ich ja was rauskriegen.«

»Das ist nicht wieder so ein Spinner, oder? Ein verrückter Gewalttäter?«

Vielleicht würde sie sich besser fühlen, wenn sie es mit einem weiteren Wahnsinnigen zu tun hatten, der vergessen hatte, sein Lithium zu nehmen. Oder mit einem heruntergekommenen Obdachlosen, einem Opfer des Lebens und des Alkohols, der sich an eine längst vergangene Geschichte erinnerte und sich nach einem Moment im Rampenlicht sehnte, bevor er in einer regennassen Seitengasse seinen letzten Atemzug nehmen würde.

»Keine Ahnung. Ich habe ihn nicht selbst verhört, doch soweit ich informiert bin, fällt der Typ auf. Er stottert.«

Das war es also. Er stotterte. Ein Problem, gegen das er machtlos war und das dafür sorgte, dass er sich klein, minderwertig und unterlegen fühlte. Eine Behinderung, die seine Lebensperspektive verschoben hatte.

Inzwischen konnte sie es sich vorstellen. Eltern, die getrunken und ihn vernachlässigt hatten. Eine problematische, von Gewalt geprägte Kindheit. Und der daraus folgende Abstieg in Kriminalität und Gewalt.

»Vielleicht stottert er ja, weil ihm als Kind etwas Schlimmes passiert ist«, meinte Liz. »Seine Mutter könnte ihn missbraucht haben. Oder erniedrigt. Dann hat er angefangen zu stottern. Und in der Schule haben die anderen Kinder ihn gehänselt. Er hat einen Hass gegen Frauen entwickelt, weil er sie als die Wurzel all seiner Probleme sah. Es klingt logisch – Vergewaltigung und Mord, seine Rache …«

Vinny starrte sie entgeistert an. »Herrgott, Liz. Stottern macht einen noch lange nicht zum Straftäter!«

Vinny, wie immer die Stimme der Vernunft.

»Ist wahrscheinlich richtig. Wie sieht er denn aus?« Sie musste sich das Gesicht des Bösen vorstellen können.

»Er hat eine beginnende Glatze, einer von den Typen, die sich die verbliebenen Haare über die Platte kämmen. Unschön vernarbte Hände. Starker Raucher. Sonst nichts Ungewöhnliches.«

»Aber genau deshalb bleiben solche Typen ja so lange unerkannt, richtig? Gesellschaftliche Chamäleons, die sich ihrer Umgebung anpassen«, erwiderte Liz.

Ihr gruselte bei dem Gedanken, dass dieser Mensch sich hinter einer Fassade der Normalität getarnt hatte. Seine abartigen Neigungen, vor Blicken verborgen unter einem ganz alltäglichen Blaumann. Die äußerst wirksame und giftige Mischung aus Wut und Angst begann wieder, in ihre Venen einzusickern wie eine Infusion.

»Diese Freaks haben Ehefrauen, Kinder, Geliebte und Nachbarn, die alle schwören, sie hätten nie den leisesten Verdacht gehabt, sie könnten Tür an Tür mit einem Ungeheuer leben. Diese Typen, die Frauen anlocken, vergewaltigen und quälen, sind dieselben, die mit ihren Kindern den Weihnachtsmann im Einkaufszentrum besuchen und in der Kirche in der ersten Bankreihe sitzen. Und sie sind trotzdem miese, dreckige Schweine.«

»Okay, okay, Liz, beruhige dich.«

»Ja, schon gut, du hast natürlich recht.«

Sie hatte sich nicht so aufregen wollen, aber sie war machtlos dagegen. »Was ist mit den Narben an seinen Händen?«, fragte sie. »Welche Erklärung gibt es dafür?«

Bilder stürmten auf sie ein. Hatte Sarah ihm beim Versuch zu fliehen die Hände zerkratzt und zerbissen? Oder eine andere verängstigte Frau, die er in einer Werkstatt oder einem Keller eingesperrt hatte?

»Reiß dich zusammen, Liz!« Vinny verzog entnervt das Gesicht. »Vielleicht war er es ja gar nicht. Und ganz gleich, was ich dir jetzt erzähle, du musst es unbedingt für dich behalten. Das sind vertrauliche Informationen …«

Sie versuchte, sich zu beruhigen und die Tränen der Wut zurückzudrängen, die ihr in den Augen brannten.

»Ich weiß, ich weiß, Vinny. Aber was soll das heißen, dass er es vielleicht gar nicht war? Du hast doch gerade gesagt, er sei kein Spinner oder typischer Gewalttäter …«

»Stimmt, habe ich. Schau, die Jungs auf dem Revier sind da an etwas dran. Ich glaube, es könnte wichtig sein.«

»Wichtig? Was soll das heißen, verdammt? Vinny, was weiß dieser Kerl?«

Vinny kam nie direkt auf den Punkt, er wählte immer die umständliche Methode.

»Nun, erstens einmal war er am fraglichen Tag am Blue Pool.«

»An dem Tag, als es passiert ist?«

»Ja, am selben Tag. Er hat damals da gearbeitet. Hat eines der Häuser dort renoviert.«

»In der Nähe von Onkel Cyrils Haus?«

»In der Nähe von Onkel Cyrils Haus. Ein paar Türen weiter, glaube ich. Wir sind der Sache nachgegangen und haben festgestellt, dass er damals vernommen worden ist. Er war eindeutig dort. Er hat Platten aus Liscannor-Sandstein durch Fliesen ersetzt. Das behauptet er jedenfalls.«

Liz durchforstete ihr Gedächtnis. Manchmal fiel es ihr schwer, eigene Erinnerungen von dem zu unterscheiden, was sie im Laufe der Jahre im Fernsehen gesehen oder in der Zeitung gelesen hatte. Doch so sehr sie auch darüber nachgrübelte, sie hatte keinen Transporter einer Handwerksfirma vor einem der Cottages am Blue Pool vor Augen.

»Ich kann mich nicht erinnern, irgendwelche Handwerker gesehen zu haben. Damals war alles menschenleer. Jedenfalls habe ich es so im Gedächtnis. Wir waren nur drei Tage Ende August da. Kurz vor dem Ende des Sommers. Da war außer uns niemand.«

»Gut, Liz, aber überleg mal: Von Cyrils Haus aus konnte man ja nicht viel sehen, oder? Ich war erst vor zwei Wochen zum Angeln dort und habe auch da übernachtet. Es sind zwar vielleicht acht Häuser, doch sie stehen alle so dicht am Hang, dass es kein Problem ist, unbemerkt zu kommen und zu gehen.«

»Stimmt wahrscheinlich … ich war nicht mehr dort, seit … seit es passiert ist. Ich wusste gar nicht, dass du noch hinfährst.«

»Doch, mache ich. Cyril nutzt das Haus inzwischen nicht mehr. Er ist zu alt geworden. Mittlerweile schafft er es gerade noch, zum Club zu fahren, um mit seinen Kumpeln einen Kaffee zu trinken. Aber er freut sich, dass ich ab und zu mal hinfahre und das Haus lüfte.« Er hielt inne und setzte den Deckel wieder auf den Tupperware-Behälter. »Weißt du, Liz, es ist immer noch schön da. Trotz allem, was passiert ist. Ich genieße es, zum Angeln hinzufahren und anschließend ein Bierchen in Linnanes zu trinken. Manchmal klettere ich auch zwischen den Felsen herum und frage mich, ob eine Rinne oder eine Felsspalte in den Klippen vielleicht die Antwort bereithält.«

Liz hatte schon immer vermutet, dass Vinny sich ein wenig für die Ereignisse verantwortlich fühlte. Doch er hatte ja nichts weiter getan, als ihnen vorzuschlagen, ein paar Tage in Onkel Cyrils Häuschen zu verbringen. Dass er Polizist war, hatte es nur schlimmer gemacht. Alle, auch Sarahs Familie, hatten damals Erklärungen von ihm erwartet. Er war für sie alle wie ein großer Bruder gewesen. Aber Vinny trug an gar nichts die Schuld. Schuldgefühle lösten keine Probleme und machten nichts besser. Schuldgefühle hatten schon so viel zerstört.

Der Blue Pool war ein wahrhaft magischer Ort. Zumindest war er es damals gewesen. Einige wenige Cottages mit traditionellen Strohdächern schmiegten sich an die schroffen Hügel, die sich über eine große Wasserfläche erhoben. Die Einheimischen nannten das den Blue Pool. Ein schmales Sträßchen, das von der Hauptstraße abbog, führte zu der kleinen Siedlung. Von dort aus schlängelte sich ein Trampelpfad zum Wasser, wo einige Bootshäuser standen, deren Nutzung sich die Hausbesitzer teilten. Vier Bootsstege ragten ins tiefe, trübe Wasser hinein.

Als Kind hatte Liz viele glückliche Sommer hier verbracht, hatte geangelt, war geschwommen und hatte sich im Pub, drei Kilometer die Straße hinunter, Cola und Tayto-Chips schmecken lassen. Die Tage waren ewig lang gewesen, und wenn sie nachts aus dem Sprossenfenster geschaut hatte, hatte sie gesehen, wie der Mond das Wasser in einen silbrigen Schein getaucht hatte. Hier hatte sie Spaß gehabt,

Abenteuer erlebt, Familien aus Dublin kennengelernt, die hier Urlaub machten, auf Black Island hatte sie gepicknickt, und in späteren Jahren hatte sie auch Freundinnen aus dem College mitgebracht. Die meisten schönen Erinnerungen waren nach jenem Tag leider verwelkt und gestorben.

»Warum, Vinny? Es ist jetzt fünfundzwanzig Jahre her. Warum hat er sich jetzt gestellt? Warum nach all den Jahren?«

»Ich weiß, Sarah wäre jetzt siebenundvierzig …«

»Du hast meine Frage noch immer nicht beantwortet. Warum jetzt? Warum hat er sich jetzt gestellt?«

»Seine Frau ist dieses Jahr verstorben. Das könnte etwas damit zu tun haben.«

»Oh? Er war verheiratet?« Das hatte sie nicht erwartet.

»Ja, er war verheiratet.«

»Ich verstehe …«

Liz umklammerte den Teebecher und versuchte, sich einen Familienvater vorzustellen, der ein dunkles Geheimnis hütete.

»Offenbar war seine Frau schwer krank. Er hat sie jahrelang gepflegt. Sie saß im Rollstuhl.« Vinny schlürfte den Rest seines Tees.

Seine Frau krank … im Rollstuhl … bettlägerig. Liz' Gedanken überschlugen sich. Sie hatte sich geirrt. Er war nicht von Grund auf gewalttätig. Vielleicht sexuell ausgehungert, weil seine Frau zu krank, zu behindert gewesen war, um ihre ehelichen Pflichten zu erfüllen. Sie malte sich einen unerwünschten Annäherungsversuch, ein Gerangel, einen Unfall aus. Ein ganzes Kaleidoskop von Möglichkeiten schoss ihr durch den Kopf.

»Hat er gestanden?«

»Noch nicht. Gib den Jungs eine Chance, Liz. Sie haben ihn ja erst seit einem Tag. Und sie können ihn noch ein Weilchen festhalten. Jedenfalls scheint er etwas zu wissen, Liz.«

»Glaubst du?«

»Wir brauchen erst eine Bestätigung. Vielleicht werden wir auch mit Maeve und Julie reden müssen.«

»Oh, Gott, worum geht es, verdammt? Vinny, mach einfach den Mund auf!«

»Für mich ergibt es keinen Sinn. Etwas mit einem Medaillon mit dem heiligen Christopherus drauf.«

»Der heilige Christopherus?«

»Ja, du weißt schon, so ein Talisman, den man sich umhängt, damit er einem Glück bringt oder einen durchs Leben führt oder so.«

»Das ist alles, was sie nach einem ganzen Tag, den sie den Typen schon haben, rauskriegen konnten? Irgendein Müll mit dem heiligen Christopherus? Was hat das denn, verdammt noch mal, damit zu tun?«

»Moment mal, Liz, ich werde es dir erklären. Es gibt keinen Grund, dich so aufzuregen. Vielleicht ist der Typ ja doch nur ein Spinner. Aber er hat etwas über Sarah und ein Medaillon mit dem heiligen Christopherus gesagt.«

»Entschuldige vielmals. Hat der Kerl sie tatsächlich beim Namen genannt? Hat er ausdrücklich von Sarah gesprochen?«

»Ja, und er meinte, das Medaillon mit dem heiligen Christopherus hätte etwas damit zu tun, was geschehen ist …«

»Seltsam …«

Liz ließ den Rest Tee im Plastikbecher kreisen, bevor sie

die lauwarme Flüssigkeit trank. Was sie gerade gehört hatte, war zwar ziemlich beunruhigend, doch wenn sie die nackten Tatsachen betrachtete, sprang kein wasserdichter Fall dabei heraus. Außer, da gab es etwas, das Vinny ihr ersparen wollte. Etwas, das er ihr verschwieg.

»Also, was haben wir, Vinny? Eigentlich ist es ja nicht sehr viel, oder? Ein selbstständiger Handwerker, der seit Kurzem verwitwet ist und etwas von einem Medaillon erzählt. Und dennoch vermutet dein Kumpel Martin Shaw, dass er eine heiße Spur hat?«

»Tja, da wäre noch eine Sache«, antwortete Vinny und schraubte lässig die Thermosflasche zu.

Warum konnte der liebe Vinny nie einfach auf den Punkt kommen, so wie andere Leute?

»Ja …?«, fragte Liz mit angehaltenem Atem.

»Es könnte wichtig sein, oder auch nicht. Weißt du noch, dass ich gesagt habe, es seien neue Beweise ans Licht gekommen? Dass der Typ damals schon vernommen worden ist, ohne dass er irgendwie verdächtig gewirkt hätte …«

»Herrgott, Vinny, spuck es aus …«

»Nun, es scheint nicht klar zu sein, warum er aus der Armee ausgeschieden ist.«

»Aus der Armee? Er war in der Armee? Warum hast du das nicht erwähnt?«

»Äh, ich erwähne es ja jetzt, oder?«

Vinny legte ihr fest die Hand aufs Knie, als spräche er mit einem kleinen Kind.

»Die Polizei wusste es damals nicht. Man hat ihn einfach für einen Handwerker gehalten. Niemand ist auf die Idee gekommen, seine Vergangenheit unter die Lupe zu nehmen. Das würde heute, wie ich zugeben muss, nicht mehr passieren. Aber damals hat er einen völlig harmlosen Eindruck gemacht. Offenbar war er zwölf Jahre lang als Unteroffizier in der Armee, und zwar in den späten Siebzigern und frühen Achtzigern. Er war auf einigen Auslandseinsätzen der UNO – Libanon und so. Wie es aussieht, wurde er nach seinem letzten Einsatz unehrenhaft entlassen. Es kam zu einem Verfahren vor dem Kriegsgericht, und es macht ganz den Eindruck, als wäre Gefreiter Christy McNamara hochkant rausgeflogen. Danach hat er mit den Gelegenheitsjobs angefangen.«

Die Angst, die nachgelassen hatte, nahm sofort wieder überhand.

»Und weißt du, warum er rausgeflogen ist? Was hat er ausgefressen?« Liz bekam keine Luft mehr. Ihre Brust fühlte sich an wie zugeschnürt. Sie kramte ihren Inhalator heraus.

»Martin schaut sich das gerade an. Es hatte etwas mit einer Kameradin zu tun.«

Vinny musterte sie besorgt, als sie ihren Inhalator schüttelte.

»Einer Kameradin?«, keuchte sie und inhalierte ihr Ventolin.

»Ja, einer Kameradin«, bestätigte Vinny.

»Mit einer Frau also.«

Liz spürte, wie die langen eiskalten Tentakel der Angst wieder nach ihr griffen. Die Feuchtigkeit auf der Bank war inzwischen durch ihre Jeans gesickert. Sie fror.

Kapitel 10

Maeve

»Maeve, Kleines, wenn du in Schwierigkeiten bist, sag es mir einfach.«

In jenem Sommer 1988 wurde Paudie Molloys Geduld auf eine harte Probe gestellt. Diesmal hatte Maeve es wirklich geschafft.

»Was hast du in Galway angestellt? Geht es um Drogen? Bitte … erzähl es mir, Maeve.«

»Herrgott, Dad, natürlich geht es nicht um Drogen. Wofür hältst du mich?«

Cannabis zählte nicht.

»Bist du an die falschen Leute geraten?«

Damit kam er der Wahrheit schon ein wenig näher.

»Nein, Dad, ich habe noch dieselben Freunde wie im ersten Jahr …«

»Hmmm …«, meinte er nachdenklich. Sie stellte sich vor, wie er mit einem ratlosen Ausdruck auf dem Gesicht in seinem Büro hinter dem Laden saß. Als er ihr mitteilte, die Prüfungsergebnisse seien mit der Post zu Hause in Listowel eingetroffen, zuckte Maeve zusammen. Sie würde sofort aus Chicago nach Hause kommen müssen. Sie fühlte, wie weh es ihm tat. Und sie fühlte ihren eigenen Schmerz.

»Maeve?«

»Ja, Dad?«

Nach kurzem Zögern räusperte er sich. »Wir wollten nicht neugierig sein, Maeve, aber deine Mutter war in deinem Zimmer …«

Oh, Mist, was hatte sie gefunden?

»Dein Postsparbuch, Maeve. Du hast es im Laufe des Jahres vollständig abgeräumt. Dabei hast du uns gesagt, du würdest auf ein Auto sparen …«

Das stimmte. Sie hatte wirklich auf ein Auto gespart. Auf dem Postsparbuch hatte das Geld gelegen, das sie zur Erstkommunion und zur Firmung bekommen hatte, und alles, was sie beim Jobben in den Läden zusammengespart hatte. Doch Julie zu retten, war wichtiger gewesen als ein Auto. Sie hatte keine Ahnung gehabt, dass Julies Rettung alles Geld verschlingen würde.

»Ich habe das Geld für etwas gebraucht, Dad. Am Telefon kann ich nicht darüber reden.« Bevor sie ihn wiedersah, würde sie sich eine Erklärung einfallen lassen müssen. Warum, zum Teufel, schnüffelte ihre Mutter in ihrem Zimmer herum? Machten sie sich wirklich solche Sorgen um sie?

»Es ist alles in Ordnung, Dad, Ehrenwort …«

»Bist du sicher? Schau, Maeve, wenn es irgendein Problem gibt, kannst du mit mir reden. Deine Mutter muss es nicht erfahren. Es kann unter uns bleiben. Ich bin nicht so konservativ, wie du glaubst, und außerdem weder Richter noch Geschworener, sondern nur dein Dad …«

Ihr wurde ganz rührselig zumute. Der arme alte Dad, der immer zu ihr hielt.

»Es ist alles okay, wirklich, Dad. Mach dir keine Sorgen.«

»Okay, Kleines, wenn du meinst. Dann sehen wir uns am Flughafen.«

Maeve hatte seinen Traum zum Platzen gebracht. Seinen

Stolz verletzt. Die einzige in der Familie, die studieren konnte, und was hatte sie getan? Alles in den Sand gesetzt. *Schon wieder.* Zum zweiten Mal war sie durch die Sommerprüfungen gerasselt. War sie etwa schwer von Begriff?

Sie konnte es noch immer nicht fassen. Schon wieder durchgefallen, und das trotz ihrer guten Vorsätze. Und um das Maß voll zu machen, glaubte ihr leidgeprüfter Vater nun, dass sie in Schwierigkeiten steckte.

Gut, dass sie Wirtschaft II vermasselt hatte, war verständlich. Schließlich war da das Drama mit Julie und ihrem Bruder gewesen. Und dann die vielen Feten auf Raymonds miefigem Boot, bei denen Sarah ihre Anwesenheit verlangt hatte. Und der Umzug wegen Ivan Flaherty. Und die Phantomschwangerschaft, die sie alle hatten durchstehen müssen. Alles nur Schwierigkeiten mit Typen. Und dabei hatte keiner dieser Kerle auch nur das Geringste mit Maeve zu tun. Sie hatte zwar versucht zu büffeln, doch die Ereignisse hatten sich ohne ihr Zutun überstürzt.

Wenigstens hatte sie die Nachprüfung im Herbst bestanden und war in Wirtschaft III gekommen. Julie hatte im letzten Jahr auch Mist gebaut aber im Herbst noch die Kurve gekriegt. Maeve hatte den Verdacht, dass die Universitätsverwaltung wegen des Todes ihres Bruders ein Auge zugedrückt hatte.

Die arme Sarah hatte weniger Glück gehabt. Zur großen Missbilligung ihrer Mutter hatte sie die Nachprüfung im Herbst vergeigt und musste nun das gesamte Studienjahr wiederholen. Der Abschluss in Pharmazie würde wohl noch einige Zeit dauern.

Und zuletzt war da noch Liz, die sonst ganz gut durchkam und immer ihre Noten schaffte, selbst sie hatte es in diesem Jahr an die Wand gefahren. Dieses Jahr hatte sie alle stark mitgenommen. Und sie hatten alle gemeinsam nachgelassen, Versagerinnen durch die Bank. Wenn es nicht so traurig gewesen wäre, wäre es die pure Ironie, ja sogar komisch gewesen.

Als der Jumbo schwerfällig zum Landeanflug auf den Flughafen Shannon ansetzte, dachte Maeve bedrückt daran, wie gnadenlos ihr Arbeitsurlaub verkürzt worden war. Was für eine verdammte Verschwendung eines Visums. Sie hatte in dem Restaurant am Lake Michigan solchen Spaß gehabt, Freunde gefunden und ordentlich Trinkgelder kassiert. Sogar ein lange ersehntes und höchst angenehmes Schäferstündchen mit einem Elitestudenten und Mitglied der Uni-Rudermannschaft hatte sich ergeben. Aber nein, sie hatte es verpatzt. Und zwar gewaltig.

Während sie niedergeschlagen das Gepäckband beobachtete, nahm sie sich vor, sich nie wieder in eine solche Lage zu bringen, ganz gleich, was auch geschah. Und den zweiten Sommer nacheinander erwartete ihr Vater sie lächelnd und kopfschüttelnd in der Ankunftshalle.

»Das ist mein Mädchen.« Er tätschelte ihr den Rücken und griff mit schicksalsergebener Miene nach ihrem Rucksack.

Keine Vorwürfe, kein Tadel, nicht die Standpauke, mit der Maeve gerechnet hatte. Und dass das alles ausblieb, sorgte dafür, dass sie sich noch elender fühlte. Ihr wäre es lieber gewesen, wenn er geschimpft und getobt hätte.

»Guter Flug?«

»Ein bisschen unruhig nach dem Start, aber dann war es okay.«

»Hunger?«

»Wie ein Wolf.«

»Deine Mutter hat ein großes Frühstück für dich vorbereitet.« Und so ging das höfliche Geplänkel weiter, ohne dass die Prüfungen zur Sprache kamen.

»Im Herbst schaffe ich es, Dad.«

»Natürlich wirst du das.«

»Und es kommt nie wieder vor. Nächstes Jahr mache ich meine Abschlussprüfung. Ich werde alles in den Griff kriegen und nicht mehr durchfallen, das schwöre ich.«

»Ich weiß Maeve. Solange es dir nur gut geht.«

Eine lange Zeit herrschte Schweigen. Ein Wegweiser zeigte an, dass es noch neunzig Kilometer nach Listowel waren.

»Ich habe mich in diesem Jahr ablenken lassen. Aber das war das letzte Mal.«

»Klar. Lass uns nicht mehr darüber reden. Und in einem der Läden ist immer ein Platz für dich, das weißt du doch, Maeve. Wenn es also nicht klappt …«

Herrgott, genau davor hatte sie ja solche Angst. Sie wollte auf gar keinen Fall in einem der Läden landen. Sie würde es dort hassen. Wenigstens wurde sie, anders als Sarah, nicht gezwungen, ins Familienunternehmen einzusteigen. Manchmal fragte sie sich, wie Sarah es ertrug, so eingeschnürt zu werden. Nach diesem kurzen Sommer in den Staaten wusste Maeve, dass sie aus Irland wegwollte. Sie würde die Enge hier nicht aushalten, das Gemeindeleben, das an Strangulierung grenzte, die Nachbarn, die einander ständig im Auge behielten. Sie sehnte sich nach der Anonymität und den Möglichkeiten der großen weiten Welt.

Es lag nur an ihr. Sie war verantwortlich für ihre Zukunft, ebenso wie für ihre Vergangenheit – auch wenn sie zu ihrer Verteidigung mildernde Umstände und erschwerte Bedingungen vorbringen konnte. Sie wichen einer Kolonne von Radfahrern aus. Maeve blickte aus dem Auto und erinnerte sich an das vergangene Jahr.

Natürlich wäre es zu einfach, zu sagen, dass wieder Julie an allem schuld war. Niemand hatte Maeve gezwungen, sich einzumischen. Sie hatte sich das selbst angetan. Lag es ihr vielleicht im Blut, ihren Mitmenschen keine Ruhe zu lassen?, fragte sie sich. War sie eine Landplage, die ihre Nase in Dinge hineinsteckte, die sie nichts angingen? Oder war das zu streng? Julie hätte es allein nie geschafft. Sie wäre nicht mal in der Lage gewesen, ohne fremde Hilfe aus einer Papiertüte herauszufinden. Wie dumm konnte eine Frau nur sein, sich wieder mit einem Loser einzulassen, der ihr schon einmal den Laufpass gegeben hatte, weil sie ihm gesagt hatte, dass sie möglicherweise ein Kind von ihm erwartete? Und im folgenden Studienjahr vergisst sie die Pille, säuft sich einen an und wird diesmal wirklich schwanger, und zwar von demselben Typen, der schon bei der ersten Krise den Schwanz eingezogen hat. Das war doch Wahnsinn. Zum Kaputtlachen. Und so typisch Julie.

Vermutlich hatte ganz Hazel Park die Schreie gehört, die an jenem Samstagmorgen aus dem Badezimmer im Obergeschoss gekommen waren.

»Oh, nein, nein!!! Das gibt's doch nicht … Scheiße, scheiße, scheiße … bestimmt ein Irrtum! Das kann nicht wahr sein. Das verdammte Ding ist kaputt. Oh, Gott, nein …!«

Maeve, Liz und Sarah waren zum Bad gestürmt wie ein Schwarm durchgedrehter Krähen und hatten, hektisch klopfend und durcheinander redend, nach dem Grund dieses Ausbruchs gefragt.

Dann wurde auf dem oberen Treppenabsatz ein Kriegsrat abgehalten.

»Was soll das heißen, du bist schwanger?«, fragte die in einen flauschigen Bademantel gewickelte Sarah.

»Ein Kind unter dem Herzen, guter Hoffnung, in anderen Umständen, einen Braten in der Röhre, *je suis enceinte, mes amies*«, erwiderte Julie mit schriller Stimme und schwenkte das Teststäbchen.

»Wir hatten das alles doch schon mal. Sicher ist es falscher Alarm …« Sarah versuchte wirklich zu helfen.

»Ich habe den Scheißtest gemacht. Schau dir das Scheißsichtfenster und die Scheißlinie an!!!«

Julie rastete aus.

»Beruhige dich, Julie«, sagte Maeve. »Wann ist es deiner Ansicht nach passiert?«

Wahrscheinlich war es viel zu spät für die Pille danach. Soweit sie informiert war, musste man die innerhalb der nächsten Tage nehmen.

Julie lief auf dem Treppenabsatz hin und her. »Bei der Party in Tirellen Heights, glaube ich … du weißt schon, die mit dem selbst gebrauten Bier. Irgendjemand hat die Bullen gerufen.«

»Da bist du allein hingegangen«, erwiderte Liz. »Erinnerst du dich? Wir hatten alle keine Lust, so weit zu laufen …«

»Kann sein … es ist alles ein bisschen verschwommen, wenn du verstehst, was ich meine.«

Maeve verstand.

»Ich weiß es noch, weil das die Nacht war, in der Austin und du durchs Oberlicht eingestiegen seid. Du hattest den Schlüssel vergessen, oder Austin hat ihn verloren … war es nicht so?« Sarah kaute am Gürtel ihres Bademantels.

Julie lachte. »Ach, ja ... er hat in irgendeinen Garten gepinkelt, und dabei ist er ihm, glaube ich, aus der Tasche gefallen.«

»Charmant und höchst kultiviert«, höhnte Maeve. Dieser dämliche Austin Clancy. Was für ein Schwachkopf. Nichts als Ärger.

»Aber wie konnte das passieren, wenn du die Pille nimmst?«, wandte Liz ein.

»Das ist es ja ...«, erwiderte Julie mit verlegener Miene. »Ich muss sie vergessen haben. Und diesmal hat es mich eben erwischt. Verrückt, was? Absolut durchgeknallt. Und was mache ich jetzt?«

Wieder einmal war Julie untröstlich, ihre Anwesenheit warf einen Schatten über das Haus. Und kümmerte sich Austin Clancy um sie? Bot er ihr irgendeine Form von Unterstützung an? Nichts tat er! Er war mit seinem Studium und seiner Arbeit als Tutor voll beschäftigt und hatte keine Zeit für Julie. Offenbar hatte sie keine Zuwendung verdient. Und so verschwand er über Nacht aus der chaotischen Collage, die Julies Leben war.

Es folgten zwei Wochen mit wirren nächtlichen Gesprächen und verpassten morgendlichen Vorlesungen.

»Wenn es ein Junge wird, nenne ich ihn Noel, nach meinem Bruder.«

»Also hätten deine Eltern nichts dagegen? Sie würden dir helfen?« Maeve spielte das Spiel mit, auch wenn sie gegen ihren skeptischen Tonfall machtlos war. Würden Eltern, die einen schwulen Sohn nicht akzeptieren konnten, eine ledige, schwangere Tochter mit offenen Armen aufnehmen? Höchst unwahrscheinlich.

»Sie werden sich daran gewöhnen.« Selbst Julie klang

nicht sehr überzeugt. »Vielleicht muntert es Mum sogar ein bisschen auf, und sie fängt wieder an zu reden.«

»Wieder anfangen zu reden? Was soll das heißen?« Sarah kochte die fünfte Runde Kaffee des Abends.

»Nun, nach der Sache mit Noel hat sie zu reden aufgehört. Sie sitzt nur da, raucht und starrt ins Leere.«

Das war ihnen allen neu. Julie hatte seit dem Vorfall kaum über Noel oder ihre Eltern gesprochen. Und Maeve hatte davor zurückgescheut nachzufragen, als ob die Frage an sich schon Schmerzen bereiten würde.

»Nimmt sie Medikamente? Ich meine Antidepressiva, Valium oder so?«, fragte Sarah.

»Keine Ahnung. Wahrscheinlich. Ich meine, das tut sie bestimmt, oder? Dad schleppt sie ständig zum Arzt. Aber, tja, er sagt nicht viel darüber. Über Medikamente würden sie nicht reden. Solche Themen erwähnt man nicht.«

Maeve hatte den Eindruck, dass in dieser Familie überhaupt nicht viel geredet wurde. Je ernster ein Problem war, desto eher wurde es totgeschwiegen. Im Wohnzimmer der vier Studentinnen entstand Schweigen, als sie sich vorstellten, wie Julies halb lebendige Mutter ein schreiendes Kleinkind großzog, während Julie ihr Studium fortsetzte.

Als hätte Julie ihre Gedanken gelesen, fuhr sie sich mit den Händen durchs frisch gefärbte Haar. »Tja, ich könnte das Studium ja abbrechen und irgendwann später weitermachen ...«, meinte sie.

Wieder herrschte Schweigen. Zwei Wochen lang hörten Sarah, Maeve und Liz zu, während das Entscheidungspendel vor und zurück schwang.

»Es ist doch falsch, oder? Ich meine, eine Abtreibung ist doch etwas Böses. Ich glaube nicht, dass ich das schaffen würde. Außerdem müsste ich dazu nach England. Wie soll ich das denn hinkriegen?«

Sarah blickte von ihren Pharmazie-Studienunterlagen auf, in denen sie seufzend herumgekritzelt hatte. Unterdessen rührte Maeve weiter den Kartoffelbrei um. Sie wollte das Gespräch auf gar keinen Fall unterbrechen und war neugierig, wohin dieser Gedankengang wohl führen mochte.

»Ich glaube, ich würde es nicht über mich bringen.« Inzwischen hatte Julie ihre Nägel bis zum Nagelbett abgekaut. »Und leisten könnte ich es mir sowieso nicht.« Mit zittriger Stimme fügte sie, in den Raum gewandt, hinzu: »Wie viel kostet so was eigentlich?«

»Vielleicht könnte ich das rauskriegen …«, ertönte eine noch zittrigere Stimme aus dem Lehnsessel.

»Wirklich, Sarah? Aber wie? Warum kennst du dich damit aus?«, fragte Julie.

»Ich glaube, Aisling hatte eine. Ich bin zwar nicht hundertprozentig sicher, aber ich glaube, schon.«

»Deine Schwester Aisling?«, wunderte sich Maeve.

»Ja. Wenn ich es rückblickend betrachte. Sie war im letzten Jahr an der Trinity Universität, und plötzlich ist Mum ohne jeden Grund mitten im Semester mit ihr nach London geflogen. Ich erinnere mich, dass ich das damals sehr seltsam fand. Dass sie sie wegen eines Shoppingtrips aus der Uni genommen hat, ist doch Schwachsinn.«

Es war in den Achtzigerjahren. Nichts löste heftigere Gefühlswallungen aus als das Wort »Abtreibung«. Maeve konnte sich kaum vorstellen, mit ihrer eigenen Mutter ein vernünftiges Gespräch darüber zu führen, geschweige denn, dass diese alles für sie arrangiert und sie nach London begleitet hätte.

»Das war sehr mutig von deiner Mutter«, meinte sie.

»Findest du?« Sarahs Miene war zweifelnd.

»So einfach gegen die Regeln der Kirche zu verstoßen und sich nicht um die öffentliche Meinung zu scheren – ja, das ist absolut mutig …«

»Lass es uns einmal so ausdrücken: Wenn es um die Apotheken geht, darf sich meiner Mutter nichts in den Weg stellen. Damit meine ich, gar nichts. Aisling durfte auf keinen Fall ihre Karriere in den Sand setzen. Unter gar keinen Umständen. Aisling wurde gebraucht, um das Imperium meiner Mutter weiterzuführen. Ende der Geschichte. Ich sage es zwar nur ungern, Mädels, aber meine Mutter ist ein hartherziges Miststück. Als ich im ersten Jahr durch die Prüfung geflogen bin und versucht habe, eine Überdosis Medikamente zu schlucken, wisst ihr, was sie da gesagt hat? Sie hat mir ins Gesicht geschaut und gemeint: ›Es wäre ja schon eine Art Fortschritt, wenn du wenigstens die richtige Dosis kennen würdest!‹ Also, Mädels, entweder läuft es so, wie meine Mutter will, oder es läuft gar nicht.«

Maeve schüttelte den Kopf, sie wurde plötzlich von einem Gefühl der Zuneigung für ihre eigenen Eltern ergriffen.

»Aber was wollte Aisling selbst?«, fragte Julie, um nicht vom Thema abzuweichen.

»Ich habe keine Ahnung. Wie ich schon sagte, sind das nur Mutmaßungen. Ich bin sicher, dass es passiert ist, und wenn ich recht habe, könnt ihr euch darauf verlassen, dass Aislings Gefühle da keine Rolle gespielt haben. Sie hätten nur gestört. Sie hätte keine Wahl gehabt.«

»Aber habe ich eine Wahl …«, wandte Julie ein und kaute weiter an ihren Nägeln.

Zwei Wochen später flog Julie nach England. Maeve begleitete sie. Die Hilfe von Sarahs Schwester wurde nicht in Anspruch genommen. Maeve kümmerte sich um alles, von der Finanzierung bis zur Unterkunft. Sie war nach Listowel gefahren, um das Geld von ihrem Postsparbuch abzuheben, und hatte während ihres Aufenthalts einige diskrete Telefonate mit ihrer Tante Anne in Staines geführt. Die Reise zurück würde mit dem Bus stattfinden, da ihre Mittel nicht für ein Flugticket reichten. Maeve arrangierte alles. Und wieder war ein Monat des Studienjahres vergangen.

Als sie nun in ihrem Zimmer in Listowel saß und die Medaillen im irischen Volkstanz an der Wand betrachtete, die sie gewonnen hatte, schwor sie sich, dass jetzt Schluss sein musste. Sie würde die Nachprüfungen schaffen. Noch ein Jahr, und sie würde fort sein. Zurück in den Staaten oder in London. Kein Chaos mehr, das sie in Ordnung bringen musste. Sie würde auf Abstand gehen, den Kopf in die Bücher stecken und ihr Studium durchziehen.

Kapitel 11
Julie

»Darf ich Popcorn machen, Mummy?«

»Bella, es ist schon spät. Du solltest jetzt ins Bett gehen, morgen ist Schule.«

»Ach, bitte, du hast doch gesagt, dass du mich so vermisst hast. Darf ich noch zehn Minuten aufbleiben? Biiittteee, Mummy … ich verspreche auch, dass ich morgen früher ins Bett gehe.«

Sicher, Julie hatte ihre Tochter während der Woche vermisst. Wochentage ohne Bella waren lang. Wochenenden ohne sie noch länger. Justin hatte sie mitten in der Woche abgeholt, weil er am Wochenende zum Segeln wollte. Sie war schon vor der Trennung eine Seglerwitwe gewesen. Nichts konnte Justin vom Segeln abhalten.

Er hatte Bella in der Auffahrt abgesetzt. Als sie an die Tür kam, hatte sie nach seinem Rasierwasser und Zigarren gerochen. Herrgott, wusste er nicht, dass er in Gegenwart des Kindes nicht rauchen sollte? Und dann besaß er die Frechheit, ihr Vorhaltungen zu machen, wenn sie hin und wieder ein Glas Wodka trank.

»Bist du bei Daddy auch immer früh ins Bett gegangen?«

»Schon. Irgendwie ja. Aber nicht am Mittwoch. Da musste ich mit seinen langweiligen Freunden zu Abend essen. Es war soooo öde. Und nur lauter Erwachsene.«

Und er wagte es, an ihren Erziehungsmethoden herumzukritisieren.

»Ach wirklich? Seid ihr zum Essen gegangen? Zu einem von Dads Freunden?«

Julie fragte sich, ob Justin wohl eine feste Freundin hatte oder, wie gewohnt, wechselnde Liebschaften unterhielt.

»Nein, wir waren in einem Restaurant, wo es nur Fisch gab.« Bella verzog das Gesicht.

Bella aß Fisch nur in Form von Fischstäbchen, und Julie bezweifelte, dass die Restaurants, die Justin besuchte, so etwas auf der Speisekarte hatten. Ihre Neugier war geweckt.

»Und was hast du gegessen?«

»Einen Fisch, der aussah wie ein großer rosa Käfer mit Scheren. Daddy musste ihn aufknacken.«

»Einen Hummer?«

»Ja, ich glaube, so hieß er. Er hat fies geschmeckt. Aber ich durfte mir Pommes dazubestellen.«

Ach, herrje, er nahm allen Ernstes ein achtjähriges Kind zu einem Abendessen mit Anwaltskollegen mit und gab ihm Hummer zu essen. Natürlich sollte sie ihr Popcorn haben.

»Dann schnell, schalt die Mikrowelle ein. Gleich kommt David Attenborough im Fernsehen. Dann können wir noch zwanzig Minuten kuscheln.«

Julie kuschelte eigentlich noch lieber als Bella. Bella war das Einzige, was sie je richtig hingekriegt hatte, und sie wollte keinen Fehler machen. Am liebsten wäre es ihr, wenn Bella nie erwachsen werden und ausziehen würde. Sie wollte, dass sie für immer ein unkompliziertes, fröhliches Kind blieb.

Während das Popcorn in der Mikrowelle platzte, hörte Julie ihr Mobiltelefon läuten.

»Gehst du bitte ran, Bella?«

Wahrscheinlich nur Justin, der sich für den Abend abmeldete. Das tat er normalerweise, nachdem er Bella nach Hause gebracht hatte.

»Mummy, da ist eine Dame am Telefon.«

»Ich komme. Wie heißt sie denn?«

»Ich glaube, sie hat Liz gesagt.«

Julies Magen machte einen Satz. Liz Dillon? Gab es Neuigkeiten?

Julie griff nach dem Telefon. »Liz? Hallo, ist alles in Ordnung?«

Was für eine dämlich Frage. Natürlich war gar nichts in Ordnung.

»Entschuldige die späte Störung, Julie. Ich war gerade bei Vinny. Es gibt noch nichts Konkretes. Nur eine Sache, die ich merkwürdig fand.«

»Ja? Worum geht es denn?«

»Weißt du, ob Sarah je ein Medaillon vom heiligen Christopherus getragen hat?«

Es drehte Julie den Magen um, und sie fasste sich mit einer zitternden Hand an den Hals.

»Ein Medaillon des heiligen Christopherus?«, hörte sie sich wiederholen

»Ja. Vinny sagte, der Typ, den sie in Haft haben, hätte ein Medaillon mit dem heiligen Christopherus erwähnt. Weißt du, ob sie eines hatte? Offenbar halten sie es für wichtig …«

Julies Haut begann zu prickeln.

»Ich glaube nicht. Wenigstens kann ich mich nicht erinnern …« Sie versuchte, so normal wie möglich zu klingen.

Eine Pause entstand.

»Haben sie die Stelle gefunden?« Sie wagte kaum zu flüstern, weil Bella in Hörweite war.

»Nein, offenbar nicht. Da gibt es noch nichts Neues. Aber die Sache mit dem Medaillon erinnert mich an etwas. Da war doch was mit einem Medaillon.«

Sie musste jetzt etwas antworten. Die Frage würde nicht einfach wieder verschwinden. Früher oder später würde es jemandem einfallen.

»Ich war das«, erwiderte Julie. »Ich war die mit dem Medaillon. Weißt du noch? Es hat Noel gehört …«

Noel war jetzt seit sechsundzwanzig Jahren tot. Sein Name wurde nur selten erwähnt, da sie niemanden hatte, mit dem sie über ihn sprechen konnte. Ihre Eltern lebten schon lange nicht mehr – die Trauer hatte sie ins Grab gebracht.

»Oh Gott, tut mir leid, Julie, jetzt erinnere ich mich«, entschuldigte Liz sich rasch. »Das war wirklich blöd von mir. Ich wollte kein Salz in offene Wunden streuen.«

»Kein Problem. In diesem Jahr ist es sechsundzwanzig Jahre her.«

»Ja, richtig. Sarah ist seit vierundzwanzig Jahren verschwunden. Eine ganze Lebenszeit …«

Bella erschien in der Tür und winkte sie ins Wohnzimmer. Die Sendung hatte angefangen.

Sie musste die Frage stellen.

»Erzähl mir mehr über das Medaillon, Liz.«

Was genau wussten sie?

»Da gibt es eigentlich nicht viel zu erzählen. Nur, dass sie es für wichtig halten und vielleicht mit dir oder mit Maeve darüber sprechen wollen.«

Julie wurde übel, und sie zitterte so stark, dass sie sich am

Treppengeländer festhalten musste. Erinnerungsfetzen wirbelten in ihrem Kopf herum. Genau davor hatte sie sich gefürchtet. Die Polizei, die Verhöre, die Verdächtigungen.

»Hast du es Maeve schon gesagt?«, erkundigte sie sich.

»Nein, noch nicht. Du weißt ja, was für ein Gewohnheitstier sie ist. Wahrscheinlich liegt die ganze Familie schon im Bett. Ich habe mir gedacht, dass du alte Nachteule noch wach bist. Ich rufe sie morgen früh an, damit ich sie noch vor dem Golfclub erwische …«

Julie hätte schwören können, dass da ein spöttischer Unterton gewesen war.

»Gute Idee«, meinte sie und nickte Bella zu, die inzwischen die Geduld verloren hatte und sie mit Popcorn bewarf.

Maeve würde sicher wissen, wie man die Frage nach dem Medaillon abwimmelte. Ihr würde etwas einfallen, damit die Sache im Sande verlief. Maeve hatte schon damals zu ihr gehalten, und sie würde es wieder tun. Es war ja nicht so, dass sie absichtlich ein Geheimnis daraus gemacht hatten. Allerdings brauchte auch niemand davon zu erfahren. Nicht einmal Liz.

»Komisch, oder?« Liz klang verdattert. »Was kann ein Medaillon mit dem zu tun haben, was Sarah passiert ist?«

»Keine Ahnung, Liz.« Julie stand auf der untersten Treppenstufe und scharrte mit den Füßen. »Ich hoffe nur, dass sie den Schweinekerl drankriegen und dass er in der Hölle schmort!«

»Ganz ruhig, Julie, ganz ruhig …«

Bella musterte sie besorgt. Sie spürte, wie sich ihre Kehle zuschnürte und wie ihr die Röte den Hals hinaufstieg.

»Da wäre noch etwas. Offenbar hat er eine einschlägige Vorgeschichte, Jules.« Liz hörte sich völlig gelassen an.

»Ja?«, flüsterte Julie.

»Ja, er wurde in den Achtzigern aus der Armee entlassen. Und zwar unehrenhaft. Die Polizei versucht herauszufinden, was der Grund dafür war. Vinny glaubt, dass es mit einer NCO-Kameradin zu tun hatte.«

»Was ist denn ein NCO?«

»Ein *Non-Commissioned Officer*, so eine Art Unteroffizier. Aber das ist hier nicht wichtig. Im Gegensatz zu der Tatsache, dass es um eine Frau ging … findest du nicht?«

Julie wusste nicht, was sie davon halten sollte. Inzwischen wirbelten ihre Gedanken wild durcheinander. Erst das Medaillon und nun das hier.

»Ich finde nur, dass es nicht sehr gut klingt«, murmelte sie.

»Nein, das tut es wirklich nicht. Pass auf, Jules, das habe ich dir ganz im Vertrauen erzählt, ja? Vinny würde einen Anfall kriegen, wenn er wüsste, dass ich darüber geredet habe. Im Moment ist alles noch streng geheim.«

»Natürlich …« Diese Bemerkung hätte Liz sich sparen können. Mit wem, um alles in der Welt, hätte sie darüber sprechen sollen? Neben der Sache mit Noel war es das Ereignis in ihrem Leben, dessen sie sich am meisten schämte.

»Mummy, das Popcorn wird kalt!« Bella machte ein besorgtes und ärgerliches Gesicht.

»Hör zu, Liz, ich muss jetzt auflegen. Bella ist gerade von Justin zurückgekommen, und ich möchte noch ein bisschen mit ihr reden, bevor sie ins Bett muss. Danke für die Infos. Gib mir Bescheid, wenn du etwas Neues erfährst.«

»Gerne, Jules, und entschuldige die späte Störung. Ich gebe Vinny deine Nummer, für den Fall, dass die dich etwas fragen wollen. Ist das okay?«

»Klar.«

Was hätte sie sonst sagen sollen?

Sie beendete das Telefonat.

Nein, es war nicht okay. Es war ganz und gar nicht okay. Sie würde sich um Bella kümmern und sich danach einen Wodka genehmigen. Unerwünschte Bilder wirbelten ihr im Kopf herum. Flüchtige Eindrücke lauerten am Rand ihres Gedächtnisses. Sie hatte nie wieder an diese Zeit denken wollen, und nun leuchteten Szenen dieses Nachmittags auf wie bei einer Diashow. Sie musste sich zusammenreißen – und sich eine schlüssige Geschichte zurechtlegen. Für den Fall, dass sie mit ihr würden sprechen wollen. Noch einmal.

Eine Stunde später umklammerte sie ihr Wodkaglas und hoffte, dass ihr Leben nicht wieder aus den Fugen geraten würde. Alles hatte sich so prächtig entwickelt. Sie hatte die Trennung von Justin beinahe verwunden. Ihre finanzielle Lage war zwar nicht optimal, aber so gut wie schon seit Monaten nicht mehr. Allmählich kehrte ihr Selbstbewusstsein zurück. Sie hatte solche Fortschritte gemacht. Und jetzt das.

Ihr Leben war eine Achterbahnfahrt aus Höhen und Tiefen gewesen. Die Tiefen waren manchmal sehr tief und hatten gedroht, sie mit Haut und Haaren zu verschlingen. Sie hatte Glück gehabt. Es hatte immer Menschen gegeben, die ihr herausgeholfen hatten. Vor gut zwanzig Jahren war das Maeve gewesen. Damals hatte das absolute Chaos geherrscht – für sie alle vier, auch für Liz, Sarah und Maeve. Keine von ihnen war auf die Katastrophe vorbereitet gewesen, die im Sommer 1988 über sie hereingebrochen war.

Julie füllte ihr Glas nach und kramte in ihren CDs. Auf den Regalen lag Staub. Sie war sicher, dass sie hier irgendwo sein musste. Wo zum Teufel war sie? Sie hatte zwar nur zwei Regale voll, doch die CD war nicht leicht zu finden, da es sich bei ihrem Bestand hauptsächlich um »Best of«-Sammlungen handelte. Justins lieblose Geschenke zu Weihnachten und zum Geburtstag. Gegen Ende war sogar der CD-Nachschub versiegt.

Aha! Da war sie ja – »The Best of Talking Heads«. Da war das Lied drauf. Das Lied, das sie an die Mädchen erinnerte. An Sarah. Es war in jenem Sommer die Hymne der vier gewesen. *Road to Nowhere.*

Damals waren sie so dumm gewesen. Jung und dumm. Sie hatten über die Prüfungsergebnisse gehöhnt und getan, als machten sie sich nichts daraus, obwohl sie insgeheim tief bestürzt gewesen waren. Julie ließ sich in einem Sitzsack nieder und erinnerte sich an den Sommer 1988. An die Großspurigkeit und den Galgenhumor, die letzte Waffe des zum Tode Verurteilten. Sie hatten alle ihre Sommerjobs aufgeben und früher zurückkommen müssen, um die Prüfungen zu wiederholen.

Sie konnte es vor sich sehen, wie sie, »*We're on the road to nowhere*« singend und untergehakt, zu dem Haus in Newcastle Park marschiert waren, das sie für die Zeit der Nachprüfungen angemietet hatten. Nun weckte der Text wehmütige Erinnerungen. Hatten sie das Schicksal damit herausgefordert, dass sie es mit so viel Elan geschmettert hatten? Mit ihrer Respektlosigkeit? Oder wäre alles so oder so in sich zusammengestürzt?

Vermutlich hatte Vinny inzwischen ihre Telefonnummer. Damals in Galway hatte sie Vinny gemocht. Er war nett zu ihnen allen gewesen. Sie wusste nicht mehr genau, wann sie mit ihm geschlafen hatte. Am Wochenende irgendeines

Sportereignisses – des Sigerson Cup oder vielleicht des Fitzgibbon. Sie waren bei irgendwelchen Leuten in Laurel Park über Nacht gewesen. Julie hatte beschlossen, es für sich zu behalten. Für Liz war ihr Bruder unantastbar gewesen. Sie erinnerte sich an Vinny als einen anständigen und geradlinigen Menschen. Vielleicht ein kleines bisschen zu geradlinig – ans Langweilige grenzend. Allerdings wäre er eindeutig besser gewesen als Austin Clancy oder Justin, dieser Idiot. Inzwischen wusste sie, was sie für ein Problem hatte – ihr Problem war, dass sie sich von kaputten Typen angezogen fühlte.

Vinny war derjenige gewesen, der vorgeschlagen hatte, zum Blue Pool zu fahren. Es hatte sich so romantisch angehört. Ein traditionelles Cottage, das sich an die Hügel der Burren schmiegte und Ausblick auf ein Gewässer bot, das weder ein Becken noch ein Teich oder ein See war. Laut Vinny handelte es sich um eine Mischung aus Teich und See. Allerdings wäre die Bezeichnung See komplett übertrieben gewesen.

Sie wusste noch, dass sie hatte hinfahren wollen, doch Mum und Dad waren in Roscommon allein. Sie war ratlos. Eigentlich hätte sie ein wenig Zeit mit ihnen verbringen sollen. Hatten sie überhaupt mitbekommen, dass sie durch die Prüfungen gefallen war? Inzwischen kämpften sie sich mit freudlosem Fleiß durch den Alltag. Die Farm und alles, was dort erledigt werden wollte, gab ihrem Leben einen Sinn, der auf tönernen Füßen stand. Wahrscheinlich würden sie es gar nicht bemerken, wenn sie für ein paar Tage ins Haus von Liz' Onkel fuhr.

Obwohl es schon am Anfang des Studiums nicht gut um ihre Finanzen bestellt gewesen war, herrschte nun, im Sommer, die absolute Ebbe in ihrer Kasse. Vor der Sache in England hatte sie Austin, dem Mistkerl, eine größere Summe für eine Exkursion mit den Geologen geliehen, die sie inzwischen für frei erfunden hielt. Ihre Nachfragen bei seinen Mitstudenten hatten ihr nichts als verständnislose Blicke eingebracht. Viel wahrscheinlicher war es, dass Austin dem Charme der Sudanesin in seinem Seminar erlegen war. Schwarze Frauen hatten seine Phantasie ganz besonders beflügelt. Wie dumm sie doch gewesen war.

Warum hatte sie sich überhaupt mit ihm eingelassen? Ihr fiel keine vernünftige Antwort ein. Er hatte ihr das Geld nie zurückgezahlt und sie wahrscheinlich auch noch betrogen. Viele schlaflose Nächte hatte sie damit verbracht, sich das Hirn mit der Frage zu zermartern, ob sie sich bei ihm mit Aids angesteckt hatte. Damals hatte es noch geheißen, die Krankheit sei aus Afrika eingeschleppt worden. Eigentlich konnte sie dem Schicksal dankbar sein. Das wäre tausendmal schlimmer gewesen als eine Schwangerschaft.

Als es passiert war, wollte Austin Clancy nichts von dem Baby wissen und verschwand körperlich, emotional und finanziell aus ihrem Leben. Es war so demütigend, sich an das Wohlfahrtsbüro für Studenten wenden zu müssen. Sie hatte es nicht über sich gebracht, der Zuständigen zu sagen, wofür sie das Geld wirklich brauchte, und sie hatte auch keinen Penny bekommen. Das Wohlfahrtsbüro war gleich neben der Kneipe gelegen, wo sie so oft gesehen worden war. Also befand die Sachbearbeiterin, dass sie eine Unterstützung nicht verdient hatte.

Doch Maeve hatte auch dafür eine Lösung gefunden. Sie hatte alles finanziert, den Eingriff, das Gästehaus, die Fähre und den Bus. Einfach alles. Maeve hatte sie sogar nach England begleitet und die ganze Sache mit ihr durchgestanden.

Und sie hatte das Geld nie zurückverlangt. Julie hatte ihre Schulden wirklich noch in jenem Sommer bezahlen wollen. Aber aus ihrem Plan, die ganzen Ferien im örtlichen Pflegeheim zu jobben, war nichts geworden. Wie hatte sie jemals annehmen können, dass sie in diesem Sommer die Prüfungen bestehen würde? Blinder Optimismus? Verleugnen der Wahrheit? Oder einfach nur Naivität?

In ihrem Kopf hatte ein wildes Durcheinander geherrscht. Sie konnte sich nicht mehr an die Prüfungen erinnern, obwohl sie dort gewesen war. Der Himmel wusste, was sie geschrieben hatte. Es war Wahnsinn gewesen zu glauben, dass sie es geschafft haben konnte.

Nach den Wiederholungsprüfungen klang Vinnys Vorschlag, nahezu kostenlos einige Tage am Blue Pool zu verbringen und dort auf die Ergebnisse zu warten, einfach paradiesisch. Nach einigen Telefonaten wurde entschieden, dass Ennis sich am besten als Treffpunkt eignete. Maeve und Julie konnten mit dem Bus dorthin fahren, Sarah mit dem Zug, und Liz würde sie in ihrem Renault vom Bahnhof abholen. Julie erinnerte sich noch gut, dass sie gedacht hatte, das albtraumhafte Jahr sei nun vorbei.

Kapitel 12
Liz

1988. Ein heißer Freitag Ende August. Liz saß schon seit Stunden am Steuer. Das selbst gebastelte Anfängerschild löste sich wegen der Hitze allmählich von der Windschutzscheibe. Es gab kein Radio, und sie hatte sich bereits durch ihr gesamtes Repertoire gesungen. Sie starb fast vor Langeweile.

Mindestens dreimal war sie bereits versucht gewesen, Vinnys Warnungen in den Wind zu schlagen und einen Anhalter mitzunehmen. Zum Glück würde sie in etwa einer halben Stunde bei den anderen sein. Hoffentlich hatte Sarah den Zug auch erwischt. Sarah schaffte es irgendwie immer, zu spät zu kommen.

In Ennis angekommen, hielt sie Ausschau nach Hinweisschildern zum Bahnhof und Busbahnhof. Da es Freitag war, ging es auf den Straßen hektisch zu.

»Ist das dein Ernst? Wie sollen wir alle hier reinpassen?« Maeve steckte den Kopf zum Fahrerfenster herein. Sie roch nach dem Parfum Poison. Maeve und Julie hatten bereits auf dem Parkplatz gewartet.

»Ich habe doch gesagt, dass ihr nicht so viel mitbringen sollt«, schimpfte Liz. »Aber das ist kein Problem. Wir haben ja einen Dachträger und können ein paar von den Sachen darauf festbinden.«

Liz stieg aus und umarmte die anderen. Beide waren mit einem übervollen Rucksack und einem Schlafsack beladen.

»Sarah schon gesichtet?«

»Noch nicht. Der Zug aus Dublin ist noch nicht da. Hoffentlich ist sie nicht eingeschlafen und hat das Umsteigen vergessen … das ist ihr nämlich schon öfter passiert, dem Dummerchen«, erwiderte Maeve.

»Das wäre ihr durchaus zuzutrauen. Sie ist von der Arbeit in der Apotheke total kaputt. Gleich nach den Prüfungen musste sie zurück in die Tretmühle.« Liz knallte mit einer imaginären Peitsche.

»Die Arme«, sagte Maeve. »Am Montag hat sie mich angerufen und erzählt, sie hätte sich beinahe nicht loseisen können. Sie klang wirklich verzweifelt. Es war ein hartes Stück Arbeit, den alten Drachen dazu zu bringen, ihr ein paar Tage freizugeben.«

»Das Gute daran ist, dass sie vermutlich ein bisschen Geld verdient hat«, erwiderte Liz.

»Mrs. D. mag uns nicht besonders, oder?«, meinte Julie, was eher eine Aussage als eine Frage war.

»Wisst ihr was? Ich glaube, sie gibt uns die Schuld dafür, dass Sarah durchgefallen ist«, verkündete Liz. »Und dass sie mich nicht mag, steht fest. Nicht, seit ich mir im zweiten Jahr Sarahs Ballkleid ausgeliehen habe. Sie hat dafür gesorgt, dass ich mich richtig billig gefühlt habe.«

»Nicht wie ein Hippie?«, hänselte Maeve.

»Ein Hippie? Nein …« Sie hielt inne. »Was soll das heißen?«

»Na, schau dir doch nur an, wie du rumläufst, der Pferdeschwanz und so. Und seit wann rauchst du Selbstgedrehte?«

Liz bröselte Tabak in die Falz eines Rizla-Papiers, das auf

der Motorhaube lag. Ihr gefielen ihre mit Perlen verzierten langen Haarsträhnen, die sie im Nacken zu einem lockeren Pferdeschwanz zusammengebunden hatte. Vinny hatte sie deshalb aufgezogen und gehöhnt, das sehe aus wie ein Mäuseschwänzchen, weil ihre restlichen Haare so kurz seien. Doch von Maeve würde sie sich nicht auf den Arm nehmen lassen.

»Selbstgedrehte sind viel billiger«, entgegnete sie freundlich, aber bestimmt.

»Wirklich? Ich bleibe lieber bei Benson and Hedges«, erwiderte Maeve.

Maeve konnte manchmal so ein Snob sein. Allerdings war das für sie ja auch kein Problem, dachte Liz. Sie brauchte die Kippen ja nicht einmal zu bezahlen, sie ließ sie einfach im Laden mitgehen.

»Und jetzt Schluss mit dem Hippie-Müll«, fuhr sie mit finsterer Miene fort. »Sonst gehst du nämlich zu Fuß.«

Ein schriller Pfiff von Julie unterbrach ihre Unterhaltung.

»Gütiger Himmel! Was ist denn mit unserer Freundin Devereaux passiert? Ach herrje, was hat sie denn mit sich angestellt?«

Nachdem Sarah nähergekommen war, konnte Liz beruhigt davon ausgehen, dass nun nicht mehr sie die Zielscheibe des Spotts sein würde. Kein Mensch achtete mehr auf sie. Sie starrte entgeistert hin. Sarahs Haare hatten sich in eine verfilzte, strähnige Lockenmähne verwandelt, und aus ihrem Nasenflügel ragte ein funkelnder Metallknopf wie ein auf Abwege geratener Rotzklumpen. Sie war von Kopf bis Fuß ganz die Profidemonstrantin.

»Aus welchem Protestcamp ist die denn entflohen?«, murmelte Maeve.

»Greenham Common?«, kicherte Julie.

Jetzt machte Sarah ein finsteres Gesicht.

»Ihr könnt niemanden täuschen«, stellte sie fest. »Ich sehe euer höhnisches Grinsen. Ich will kein einziges Wort hören, und das ist mein voller Ernst. Wenn eine von euch auch nur eine Bemerkung macht, drehe ich mich um und fahre mit dem nächsten Zug nach Hause.«

»Dürfen wir wenigstens fragen, was passiert ist?« Liz platzte vor Neugier.

Es folgte ein Moment des Schweigens.

»Also gut, aber wehe, wenn jemand lacht«, ließ Sarah sich schließlich erweichen. »Ich habe gestern Abend beschlossen, mir mit einem Mittel aus dem Drogeriemarkt eine Dauerwelle zu machen. Meine bescheuerte Schwester Eva hat die Gebrauchsanweisung gelesen und die Lösung zu lange einwirken lassen. Es ist eine Katastrophe, aber na und? Schließlich haben wir einen Sommer voller Katastrophen hinter uns.«

»Und was ist mit dem Nasenring?«, erkundigte sich Maeve.

»Oh, das …« Sie schleuderte ihre Haare zurück. »Das habe ich nur gemacht, um Mrs. D. zu ärgern.«

»Das hat bestimmt geklappt.« Grinsend leckte Liz das Zigarettenpapier ab und rollte es zusammen.

»Da redet genau die Richtige«, entgegnete Sarah. »Deine Frisur ist ja auch ein Statement. Was soll denn das am Hinterkopf sein? Ein Mauseschwänzchen?«

»Okay, okay, Frieden! Die anderen beiden habe ich schon gewarnt. Noch eine freche Bemerkung, und ihr könnt alle zu Fuß gehen.«

Vielleicht sollte sie sich das mit dem Pferdeschwanz noch einmal überlegen.

»Los, Leute, schmeißt eure Sachen ins Auto, und dann geht's los. Die nächsten Tage werden sicher klasse. Und wisst ihr was? Ich bringe euch das Angeln bei.«

»Und ich euch das Kochen«, meinte Maeve und hievte ihren Rucksack aufs Autodach. »Ich habe die Gefriertruhe geplündert und tonnenweise Koteletts und Hackfleisch dabei. Allerdings ist das Geld leider etwas knapp.«

»Keine Sorge«, sagte Sarah und bückte sich, um ihren teuren Koffer flach auf die Rückbank zu legen. Die vielen Atomkraft-nein-danke- und Friedens-Aufkleber sahen etwas unpassend auf dem eleganten Gepäckstück aus. Ganz bestimmt auch eine Aktion, um Mrs. D. auf die Palme zu bringen. »Ich habe mein Gehalt von letzter Woche dabei und kann uns allen die Fischsuppe ausgeben, von der Liz immer so schwärmt.«

Liz hatte eine Schwäche für die Fischsuppe in Linnanes.

»Super Idee«, erwiderte sie. »Fischsuppe und Guinness in Linnanes – das gönnen wir uns morgen Abend.«

»Klingt spitze«, sagte Sarah und richtete sich auf. »Moment mal. Oh, nein, das gibt's doch nicht …« Sie tastete die Taschen ihrer Armeehose ab. »Das darf doch nicht …« Sie steckte den Kopf in ihre Apotheken-Plastiktüte und wühlte darin herum.

»Scheiße, Scheiße, Scheiße … das kann nicht sein. Ich habe meinen Geldbeutel im Zug liegen gelassen. Eine andere Erklärung gibt es nicht.« Sie wollte sich mit den Fingern durchs Haar fahren, blieb aber darin hängen. »Ich weiß noch genau, dass er neben mir auf dem Sitz lag, als ich mir einen Becher Kaffee gekauft habe. Da bin ich absolut sicher …«

Sie starrte Liz an, als erwarte sie eine Bestätigung von ihr.

»Ich glaube es nicht … vielleicht steht der Zug ja noch am Bahnsteig.« Mit diesen Worten rannte sie los. Ihr verfilztes Haar flatterte auf und nieder.

Maeve schnalzte mit der Zunge und schüttelte den Kopf. Julie verdrehte die Augen zum Himmel. Liz rauchte ihre Selbstgedrehte.

Sarahs Versuch erwies sich als vergeblich. Der Zug war weg. Nachdem sie die Geldbörse beschrieben und dem Bahnmitarbeiter ihren Namen und ihre Adresse gegeben hatte, kehrte sie niedergeschlagen und unter Tränen zum Renault zurück.

»Mach dir keine Sorgen, Sarah. Bestimmt gibt sie jemand ab. Hab einfach nur Geduld. Du kriegst sie sicher wieder.« Liz hatte Mitleid mit ihr.

»Aber das ist ja gar nicht das eigentliche Problem«, seufzte Sarah. »Jetzt habe ich kein Geld fürs Wochenende. Überhaupt nichts. Was geht denn wohl als Nächstes schief? Jetzt kann ich euch nicht in den Pub einladen. Keine Fischsuppe. Kein Guinness. Zum Glück habe ich die Rückfahrkarte in die Hosentasche gesteckt. Sonst wäre die auch noch weg.«

»Zerbrich dir nicht den Kopf über das Geld, Sarah«, erwiderte Liz bemüht zuversichtlich. »Wir anderen können ja zusammenlegen. Außerdem wird diese Fischsuppe total überschätzt. Maeves Koteletts sind bestimmt viel besser!«

Maeve verzog das Gesicht und streckte ihr die Zunge heraus.

»Los, Leute, *tempus fugit.*« Liz scheuchte alle ins Auto. Der Nachmittag schritt voran, und sie hatten noch anderthalb Stunden Autofahrt vor sich.

»Wir sehen aus, als wollten wir uns einer Expedition zum

Himalaja anschließen«, spöttelte Maeve und quetschte sich neben Sarah auf die Rückbank.

Liz hatte Maeves Rucksack mit einem blauen Seil und einem Knoten, den sie bei den Pfadfinderinnen gelernt hatte, auf den Dachträger gebunden. Julie saß vorne, ihren Rucksack auf dem Schoß. Sie konnte den Kopf nur nach links drehen.

»Was klemmt denn da für ein Ding im Fenster?«, fragte sie.

»Ach, es bleibt einfach nicht oben. Also habe ich eine Zahnbürste dazwischen geschoben«, antwortete Liz. »Mach es bloß nicht auf, sonst kriege ich es nie wieder zu.«

Da Maeve und Sarah auf Sarahs Koffer saßen, stießen ihre Köpfe gegen das Dach. Es würde keine bequeme Fahrt werden.

»Wie geht es euch da hinten in der ersten Klasse?«, fragte Liz in den Rückspiegel.

Sarah hatte den Kopf gesenkt. »Gütiger Himmel, ich kann weiße Streifen sehen! Ich sehe die Straße. Liz, wusstest du, dass dein Auto ein großes Loch im Boden hat?«

»Ja, weiß ich. Kein Problem, alles bestens. Lasst bloß nichts fallen!«

Liz wartete an der Ampel am Ortsausgang. Das Auto war so überladen, dass es sich nur schwer manövrieren ließ. Außerdem waren schon nach zehn Minuten Fahrt die Scheiben beschlagen.

»Die Kids in dem blauen Auto links von uns schneiden Grimassen. So eine Frechheit!«, empörte sich Julie.

Liz konnte sie nicht sehen, weil ihr der Rucksack die Sicht versperrte, stellte sich allerdings vor, dass ihr Gesicht ans Beifahrerfenster gedrückt wurde.

»Wahrscheinlich glauben die, dass du Grimassen schneidest, so, wie du dasitzt«, erwiderte Sarah lachend. Offenbar ließ der Schock wegen des Geldbeutels allmählich nach. »Du siehst aus wie Quasimodo.«

»Was soll ich machen?«, jammerte Julie. »Ich kann den Kopf nicht bewegen.«

»Würdet ihr jetzt endlich mit dem Gemecker aufhören. Ich gebe hier mein Bestes!«, schimpfte Liz.

Die Straßen wurden holpriger, je weiter sie sich von Ennis entfernten. Die beiden Passagiere auf der Rückbank beschwerten sich weiter, da sie bei jedem Schlagloch mit dem Kopf an die Decke stießen. Trotzdem hätten sie ein bisschen dankbarer sein können, dachte Liz. Immerhin hatte sie ihnen zu einem kostenlosen Wochenendausflug verholfen. Sie hoffte, dass sie sich nicht den ganzen Weg lang beklagen würden.

»Bis wir da sind, habe ich einen Gehirnschaden«, ächzte Sarah nach einer weiteren Bodenschwelle.

»Glaubst du, dass da ein Gehirn ist, das man beschädigen kann?«, ließ sich Julie vom Vordersitz vernehmen.

»Vielen Dank auch, Jules. Allmählich stellt meine Mutter sich offenbar dieselbe Frage. Manchmal ertappe ich sie dabei, wie sie mich hinter der Theke mustert, als wüsste sie nicht, woher sie mich hat. ›Eva ist nie durch eine Prüfung gefallen‹, sagt sie dann. ›Eva gibt sich Mühe.‹ Ganz recht. Weil Eva nämlich eine Scheißangst vor ihr hat. Herrje, Mädels, hoffentlich habe ich diese Prüfungen geschafft. Nicht auszudenken, was sonst passiert. Mein Leben wäre keinen Pfifferling mehr wert.«

»Kein Wort über die Prüfungen!«, rief Maeve. »Denk an unsere Abmachung. Die beiden Regeln für dieses Wochenende. Kein Wort über die Prüfungen und kein Wort über Männer. Verboten. *Interdit*. Das ist ein Mädchenausflug.«

»Verzeihung, mein Führer.« Sarah salutierte.

»Wie gefällt es dir hinter der Theke?« Liz war neugierig, wie Sarah in der Apotheke zurechtkam.

»Es ist so unbeschreiblich langweilig. Lieber würde ich mir selbst die Mandeln rausreißen, Leute. Ich durfte nur Zeug wie Paracetamol, Aspirin und hin und wieder ein Zäpfchen verkaufen.« Sie fing an zu kichern. »Die einzigen Höhepunkte waren die Schwulen, die Inkontinenzeinlagen wollten.«

»Nimmst du mich auf den Arm?«, kreischte Julie.

»Nein.«

»Wozu brauchen die Einlagen?«, fragte Maeve verständnislos.

»Was glaubst du wohl?«

Eine Weile herrschte Schweigen.

»Meinst du wegen all dem …« Maeve beendete den Satz nicht.

»Ja, genau wegen all dem. Jeder Hintern hat seine Grenzen, meine Lieben!«

»Das gibt's doch nicht!«, erwiderte Maeve.

»Fies«, fügte Liz hinzu.

»Doppelt fies«, bekräftigte Julie.

»Ach, kommt schon … die Schwulen sind immer für einen Lacher gut. Insbesondere die alten Tunten«, meinte Sarah. Liz beobachtete im Rückspiegel, wie sie versuchte, sich im schwankenden Auto eine Zigarette anzuzünden.

»Wenigstens kann ich zur Theke mit den Schminksachen, wenn sie kommen. Sie fragen immer nach Rat. Mrs. D. ignoriert sie, aber ich biete ihnen gerne meine Hilfe an. Das macht sie so richtig sauer. ›Ich dulde es nicht, dass eine meiner Töchter ihr Leben mit Puder und Make-up vergeudet‹, sagt sie dann.«

Die arme Sarah, dachte Liz. Mrs. Devereaux war eine richtige Megäre. Wie konnte diese Frau etwas ignorieren, das so offensichtlich war? Niemand konnte übersehen, dass Sarahs Begabung für Pharmazie zweifelhaft und ihr Interesse nicht vorhanden war. Doch Mrs. Devereaux ließ sich nicht erweichen. Mit Vernunft lief man bei dieser Frau gegen Wände.

»Ein bisschen Musik wäre nett. Mach das Radio an«, befahl Julie hinter ihrem Rucksack.

»Selten so gelacht. Du weißt doch, dass es hier kein Radio gibt«, antwortete Liz.

»Nein, weiß ich nicht, weil ich es von hier aus nicht sehen kann. Außerdem schlafen mir von dem Gewicht allmählich die Beine ein.«

»Tut mir leid, Jules. Es dauert nicht mehr lang. Wenn du Musik brauchst, musst du selber singen«, erwiderte Liz.

»*We're on the road to nowhere, Come on inside* …«, erklang das inzwischen vertraute Lied vom Rücksitz.

Die Augustsonne brannte auf die grauen Felsblöcke von North Clare hinunter. Grün war von Grau abgelöst worden, und fruchtbare Felder waren in Geröll und Steine übergegangen. Mit jedem Kilometer veränderte sich die Landschaft.

»Stopp!«, schrie Julie plötzlich. »Da ist etwas vom Dach gefallen. Ich bin sicher, dass da gerade ein Gegenstand an meinem Fenster vorbeigeflitzt ist.«

»Verdammter Mist!«

Liz bremste ruckartig vor einem Gatter ab. Die beiden

Passagiere auf dem Rücksitz wurden nach vorne geschleudert, wobei das glühende Ende von Sarahs Zigarette Julie am Nacken traf.

»Scheiße …!«, stieß Julie hervor.

»Es tut mir entsetzlich leid, Jules. Das war keine Absicht. Ist alles in Ordnung? Moment …«

Sarah wand sich aus dem Auto und eilte zur Beifahrertür, um Julie zu Hilfe zu kommen. Nachdem sie Julies Rucksack am Straßenrand abgelegt hatte, untersuchte sie die Wunde.

»Warte, ich steige aus«, sagte Julie, der die Tränen übers Gesicht liefen.

Super, einfach spitze, dachte Liz.

Ein Haufen amerikanischer Touristen gaffte neugierig aus einem Reisebus, als Julie mit ihren vom Gewicht des Rucksacks steifen Beinen und ihrem schmerzenden Nacken vom Auto weghinkte.

Herrgott, wir sind sicher ein lustiger Anblick. Erschrocken bemerkte Liz, dass der Bus ein paar Meter weiter am Straßenrand hielt. Kurz darauf sprang der durchgeschwitzte Fahrer, der seine Hemdsärmel hochgekrempelt hatte, auf die Straße und rannte auf sie zu, dass sein Bauch nur so wabbelte. »Ist alles in Ordnung? Brauchen Sie einen Krankenwagen?«, keuchte er und musterte besorgt das schief dastehende Auto und Julie, die sich den Nacken hielt.

»Nein, alles bestens. Wir haben nur gerade Gepäck vom Dach verloren«, erwiderte Liz.

Er kratzte sich am Kopf. »Ja, ich glaube, ich habe da hinten etwas überrollt. Es ist nicht weit. Ist sicher alles okay?« Er warf noch einen Blick auf Julie, die weiter vor Schmerzen das Gesicht verzog.

»Ja klar. Danke, dass Sie angehalten haben. Alles in Ordnung.«

Julie hüpfte von einem Bein aufs andere, um den Blutkreislauf anzuregen.

»Wenn Sie wirklich sicher sind …«

Beruhigt kehrte der Fahrer zu seinem Bus zurück. Seine tief sitzende Hose bedeckte kaum seinen Hintern.

»Schickes Bauarbeiterdekolleté«, kicherte Julie.

»Offenbar hast du dich wieder erholt«, stellte Liz fest.

»Tut verdammt weh …«

Maeve marschierte, gefolgt von Sarah, die Straße zurück, um den Rucksack zu bergen. Liz beobachtete, wie sie von der Straße in einen von gelbem Dornengestrüpp überwucherten Graben kletterten. Sie kam gerade noch rechtzeitig, um mitzuerleben, wie Maeve den verbeulten Rucksack am Straßenrand einer Autopsie unterzog. Drin war noch alles. Allerdings nicht unbeschädigt.

»Mist, die Flaschen sind kaputt!«

»Flaschen?«, hakte Liz nach und spähte über ihre Schulter.

»Die Weinflaschen, die ich aus dem Laden geklaut habe. Oh, nein, nicht auch noch die verdammten Koteletts …«

»Koteletts?«

»Hast du vor, alles zu wiederholen, was ich sage, Liz? Ja, die verdammten Schweinekoteletts sind aufgetaut, und die Soße ist in meinen Schlafsack gelaufen.«

»Warum hast du sie in deinen Schlafsack gesteckt?«, erkundigte sich Sarah.

Eine vernünftige Frage.

»Weil sie sonst nirgendwo reingepasst haben!«, zischte Maeve.

»Das tut mir echt leid, Maeve.« Liz setzte ihre beste reumütige Miene auf. »Ich habe keine Ahnung, wie der Rucksack runterfallen konnte. Ich habe ihn wirklich gut festgebunden.«

Und dann, wie aus heiterem Himmel, fingen alle drei zu lachen an. Es begann mit einem leisen Kichern, das sich bald zu einem Prusten steigerte. Brüllend vor Lachen, warfen sie die Köpfe hin und her und krümmten sich schließlich kreischend.

»*We're on the road to nowhere* …«, sangen sie, als sie zum Auto zurückmarschierten.

Eine Viertelstunde später war die bunte Truppe wieder zum Aufbruch bereit. Diesmal war der Rucksack mit einer ganzen Reihe von Knoten praktisch am Autodach festgeschweißt. Im Fahrzeuginneren hatte man sich ein wenig neu sortiert. Julie hatte sich geweigert, wieder vorne Platz zu nehmen, und zwar mit der Begründung, ein Schleudertrauma und Verbrennungen seien genug an Verletzungen für eine einzige Fahrt. Sie hatte den Platz mit Maeve getauscht, die sich inzwischen in Sachen zerbrochene Weinflaschen, aufgetaute Koteletts, schmutzige Kleider und stinkender Schlafsack ein wenig beruhigt hatte.

Von ihren drei Passagieren schien Sarah die einzige zu sein, die Interesse für die Landschaft aufbrachte. Vielleicht tat sie ja auch nur so, um Liz eine Freude zu machen, denn alle wussten, wie sehr diese die Burren liebte. Immerhin war die Gegend der Spielplatz ihrer Kindheit. Als die Straße sich durch den zu Spiralen, Stufen und Klippen geformten Sandstein schlängelte, wollte sie alles herzeigen und die anderen auf die schroffe und erst auf den zweiten Blick zu erkennende Schönheit der Umgebung hinweisen.

»Das sind eine Menge Steine«, sprach Maeve laut aus, was alle sahen.

»Wirklich eine Menge Steine«, stimmte Julie zu.

Okay, also riss es die anderen bis jetzt nicht vom Hocker, doch Liz ließ sich nicht entmutigen. Sie würde sie schon noch überzeugen. Die Landschaft selbst würde es tun. Manchmal dauerte es eine Weile, doch früher oder später konnte sich ihr niemand entziehen.

»Eigentlich ist es ja das Wasser, nicht der Fels, was die Landschaft der Burren am meisten prägt.«

»Aha«, sagte Maeve.

»Wirklich? Ich habe bis jetzt außer ein paar kleinen Bächen noch kein Wasser gesehen«, wandte Sarah ein.

»Ja, genau das ist es ja. Es liegt daran, dass es im Verborgenen fließt. Die Burren sind ein Ort der Geheimnisse. Die meisten Wasserläufe sind kaum sichtbar. Von den sauren Felsen rinnt das Regenwasser herab und ätzt flache Gruben in den Kalkstein. Dann arbeitet es sich durch den Kalkstein unter die Erde vor und formt dabei Höhlensysteme.«

»Also fließt das ganze Wasser unterirdisch?«, hakte Maeve nach.

Nun hatte sie ihr Interesse geweckt.

»Ja, ein Großteil. Deshalb kommen so viele Höhlenforscher und Kletterer her. Der Großteil der Höhlen ist noch auf keiner Karte verzeichnet. Schau! Da drüben rechts, das ist die Steinformation Slieve Elva. Man kann noch die Kalksteinfalten in den Konturen erkennen.«

»Für mich sieht es aus wie ein Kuchenteig, der sich noch nicht richtig in der Backform gesetzt hat«, meinte Sarah.

»Mach mal ’nen Punkt, Devereaux. Wann hast du schon mal einen Kuchen gebacken?«, höhnte Maeve.

»Ob du es glaubst oder nicht, in der Schule war ich sehr gut im Backen. Meine Hauswirtschaftslehrerin hat mich regelmäßig wegen meines Händchens für Backwaren gelobt. Und meine Kuchenteige sind niemals verklumpt«, empörte sie sich.

»Ich bitte vielmals um Verzeihung«, erwiderte Maeve.

»Mrs. Beetons Haushaltsratgeber schlägt zurück«, meinte Liz lachend.

»Ich hätte bei der Hauswirtschaft bleiben und die Finger von den Naturwissenschaften lassen sollen«, murmelte Sarah.

»Glaubt ihr, die Schweinekoteletts sind noch genießbar?«, fragte Liz.

Die Ernährungsfrage drohte zum Problem zu werden. Sarahs Geldbörse fuhr im Schnellzug zurück nach Dublin, und dann war da noch das Missgeschick mit dem Rucksack. Liz konnte es kaum erwarten, endlich ihren Abschluss in der Tasche zu haben und richtiges Geld zu verdienen. Ihr Vater schickte schon lange keine Schecks mehr, und sie hasste es, Geld von Vinny anzunehmen.

»Den Koteletts geht es gut. Es ist mein Schlafsack, der ruiniert ist«, sagte Maeve.

»Kein Problem, Maeve. Cyril hat sicher irgendwo Bettwäsche, die du benutzen kannst«, erwiderte Liz.

Für den Rest der Fahrt kehrte Ruhe im Wagen ein. Zum Teil lag das daran, dass die Passagiere auf dem Rücksitz wegen der Haarnadelkurven mit dem Brechreiz kämpften. Hin und wieder kamen sie an Gruppen von Wanderern mit muskulösen Waden und geröteten Gesichtern vorbei. Sie sahen kleine Rinderherden, die auf den von den Gletscherbewegungen verschonten kleinen Grasflächen weideten. Ab und zu ragte ein einsamer, schiefer, vom Wind verbogener und zerzauster Baum in den Himmel.

Liz taten das Genick und die Schultern weh. Aber jetzt war es nicht mehr weit. Und als sie um die nächste Kurve bogen, spürte sie nur noch Schmetterlinge im Bauch, so wie damals als Kind. Sie saugte alles in sich auf. Die Landschaft öffnete sich, und der von kleinen Grasbüscheln durchsetzte Kalkstein erstreckte sich bis hinunter zum schimmernden Meer. Ihr Herz setzte einen Schlag aus. Und dann noch einen. Sie liebte diesen Ort. Es war so wild, karg und wunderschön hier.

Das Gelände, überspannt von einem weiten Himmel und den Wogen des Atlantiks ausgesetzt, bot kaum Schutz. Fünf Minuten später fuhren sie durch eine kleine Stadt, in der es einen Pub, ein Postamt, einen Laden für Kunsthandwerk und ein Lebensmittelgeschäft gab. Der Lebensmittelladen, wo sie sich als Kind ein Eis gekauft hatte, und der Pub, wo sie lauwarme rote Limonade mit dem Strohhalm getrunken hatte. Sie freute sich schon darauf, den anderen in den nächsten Tagen das alles zu zeigen, wenn sie nur genügend Geld zusammenkratzen konnten.

Inzwischen war es früher Abend. Sie wandten sich von der Bucht unter ihnen ab und fuhren einen steilen Abhang hinauf und an einer einsamen Kirche vorbei. Als sie um eine Kurve bogen, schlossen die Felsen zu beiden Seiten sie noch dichter ein. Ein erschrockener Fasan stieg in den klaren Himmel auf. Rotbraun gefleckte Kühe tranken aus einem Bach, der links von ihnen dahinplätscherte.

Noch eine Weile keuchte der R4 bergauf, bis die Straße wieder eben wurde. Im nächsten Moment erkannte Liz die vertraute Landmarke, die auf eine Abbiegemöglichkeit nach rechts hinwies. Sie lächelte. Nach all den Jahren war es noch da – dasselbe mit der Hand gemalte und inzwischen ausgeblichene Schild, das für frische Eier warb. Die zufriedene, dicke Henne darauf schwang im Wind. Die nächste Straße nach rechts war ihre.

»Wir sind da!«, verkündete sie, bog ab und rumpelte den Hügel hinauf.

»Der Blue Pool!«

Kapitel 13
Maeve

Ihr Weinvorrat war zerbrochen. Ihr Schlafsack stank nach Schweinekoteletts. Und von der Fahrt tat ihr der Hintern höllisch weh. Sie wusste, dass die anderen glaubten, sie wäre schlecht gelaunt, doch insgeheim fühlte sie sich gut. Sie hatte bestanden. Die Ergebnisse waren zwar noch nicht da, und sie hatte nichts Schriftliches in der Hand. Doch sie hatte es im Gefühl und war neunundneunzigprozentig sicher, dass sie die Wiederholungsprüfungen geschafft hatte.

Es ging immer nur um Prozentzahlen. Jedes Fach wurde mit Prozentzahlen bewertet, wobei eins bis vierundzwanzig die schlechteste und fünfundachtzig bis einhundert die beste Note ausmachten. Maeve brauchte nicht mehr als die so schwer zu fassenden vierundvierzig bis neunundfünfzig, die wichtigsten Zahlen auf der Welt. Sie war sich sicher, dass sie die Hürde mit gutem Abstand genommen hatte. Nicht hundertprozentig, doch sicher genug, um darauf zu wetten.

Doch trotz ihrer Zuversicht wollten die nächtlichen Schreckensbilder einfach nicht verschwinden. Jede Nacht im Bett wurde sie von Albträumen gequält, die sich um die Prüfungen drehten. Es waren immer dieselben. Prüfungstermin, und sie war nicht vorbereitet. Ihre Aufzeichnungen waren verschwunden. Sie hatte verschlafen. Sie erschien im falschen Prüfungsraum. Verrücktes, unlogisches Zeug. Sie war wieder in dem Restaurant am Lake Michigan und bediente einen Gast, der sich als einer der Ärzte aus der Abtreibungsklinik entpuppte, wo sie mit Julie gewesen war. Er starrte sie an. Flößte ihr einen Schrecken ein. Dann kam er zu ihr und klopfte ihr auf die Schultern.

»Hey, warum sind Sie nicht in Galway und lernen für die morgige Prüfung in Industriemanagement?«, fragte er.

Das hatte ihr niemand mitgeteilt. Sie ist die Einzige, die nichts davon wusste. Also muss sie sofort abreisen. Auf der Stelle. Sie muss nach Hause. Und als Nächstes erscheint ihr plötzlich Austin Clancy im Traum. Er ist der Flugbegleiter auf dem Heimflug.

»Ach, hier hast du dich versteckt«, sagt Maeve.

»Ich brauchte einen Tapetenwechsel«, erwidert er lässig.

Sie erklärt ihm, sie flöge nach Hause, um die Prüfungen zu wiederholen.

»Reine Zeitverschwendung, Kleine«, entgegnet er. »Die Prüfungen sind längst gelaufen. Das war gestern …«

»Das kann nicht sein …«

Also gab es jetzt keinen Grund mehr, zurückzufliegen. Sie hatte den Tag verwechselt und alle Prüfungen verpasst. Und wieder einmal wachte sie durchgeschwitzt und in zerwühlten Laken auf.

In der wirklichen Welt würde alles in nur zwei Wochen ausgestanden sein. Dann waren die Ergebnisse auf dem Tisch. Nur noch vierzehn Tage, und sie würden wissen, wie ihr weiteres Schicksal aussah. Im Moment konnten sie nicht mehr tun als warten.

Sie hatten sich selbst eine Schweigepflicht auferlegt. Kein Wort über die Prüfungen. Das war Maeve nur recht. Sie hatte keine Lust, Theater zu spielen. ›*Of Simulation and Dissimulation*‹ fiel ihr ein. Wer hatte das noch mal geschrieben? Edmund Burke, dachte sie. Ein Aufsatz darüber, vorzugeben, etwas zu sein, das man nicht war, und nicht zu dem zu stehen, was man war. Oder so ähnlich. Jedenfalls wollte sie nicht so tun, als sei sie durchgefallen. Das wäre einfach nicht richtig gewesen.

Die anderen zweifelten eher an ihrem Erfolg. Liz redete wie immer um den heißen Brei herum. Julie rechnete sich fünfzig Prozent Chancen aus. Und Sarah hielt es für ziemlich unwahrscheinlich, dass sie es geschafft hatte. Also hätte Maeve sich nur ins Abseits befördert, wenn sie Zuversicht gezeigt hätte. Und so behielt sie ihre Hoffnungen und Überlegungen für sich. Sie würde sich einfach die Zeit gönnen, um auszuspannen. Diese wenigen Tage würden ein wundervoller Ausgleich für den Prüfungsstress sein.

Liz war derselben Ansicht. »Wir werden am Blue Pool kuren wie die Damen in Bath!«, verkündete sie.

»Ein therapeutischer Urlaub«, stimmte Julie zu.

»Mit einem Tröpfchen Alkohol«, ergänzte Sarah.

Angesichts dessen, dass Liz' Schilderung des Blue Pool von Kindheitserinnerungen verklärt war, war Maeve freudig überrascht, wie genau sie alles beschrieben hatte. Das Cottage und die Landschaft entsprachen exakt ihren Erzählungen.

Onkel Cyrils Cottage war eines von acht, die alle ein wenig Abstand zueinander hielten. Geparkt wurde hinter dem Haus, um die Aussicht nicht zu verstellen. Das Grundstück rings um das Cottage war mit runden Kieseln bestreut, zwischen denen Grasbüschel und hübsche Bergblumen wuchsen.

Der Trampelpfad, der zu den Häuschen führte, gabelte sich genau vor dem von Cyril und führte dann hinunter zu einem weiteren Pfad, der den Blue Pool säumte. Dieser Pfad verschwand zum Teil hinter einer struppigen Reihe von Ebereschen. Wo der Pfad wieder in Sicht kam, endete er an vier kleinen Stegen, die ins Wasser ragten.

»Die Hausbesitzer teilen sich die Stege«, erklärte Liz.

Zwischen den Cottages und den Stegen erstreckte sich eine mit hohem Gras und Wildblumen bewachsene Wiese, die eine Abkürzung zum Ufer darstellte.

»Aber es ist sicherer, den Pfad zu nehmen«, fuhr Liz in ihren Instruktionen fort. »Hier gibt es jede Menge Sumpflöcher voller Moorwasser. Schließlich wollen wir nicht, dass sich jemand den Knöchel verstaucht …«

Sie folgten ihr aus dem Auto. Ihre Augen mussten sich erst an das Dämmerlicht im Garderobenraum hinten im Haus gewöhnen, wo sich Angelruten, Körbe, Leinen, Gummistiefel, Regenmäntel und Stapel alter Zeitungen türmten. Es roch aufdringlich nach Hund.

»Interessanter Geruch«, meinte Sarah, schnupperte und verzog gleichzeitig das Gesicht in Maeves Richtung.

»Das ist Muddy, Cyrils Hund.« Liz entriegelte die Tür zum nächsten Raum.

Als sie die Holztür öffnete, kam ein hoher Raum mit rau verputzten weißen Wänden und frei liegenden Deckenbalken in Sicht. Maeve bemerkte eine offene Treppe, die anscheinend zu den Mansardenzimmern führte. Am anderen Ende des Raums befand sich ein von Sesseln flankierter Kamin, und links davon war hinter einem Türbogen eine kleine Küche zu erkennen.

»Ach, ist das hübsch hier«, begeisterte sich Maeve über

die gemütliche Stimmung. Sie sah sich im Raum um. »Die rot karierten Vorhänge sind wirklich süß.«

»Ich finde den Schaukelstuhl toll«, sagte Julie und setzte sich vor den kalten Kamin.

»Der steht schon seit Ewigkeiten da.« Liz lächelte. »In diesem Stuhl bin ich immer gesessen, wenn mir Gutenachtgeschichten erzählt worden sind.«

»Dann wäre das ja geklärt«, erwiderte Julie. »Ich besetze den Schaukelstuhl, und dafür erzähle ich euch Gutenachtgeschichten – oder Gespenstergeschichten, wenn euch das lieber ist.«

Der Himmel steh uns bei, stöhnte Maeve in Gedanken. Julies Geschichten hatten nämlich die Angewohnheit, am spannendsten Punkt ins Schräge abzugleiten. Der Blue Pool wirkte bei Tageslicht zwar ziemlich romantisch, doch sie konnte sich gut vorstellen, dass es hier bei Dunkelheit manchmal recht unheimlich und gruselig war.

»Okay«, erwiderte Liz. »Hier gibt es nämlich keine Glotze, Mädels. Der Empfang ist zu mies. Also ist hausgemachte Unterhaltung angesagt.«

»Nicht ganz, da muss ein Plattenspieler sein.« Sarah schaute die Platten auf dem Regal neben dem Kamin durch. »Steht dein Onkel Cyril auf Soul? Ich sehe hier nichts als Muddy Waters und Aretha Franklin.«

»Absolut«, antwortete Liz. »Deshalb heißt der Hund ja auch Muddy. Das hat nichts mit Schlamm zu tun.«

»Dann werden wir einen Soul-Abend veranstalten«, verkündete Sarah. »Maeve kann uns ein köstliches Mahl aus Schweinekoteletts zubereiten, wir werden begleitet von Soulklängen dinieren, und dann hören wir uns Geschichten von Geistern und Gespenstern an.«

Es sah ganz danach aus, dass jeder Einwand von Maeve massiv überstimmt werden würde.

»Sind wir eigentlich allein hier?«, fragte sie. »Hat jemand bemerkt, ob eines der anderen Häuser bewohnt ist?« Maeve war zwar nicht ängstlich, hielt es aber für vernünftig, in Erfahrung zu bringen, ob sie heute Nacht Nachbarn haben würden.

»Ich habe niemanden gesehen, als wir ankamen. Moment, ich schaue mal nach.« Liz versuchte, die Vordertür zu öffnen. Es war eine altmodische blau lackierte Tür, die auf halber Höhe geteilt war. Allerdings war die untere Hälfte so verzogen, dass sie sich nicht von der Stelle rührte. Liz gab es auf und ging, gefolgt von Julie, zur Hintertür hinaus.

»Komm, Sarah, lass uns oben die Betten herrichten«, schug Maeve vor.

Sie und Sarah beschlossen, sich die Kojen auf der Giebelseite des Hauses zu teilen. Da Maeve keinen benutzbaren Schlafsack mehr besaß, machten sie ihr ein provisorisches Bett aus abgewetzten Handtüchern und Decken zurecht, die sie in einem muffigen Wäscheschrank fanden.

Nachdem das erledigt war, traten sie ans Giebelfenster und beobachteten, wie die untergehende Sonne die Kalksteinterrassen der umliegenden Hügel in einen kräftigen Magentaton tauchte. Ein Vogelschwarm glitt über die nun reglose Fläche des Blue Pool. Insekten wimmelten und tanzten zwischen den langen Grashalmen am Ufer. Aus der Ferne hörten sie einen Hund bellen und das gedämpfte Muhen einer Kuh.

»Traumhaft, findest du nicht?«, fragte Sarah.

»Absolut traumhaft«, stimmte Maeve zu.

»Ich könnte für immer hierbleiben«, seufzte Sarah.

»Für einen Urlaub, ja, aber für immer, auf gar keinen Fall.« Maeve hatte zwar nichts gegen die Freuden des Landlebens, doch ihr kurzer Aufenthalt in Chicago hatte ihren Appetit auf die Lichter der Großstadt geweckt. Und wenn sie ihren Abschluss aus Galway in der Tasche hatte, wollte sie wieder dorthin. »Auf dem Land kann man sich wunderbar erholen, doch mir ist der Trubel des wirklichen Lebens lieber.«

»Genau das meine ich ja«, entgegnete Sarah. »Das wirkliche Leben und ich stehen momentan irgendwie auf dem Kriegsfuß.«

»Reg dich nicht künstlich auf, Sarah. Ich bin sicher, dass du die Prüfungen bestanden hast. Außerdem sind wir doch hier, um die Wirklichkeit eine Weile zu vergessen. Kein Wort über die Prüfungen, erinnerst du dich?«

Sarah schob sich eine verfilzte Locke aus der Stirn. »Es geht mir nicht nur um die dämlichen Prüfungen, Maeve. Die sind nur ein Teil des Problems. Alles andere ist viel schlimmer. Sie will alles, was ich tue, kontrollieren.«

»Mrs. D.?« Diese Frau war das Hinterletzte. Sarah hätte sich endlich einmal gegen sie zur Wehr setzen sollen. Nicht, dass Maeve ihr das hätte sagen können.

»Wer sonst?«, seufzte Sarah. »Was ich anziehe, mit wem ich befreundet bin, wo ich hingehe … Ich habe mir sogar die Haare zerstört, nur um sie zu ärgern. Du hättest gestern Abend ihr Gesicht sehen sollen – unbezahlbar!«

»Ich bin sicher, dass sie nur dein Bestes will.« Die abgedroschene Phrase kam Maeve mühelos über die Lippen. Was hätte sie auch sonst erwidern sollen. Sie konnte ja schlecht zustimmen, dass diese Frau eine Tyrannin war. Und außerdem noch ein Snob. Wie hielt *Mr.* Devereaux das nur aus? Wenn sie sich recht besann, wurde Mr. Devereaux kaum erwähnt. Vermutlich war er schon vor Jahren unter die Knute gezwungen worden und versteckte sich nun auf dem Speicher.

»Worüber palavern die beiden denn?«, fragte Maeve in einem Versuch, Sarah abzulenken. Sie beobachteten, wie Julie und Liz auf der Kaimauer saßen und mit den Beinen baumelten.

»Wahrscheinlich langweilt Liz sie mit ihren Geschichten von Dr. Don zu Tode, und Julie täuscht Interesse vor.«

»Glaubst du, Don und Liz bleiben nach der Uni zusammen? So wie ›… und wenn sie nicht gestorben sind, dann leben sie noch heute‹?«, fragte Sarah.

»Schon möglich«, erwiderte Maeve. »Wenn alles nach Plan läuft, macht Liz nächstes Jahr ihren Abschluss. Don hat noch zwei Jahre vor sich. Alles ist möglich. Sie reden dauernd darüber, zusammen freiwilligen Entwicklungsdienst im Ausland zu leisten. Offenbar hängen sie wirklich sehr aneinander.«

»Ich weiß«, meinte Sarah. »Ich glaube, sie möchte irgendwann Kinder von ihm haben …«

»Wir haben in letzter Zeit so viel über Babys und Schwangerschaften geredet, dass es für ein Jahr reicht, findest du nicht?« Maeve konnte nicht für die anderen sprechen, aber sie hatte eindeutig genug von diesem Thema.

»Glaubst du, sie kommt damit klar?«, fragte Sarah leise.

»Meinst du den Schwangerschaftsabbruch?«

»Den Schwangerschaftsabbruch, Noel, Austin Clancy, diesen Vollidioten, die Prüfungen. Eigentlich alles …«

»Wenn man bedenkt, was für ein mieses Jahr sie hinter sich hat, scheint sie einigermaßen in Ordnung zu sein. Ein bisschen chaotischer drauf als sonst vielleicht. Über die Abtreibung redet Julie eigentlich nur, wenn sie was getrunken hat.« Noch während sie das aussprach, stellte sie fest, dass sie sich Julie so überhaupt nicht als Psychologin vorstellen konnte. Es passte einfach nicht.

»Der arme Noel. Wie absolut entsetzlich …« Sarah hielt inne und schaute aus dem Fenster zu den beiden Mädchen hinunter. Dann sah sie Maeve an. »Hast du ihn je kennengelernt?«

Maeve war wie die anderen nur ein einziges Mal auf der Farm in Roscommon gewesen, und zwar zur Beerdigung. »Nein. Aber er scheint ein netter Kerl gewesen zu sein.«

»Er muss sich schrecklich elend gefühlt haben, um so etwas zu tun.«

»Offenbar.«

»Aber es gehörte auch Mumm dazu, findest du nicht?«

»Mumm?«

»Ach, du weißt schon, was ich meine, Maeve. So etwas macht man nicht einfach so. Ich frage mich, ob er es bereut hat. Du weißt schon, in den wenigen Sekunden zwischen Leben und Tod. Ob er dort gehangen und sich gesagt hat: ›Oh, Mist, eigentlich wollte ich das gar nicht …‹«

Kopfschüttelnd starrte sie Sarah an.

»Mein Gott, Sarah, über so etwas möchte ich nicht einmal nachdenken. Und ich würde es ganz sicher nicht als mutig bezeichnen. Es ist entsetzlich. Tragisch. Grauenhaft. Aber nicht *mutig*.«

»Ach, schon gut. Ich habe nur laut überlegt! Krieg nicht gleich die Krise. Komm, wir wollen runtergehen und mit dem Kochen anfangen. Ich verhungere.«

Kurz darauf kehrten Liz und Julie zurück und meldeten,

aus den anderen Häusern sei kein Lebenszeichen zu vernehmen. Die nächsten Stunden verbrachten sie damit, ihr Ferienhäuschen gemütlich herzurichten, die Arbeitsflächen abzuwischen, das Klo zu scheuern und einige besonders bedrohliche Spinnweben zu beseitigen.

»Ach, herrje!«, rief Sarah aus und schwenkte einen Staubwedel. »Schaut euch nur diese riesige Spinne an. Die könnte man satteln und auf ihr in den Sonnenuntergang reiten.«

»Ich will sie gar nicht sehen. Mach sie einfach weg«, entgegnete Julie, die Spinnen hasste. »Und bitte verzichte darauf, uns auf weitere wilde Bestien hinzuweisen.«

»Tut mir leid, Mädels«, entschuldigte sich Liz. »Ich glaube, Cyril war schon seit einer Weile nicht mehr hier. Vinny hat vor ein paar Wochen hier übernachtet und sagte, das Haus sei sauber. Wahrscheinlich gibt es einen Unterschied zwischen echt sauber und für einen Junggesellen sauber.«

»Das ist nur sauberer Schmutz, Liz«, meinte Maeve, leicht verärgert über ihre Gastgeberin. »Wir freuen uns, hier zu sein und ein paar Tage lang so richtig abhängen zu können. Und du bist toll, weil du das alles organisiert hast.«

Wenig später saßen sie gemütlich zusammen beim Abendessen. Nach studentischen Maßstäben konnte man die Mahlzeit bestenfalls als kreativ, schlimmstenfalls als gerade noch genießbar bezeichnen. Da der Laden im Dorf bei ihrer späten Ankunft schon geschlossen gewesen war, hatten sie Cyrils Küchenschränke plündern müssen, um Beilagen zu ihren Koteletts aufzutreiben. Also war das Ergebnis nicht der kulinarische Höhepunkt, der Maeve eigentlich vorgeschwebt hatte. Trotzdem war der Tisch hübsch mit Windlichtern, Schwertlilien in einer Milchflasche als Vase und Klopapier mit Blumendekor anstelle von Servietten gedeckt.

Als die Sonne tief hinter dem See versunken war, zündete Liz die Öllampe in der Fensternische an. Ein leichter Geruch nach Paraffin wehte durch den Raum, und im Kamin begann ein Feuer zu knistern. Maeve hatte zu ihrer Freude etwas Kohle und Eschenholz im Schuppen hinter dem Haus entdeckt.

»Und was soll das sein, Maeve?« Sarah spießte eine klumpige Masse mit der Gabel auf. Sie konnte ein hämisches Grinsen kaum unterdrücken.

»Hör mir mal zu, gnädige Frau. Ich habe nicht über deine Haare gelästert, also lästere du nicht über meine Kochkünste.« Maeve gab nicht klein bei. »Eigentlich hatte ich Schweinefleisch in Weinsauce geplant, aber wir alle wissen ja, was aus dem Wein geworden ist. Flexibel, wie ich nun einmal bin, habe ich im Schrank eine Dose Trockenpflaumen gefunden und improvisiert.«

»Eine ausgezeichnete Improvisation, wie ich hinzufügen möchte«, meinte Liz und griff zu.

Das war nicht unbedingt ein Kompliment, denn Liz aß praktisch alles.

»Köstlich«, fügte Julie mit einem unterdrückten Kichern hinzu.

»Jetzt reicht's!« Maeve legte das Besteck weg. »Ich möchte mal sehen, ob es eine von euch besser macht! Und ich habe sogar einen Nachtisch hingekriegt.« Sie hatte zwei Dosen Himbeeren und eine Dose Fertigsahne ganz hinten im Schrank gefunden.

»Nein, Maeve, du hast das wirklich gut gemacht …«, beteuerte Liz mit bemüht ernster Miene.

Maeve hatte ihr Bestes gegeben, um das Dessert so appetitlich wie möglich anzurichten, und heldenmutig versucht, die Dosensahne aufzuschlagen.

»Nein danke«, sagte Sarah.

»Warum nicht? Ich dachte, du magst Süßes.« Maeve war enttäuscht, weil ihre Bemühungen auf so wenig Beifall stießen.

»Nimm's mir nicht übel, aber Himbeeren aus der Dose ... das geht gar nicht. Schau sie dir nur an, die sehen aus wie Rachenmandeln in Schleim. Ich verzichte dankend ...«

»Tja, wenn sonst niemand mag. Wir wollen doch keine Lebensmittel verschwenden ...«, meinte Liz und schnappte sich Sarahs Portion.

Während Maeve den Tisch abräumte, überlegte sie, wie viele Vorräte sie noch für das Wochenende hatten. Offenbar würde sie sich um die Lebensmittel, beziehungsweise deren Nichtvorhandensein, für die nächsten Tage kümmern müssen. Es war wieder einmal typisch, dass sich niemand Gedanken um das Notwendigste gemacht hatte. Nur Sarah hatte immerhin vorgehabt, sie alle in den Pub einzuladen.

Beim Kochen hatte Maeve eine rasche Bestandsaufnahme des Inhalts der Schränke vorgenommen. Mit den vorhandenen trockenen oder in Dosen haltbar gemachten Lebensmitteln und ihrem gemeinsamen Bargeld würden sie bis Montag durchhalten können. Es waren einige Päckchen mit Ochsenschwanz- und Nudelsuppe vorhanden. Ebenso ein paar Dosen mit Makkaroni in Käsesauce, Bohnen, drei Dosen Obst, Sirup, eine Tüte Zucker, Tee und Milchpulverdosen. Den Blick auf das Verfallsdatum hatte sie sich lieber gespart. Man durfte nicht wählerisch sein.

Als ein fröhliches Feuer im Kamin brannte und der Tisch

abgeräumt war, machte sich Liz auf die Suche nach Brettspielen. Aretha schmachtete aus der Stereoanlage, und Sarah und Julie standen an der oben aufgeklappten Tür und teilten sich eine Zigarette. Maeve gesellte sich zu ihnen. Über dem Blue Pool hingen Nebelfetzen. Der Vollmond schien. Nachtgeschöpfe raschelten, huschten umher und riefen in der Dunkelheit. Eine Eule schrie ganz in der Nähe. In der Ferne bellte ein Hund.

Plötzlich ging Julie mit einem Aufschrei in Deckung.

»Was zum Teufel war das? Schaut, da bei der Lampe?«

Ein Tier flatterte hektisch im Licht.

»Beruhige dich, das ist nur ein doofer Nachtfalter«, meinte Maeve. »Mach die Tür zu – sie werden vom Licht angezogen.«

»Ein doofer Nachtfalter? Das Vieh ist riesig. Seht nur, seid ihr sicher, dass es keine Fledermaus ist?«, jammerte Julie. »Mach schon, Maeve, fang es und bring es um …«

»Man muss es doch nicht gleich umbringen.« Langsam pirschte Maeve sich an die Lampe heran. Sie griff vorsichtig nach einem Flügel und hielt das Insekt hoch, damit alle es betrachten konnten.

»Das ist eine fiese mutierte Motte. Weg mit dem Ding!«, sagte Sarah und wich zurück.

»Aber Sarah, sei nicht so eine Memme …«

Anstatt den ungebetenen Gast in die Nacht hinauszuwerfen, jagte Maeve sie damit um den Tisch.

»Hör auf, hör sofort auf! Das wird dir noch leid tun, Maeve, ich warne dich. Ich finde das überhaupt nicht komisch«, kreischte Sarah. Als Maeve das Entsetzen in ihrem Gesicht bemerkte, gab sie nach und entließ den gewaltigen Nachtfalter in die Dunkelheit.

»Dich krieg ich noch, du Miststück, wart's nur ab. Ich räche mich.« Sarah drohte ihr mit dem Finger.

»Ach, beruhig dich, es war doch nur ein Scherz«, meinte Maeve.

»Ja, auf meine Kosten. Na warte!«

»Gefunden!«, rief Liz vom oberen Treppenabsatz und schwenkte eine verblasste Monopoly-Schachtel. »In der Deckentruhe auf dem Speicher. Ich wusste doch, dass es hier irgendwo sein muss.« Liz prustete, weil sie beim Suchen Staub in die Nase bekommen hatte.

»Ich habe auch was entdeckt!«, erklärte Julie. Sie hatte einen Sixpack Harp in jeder Hand.

»Wo hast du das denn her?«, fragte Liz.

»Aus dem Schrank neben dem Kühlschrank.«

»Du bist ja ein richtiger Suchhund für Alkohol!«, meinte Maeve und bedauerte es sofort wieder, als sie bemerkte, dass ihr Scherz von Julie als Kränkung empfunden worden war.

»*Dich* zwingt ja keiner, etwas davon zu trinken«, entgegnete Julie spitz.

»Also sind wir versorgt.« Liz baute das Spielbrett auf. »Okay, alle an den Tisch. Lasst die Spiele beginnen.«

Zwei Stunden vergingen, in denen sich Maeve als geschickte Spekulantin erwies, denn sie hatte sich die Filetgrundstücke unter den Nagel gerissen.

»Du hast uns ja gar nichts übrig gelassen«, beschwerte sich Julie.

»Ich bin obdachlos und pleite«, stimmte Sarah ein. »Also stelle ich meinen Pappkarton zum Schlafen vor deinem Grundstück auf.«

»Keine Sorge, Sarah. Ich bin sicher, dass wir etwas aushandeln könnten«, flötete Maeve. Sie liebte dieses Spiel.

»Und abhängig von den Ergebnissen könnte es früher so weit sein, als du glaubst«, murmelte Sarah.

»Code Red. Kein Wort über die Prüfungen«, erwiderte Maeve. »Kommt schon, das haben wir so vereinbart. Jedes weitere Wort über die Prüfungen führt zur sofortigen Kürzung der Bierration.«

»Immer musst du uns Befehle geben …«, sagte Julie leise. »Außerdem brauchst du gar nicht vor Maeves Grundstück zu campieren«, fügte sie hinzu. »Du kannst ja immer noch auf Raymonds Boot, oder?«

»Das ist der zweite Verstoß gegen Code Red: Kein Wort über Männer!« Maeve überkreuzte die Finger.

»Nur, weil du keinen hast«, entgegnete Julie und trank einen Schluck aus ihrer Flasche.

Die Stimmung wurde angespannt.

»Ach, danke, Jules.«

»Entschuldige, Maeve, das ging unter die Gürtellinie …«

Sarah achtete nicht auf die beiden. »Vielleicht muss ich ja wirklich auf dem Boot wohnen. Dann würde meine Mutter so richtig die Krise kriegen, oder? Könnt ihr euch das vorstellen, ihre jüngste Tochter brennt mit einem Fischer durch? Sie weiß noch gar nichts von Raymond. Ich glaube, das würde ihr den Rest geben!«

»Hat sich schon mal jemand das Verfallsdatum auf diesen Flaschen angeschaut?«, fragte Julie und betrachtete den Boden ihrer leeren Flasche. »Das ist schon ganze sechs Monate her. Das Bier ist seit einem halben Jahr abgelaufen.«

»Ich finde, es schmeckt okay«, meinte Liz.

»Ich auch«, erwiderte Maeve. »Besser wird es nicht mehr. Also los. Eine Partie Monopoly. Abgelaufenes Bier. Was gibt es Schöneres im Leben?«

Trotz ihres sarkastischen Tonfalls mussten sie alle lachen. Es war Spaß. Es war Gemeinschaft. Eine kurze Auszeit von ihren privaten Sorgen und ihrer Angst vor den Prüfungsergebnissen. Maeve wusste nicht, warum, doch sie hatte das sonderbare Gefühl, dass sie nicht mehr viele solcher Abende erleben sollten.

Kapitel 14
Julie

Es war ein seltsames Frühstück. Aber es war ja auch ein seltsamer Sommer gewesen. Ja, sogar ein seltsames Jahr. Julie hatte beinahe vergessen, wie es war, sich normal zu fühlen. Eigentlich hatte sie sich immer für einen ausgesprochen zuversichtlichen Menschen gehalten, doch in letzter Zeit hatte sie sich häufig dabei ertappt, dass sie selbst in den alltäglichsten Situationen stets mit dem Schlimmsten rechnete.

Es war der frühe Morgen ihres ersten Tages am Blue Pool. Sie saß in einem durchhängenden gestreiften Liegestuhl vor dem Häuschen und beobachtete, wie eine rundliche Drossel sich immer näher an sie heranwagte. Auf ihrem Schoß stand eine leere Schale mit Löffel.

»Hey, Jules, was hast du denn da zu essen?« Sarah spähte über die obere Hälfte der Tür, deren unteres Teil weiterhin klemmte.

»Abgelaufene Hühnersuppe.«

»Hmmm, lecker. Zum Frühstück?«

»Viel Auswahl haben wir ja nicht.«

»Ist sie noch okay?«

»Nicht schlecht. Im Topf ist noch was, wenn du willst.«

»Wahrscheinlich muss ich damit auskommen, bis Liz einkaufen fährt.«

Kurz darauf gesellte Sarah sich zu ihr. Sie brachte einen

verrosteten Liegestuhl und eine Schale Suppe mit und trug nichts als ein weites T-Shirt, auf das die Tourdaten von U2 aufgedruckt waren. Ihre Haare waren noch verfilzter als am Vortag, und sie hatte nicht gebundene Doc Martens an den Füßen.

»Klasse Look.«

Sarah zuckte die Achseln. »Ist doch egal. Ist ja sonst niemand da. Keine Männer.«

»Keine Männer und auch kein Wort über Männer, okay?«

Offen gestanden, war Julie das Verbot, über Männer zu reden, nur recht. Es war doch zwecklos, weiter über Austin zu lamentieren. Wie oft sollte sie denn noch sagen, dass er ein Arschloch war, oder sich anhören, wie andere ihn als ein solches bezeichneten? Arschlöcher hatten es nicht verdient, überhaupt erwähnt zu werden.

»Hast du die Geräusche letzte Nacht gehört?«, fragte Sarah und streckte ihre blassen Beine in die Sonne.

»Was für Geräusche?«

»Das Geklapper vor dem Fenster und der Knall, als hätte jemand eine Tür zugehauen. Und dann waren da auch noch Stimmen.«

»Ooooooh … das war bestimmt die weiße Lady vom Blue Pool«, zog Julie sie auf.

Sarah bedachte sie mit einem strafenden Blick. »Nein, im Ernst. Wir hatten genug von deinen schrägen Geschichten gestern.«

Wie versprochen, hatte Julie ihnen gestern eine Gruselgeschichte erzählt. Nachdem das Monopolyspiel im Chaos versunken war, hatte sie eine überlieferte Sage zum besten gegeben, die sie in einem Buch, das im Badezimmer gewesen war, entdeckt hatte. Die Geschichte handelte von der weißen Lady – einer Frau, die gegen ihren Willen von ihrer Familie ins Tollhaus gesperrt worden war. Allerdings hatte Julie die Geschichte ausgeschmückt, übertrieben und einiges dazuerfunden, bis sie noch schauerlicher und beängstigender gewesen war als das Original.

»Ich weiß, was du mit dem Klappern meinst«, sagte Julie. »Das habe ich auch gehört. Aber Stimmen waren da ganz sicher keine. Geräusche werden auf dem Land sehr weit getragen, weißt du? Es hätte viele Kilometer weit weg sein können.«

»Nein, war es nicht. Ich bin mir ganz sicher«, protestierte Sarah. »Es klang, als wäre es direkt vor dem Haus.«

»Okay, psssst … dann horch«, befahl Julie.

Sarah neigte den Kopf zur Seite.

»Hast du das gehört?«, fragte Julie. »Das ist der Wind, der in den Bäumen seufzt. Und der Wind, der durch das Schilf streicht. Das ist es, was du gehört hast. Nachts klingt alles anders. Deutlicher. In der Nacht wird alles hervorgehoben.«

Sarahs Blick blieb zweifelnd.

»Okay, dann sieh es, wie du willst, Sarah. Vielleicht hast du ja recht. Es könnte letzte Nacht wirklich jemand dagewesen sein. Der einsame geistesschwache Sohn von einem alten Farmer, der ihn nicht mehr daran hindern kann, nachts in der Gegend herumzustreunen. Womöglich versteckt er sich gerade im Schilf, beobachtet uns aus der Ferne und sehnt sich nach weiblicher Gesellschaft, ist aber zu schüchtern, um sich zu zeigen. Vielleicht hat er gar keine Menschengestalt … ein Geist, der im dunklen Schatten der Nacht lauert.«

Sarah verzog das Gesicht. »Ha, ha, ha, sehr witzig. Ich

sage doch nur, dass ich weiß, was ich gehört habe. Bin ich froh, dass ich oben schlafe. Das Geschöpf, das sich hier herumtreibt, kriegt in jedem Fall dich zuerst zu fassen!«

Julie, die auf dem Land aufgewachsen war, war die nächtlichen Geräusche gewöhnt.

»Glaub mir, Sarah, es war bestimmt nur ein Fuchs oder ein Dachs. Wenn ich mich recht erinnere, sagte Noel immer, der Schrei eines Rotfuchses sei ziemlich gruselig – so wie die Klagelaute einer Frau in der Nacht.«

Noel hatte so viel über die wilden Tiere im Wald gewusst. Der arme Noel, der so oft nur Tiere zur Gesellschaft gehabt hatte. Und dabei hatte er sich so nach einer anderen Art von Gesellschaft gesehnt.

»Du musst ihn schrecklich vermissen«, meinte Sarah und wich Julies Blick aus.

Julie zögerte. Nicht, weil sie über die Antwort nachdenken musste, sondern weil sie zum ersten Mal direkt danach gefragt wurde. Zu Hause wurde sein Name nicht erwähnt. Es gehörte sich nicht, über Gefühle zu reden. Und die Kommilitonen an der Uni hatten es bereits vergessen. Maeve und Liz hatten sie nicht darauf angesprochen. Vermutlich war es ihnen ebenso unangenehm wie allen anderen. Doch Julie war froh, dass Sarah ihr diese Frage gestellt hatte. Sie wollte über ihn sprechen.

»Ja, ich vermisse ihn.«

»Glaubst du … du weißt schon … wenn er sich geoutet und gesagt hätte, dass er schwul ist, und zwar allen … meinst du, dann wäre es ihm besser gegangen?«, hakte Sarah nach.

»Vielleicht, vielleicht auch nicht. Aber ich kann mir nicht vorstellen, dass er es jemandem hätte erzählen können. Zumindest nicht meinen Eltern. Auf gar keinen Fall.«

»Hätten sie es nicht akzeptiert?«

»Ich glaube nicht. Sie hätten es als einen Angriff empfunden.«

»Also hätte es auch nichts genützt, ihnen reinen Wein einzuschenken?«

»Keine Ahnung. Möglicherweise, wenn ich den Arsch hochgekriegt und ihm den Weg geebnet hätte …«

»Doch nach dem, was du mir erzählst, Jules, ist das nicht sehr wahrscheinlich. Und wo immer er jetzt sein mag, ist er sicher glücklicher als hier. Sein Geist ist frei.«

»Hoffentlich, Sarah, hoffentlich«, erwiderte Julie. Kurz hielt sie inne. »Lach jetzt nicht, aber glaubst du, dass es schwule Vögel gibt? Ich meine, können Tiere auch homosexuell sein, nicht nur Menschen?«

»Keinen Schimmer, Jules. Ich wüsste nicht, was dagegen spräche. Doch ich habe noch nie darüber nachgedacht. Warum?«

»Nun, schau dir mal die Drossel da drüben an. Die hüpft schon die ganze Zeit herum und schaut mich an, als würde sie mich beobachten und mir zuhören.«

»Redest du von Reinkarnation?« Sarah lächelte.

»Ja, warum nicht?«, antwortete Julie lachend. Es war ein tröstlicher Gedanke. »Ich habe vor Kurzem eine Abhandlung über die Psychologie der Reinkarnation gelesen. War interessant …«

»Dass dieser Vogel dich beobachtet, steht fest«, meinte Sarah.

»Wahrscheinlich ist er auf meine Nudelsuppe aus«, entgegnete Julie kichernd.

Kurz darauf flatterte die Drossel auf das Dach des Nachbarhauses und flog davon.

»In meinem nächsten Leben werde ich ein Koala«, sagte Sarah.

»Warum das?«

»Die sehen niedlich aus und pennen den ganzen Tag!«

Mit diesen Worten lehnte sich Sarah weiter in ihrem Liegestuhl zurück und streckte gähnend die Arme über den Kopf. Plötzlich ertönte ein Knarzen und Knirschen, und Sarah landete auf ihrem Hinterteil. Ihr Gewicht und der Rost hatten dem Stuhl den Rest gegeben.

»Verdammter Mist!«

»Hallo, hallo, hallo, was ist denn hier los?« Zwei grinsende Gesichter spähten über den Rand der Tür. Die Mädchen krümmten sich vor Lachen.

Sarah lag flach, die Beine ausgestreckt und von oben bis unten mit Nudeln bekleckert, auf dem Rücken.

»Schön, dass ihr euch amüsiert, Mädels. Ich mache meinen Mitmenschen gerne eine Freude«, höhnte sie und streckte Maeve und Liz die Zunge heraus.

»Nur damit ihr es wisst, Leute, ich fahre jetzt ins Dorf, um Vorräte einzukaufen. Suppe zum Frühstück ertrage ich nicht«, sagte Liz. »Maeve und ich haben eine Liste der notwendigen Dinge fürs Wochenende aufgestellt. Also raus mit der Kohle, damit wir eine Haushaltskasse anlegen können.«

»Schon gut, lasst mich nur einfach hier liegen.« Sarah versuchte stöhnend, sich aufzurappeln. »Ich habe mir ja bloß sämtliche Gesäßknochen gebrochen.«

»Jetzt mach nicht so ein Theater. Hoch mit dir, du wirst es überleben«, erwiderte Maeve wenig anteilnehmend.

»Wir müssen noch etwas Geld für einen Abend in Linnanes beiseitelegen«, meinte Julie und kam der strampelnden Sarah zu Hilfe.

»Ganz richtig«, stimmte Liz zu.

Inzwischen stand Sarah wieder aufrecht. »Machen wir das heute oder morgen?«

»Heute wäre gut«, schlug Maeve vor.

»Nun, wenn ihr nichts dagegen habt, wäre morgen Abend besser«, wandte Liz ein. »Heute Abend könnten wir grillen. Das Wetter ist gut, und morgen regnet es möglicherweise.«

Alle kratzten den Inhalt ihrer Geldbörsen und Rucksacktaschen zusammen. Die Haushaltskasse wurde zweigeteilt. Der kleinere Anteil war für Einkäufe im Dorfladen bestimmt, der größere für Getränke im Pub.

»Grillen klingt gut, aber worauf?«, fragte Julie.

»Cyril hat immer einen Grill aus Steinen und dem Gitter aus dem Backrohr gebastelt«, meinte Liz. »Im Schuppen sind noch Torf und Kohle. Ich könnte auf dem Rückweg vom Dorf ein paar Steine vom Bach mitbringen.«

»Hat jetzt jemand Lust zu schwimmen?«, wollte Maeve wissen.

»Maeve, wollen wir nicht bis nach dem Einkaufen warten?«, fragte Liz.

»Wenn du meinst …«, entgegnete Maeve.

»Wir könnten mit dem Boot nach Black Island rüberrudern«, fuhr Liz fort. »Dort gibt es nicht so viel Schilf und es ist besser zum Schwimmen. Jules, könntest du vielleicht schauen, ob die Ruder im Bootshaus sind? Sie müssten da eigentlich liegen.«

»Wird gemacht«, erwiderte Julie, amüsiert über den Konkurrenzkampf, der zwischen Liz und Maeve ausgebrochen war.

Liz machte Maeve das Leben heute eindeutig nicht leicht. Sie alle wussten, dass Maeve ein gutes Herz, aber leider auch die Neigung hatte, ihre Mitmenschen herumzukommandieren. Es war spannend, mitanzusehen, wie Liz sich dagegen zur Wehr setzte.

»Und jetzt macht Tempo, Mädels«, fügte Julie hinzu. »Bringt leckere Sachen wie Chips und Schokokekse mit.«

»Zu Befehl. Und du entspann dich unterdessen gemütlich in der Sonne, Jules«, entgegnete Maeve. Ihr Tonfall triefte vor Sarkasmus.

Julie streckte ihr die Zunge heraus. Sie fühlte sich wohl in ihrem Liegestuhl.

Als Maeve und Liz losfuhren, war die Sonne schon höher gestiegen.

»Dann suchen wir jetzt besser die Ruder.« Sarah sah Julie auffordernd an.

»Wir brauchen nicht gleich strammzustehen, nur weil Feldwebel Molloy einen Befehl gibt!«

»Liz lässt sie heute kein Oberwasser kriegen ...« Also hatte nicht nur sie es bemerkt. Sarah war es auch aufgefallen.

»Gib mir ein paar Minuten, um in Ruhe eine zu rauchen«, erwiderte Julie und pustete eine Rauchwolke in die Luft.

»Gute Idee«, sagte Sarah und zündete sich auch eine an.

Nach der Zigarettenpause machten sie sich gemeinsam auf die Suche nach den Rudern. Als sie den Weg zum Bootssteg hinuntergingen, frischte der Wind ein wenig auf, bewegte das Gras und ließ Millionen von Löwenzahnsporen auffliegen.

»Das ist aber komisch«, meinte Sarah.

»Was?«, fragte Julie.

»Schau, die Tür zum Bootshaus steht weit offen.«

»Na, da hast du ja deine Erklärung.«

»Erklärung?«

»Für das Geschepper letzte Nacht.«

»Glaubst du, die Tür hat im Wind geschlagen?«

»Was sonst?«

»Ja, könnte natürlich sein …«

Diese Erklärung für die Geräusche der letzten Nacht war ein wenig an den Haaren herbeigezogen, doch da Julie von Sarahs Angst wusste, erwähnte sie lieber nicht, dass sie die im Wind schwankende Tür selbst merkwürdig fand. Als sie am Vorabend unten am Steg gewesen war, hatte sie keine offene Tür bemerkt. Das bedeutete nicht, dass sie geschlossen gewesen war. Sie hatte nur nicht gesehen, dass sie offen gewesen war. Jedenfalls stand sie jetzt eindeutig offen.

Vorsichtig spähte sie in die Dunkelheit. In dem muffigen Gebäude war fast nichts zu hören. Nachdem einiges Hüsteln keine Unbekannten zutage gefördert hatte, trat sie tapfer ein.

»Buh!«, flüsterte Sarah ihr ins Ohr.

»Verdammter Mist! Lass das«, zischte Julie. Sie hatte ohnehin schon Herzklopfen. Im nächsten Moment stieß sie mit dem Fuß gegen etwas Hartes. »Hier sind sie ja – ich habe sie. Nimm eines«, sagte Julie und bückte sich nach den Rudern.

Sie gingen den Steg entlang und legten die Ruder ins Boot.

»Jetzt nur noch Badesachen und Handtücher, und wir sind so weit«, meinte Julie. »Komm, wir gehen sie holen.«

»Ich habe keinen Badeanzug dabei«, meinte Sarah.

Und da trauten sich die anderen, Julie als Chaotin zu bezeichnen.

»Kein Problem«, erwiderte sie. »Du kannst ja in der Unterhose ins Wasser gehen. Da ist ja sonst niemand.«

»Schon gut. Ich plansche sowieso nur ein bisschen rum. Ich schwimme nicht.«

»Du schwimmst nicht?«

»Nein, ich kann nicht schwimmen.«

Julie starrte sie entgeistert an. »Du kannst wirklich nicht schwimmen?«

»Nein, es hat mir nie jemand beigebracht.« Sarah errötete. »Eva und Aisling haben es gelernt, aber als ich an der Reihe gewesen wäre, war Mum schon zu sehr mit ihren Apotheken beschäftigt.«

»Weiß Raymond das?«

»Klar, es ist auch nichts dabei. Er kann auch nicht schwimmen.«

Sarah wollte sich über sie lustig machen.

»Okay, Devereaux, verarschen kann ich mich selber.«

»Nein, wirklich, Julie. Du würdest dich wundern, wie viele Fischer nicht schwimmen können.«

Mit einem ungläubigen Kopfschütteln machte Julie sich wortlos auf den Rückweg zum Haus. Das also war die Erklärung, warum Sarah nie mit zur Küste bei Blackrock gekommen war. Vor den Prüfungen waren sie häufig hingefahren, doch Sarah hatte immer eine Ausrede parat gehabt.

Das Knirschen des Kieses hinter dem Haus riss Julie aus ihren Gedanken. Das war aber schnell gegangen, dachte sie. Die anderen konnten doch unmöglich schon aus dem Dorf zurück sein.

»Sind sie das?«, fragte Sarah, die ein paar Meter hinter ihr war.

»Keine Ahnung, ich schaue nach.« Sie umrundete das Häuschen, wurde jedoch in ihrer Vermutung bestätigt. Von dem Renault war noch nichts zu sehen. Und dennoch hatte sie eindeutig ein Auto gehört. Offenbar war es bei einem der Häuser einige Türen weiter eingebogen.

»Offenbar bei einem anderen Haus«, meinte Julie. Es wäre nett, Nachbarn zu haben. In der vergangenen Nacht war es ein wenig einsam gewesen.

»Ich gehe rein und versuche, etwas mit meinen Haaren zu machen«, verkündete Sarah.

»Viel Glück dabei«, erwiderte Julie lachend.

»Das werde ich brauchen.« Mühsam kletterte Sarah über die untere Türhälfte. »Bis später.«

Julie setzte sich wieder nach draußen in den verbliebenen Liegestuhl und ließ sich die Sonne ins Gesicht scheinen. Eine Weile blätterte sie eine vergilbte Ausgabe von *National Geographic* durch. Dann schloss sie die Augen und genoss die Ruhe. Bis sie der Lärm von Baumaschinen aus dem Nachbarhaus unsanft aus ihrem Nickerchen riss.

»*Brrrrrrrrrrrrrr*«, dröhnte der Schlagbohrer. Der Boden unter ihr zitterte. Bald ergänzte das Gezupfe und Gepfeife von Countrymusik die Kakophonie der Geräusche von Bohrer und Hammer. Offenbar war da jemand am Handwerken. Julie seufzte auf und wandte sich wieder dem Artikel über die Waldrodung in Indonesien zu.

Allerdings erwies es sich als unmöglich, den Lärm zu ignorieren. Sie konnte sich nicht konzentrieren. Also gab sie das Lesen auf und lehnte sich zurück, um die Sonne zu genießen. Sie hatte die Sonne schon immer geliebt, obwohl sie eigentlich nicht den richtigen Hauttyp hatte. Wenn das Wetter so blieb, würde ihre Haut bald so rot sein wie ihr mit Henna gefärbtes Haar. Nach dem Abschluss wollte sie sich eine Stelle in einer warmen Gegend suchen. Das war der Plan. Einen unkomplizierten Job. Und irgendwann würde sie einen netten und unkomplizierten Mann kennenlernen. Unkompliziert und gut im Bett.

Allerdings mussten da zuerst einige praktische Hürden überwunden werden. Sie musste es ins nächste Studienjahr schaffen. Sie hatte fleißig für die Nachprüfungen gebüffelt. Julie hatte genug von Galway, genug von der Partystadt. Die Sache mit Austin Clancy hatte ihr alles verdorben. Ohne die Mädchen hätte sie schon hingeschmissen. Maeve hatte sie überredet zu bleiben. Ihre Prüfungen zu machen. Maeve war in London bei ihr gewesen. Und keines der Mädchen hatte je ein Urteil über sie gefällt. Ohne die Mädchen wäre sie schon längst gegangen.

Das erneute Knirschen von Kies kündigte die Rückkehr von Liz und Maeve an. Sie waren mit den Vorräten wieder da. Angesichts ihres Budgets hatten sie ein wahres Festmahl mitgebracht: Instantkaffee, hausgemachtes Schwarzbrot, vor Ort hergestellten Käse, Würste, Kartoffelwaffeln, runde Schokokekse, frische Milch, Eier, Joghurt mit Waldbeeren und Tayto-Chips.

»Wir haben alles auf den Kopf gehauen!«, verkündete Maeve.

»Heißt das, dass nichts mehr für den Pub übrig ist?« Julie war enttäuscht. Sie hatte sich so auf den Pub gefreut.

»Keine Sorge, du Angsthase«, erwiderte Maeve, die eine große braune Tüte in der Hand hatte. »Wir haben genug für den Pub zurückgelegt. Aber wir müssen den Proviant einteilen. Also nicht gleich alles aufessen.«

»Zu Befehl!« Julie stand auf, schlug die Hacken zusammen und salutierte.

»Und wegen dieser Respektlosigkeit hast du jetzt Picknickdienst!«, donnerte Maeve.

»Schon gut, Maeve«, mischte Liz sich ein. »Mir macht es nichts aus, mich ums Picknick zu kümmern. Soll unsere Sonnenanbeterin sich erholen.«

»Genug der spitzen Bemerkungen, meine Freundinnen«, meinte Julie, erleichtert, dass ihr die langweilige Aufgabe erspart blieb, zu Dreiecken geschnittene Brotscheiben mit Butter zu bestreichen und zu belegen.

Es wurde Samstagmittag, bis Liz mit den Vorbereitungen für das Picknick fertig war. Mit Badeanzügen, Handtüchern und einem überquellenden Picknickkorb bewaffnet, kletterten sie ins Ruderboot und machten sich auf den Weg nach Black Island.

Kapitel 15
Liz

Inzwischen war es Sonntagabend. Liz wusste, dass sie es übertrieben hatte. Nicht genug, um sich den Abend zu verderben, aber sie hatte aus Erfahrung gelernt, dass das derzeit noch angenehme Wärmegefühl von der Sonne sich bald in ein Brennen verwandeln würde. Ihr Nacken glühte, und ihre Kniekehlen hatten angefangen zu prickeln. Sie hätte sich ein Tuch umlegen sollen. Natürlich. Und sie hätte sich eincremen müssen. Das hätte ein vernünftiger Mensch getan. Doch weil sie den Großteil des Sommers verpasst hatte, hatte sie die Vorsicht in den Wind geschlagen und so viel milchig weiße Haut wie möglich dem rauen Klima der Burren ausgesetzt.

Ein wenig schwummerig von der Sonne und vom Alkohol, saß sie in Linnanes im Pub, trank ihr Harp und lauschte dem Geschnatter der anderen. Maeve schmiedete Reisepläne für morgen. Wie immer, wenn die vier sich versammelten, war es Maeve, die die Entscheidungen traf, ganz gleich, wie wichtig oder unwichtig sie auch sein mochten. Die anderen ließen Maeve gewähren, aus Faulheit, wie Liz vermutete. Das hatte sich einfach als der Weg des geringsten Widerstandes erwiesen.

Es ärgerte Liz, dass alle automatisch davon ausgingen, Maeve werde über die Gestaltung des Tages entscheiden.

Noch bevor sie beschlossen hatte, die Mädchen in Cyrils Haus einzuladen, hatte sie über dieses Thema nachgegrübelt und sich fest vorgenommen, dass Maeve in diesem Urlaub nicht diejenige sein würde, die den Ton angab. Dafür wollte sie schon sorgen. Deshalb war es eine angenehme Überraschung, dass Maeve nahezu kampflos die Waffen streckte, als Liz sich durchsetzte und einen Vorschlag machte.

Vielleicht lag es ja daran, dass sie sich auf Liz' Territorium befand. Möglicherweise hatte sie ja eingesehen, dass es ihr nicht zustand, die anderen herumzukommandieren. Jedenfalls schien Maeve nichts dagegen zu haben, jemand anderem die Führung zu überlassen. Das ganze letzte Jahr lang hatte sie Stimmung gemacht, Überzeugungsarbeit geleistet, Terminpläne aufgestellt, debattiert und gewonnen. Nun war Liz endlich einmal die Oberbefehlshaberin, und sie genoss es unbeschreiblich.

Jetzt saßen sie mit sonnenverbrannter Haut und schmerzenden Gliedern in einer Ecke des Pubs und ließen die Ereignisse des Tages Revue passieren. Liz hatte mit ihnen eine Wanderung über Felder und Hügel und durch Haine mit knorrigen Bäumen unternommen. Bei dem gleichen Spaziergang, der ihr als Kind stets wie eine Strafexpedition erschienen war, hatte sie sich jetzt glücklich und lebendig gefühlt.

Paarweise waren sie die kurvigen Wege entlangmarschiert, hatten sich hinter Bäumen versteckt und einander wie Kinder angesprungen. Als Sarah pinkeln gegangen war, hatten sie sich hinter eine Mauer geduckt und sie volle fünf Minuten lang rufen lassen, bevor sie sich bemerkbar machten. So wie Maeve normalerweise das Kommando führte, war Sarah für gewöhnlich die Zielscheibe von Streichen. Es hatte sich eben so eingespielt.

»Das sollt ihr mir büßen, ihr Mistweiber!« Halb lachend, halb weinend, drohte sie ihnen mit dem Finger. »Na wartet!« Empört marschierte sie davon. Um das Maß voll zu machen, war ihr nackter Hintern auch noch mit Brennnesseln in Kontakt geraten.

Der Anstieg über die steilen Geröllpisten bis zu einer Hochebene mit Blick auf die Galway Bay dauerte eine knappe Stunde. Keuchend vor Erschöpfung und den frischen Wind im Haar, betrachteten sie die Aran Islands, drei Kuppen weit draußen auf dem Meer.

Dann hockten sie sich hinter einen großen, mit Moos bewachsenen Felsen und packten das aus kalten Würsten, hart gekochten Eiern und Tee bestehende Picknick aus, das Liz zusammengestellt hatte. Es war schon ihr zweites Picknick an diesem Wochenende.

»Ich könnte schwören, dass ich da hinten Magic Mushrooms gesehen habe.« Sarah umfasste ihren Teebecher.

»Wirklich?«, meldete sich Julie zu Wort. »Ich nicht.«

»Ich an deiner Stelle würde die Finger davon lassen – die Dinger können tödlich sein.« Liz sprach aus Erfahrung.

Das eine Mal, dass sie so dumm gewesen war, welche zu probieren, hätte Don sie beinahe ins Krankenhaus eingeliefert, weil er geglaubt hatte, sie habe einen psychotischen Anfall erlitten. Sie hatte das ebenfalls gedacht. Als sie gestanden hatte, die Magic Mushrooms gekostet zu haben, die Julie und Austin gesammelt hatten, war Don regelrecht ausgeflippt. Sie verstand den Grund nicht ganz. Schließlich war es nicht so, dass er dem Drogenkonsum grundsätzlich abgeneigt gewesen wäre.

»Wartet, ich bin gleich wieder da«, sagte Sarah, ohne auf

Liz zu achten. Dann kletterte sie über den Felsen und die Mauer und verschwand.

Die anderen wechselten achselzuckend Blicke und aßen weiter ihre Eier.

»Die verdammte Selbstgedrehte lässt sich einfach nicht anzünden!«

Liz sprach mit zusammengepressten Lippen. Sie hatte es geschafft, eine Zigarette zu drehen, bekam sie aber im Wind nicht angezündet.

»Hier, rauch meine zu Ende. Ich habe genug.« Maeve reichte ihr den glimmenden Rest einer Benson and Hedges. »Obwohl es mir rätselhaft ist, warum du rauchst, nachdem du den Großteil der letzten Nacht an deinem Inhalator gezogen hast …«

»Ach, krieg dich wieder ein, Mama!« Liz lächelte und nahm die glühende Zigarette dankbar entgegen. Auf diese Weise sparte sie Tabak, denn ihre Vorräte gingen allmählich zur Neige.

»Portwein oder Brandy gefällig?« Lächelnd verteilte Julie Plastikbecher mit Tee.

Bald waren zehn Minuten vorbei, dann fünfzehn, schließlich zwanzig. Und seltsamerweise war Sarah noch immer nicht zurück.

»Was hat die blöde Kuh nur schon wieder angestellt?«, fragte Julie.

»Jetzt müssen wir sie suchen gehen«, schimpfte Maeve.

Ärgerlich packte Liz die Überreste des Picknicks zusammen. Sie hatte ihr doch gesagt, sie solle die Finger von den Pilzen lassen. Nachdem alle Spuren beseitigt waren, kletterten sie über die Mauer und gingen in die Richtung, die Sarah vermutlich eingeschlagen hatte.

Aber Sarah hatte sich in Luft aufgelöst. Das war wirklich seltsam. Mehr als seltsam. Hier oben gab es keine Verstecke. Aus der Hochebene ragten nur vereinzelt zerfurchte, zernarbte Kalksteinfelsen heraus.

»Sarah, beweg sofort deinen Arsch hierher!«, brüllte Maeve. Ihre Haare wehten ihr um den Kopf und blieben ihr am Mund kleben.

»Wir gehen, Sarah!«, rief Liz.

»Es reicht, du doofe Kuh. Komm sofort zurück!«, fügte Julie hinzu.

Doch der Wind schien ihre Stimmen davonzutragen.

»Vielleicht sollten wir genau den gleichen Weg gehen, auf dem wir hergekommen sind«, schlug Liz vor. »Wenn die blöde Pute irgendwo Pilze bemerkt hat, müssen wir dort vorbeigegangen sein.«

»Was soll das bringen?«, wandte Maeve ein. »Es ist so eben wie ein Brett hier. Wenn sie hier oben wäre, würden wir sie sehen können. Da ist nichts, so weit das Auge reicht.«

So ungern sie es auch zugab, Maeve hatte wie immer recht. Die einzigen anderen Lebewesen hier waren eine Herde Kühe, die sie neugierig beäugten. Allmählich wurde ihr mulmig.

»Okay, dann kehren wir zurück zum Picknickplatz«, meinte sie. »Vielleicht ist sie irgendwo in der Nähe gestolpert oder hingefallen ...«

Sie fand das zwar höchst unwahrscheinlich, aber was sollten sie sonst tun? Irgendetwas mussten sie ja unternehmen. Immer wieder liefen sie im Kreis herum.

»Lasst uns mal einen Moment still sein und einfach nur lauschen«, sagte sie.

Sie kletterten über die Felsen und spitzten die Ohren.

Plötzlich hörten sie ein hektisches Rascheln. Liz bekam Herzklopfen. Was zum Teufel war das? Sie hielt den Atem an.

Doch es war nur ein großer schwarzer Rabe, der sich in einer Bodensenke an den ausgeweideten und blutigen Überresten eines kleinen Tieres gütlich tat. Inzwischen war sie wirklich nervös. Der Ausflug, den sie geplant hatte, war irgendwie verdorben.

»Da drüben, schaut!« Julie zeigte in die Ferne.

Doch das, was sich dort schnell bewegte, entpuppte sich als ein Hase, der über die mageren Grasbüschel hüpfte.

Noch immer keine Spur von Sarah.

Allmählich geriet Liz in Panik. Sie erinnerte sich an die Geschichten, die Cyril ihr als Kind erzählt hatte. Geschichten von Kindern, die davongelaufen und in Tümpel gefallen waren, wo sie dann auf Nimmerwiedersehen in tiefe Löcher gesaugt wurden. Obwohl sie wusste, dass diese Erzählungen nur dazu dienten, Kinder vom Weglaufen abzuhalten, lösten sie Unbehagen in ihr aus. Alle möglichen anderen Dinge kamen ihr in den Sinn, die dazu führen konnten, dass jemand einfach verschwand. Ihre Gedanken überschlugen sich.

»Um Himmels willen!«

Julies Schrei ging ihr durch Mark und Bein.

Ein Stück entfernt stand Julie da wie erstarrt und blickte zu Boden. Mit noch wilder klopfendem Herzen hastete Liz über die Felsen und hielt sich an Julie fest. Sie spürte, wie ein Schrei in ihr hochstieg. Sarah lag zwischen den Felsen in einer Rinne. Sie war völlig reglos, hatte die Hände vor der Brust überkreuzt, die Augen geschlossen und atmete nicht.

»Oh, mein Gott, oh, nein, Sarah …«, flüsterte Julie und beugte sich über die leblose Gestalt.

Liz schaute entsetzt hin und konnte sich vor Schreck nicht bewegen.

»Reingelegt!!!«

Sarah setzte sich ruckartig auf und blinzelte ins Sonnenlicht. Ein breites, schadenfrohes Grinsen zog sich über ihr Gesicht.

»Verdammte Scheiße! Sarah, du blöde Kuh, bist du jetzt total durchgeknallt?« Leichenblass ging Julie in die Hocke.

»Du hast uns zu Tode geängstigt!«, sagte Liz, deren Herz immer noch heftig klopfte.

»Ich habe ja schon immer gewusst, dass du nicht ganz richtig tickst …« Maeve schüttelte den Kopf.

Aber Sarah zeigte nicht die Spur von Reue.

»Also wenn ihr euch versteckt und mich halb zu Tode erschreckt, ist es in Ordnung, und andersherum nicht?« Sie richtete sich auf und klopfte sich Gras und Moos von der Jeans.

»Wir haben uns nur ein paar mickrige Minuten versteckt, nicht eine halbe Stunde! Wir waren in großer Sorge. Und dann stellst du dich auch noch tot. Das ist echt nicht komisch, Sarah«, entgegnete Liz, bei der die Erleichterung nun der Wut gewichen war.

»Du hast echt einen kranken Sinn für Humor, Devereaux«, meinte Maeve, noch immer kopfschüttelnd. »Wirklich krank.«

»Ach, kriegt euch wieder ein, Leute – es war doch nur ein Spaß. Kommt schon, es war nicht so gemeint …«

Erst jetzt, viel später, im gemütlichen Pub von Linnanes und mit ihrem Anteil einer Schale Fischsuppe im Magen, konnte Liz die witzige Seite des Streichs erkennen. Fairerweise musste man zugeben, dass sonst meistens Sarah das

Opfer war. Und diesmal hatte sie es ihnen eben so richtig mit gleicher Münze heimgezahlt.

Die letzten Tage hatten sie von der alles beherrschenden Frage abgelenkt. Doch trotz ihrer Abmachungen, weder den Ablauf der Prüfungen zu analysieren noch Mutmaßungen über die Ergebnisse anzustellen, war es zu vertraulichen Gesprächen unter vier Augen gekommen.

Als Liz und Sarah am Vortag im seichten Wasser vor Black Island herumgepaddelt waren, hatte Liz ihre Befürchtungen ausgesprochen. Sie hatte das Gefühl, Vinny enttäuscht zu haben, ganz zu schweigen von ihren Brüdern in den Staaten, ihren Wohltätern, die ihr Studium finanzierten. Sie führte genau Buch, wie viel sie ihnen schuldete, und würde ihnen jeden Penny zurückzahlen.

Liz hatte einen Lebensgrundsatz – nie Geld zu borgen und nie welches zu verleihen. Sie hatte sich fest vorgenommen, dass sie nur noch ein Jahr an der Uni verbringen würde, wenn sie die Wiederholungsprüfungen bestanden hatte. Die Abschlussprüfung würde sie gleich beim ersten Mal schaffen, und dann war Schluss mit dem Studium. Sie wollte hinaus in die Welt und ihr eigenes Geld verdienen. Und in den ersten beiden Jahren nach dem Abschluss würde sie ihren Brüdern alles zurückzahlen. Sie hasste es wie die Pest, Schulden zu haben.

Liz hatte den Verdacht, dass ihre Sparsamkeit in den Augen der anderen an Selbstbeschränkung, ja, sogar an Geiz grenzte. Das war schade, doch ihrer Meinung nach verhielt sie sich einfach nur verantwortungsvoll. Niemals hätte sie wie Sarah ihre Geldbörse im Zug vergessen. So etwas wäre ihr einfach nicht passiert. Nur deshalb mussten sie nun ihren Abend in Linnanes verkürzen. Eigentlich hatte Sarah sie ja von ihrem Verdienst in den Pub einladen wollen. Doch stattdessen jammerte sie nun schon seit zehn Minuten über den Verlust ihres Portemonnaies.

Die Suppenschalen, deren Inhalt sie miteinander geteilt hatten, waren längst leer, und in ihren Gläsern befand sich nur noch ein kleiner Rest. Es nervte. Das Geld war aufgebraucht, doch obwohl die Haushaltskasse nur noch ein paar jämmerliche Münzen enthielt, wollten sie alle noch nicht nach Hause. Die Party war vorbei, aber es war viel zu früh, um den Abend zu beenden.

Alles am Pub lud zum Bleiben ein. Der warme Schein des Torffeuers im Kamin. Der scharlachrote Sonnenuntergang draußen. Ein Grüppchen Sänger in einer Ecke, wo ein Mann mit Wurstfingern auf einer Blechflöte spielte. Und außerdem waren gerade vier sportlich gebaute Männer hereingekommen, um sich etwas zu essen zu bestellen. Liz stellte fest, dass sie Blicke auf die Mädchen warfen. Sie schmunzelte in sich hinein. Für eine Frau, die geschworen hatte, nie wieder einen Mann eines Blickes zu würdigen, gaffte Julie ziemlich unverhohlen. Sie konnte es einfach nicht ändern. Sie war eine Schlampe. Nein, Schlampe war nicht nett. Zu brutal. Dann eben eine männerverschlingende Bestie. Julie war eine unbelehrbare und unverbesserliche männerverschlingende Bestie.

»Unser letzter Abend«, seufzte Julie, ihre Augen auf die Männer gerichtet. »Morgen müssen wir wieder nach Hause, so ein Mist …«

»Ich habe überhaupt keine Lust dazu«, meinte Sarah und ließ den Rest des schaumigen Biers am Boden ihres Glases kreisen.

»Ja, es war echt spitze, oder?«, erwiderte Maeve. »Wir hatten jede Menge Spaß.«

Liz wurde innerlich ganz warm. Ein Lob von Maeve. Also war das Wochenende, das sie geplant hatte, doch ein Erfolg gewesen. Noch ein oder zwei Bier in Linnanes wären das Sahnehäubchen gewesen. Aber es sollte nicht sein. Wahrscheinlich war es das Beste, wenn sie jetzt gingen.

»Ich hätte so gern noch einen Absacker«, sagte Sarah. »Herrgott, wenn ich an den verdammten Geldbeutel denke, könnte ich schreien.«

»Hmmm … wir könnten ja die Jungs an unseren Tisch holen«, meinte Julie, warf kokett ihr Haar zurück und musterte ihr Spiegelbild in der Fensterscheibe. »Man weiß ja nie. Vielleicht geben sie uns einen aus …«

»Gütiger Himmel, Jules, hast du denn gar keine Skrupel?«, entsetzte sich Maeve.

»Du weißt doch, dass sie keine hat.« Sarah lachte.

»Halt deinen Mund«, gab Julie zurück und fixierte weiter die Männer.

»Ich habe es so satt, pleite zu sein! So absolut satt …«, seufzte Liz.

Nur ein einziges Bier wäre ein wundervoller Abschluss für den Abend gewesen. Liz zermarterte sich das Hirn. Stand im Haus von Onkel Cyril ein Stück die Straße hinauf nicht eine Flasche mit Kupfermünzen? Und im nächsten Moment kam ihr die Erleuchtung. Der Geistesblitz. Warum hatte sie nicht früher daran gedacht?

»Da gäbe es eine Möglichkeit, noch einen zu trinken …«, meinte sie nachdenklich. »Das heißt, wenn ihr alle einverstanden seid …«

»Ohne dass wir uns prostituieren müssen?«, fragte Sarah mit einem Blick auf Julie.

»Es sei denn, Julie will …?«, wandte Maeve ein.

»Ihr seid ja so doof«, erwiderte Julie ruhig, warf weiter ihr Haar zurück und lächelte den Männern zu.

»Sag an, wie lautet dein schlauer Plan?«, meinte Maeve.

»Nun, ich habe noch ein paar Pfund in der Tasche«, antwortete Liz.

»Liz Dillon, du bist ein verschlagenes Miststück!«, empörte sich Julie und wandte den Blick von den Männern ab. »Was verheimlichst du uns sonst noch? Ein verborgenes Zigarettenlager im Kohlenkeller?«

»Natürlich nicht. Also hör auf rumzuspinnen. Es ist das Geld, das ich fürs Benzin beiseitegelegt habe«, entgegnete Liz, gekränkt wegen dieser Unterstellung. »Es ist aber nicht viel.«

»Oh, was für ein Glück!«, rief Julie aus. »Wo also ist das Problem? Geben wir es aus!«

»Moment mal, Einstein. Der Tank ist fast leer. Ich muss tanken, wenn ich euch in Ennis absetzen und dann nach Westport fahren will. Außer ...«

Liz hielt die Luft an und wartete, bis der Groschen fiel.

»Aha! Ich sehe, was du Hinterhältiges im Schilde führst!« Maeve hatte als Erste verstanden. »Wenn du uns nicht zuerst nach Ennis fahren musst, brauchst du weniger Benzin, richtig?«

»Genau. Ich könnte auf direkterem Weg nach Hause fahren, und zwar über Kinvara und dann weiter nach Galway, wenn ich nicht zuerst nach Ennis muss.«

»Wenn wir drei uns also allein nach Ennis durchschlagen würden, bräuchtest du das Geld nicht fürs Benzin.« Sarah nickte.

»Richtig.«

»Wir könnten problemlos nach Ennis trampen«, meinte

Julie. »Wenn wir früh genug aufbrechen, müssten wir unsere Anschlüsse kriegen. Klingt nach einem guten Plan. Was meint ihr, Mädels?«

»Trampen ist okay. Nur zu.« Maeve zuckte die Achseln.

»Jetzt geht die Party weiter!« Julie nickte heftig. »Also abgemacht! Wieder das Gleiche für alle? Raus mit der Kohle, Liz. Ich hole die nächste Runde.«

Und so geschah es. Die erste ausschlaggebende Entscheidung war getroffen. Die Entscheidung dafür, eine Mitfahrgelegenheit nach Ennis auszuschlagen – um einen weiteren Drink in Linnanes bezahlen zu können.

Als Julie aufsprang, um die Getränke zu beschaffen, stieß Liz Sarah an, die ihrerseits Maeve anstieß. Alle drei beobachteten hämisch grinsend, wie Julie zum Tresen tänzelte. Sie hatte es genau so eingerichtet, dass sie gleichzeitig mit dem stoppelbärtigen Mann dort eintraf, den sie sich ausgesucht hatte. Kurz darauf kehrte sie mit einem überschwappenden Tablett und der Ankündigung zurück, dass die vier sich bald zu ihnen gesellen würden.

»Sie sind zum Höhlenklettern hier«, raunte sie verschwörerisch. »Aus Donegal«, fügte sie hinzu.

»Was ist aus dem Männerverbot geworden?«, erkundigte sich Sarah mit bemüht überraschter Miene.

»Ach, kommt schon, Mädels. Ihr müsst zugeben, dass der Typ mit den Bartstoppeln niedlich ist …« Julie versuchte, die Gläser abzustellen, ohne das kostbare Bier zu verschütten.

»Du bist ein hoffnungsloser Fall, Julie, absolut nicht zu retten«, seufzte Maeve.

Aber selbst in diesem Tadel hörte Liz einen Anflug von Neid. Denn trotz ihres Selbstbewusstseins und ihrer Durchsetzungsfähigkeit fehlte Maeve die Leichtigkeit im Umgang mit dem anderen Geschlecht.

»Es ist doch nur ein bisschen Spaß«, protestierte Julie. »Steve – das ist der mit den Bartstoppeln – hat mir spannende Sachen über die Höhlen in dieser Gegend erzählt.«

Das hat er sicher, dachte Liz. Jules war so leichtgläubig und naiv. Und außerdem hatte sie ein kurzes Gedächtnis. Offenbar hatte sie die Unterhaltung vom Vorabend vergessen. Beim Grillen in der Dämmerung hatte Liz nämlich Cyrils Geschichten über die Höhlen und verborgenen Grotten hier zum Besten gegeben. Aber anscheinend klangen sie bei Steve interessanter.

Kurz darauf kamen Steve und seine Kumpane an den Tisch.

»Hallo, Mädchen, nett, euch kennenzulernen, ich bin Steve.« Er streckte ihnen die plumpen Finger seiner Hand entgegen.

Ach, herrje, die schnurrt ja fast, dachte Liz, als sie Julie ansah.

»Und das sind meine Freunde …« Steve verwendete sein Glas als Zeigestab. »Harry, Milo und Bundy.«

Was war Bundy denn für ein Name?, fragte sich Liz. Der einzige Bundy, von dem sie je gehört hatte, war Ted Bundy, der berüchtigte Serienmörder, Vergewaltiger und Leichenschänder.

Nachdem sich alle miteinander bekannt gemacht hatten, schoben die Männer Stühle heran, um sich zu ihnen zu setzen. Aha, ich glaube, ich verstehe, sagte sich Liz. Offenbar wollten Steves Freunde sich seinen Erfolg zum Vorbild nehmen und ihr Glück bei den anderen Mädchen versuchen. Leider war keiner von ihnen so unterhaltsam, wie Steve offenbar auf Julie wirkte. Inzwischen debattierten die beiden angeregt über Stalagtiten, Stalagmiten und ihre verschiedenen Formationen.

»Bundy, das ist aber ein ungewöhnlicher Name«, versuchte Liz, Konversation zu betreiben. »Nicht verwandt mit Ted Bundy, hoffe ich.« Sie lächelte.

Er starrte sie verständnislos an.

»So nennen die Jungs mich eben.«

Schweigen.

»Ach, wirklich?« Es brannte zwar Licht, doch es war niemand zu Hause.

»Ja.«

Wieder Schweigen.

»Ich bin aus Bundoran, weißt du. Bundoran – Bundy … verstehst du?«

»Oh, interessant.«

Das riss einen ja echt vom Hocker.

Warum hatte Julie sie nur an ihren Tisch gebeten?

Links von sich hörte sie, wie Milo Sarah erklärte, dass er Metzger von Beruf sei. Er und die Jungs kämen einmal im Jahr in die Burren, um in Höhlen zu klettern. Milo starrte Sarah an und zog sie förmlich mit seinen Blicken aus. Nach der heutigen Wanderung sah sie sonnengebräunt und gesund aus. Außerdem hatte der Wind ihr Haar richtig durchgepustet, sodass es inzwischen nicht mehr ganz so verfilzt, sondern einfach nur zerzaust wirkte.

Also musste Maeve sich mit Harry begnügen, und da lief offenbar nicht viel. Liz musste schmunzeln, als sie bemerkte, dass Maeve ihm einen ihrer vernichtenden Blicke zuwarf. Seine Versuche, sie zu umgarnen, fielen offenbar nicht auf fruchtbaren Boden.

»Was macht ihr Mädchen denn in den Burren?«, erkundigte sich Bundy.

»Wir studieren in Galway und lungern jetzt hier herum, während wir auf unsere Prüfungsergebnisse warten.«

»Was studiert ihr denn?«

»Mikrobiologie, Biologie und Pharmazie.«

»Klingt kompliziert.« Er kicherte. »Also keine Geologie?«

Sie lächelte. Er gab sich wirklich Mühe.

»Das würde ich studieren, wenn ich könnte«, meinte er. »Um die Höhlen besser zu verstehen …«

Liz hatte nicht vor, Bundy falsche Hoffnungen zu machen. Er war zwar ein Langweiler, aber es wäre trotzdem unfair gewesen. Also teilte sie ihm klipp und klar mit, sie habe einen Freund. Das hatte die erwünschte abkühlende Wirkung und führte zu einer halbstündigen unverfänglichen und einigermaßen amüsanten Unterhaltung. Von Cyril wusste sie ein wenig über die Höhlen in der Gegend, doch Bundy und seine Freunde schienen zu glauben, auf eine noch unbekannte gestoßen zu sein. Eine bis jetzt unentdeckte Höhle, nicht weit von hier. Die Öffnung war hinter Haselnusssträuchern verborgen. Der lange und schmale Eingang führte in eine Reihe Kammern, die mit Wasser gefüllt waren. Bundys Augen leuchteten.

»Wo genau ist denn diese Höhle?«, fragte Liz.

Cyril würde sicher begeistert sein, von einer neuen Entdeckung in der Gegend zu hören.

»Ich sage es dir. Kennst du die Wiese mit der Feenburg?«

»So spannend finden die Mädchen das nicht«, unterbrach Steve ihn aus heiterem Himmel. »Wir wollen sie doch nicht mit unserem Scheiß langweilen.«

Ziemlich unhöflich, fand Liz.

»Nein, schon gut, ich möchte es wirklich gern hören«, beharrte sie.

»Die machen gleich zu. Lass uns noch eine letzte Runde bestellen«, meinte Milo, ohne auf Liz zu achten.

Der Barmann winkte ihnen zu. Offenbar würde Liz nun nichts mehr über die neue Höhle erfahren. Sie lehnte das angebotene Getränk ab, doch die anderen nahmen alle an. Und so dauerte es noch eine ganze Stunde, bis die acht Nachtschwärmer aus dem Pub auf die Straße hinausstolperten. Ihre Gesichter waren von der Sonne und vom Alkohol gerötet.

»Sollen wir euch ein Stück mit dem Auto mitnehmen?«, fragte Milo.

Milo rechnete sich offenbar noch Chancen bei Sarah aus. Und nach dem Grinsen der anderen drei zu urteilen, glaubten auch sie noch an ihren Erfolg.

»Du willst noch fahren?« Liz war verwundert angesichts der vielen Biere, die er intus hatte. Sie hatte den Renault am Haus stehen gelassen. Doch offenbar wusste Milo, dass man hier nur selten der Polizei begegnete, insbesondere an einem Sonntagabend. Die Straßen waren sehr ruhig.

»Klar ...« Er zeigte auf einen weißen Transporter, auf dem in Blockbuchstaben stolz auf dreißig Jahre Qualitätsmetzgerei in West Donegal hingewiesen wurde.

Sarah begann zu kichern.

»Danke für das Angebot, aber das ist nicht nötig, danke.« Liz hatte keine Lust, sich in den stinkigen Transporter einer Metzgerei zu zwängen. »Wir passen sowieso nicht alle rein. Alles bestens. Wir gehen zu Fuß. Wir haben eine Taschenlampe.«

»Ihr seid doch alle vier so dünn. Das klappt sicher. Kommt,

Mädchen, setzt euch nach hinten …« Er war ziemlich beharrlich. Und ziemlich betrunken.

»Ich glaube wirklich nicht …«, begann Liz, aber noch während sie sprach, stellte sie zu ihrem Entsetzen fest, dass die anderen drei hinten einstiegen. Sogar die vernünftige Maeve.

»Komm, Liz, mach schon«, lallte Maeve. »Es ist besser, als in der Dunkelheit herumzulatschen.«

Herrje, selbst Maeve war voll. War Liz denn als Einzige noch nüchtern? Widerwillig kletterte Liz ins Heck, wo es keine Sitze gab. Ein behaarter Arm streifte ihre Brust und griff in die Dunkelheit, um die Tür zu schließen.

Mit quietschenden Reifen und lautem Röhren des Motors brauste der Metzgertransporter los, sodass alle hinten Sitzenden nach vorne und gegeneinander geschleudert wurden, als Milo in halsbrecherischer Geschwindigkeit die Straßen entlangraste. Das war doch verrückt. Der absolute Wahnsinn.

»Kannst du ein bisschen langsamer fahren?«, rief Liz, der allmählich schlecht wurde. Sie hätten wirklich nicht einsteigen sollen. Milo war sternhagelvoll. Als er wieder um eine Ecke bog, kippten alle nach links.

»Ich muss kotzen«, rief Julie.

»Hände weg!«, schimpfte Maeve. Offenbar konnte da jemand seine Finger nicht bei sich behalten.

»Wer hat die Taschenlampe?«, fragte Liz.

»I-hich, i-hich, i-hich«, jubelte Sarah und blinkte ihnen mit der Lampe in die Gesichter.

Liz konnte nur glasige, lüstern dreinblickende Augen sehen. Sie selbst fühlte sich stocknüchtern. Bei jedem Lichtblitz wuchs ihr Unbehagen. Die vier Mädchen saßen mit

Bundy und Harry hinten. Milo und Steve waren im Führerhaus.

Sie merkte, dass sie einen kalten Hintern hatte. Mit ihrem Rücken lehnte sie an einem harten Gegenstand. Worauf saßen sie eigentlich? Beim nächsten Aufblitzen der Taschenlampe erkannte sie feuchte Neoprenanzüge und Sauerstoffflaschen. Und auch, dass die Wände des Transporters voller Blutflecken waren. Surreal.

»Berufsrisiko«, meinte Bundy, der ihr Entsetzen bemerkte.

Gütiger Himmel, wie hatten sie nur so dumm sein können? Sie kannten diese Typen doch nicht einmal.

Im nächsten Moment knallte der Auspuff wieder, sodass alle zusammenzuckten. Je schneller sie aus diesem Horrorauto rauskamen, desto besser. Es war Wahnsinn gewesen, sich mitnehmen zu lassen. Wenn das so weiterging, würden sie noch im Straßengraben landen.

»Mir ist echt kotzübel«, stöhnte Julie.

»Wie weit diese Straße noch hoch?«, rief Milo, über die Schulter gewandt.

»Kennst du den Blue Pool?«, fragte Liz.

»Ja, den Blue Pool kenn ich.«

»Wirklich …?«

Das war seltsam. Der Blue Pool lag abseits der Hauptstraße und war schwer zu finden. Die meisten Besucher brauchten eine genaue Wegbeschreibung. Sie sah, dass Harry und Bundy Blicke wechselten.

Während der Wagen mit seinen betrunkenen Insassen den Hügel hinaufkeuchte, arbeitete Liz' Verstand auf Hochtouren. Sie wusste, dass die vier Männer mit einer Einladung ins Haus rechneten. Aber das kam überhaupt nicht Frage.

Auf gar keinen Fall. Julie rettete dann den Abend. Die gute alte Julie, normalerweise das schwächste Glied in der Kette, löste das Problem. »Lasst mich raus. Sofort! Das ist mein Ernst!«, keuchte sie, sobald der Transporter vor dem Cottage hielt.

Nachdem die Tür sich einen Spalt weit geöffnet hatte, riss sie sie ganz auf und übergab sich in hohem Bogen hinaus ins Freie – und über die Wanderstiefel des wurstfingrigen Steve. Gut gemacht, Julie! Ihr perfekt getimter Brechanfall setzte seiner Leidenschaft rasch einen Dämpfer auf. Nachdem er Julie ziemlich enttäuscht gemustert hatte, zuckte er die Achseln, machte auf dem Absatz kehrt und wünschte allen eine gute Nacht.

»Bis bald, Mädchen«, sagte er. »Wir melden uns morgen mal.«

»Ja, wir sehen euch beim Frühstück!«, rief Harry, während der Wagen, begleitet von einem Regen aus Kieselsteinchen, wendete.

Das glaubst auch bloß du, dachte Liz. Bis zum Frühstück würden sie hier verschwunden sein, wenn es nach ihr ging. Gott sei Dank, wir sind zu Hause, dachte sie sich. Sie taumelten ins Haus, wo Sarah kichernd eine völlig aufgelöste Julie ins Bad begleitete.

»Okay, Mädels, ich hau mich aufs Ohr. Ich bin total kaputt«, verkündete Liz.

Morgen würde ein langer Tag werden. Zuerst mussten sie das Haus aufräumen, und außerdem freute sie sich nicht sonderlich auf die lange Autofahrt. Vermutlich würde sie unruhig schlafen. Der gefürchtete Sonnenbrand meldete sich inzwischen, ihre Haare stanken nach Zigarettenrauch, und in dem Nylonschlafsack würden ihr die Beine aneinanderkleben. Sie konnte nur hoffen, dass sie sich durch ihre Zurückhaltung einen Kater erspart hatte.

Sie wünschte Maeve und Sarah eine gute Nacht.

»Trink einen halben Liter Wasser, bevor du dich hinlegst, Jules«, rief sie durch die Badezimmertür. »Dann bist du morgen wieder fit.«

Doch bei den Geräuschen, die durch die Tür drangen, hatte Liz nur wenig Hoffnung, dass ihr Rat etwas nützen würde. Ihre tröstenden Worte klangen hohl, als sie den Würgegeräuschen lauschte, bis ihr beinahe selbst übel wurde. Stöhnen, Keuchen und gequältes Seufzen waren zu hören. Obwohl sie ein schlechtes Gewissen hatte, konnte sie sich ein Grinsen nicht verkneifen. Ganz sicher fühlte der wurstfingrige Steve sich nun betrogen, nachdem er Julie mit teurem Alkohol abgefüllt hatte.

Dass Julie überhaupt mitgemacht hatte, war Liz ein Rätsel. Wie konnte sie nach dem vergangenen Jahr auch nur den Hauch eines Interesses an Männern haben? Für Liz war es beinahe unvorstellbar, dass sie überhaupt Augen für das andere Geschlecht hatte. Und dennoch war es so. Es war nicht so, dass sie die Abtreibung verwunden hätte. Der Schmerz war noch da, aber Julie wollte nicht darüber reden.

Vor einer Weile war Liz zu dem Schluss gekommen, dass Julie nicht dumm war, sondern einfach nur leichtsinnig und naiv. Ja, das war es. Julies Naivität war überdurchschnittlich ausgeprägt. Obwohl sie ständig das Gegenteil beteuerte, suchte sie weiterhin die Gesellschaft von Männern. Sie sehnte sich stets nach männlicher Aufmerksamkeit. Liz hatte den Eindruck, dass sie regelrecht um Schmerz und Chaos bettelte. Blutig geschlagen, hinkte sie von einer gescheiterten Beziehung zur nächsten und flehte um mehr. Fast war es, als wolle sie sich für das bestrafen, was Noel zugestoßen war. Als sie nun den Kotzgeräuschen durch die Wand lauschte, kam sie zu dem Schluss, dass Leidenschaft, zumindest aktuell, ganz unten auf Julies Liste stand. Liz beneidete sie nicht. Morgen beim Aufstehen würde sie sich bestimmt elend fühlen. Und mit so einem Kater zu trampen, war sicher kein Spaß. Ganz und gar nicht.

Als Liz in ihren Schlafsack kroch, war es ein Uhr. Die Geräusche aus dem Bad dauerten unvermindert an. Nachdem sie sich eine Weile herumgewälzt und einige Portionen Ventolin inhaliert hatte, schlief sie endlich ein. Irgendwo in ihrem Kopf nagte das Bedauern über die Sache mit dem Benzingeld.

Am folgenden Morgen strömte helles Sonnenlicht durch die Baumwollvorhänge. Es war sieben Uhr. Draußen sangen die Vögel. Liz schälte sich aus ihrem Schlafsack und fing mit dem Aufräumen an.

Sie säuberte den Kamin und ging hinaus in den Schuppen, um Brennmaterial für ein neues Feuer zu holen. Gerade fielen die Kohlen klappernd in den Eimer, als sie das Knirschen von Autoreifen auf Kies und das kehlige Brummen eines Dieselmotors hörte. Oh, nein, diese Höhlenkletterer waren doch nicht etwa zurückgekommen? Sie hatte ihnen gesagt, dass sie heute abfahren würden. Außerdem war es ein bisschen früh für einen Besuch. Vielleicht waren sie ja auf ein Frühstück aus. Liz hatte keine Lust auf Gäste, geschweige denn darauf, diese auch noch zu verköstigen. Außerdem war kaum mehr etwas Essbares übrig. Aber als sie aus dem Schuppen kam, war kein Auto außer ihrem eigenen R4 zu sehen. Keine Spur von einem Transporter. Wie seltsam. Sie hatte sich das Geräusch nicht eingebildet, sie hatte wirklich etwas gehört.

Sie kehrte ins Wohnzimmer zurück und zündete das Kaminfeuer an. Für den Fußboden brauchte man den Staubsauger, dachte sie. Mit dem Besen konnte man wegen der vielen Ritzen und unebenen Stellen zwischen den Liscannor-Platten nicht viel ausrichten. Also musste der Staubsauger ran. Außerdem würde der Lärm, den das alte Gerät verursachte, bestimmt die anderen aufwecken. Bis jetzt hatte sie sich leise verhalten, doch inzwischen war es Zeit, dass alle aufstanden und sich abmarschbereit machten.

»Liz, muss das sein?«

Eine verkaterte Julie erschien in der Tür, inmitten einer Staubwolke. Ihre cremeweiße Haut war leichenblass. Die Wimperntusche von gestern Abend war ihr die Wangen hinuntergelaufen.

»Tut mir leid, Jules, es muss. Wir können das Haus ja nicht wie einen Schweinestall hinterlassen.«

»Gütiger Himmel, was ist denn das für ein Gehämmere? Das geht einem ja durch Mark und Bein.«

Wegen des Alkohols war Julie überempfindlich. Doch sie hatte recht. Wieder ertönte dieses Hämmern. Es kam aus einem der Nachbarhäuser. In ihrem angeschlagenen Zustand war Julies Gehör schärfer als das von Liz.

»Gegen das Hämmern bin ich machtlos, Jules. Aber ich kann dir eine Tasse Kaffee und einen Nutellatoast machen, wenn ich mit dem Staubsaugen fertig bin. Ist das ein Angebot?«

»Beim bloßen Gedanken an Nutella könnte ich kotzen. Ich glaube, der Kaffee genügt mir, Liz.«

»Wie du meinst, arme Jules. Könntest du die anderen

wecken? Es tut mir echt leid, aber ich muss euch alle bald rausschmeißen. Ich muss nämlich los und ihr auch.«

»Herrgott, schau mich nur an.« Julie betrachtete sich in dem kleinen Spiegel an der weißen Wand. »Wer wird mich in diesem Zustand mitnehmen? Ich sehe zum Fürchten aus. Wie ein Schluck Wasser in der Kurve. Nein, eher wie Dustin Hoffman.«

Liz konnte ihr nicht widersprechen. »Los, Jules, reiß dich zusammen. Nach einem Kaffee wirst du dich viel besser fühlen. Wirklich. Aber wir müssen hier wegkommen.« Liz wollte so schnell wie möglich mit dem Staubsaugen fertig werden. Der Staub brachte sie um.

»Offenbar ist schon jemand draußen.«

»Was meinst du damit?«

»Guck mal raus.« Julie zeigte aus dem Fenster.

Sarah stand mit dem Rücken zu ihnen gewandt am Steg. Ein Schwarm Möwen stieg aus dem Wasser auf und flatterte über ihren Kopf hinweg. Sarah legte den Kopf in den Nacken, um ihnen nachzublicken. Als sie sich umdrehte und ihr Publikum bemerkte, winkte und lächelte sie.

»Komm her, Devereaux«, formte Liz mit den Lippen und winkte zurück.

Eine halbe Stunde später gelang es Liz mithilfe von Überredung, Flehen und vielen Tassen Kaffee, alle ins Auto zu quetschen. Der armen Jules ging es wirklich miserabel.

Inzwischen war es zehn vor neun, und es sah aus, als würde sich der am frühen Morgen noch strahlend blaue Himmel bald bewölken. Sarah hatte sie aufgehalten, weil sie darauf bestanden hatte, ein Schild fürs Trampen zu malen. Sie benutzte eine leere Cornflakesschachtel und schrieb mit einem roten Lippenstift in großen Buchstaben ENNIS darauf.

»Ich fahre euch bis zur Hauptstraße hinter dem Dorf, ist das okay? Dort findet ihr sicher rasch eine Mitfahrgelegenheit.«

»Mein Bus fährt erst um vier. Also haben wir sieben Stunden Zeit, bis wir in Ennis sein müssen«, meinte Maeve.

»Meiner fährt um vier oder um halb fünf. Ich kann mich nicht genau erinnern«, murmelte Julie, die aussah, als könne sie sich nicht einmal an ihren Namen erinnern.

»Der Zug nach Dublin geht um drei. Also haben wir genug Zeit zum Abhängen.«

»Man kann nie wissen«, erwiderte Liz. »Die Fahrt nach Ennis könnte eine Weile dauern. Es sind fast achtzig Kilometer, und auf diesen Straßen ...«

Inzwischen bereute sie die Entscheidung, das Benzingeld auszugeben, sehr. Gut, sie hatten sie gemeinsam gefällt, aber sie hatte den Vorschlag gemacht.

Sie fuhren durch das verschlafene Dorf und vorbei am Pub, dem Schauplatz des Besäufnisses der letzten Nacht.

»Nie wieder setze ich einen Fuß in einen Pub«, stöhnte Julie und lehnte das Gesicht an die kühle Fensterscheibe.

»Also ganze zwei Wochen lang. Denn dann wirst du die Prüfungsergebnisse feiern.«

»Wenn ich, so Gott will, bestanden habe, feiere ich mit einer großen Schachtel Pralinen und einer Dose Cola. Wirklich, Leute, ich überlege, ob ich den anonymen Alkoholikern beitreten soll.«

»Den Tag möchte ich erleben«, frotzelte Maeve. »Sobald du an der frischen Luft bist, wirst du dich besser fühlen.«

»Was haltet ihr von dieser Stelle, Mädels? Soll ich euch hier rauslassen?«

Liz stoppte in einer Parkbucht hinter dem Dorf. Der

Platz war so gut wie jeder andere, und man hatte die vorbeifahrenden Autos im Blick.

»Wunderbar«, erwiderte Maeve. »Los, Jules, Sarah, bewegt euren Hintern.«

Maeve hatte wieder die Rolle des Feldwebels übernommen. Liz stellte sich vor, wie sie die anderen beiden die Straße hinunterscheuchte.

Kurze Zeit später hatten sich alle zum Trampen aufgestellt. Das hieß, Maeve und Julie, die ihre Rucksäcke auf dem Rücken hatten. Sarah sah mit ihrer Motorradjacke, dem U2-T-Shirt, den Doc Martens, dem Zigeunerrock, der Tasche quer über der Brust und dem unpassenden Koffer eher wie eine reisende Musikerin aus.

»Hast du vielleicht noch ein paar Selbstgedrehte für unterwegs übrig?«, fragte Julie. »Ich habe alle meine Kippen geraucht.«

Sie war wieder unter den Lebenden. Liz schmunzelte.

»Schauen wir mal, was sich da machen lässt.« Sie verteilte Tabak und Rizla-Papierchen.

»Jetzt sind wir nicht mehr so wählerisch, was?«, meinte sie zu Maeve, die ebenfalls schnorrte. Sie konnte sich die Bemerkung einfach nicht verkneifen.

»Dann sehen wir uns in zwei Wochen.« Liz stieg bei laufendem Motor aus und umarmte nacheinander alle.

»Ihr könnt mich ja an den Wochenenden in Dublin besuchen, wenn ich es nicht zurückschaffe«, erwiderte Sarah bedrückt. »Ich werde jemanden brauchen, der mich vor Mrs. D. rettet.«

»Ach, komm schon, Sarah, mal den Teufel nicht an die Wand. In zwei Wochen sind wir alle wieder zusammen. Du wirst sehen«, sagte Liz.

»Ich will im nächsten Haus ein Einzelzimmer, wenn es eines gibt!«, verkündete Julie.

»Keine Sorge, Jules, das kannst du gerne haben«, platzte Maeve heraus. »Ich glaube nämlich nicht, dass eine von uns weiter das Zimmer mit dir teilen will – mit dir und deinen ständigen Herrenbesuchen!«

»Wie reizend …«

»Aber, aber, meine Damen, nicht zanken!« Lachend stieg Liz wieder ins Auto.

Es war ein toller Ausflug gewesen. Sie würde sie alle vermissen. Sogar die herrschsüchtige Maeve. Nachdem sie ihnen eine letzte Kusshand zugeworfen hatte, wendete sie den Wagen in Richtung Dorf und machte sich auf die Heimfahrt.

Kapitel 16
Maeve

Es war nicht so einfach, wie sie gedacht hatte. Liz hatte sie um zehn nach neun in der Parkbucht abgesetzt. Maeves Armbanduhr sagte ihr, dass sie nun schon seit genau einer Stunde hier ausharrten.

»Mein Mund fühlt sich an wie der Boden eines Vogelkäfigs, und außerdem platzt mir gleich der Kopf«, jammerte Julie. »Hat eine von euch Aspirin, Paracetamol oder eine Schusswaffe dabei? Ich sterbe hier, und niemand bemerkt es.«

Sie bemerkten es sehr wohl. Es war auch kaum zu übersehen.

»Du willst nicht etwa den ganzen Heimweg lang jammern?«, erkundigte sich die sonst recht geduldige Sarah erstaunlich gleichgültig. »Und nein, ich habe kein Aspirin. Du hast die Schachtel letzte Nacht leer gemacht, schon vergessen?«

»Ich kann mich überhaupt nicht mehr an letzte Nacht erinnern. Oh, Gott, lasst mich einfach hier liegen und sterben …«

Die Versuchung war groß, dachte Maeve. Wirklich groß.

Eine Weile herrschte Schweigen.

»Wo sind denn die ganzen Leute, verdammt?«

Kaum zu glauben, doch seit Liz fort war, war kein einziges Auto vorbeigefahren.

»Die Wochenendausflügler sind vermutlich schon gestern Abend nach Hause gefahren«, erwiderte Maeve, die sich weigerte, sich von der Hysterie anstecken zu lassen. »Es ist ja noch früh. Irgendwann kommt schon ein Lieferwagen oder so.«

»Da würde ich mich nicht drauf verlassen«, sagte Julie.

»Ach, halt doch den Mund«, murmelte Maeve.

Im Gegensatz zu Julie hatte Sarah die letzte Stunde nicht untätig verbracht. Sie verhielt sich wie ein Kind im Kindergarten. Mitten in der Parkbucht erhob sich ein ziemlich hoher Berg aus Baustellenkies, auf den man klettern konnte, um die Straße besser im Blick zu haben. Offenbar fanden irgendwo in der Gegend Straßenarbeiten statt. Sarah rannte diesen Hügel hinauf und hinunter und hielt mit ihrem Schild imaginäre Autos und Flugzeuge an.

»Rettet uns! Zeigt Gnade und rettet uns! Habt Mitleid mit unseren sündigen Seelen. Oh, befreit uns aus dieser Steinwüste.«

Dann hielt sie kurz inne.

»*Oh, felsengraues Land der Burren, hast Lachen und das Lieben mir geraubt. Hast mir das fröhlich Kind der Leidenschaft genommen und es mit einem Wechselbalg vertauscht.*«

»Hört sich bekannt an …« Julie blickte von ihrem Rucksack hoch, auf dem sie saß.

»Meine Adaption von Patrick Kavanagh, meine Lieben.« Sarah breitete vor einem imaginären Publikum die Arme aus und wirkte ein wenig durchgeknallt.

»Was hat die denn geraucht?« Julie sah Maeve an.

Maeve zuckte die Achseln. »Tja, eindeutig keine Selbstgedrehten. Schau mal, über ihrem Ohr.«

Und da war sie – eine richtige Zigarette mit einem richtigen Filter.

»Ich dachte, du hättest auch keine Bensons mehr.« Maeve war empört.

»Ach, das da.« Sarah steckte sich die Zigarette zwischen die Lippen. »Die hat Milo mir gestern geschenkt.« Die Hände in den Jackentaschen, marschierte sie den Hügel hinauf. »Ich hatte sie ganz vergessen. Ich hebe sie mir für den Zug auf.«

»Der war ja offensichtlich sehr an dir interessiert …«

Vielleicht ließ Sarahs Interesse an Raymond ja nach.

»Machst du Witze, Maeve? Ich war nur nett zu ihm, weil ich nicht unhöflich sein wollte.«

»Red dich nicht raus«, meinte Julie. »Ich bin ganz Maeves Ansicht. Bei euch beiden hat es eindeutig gefunkt. Und du musst zugeben, dass du auf Naturburschen stehst. Nimm nur Raymond.«

Sarah machte ein Gesicht, als würde sie gleich vor Wut platzen.

»Ihr zwei labert nur Schwachsinn! Ihr glaubt doch nicht ernsthaft, dass ich etwas von Milo wollte. Der Typ war ein totaler Hinterwäldler. Mit Raymond hat der absolut nichts gemeinsam. Gar nichts!«

Maeve verstand die Welt nicht mehr. Hielt Sarah ihren Fischerfreund etwa für kultiviert? Allein die Vorstellung war zum Totlachen.

»*Die Dame, wie mich dünkt, gelobt zu viel*«, höhnte Maeve.

»Mal im Ernst, Mädels, ihr glaubt doch nicht, dass ich auf so einen Typen stehe?«

»Komm schon, so hässlich war er nun auch wieder nicht …« Offenbar ließ Julies Katerstimmung endlich nach.

»Höhlenklettern ist doch ein interessantes Hobby – gut, ein bisschen unheimlich vielleicht. Welcher geistig gesunde Mensch hat Lust, in Tunnels und mit Wasser gefüllten Höhlen herumzukriechen? Beim bloßen Gedanken daran kriege ich Platzangst.«

Aber Sarah wollte nichts davon hören.

»Nein, Mädels, das waren Hinterwäldler, und das wisst ihr ganz genau. Soll ich euch sagen, was diese Typen am Wochenende machen? Womit sie sich die Zeit vertreiben?«

»Erzähl«, meinte Maeve.

Sie würde sich über nichts mehr wundern.

»Sie schießen auf Ratten. Nur so zum Spaß schießen sie auf Ratten. Könnt ihr euch das vorstellen? Sie kippen irgendeinen Müllcontainer um, schalten die Scheinwerfer ein, und dann schießen sie auf die dämlichen Ratten. Das ist doch brutal. Ich mag Ratten zwar nicht besonders, aber sie zum Spaß totzuschießen ...«

Maeve hatte sich geirrt. Sie war doch überrascht.

»Und ich wette, dass sie auch auf etwas anderes schießen ...«, fügte Sarah hinzu.

»Was soll das heißen?«, fragte Maeve. Sarah sah aus, als hätte sie noch weitere spannende Informationen auf Lager.

»Ach, Milo hat im Pub so ein paar Sachen gesagt, bevor wir gegangen sind. Ich hatte den starken Eindruck, dass die Jungs da in etwas verwickelt sind.«

»In etwas? Was für Sachen waren das denn?«, erkundigte sich Julie. Sie hatte sich wie eine feine Dame ausgestreckt, mit ihrem Rucksack als Kopfkissen.

»Ich weiß nicht genau. Aber er hat ständig über die Briten und die Bewegung gequatscht.« Sarah zog eine Augenbraue hoch.

»Glaubst du, die waren Republikaner?« Maeve machte ein zweifelndes Gesicht.

»Keine Ahnung, was zum Teufel die waren«, entgegnete Sarah. »Jedenfalls führten sie etwas im Schilde, denn dieser Steve hat Milo irgendwann gesagt, dass er die Klappe halten soll. Ich habe nichts dagegen, wenn jemand politische Ziele vertritt. Aber es muss friedlich vonstatten gehen. Passiver Widerstand, das ist der Weg.«

»Oh, wir wissen über deine Protestaktionen Bescheid, Sarah. Darüber sind wir im Bilde …« Maeve reckte zwei Finger zum Peace-Zeichen.

Sie hatte zwar eine Auseinandersetzung zwischen den beiden beobachtet, aber vermutet, dass sie nur darüber debattierten, wer die nächste Runde ausgeben sollte.

»Und findet ihr es nicht komisch, dass sie den ganzen Weg aus Donegal hierhergekommen sind?«, fügte sie hinzu. »Dein Tischnachbar Bundy war offenbar total aus dem Häuschen, weil sie eine neue Höhle entdeckt hatten, aber Julies Freund Steve wollte uns nicht verraten, wo sie ist, erinnerst du dich?«

»Worauf willst du hinaus, Sarah?«

Okay, Maeve hielt es auch für seltsam, dass sie so weit gefahren waren. Aber wenn sie ihre neue Höhle geheim halten wollten, na und?

»Ich glaube, ich weiß es.« Julie stützte sich auf einen Ellbogen. »Sie glaubt, dass sie die Höhlen für irgendwas benutzen.«

»Das ist doch möglich«, antwortete Sarah leise.

Ein Schauder lief Maeve den Rücken hinunter.

»Ach, komm schon. Das ist doch nicht dein Ernst. Etwa Waffen? Gewehre und so …?«

»Warum nicht?«

Sarah hatte die Augen weit aufgerissen.

»Jetzt mach mal 'nen Punkt, Sarah. Du hast doch selbst gesagt, dass sie nur eine Horde von Hinterwäldlern sind …« Inzwischen war Maeve beunruhigt. Allein die Vorstellung, mit solchen Leuten an einem Tisch gesessen zu haben.

»Warte nur, bis Raymond von deinem Terroristen-Lover hört«, kicherte Julie. »*Armoured cars and tanks and guns came to take away our sons …*«, stimmte sie *The Men Behind The Wire* an.

»Halt den Mund, Jules!«, rief Sarah. »Und kein Wort zu Raymond, verstanden?« Sie stapfte den Hügel hinunter. Im nächsten Moment nahm sie, ein Glitzern in den Augen, eine Handvoll Kies und stopfte sie hinten in Julies Pullover.

»Lass mich in Ruhe, du Spinnerin!«, schrie Julie. Sie griff selbst nach ein paar Kieselsteinen und warf sie, nicht sehr treffsicher, nach Sarahs Beinen. Sarah warf ebenfalls Steinchen und wich kreischend und johlend den Geschossen aus.

Abgelenkt durch ihr Herumgetobe, bemerkten sie den Eiscremewagen nicht, der auf sie zugetuckert kam. Zu spät! Mit enttäuschten Mienen blickten sie dem Heck mit dem großen lächelnden Pinguingesicht darauf nach, als es die Straße hinunter verschwand.

»Mist«, schimpfte Maeve. »Schaut, was ihr beiden blöden Kühe angerichet habt. Wegen euch haben wir eine Mitfahrgelegenheit verpasst.«

Julie rannte die Straße entlang. »Komm zurück, du Idiot!«, rief sie.

»Verdammter Dreck, ich glaub's nicht.« Sarah ließ sich auf ihren Koffer fallen.

»So eine Scheiße.« Maeve hätte losschreien können.

Was für ein Riesenpech. Jetzt warteten sie schon seit anderthalb Stunden und hatten wegen ihres Herumgealbers das erste vorbeikommende Fahrzeug nicht bemerkt.

»Ach, macht euch nichts draus. Da kommen sicher noch mehr«, meinte Sarah aufmunternd.

»Was? Ein Konvoi von Eiswagen, die alle gleichzeitig North Clare verlassen? Ein Massenexodus von Eiscremelastern. Vielleicht findet hier ja eine Wallfahrt mit Eiswagen statt«, höhnte Julie. Allmählich zeigten die Exzesse der letzten Nacht Nachwirkungen.

»Moment mal, Jules! Lass es nicht an mir aus. Es ist ebenso deine wie meine Schuld.«

Maeve lauschte dem Gezänk. Allmählich wurden sie alle unleidlich. Sie überließ die beiden ihrem Streit und setzte sich auf die Böschung auf der anderen Straßenseite. Hier hatte sie die Straße in beide Richtungen im Blick. Sie beobachtete, wie Julie sich die zweite Selbstgedrehte ansteckte. Sarah kratzte weiter Figuren in den Kies.

In der vergangenen halben Stunde war das Wetter umgeschlagen. Der heitere helle Sonnenschein der letzten beiden Tage wurde von einem unheilverkündend grauen Himmel abgelöst. Die Luft wurde drückend. Das war das zweite Gesicht der Burren – atemberaubend und schroff bei klarem Himmel, doch trist und trübe, wenn sich der Himmel zuzog. Regen lag in der Luft. Sie hoffte, dass sie bald jemand mitnehmen würde.

Maeve malte sich aus, wo sie in einem Jahr um diese Zeit sein würde. In einem Jahr würde sie nicht am Straßenrand stehen und den Daumen raushalten. Nein, sie würde einen Hochschulabschluss in der Tasche haben. Sie würde berufstätig sein. Eigenes Geld verdienen. Vielleicht sogar ein Auto besitzen. Gut, dazu würde sie zuerst einmal den Führerschein machen müssen. Andererseits würde sie gar kein Auto brauchen, wenn sie in einer Großstadt lebte, denn dort würde es ein ausgebautes öffentliches Verkehrsnetz geben. Aufregung ergriff sie, und in ihrem Bauch tanzten Schmetterlinge. Noch ein Jahr. Nur noch ein Jahr. Eine große weite Welt wartete darauf, entdeckt zu werden. Dazu brauchte sie nur die Wiederholungsprüfungen bestanden zu haben.

»Was schreibst du da?«, rief sie zu Sarah hinüber.

»Schau selbst. Bin gleich fertig.« Sarah kauerte sich neben ihr Werk.

Als sie aufstand, konnte Maeve das Geschriebene lesen, die Buchstaben waren bei Weitem groß genug. THE ROAD TO NOWHERE.

»Das ist es, wo wir sind«, stellte Sarah fest. »Auf der Straße ins Nirgendwo.« Sie fing an zu singen und ihren Koffer herumzuwirbeln, dabei sah sie aus, als wäre sie nicht ganz bei Trost.

»Das ist Dorothy aus *Der Zauberer von Oz*!«, rief Julie.

Sarah drehte sich weiter im Kreis, bis sie stolperte und hysterisch lachend auf ihren Koffer fiel.

»Pssst, ich höre etwas …« Maeve rannte mitten auf die Straße. »Da kommt ein Auto … ein großes, vielleicht ein Transporter. Okay, Leute, nehmt eure Sachen. Vielleicht ist das unsere Chance. Es geht los …«

Sie reckte den Daumen und setzte ein breites, freundliches Lächeln auf, als das Fahrzeug näher kam. Ein »Nimm uns mit«-Lächeln. Ein »Ich warte schon seit einer Ewigkeit und bin total fertig«-Lächeln.

Als der weiße Fleck sich näherte, stellte Maeve fest, dass

es tatsächlich ein Transporter war. Oh, was für ein Glück, er wurde langsamer. Würde er anhalten? Es sah ganz danach aus. Gott sei Dank. Gelobt sei der Landrat von Clare County und sein Bücherbus.

»Könnten Sie mich vielleicht nach Ennis mitnehmen?«

Eine dicke Frau musterte sie von Kopf bis Fuß durch das offene Fenster. Ihre Oberarme wabbelten, als sie in ein Sandwich biss.

»Nur dich?«, fragte sie mit vollem Mund. Sie kniff die Augen zusammen.

»Richtig, nur mich und meine beiden Freundinnen.« Maeve zeigte durch das Beifahrerfenster auf die anderen beiden, die voller Hoffnung über die Straße spähten. »Wir müssen nach Ennis zum Bahnhof.«

»Ach, wirklich? … Mmmmm.« Noch ein Biss in das blässliche Sandwich. »Tut mir leid, mein Kind, da kann ich dir nicht weiterhelfen. Ihr drei passt auf keinen Fall vorne mit hinein. Unmöglich.« Sie betrachtete das Sandwich, als hätte sie etwas Unerwartetes darin gefunden, und sah dann wieder Maeve an, um festzustellen, wie diese Mitteilung aufgenommen worden war.

Maeve war verzweifelt.

»Ihr seid nicht von hier, oder?«

»Nein, wir haben nur das Wochenende hier verbracht«, erwiderte Maeve.

»Bestimmt in einer der Pensionen im Dorf? Meine Cousine, eine Leddin, betreibt das Hawthorne's. Ihr habt nicht zufällig dort übernachtet?«

»Nein, wir waren oben am Blue Pool.«

»In einem der Cottages dort? Da sind viele Leute aus Dublin. Eines gehört einem Mann aus Dublin namens

Hanley. Er arbeitet in gehobener Position im Staatsdienst, nein, Moment mal, bei den Verkehrsbetrieben. Ja, es sind die Verkehrsbetriebe. Sie gehören nicht zu den Hanleys, oder?«

Ob sie zu den Hanleys gehörte, würde vielleicht alles entscheiden. Doch der Schuss konnte auch nach hinten losgehen.

»Nein, gehöre ich nicht«, sagte Maeve. Mein Gott, das war bizarr. Die spanische Inquisition am Straßenrand. Möglicherweise würde es ja etwas nützen, wenn sie ungefragt Informationen preisgab.

»Wir haben im Haus von Cyril Dillon gewohnt.«

Das Kauen wurde langsamer.

»Nein … ich glaube nicht, dass ich jemanden dieses Namens kenne. Dillon, hast du gesagt?«

Mist.

»Ich habe mich gefragt … könnten nicht ein oder zwei von uns hinten bei den Büchern sitzen?« Es war ein letzter Versuch.

Die Sandwich-Frau sah sie an, als hätte sie den Verstand verloren.

»Um Gottes willen nein, mein Kind. Das wäre gegen die Vorschriften. Absolut gegen die Vorschriften. Ich müsste mich dafür vor dem Kommitee verantworten. Vor dem Kom-mi-tee. Jetzt passt auf euch auf, Kinder.« Und so fuhr sie mit ihrem Sandwich, ihren zusammengekniffenen Augen und ihren wabbeligen Oberarmen davon.

»Was zum Teufel sollte das …?« Sarah rang die Hände.

»Worüber habt ihr geredet, und was ist aus unserer Mitfahrgelegenheit geworden?«, fragte Julie verärgert.

»Sorry, Leute, ich hab's versucht. Nicht genug Platz für

uns drei. Was sie aber nicht daran gehindert hat, mich zu verhören.«

»Neugierige alte Ziege«, schimpfte Julie.

»Hoffentlich fällt jedes Scheißbuch in ihrer Scheißbücherei aus den Scheißregalen«, fügte Sarah hinzu.

Weitere fünfzehn Minuten schleppten sich dahin. Ein leerer Schulbus und drei Autos fuhren vorbei. Zwei davon waren voll besetzt, was die Insassen jedoch nicht daran hinderte, den zunehmend verzweifelten Mädchen freundlich zuzuwinken. Der dritte Wagen war ein großer weißer Mercedes mit Anhängerkupplung. Aber der Fahrer war so damit beschäftigt, in der Nase zu bohren, dass er die drei Mädchen, die auf und nieder sprangen und ihr Schild schwenkten, nicht einmal zur Kenntnis nahm.

»Okay, Leute, es reicht, wir müssen unsere Strategie ändern.« Sarah hatte genug.

Maeve und Julie wechselten Blicke, während Sarah losging und sich die Taschen mit Kieselsteinen vollstopfte. Was hatte sie jetzt vor? Maeve musste ihre Zuversicht bewundern. Wenigstens hatte Sarah sie in den letzten beiden Stunden aufgeheitert. Ganz im Gegensatz zu der Quengeltante hier, die inzwischen über Hunger klagte. Maeve hatte zwar einen Marsriegel und einen Apfel im Rucksack, doch das band sie Julie jetzt nicht auf die Nase. Die sollte ruhig noch ein bisschen leiden. Schließlich hatte sie den ganzen Vormittag nichts getan als zu jammern.

Maeve warf wieder einen Blick auf ihre Uhr. Allmählich wurde sie nervös. Sie hatten zwar noch mehr als genug Zeit, um Bus und Zug zu erwischen, aber sie hatte wirklich gedacht, dass sie um diese Zeit längst unterwegs sein würden. Sie hätte sich um einiges wohler gefühlt, wenn sie gewusst hätte, dass sie innerhalb der nächsten Stunde jemand mitnehmen würde. Oh, Gott, allein die Vorstellung, noch eine Stunde hier herumzusitzen! Inzwischen wirkten die Wolken noch bedrohlicher, und die fahle Sonne war nicht mehr zu sehen. Tief hängende Nebelschwaden stiegen auf und wehten über die Wiesen wie gespenstische Steppenläufer.

Plötzlich fing Julie an zu johlen.

»Schau dir das mal an!«

Sarah hatte SOS mitten auf der Straße ausgelegt. Außerdem marschierte sie, den Rock bis über die Oberschenkel gerafft und das verfilzte Haar zu Pferdeschwänzen gebunden, hin und her und schwenkte ihr überarbeitetes Schild, auf dem nun »TENNIS?« stand.

»Wenn du glaubst, dass das etwas nützt, bist du total abgedreht.« Brüllend vor Lachen legte Maeve den Kopf in den Nacken.

»Wenn uns nicht bald jemand mitnimmt, ist es so weit. Verdammt, wir sollten schon längst in Ennis sein. Jetzt stehen wir hier dumm rum, und das nur wegen ein paar dämlicher Gläser Bier.«

Alle drei hatten es gehört. Das unverkennbare Knattern eines Auspuffs. Sie sahen einander an. Maeve konnte einen weißen Fleck ausmachen, der sich aus der anderen Richtung näherte.

»Mist! Das sind die Typen. Die Terroristen kommen!«

Rasch verwischte Maeve Sarahs SOS mit dem Fuß und schnappte sich ihren Rucksack aus dem Straßengraben. Dann hasteten die drei hinter den Hügel, kauerten sich hin und wagten kaum zu atmen.

»Das ist doch albern«, flüsterte Julie. »Die sind doch keine Terroristen. Ihr spinnt beide.«

»Sei still und bleib unten«, befahl Maeve. »Mit denen will ich nichts mehr zu tun haben.«

»Mir ist es egal, was sie sind«, protestierte Julie. »Ich will nur nach Ennis mitgenommen werden.«

Typisch Julie.

»Das wollen wir alle. Aber wir steigen nicht mehr zu diesen Typen ins Auto, okay? Letzte Nacht war ich hackedicht, sonst hätte ich es nie getan. Außerdem fahren sie sowieso in die falsche Richtung.«

Das Knattern des Auspuffs klang wie ein Salutschuss. Erleichtert lehnten sie sich zurück, als der Metzgerlaster außer Sichtweite war.

Vermutlich hatte Julie recht. Sie waren übervorsichtig. Doch nach zwei Stunden sinnloser Warterei wusste Maeve bald selbst nicht mehr, was richtig und was falsch war. Ihr Magen knurrte. Zeit für den Marsriegel. Als sie die Verpackung aufriss, spürte sie Julies bohrende Blicke in ihrem Rücken.

»Du sollst nicht begehren deines Nächsten Hab und Gut«, sagte sie und biss ein winziges Stückchen ab.

»Ach, sei nicht so geizig, Maeve. Nur einen ganz, ganz kleinen Bissen. Ich brauche wirklich dringend Zucker.«

»Hast du denn nichts dabei? Überhaupt nichts?«

»Nein, nichts. Vorhin hatte ich keinen Hunger. Aber jetzt.«

»Gut, meinetwegen, aber nur einen Bissen«, ließ sich Maeve erweichen und reichte ihr den Riegel.

Allerdings blieb ihr vor Entsetzen der Mund offen stehen, als Julie mindestens die Hälfte des Riegels verschlang. Maeve starrte sie ungläubig an.

»Was hast du?«, fragte Julie, den Mund voll klebriger Schokolade.

Maeve kochte vor Wut.

»Was ich habe? Was ich habe? Soll das dein Ernst sein? Ich habe von einem Bissen gesprochen, und du hast fast das ganze Ding aufgefressen.«

Sie riss den Rest des Schokoriegels an sich. Sie wusste, dass es kindisch war, und sie wollte auch nicht kleinlich sein, aber Julie hatte den Bogen überspannt.

»Jetzt krieg dich wieder ein, Maeve. Wo ist das Problem? Es war doch nur ein Stück dämliche Schokolade.«

»Ja, ein Stück von *meiner* dämlichen Schokolade«, schimpfte Maeve.

»Jetzt hört schon auf, ihr Riesenbabys«, unterbrach Sarah. »Da kommt wieder jemand. Ich glaube, es ist ein Milchlaster. Ihr beide bleibt hier. Jetzt bin ich dran. Ich kriege ihn dazu anzuhalten. Wartet nur ab.« Mit diesen Worten schlenderte sie hüftschwingend mit ihrem Schild auf die Straße.

Sie brachte den Wagen tatsächlich zum Anhalten – und zwar mit knirschenden Bremsen und gurgelndem Dieselmotor. Sarah ging auf die andere Seite des Lasters, sodass sie nicht mehr zu sehen war. Maeve konnte sich nur vorstellen, wie sie zum Fahrerfenster hineingurrte. Sarah konnte aufreizend sein, wenn sie wollte, und zwar so, wie Maeve es niemals geschafft hätte. Die Sekunden verstrichen. Der Fahrer schaute zu Maeve und Julie hinüber und dann wieder Sarah an. Daumen drücken. Im nächsten Moment sprang der Motor an, und der Laster mit seinem silberfarbenen Tank dröhnte die Straße hinunter. Die große Verführungsszene hatte nichts gebracht. Mist, Mist, Mist. Maeve war erschöpft.

Bedrückt gesellte sich Sarah wieder zu den anderen.

»Sag nichts, er spielt lieber Federball«, höhnte Julie.

»Ach, halt den Mund, Jules. Beim nächsten Mal kannst du es ja versuchen«, entgegnete Maeve. Bis jetzt hatte Julie nur herumgesessen und gejammert.

»Es tut mir echt leid«, sagte Sarah, die mit ihrem verrutschten improvisierten Minirock ein wenig albern aussah. »Wieder dieselbe alte Geschichte. Zwei hätte er mitgenommen, aber nicht drei.«

Inzwischen drängte sich ihnen die einzige Lösung ihres Problems förmlich auf. Es war Zeit für eine Entscheidung.

»Okay, Leute, es ist fast Mittag, und bis jetzt hat uns noch niemand mitgenommen. Also ist es ziemlich offensichtlich, was wir jetzt tun müssen …«, begann Maeve.

»Zum Haus zurückgehen?«, schlug Julie vor.

Manchmal fragte sie sich, ob Julie noch ganz richtig tickte. Sechs Kilometer zum Haus zurückgehen? Und was sollten sie dort tun? Wie kam sie nur darauf, dass das die offensichtliche Lösung war? Darauf brauchte man nicht einmal zu antworten.

»Wir müssen uns trennen.«

Schweigen.

Julie starrte sie entsetzt an. Sarah blickte in die Ferne und kaute an ihren Fingernägeln.

Sie mussten doch einsehen, dass das der einzige Weg war.

»Schaut ganz so aus, als wäre das die einzige Möglichkeit«, erwiderte Sarah nach einer Weile tonlos. »Wie soll das genau aussehen? Wir trennen uns, und jede trampt allein. Hast du das gemeint?«

»Nein. Ich glaube nicht, dass wir alle allein trampen müssen. Nur eine von uns, die anderen beiden können zusammenbleiben.«

»Also meldest du dich freiwillig zum Alleine-Trampen?«, fragte Julie wie aus der Pistole geschossen.

»Nein, das tue ich *nicht*, Julie«, entgegnete Maeve barsch. Diese egoistische Ziege. Das hätte Julie so gepasst. Sollte die gute alte Maeve allein losziehen, damit die anderen die Reise gemeinsam fortsetzen konnten.

»Wir werfen eine Münze. Das ist die einzig faire Methode.«

»Einverstanden«, meinte Sarah. »Werfen wir die Münze zweimal?«

»Richtig«, übernahm Maeve wieder das Kommando. »Wer beim ersten Wurf verliert, hat noch eine zweite Chance. Und wer dann wieder verliert, trampt allein. Ich weiß, dass es keine optimale Lösung ist. Wir wollen alle nicht allein trampen. Aber wenn wir uns nicht trennen, stehen wir noch morgen hier. Einverstanden?«

Wie erwartet, schien Julie nicht sehr begeistert zu sein, doch sie nickte widerstrebend.

»Also gut.« Maeve kramte in ihren Hosentaschen nach einer Münze. Kein Glück. Dann in ihrer Cordjacke. Auch nichts. Sie besaß keinen einzigen Penny mehr.

»Hat jemand von euch eine Münze?«

Sarah schüttelte den Kopf. »Sorry, ich habe das letzte Kleingeld letzte Nacht im Pub für Chips ausgegeben.«

»Und du, Julie?«

»Tut mir leid, ich bin absolut blank.«

Es war zum Totlachen. Drei erwachsene Frauen. Einundzwanzig Jahre alt. Und keine hatte auch nur einen Penny in der Tasche. Das war schlimmer als lächerlich – es war beschämend. Doch im Gegensatz zu Maeve schien Sarah die Situation lustig zu finden. Sie fing an zu lachen, griff nach ihrem Schild, schwenkte es über dem Kopf, marschierte hin und her und begann wieder »*We're on the road to nowhere*« zu singen.

Schöne Scheiße. Einfach spitzenklasse. Da hing sie mit zwei Idiotinnen mitten in dieser gottverlassenen Einöde fest. Maeve schüttelte den Kopf. War sie die Einzige, die ein Interesse an der Lösung des Problems hatte? Offenbar schon. Julie starrte nur benommen an ihrem T-Shirt hinunter und schien damit beschäftigt, ihren Busen zurechtzurücken. Und im nächsten Moment wusste Maeve, was zu tun war. Sie hatte die Lösung immer vor Augen gehabt, ohne sie wirklich zu sehen. Julie hatte das Medaillon mit dem heiligen Christopherus um den Hals. Sie brauchten keine Münze. Das würde auch genügen.

»Dein Medaillon, Julie. Könntest du mir das mal geben?«

»Mein Medaillon? Wozu denn?«

»Wir könnten es statt einer Münze werfen. Die beiden Seiten sind unterschiedlich, oder? Es sieht nicht auf beiden Seiten gleich aus?«

»Nein.« Julie wirkte ein wenig verdattert. »Auf der anderen Seite steht Noels Name.«

»Gut«, meinte Maeve. »Macht es dir etwas aus?«, fügte sie so einfühlsam wie möglich hinzu. Sie wusste, wie viel das Medaillon Julie bedeutete.

»Nein … es ist okay.« Julie entfernte das dünne Silberkettchen von dem Medaillon und reichte es ihr.

»Was hältst du davon, wenn du und ich anfangen, Julie? Kopf oder Zahl? Christopherus oder …?« Sie beendete den Satz nicht, weil es ihr pietätlos erschien, den Namen ihres

Bruders im Zusammenhang mit einer Runde Münzenwerfen zu nennen.

»Ich setze auf Noel«, erwiderte Julie und drückte die Daumen.

»Okay, dann verlasse ich mich auf den heiligen Christopherus«, erwiderte Maeve.

Maeve warf die Münze, fing sie mit dem Handrücken auf und bedeckte sie mit der anderen Hand. Sie hielt den Atem an. Wenn der heilige Christopherus oben lag, hieß das, dass Maeve in Begleitung nach Ennis trampen würde. Bei Noel musste Maeve in die nächste Runde.

In dem Sekundenbruchteil, in dem sie das warme Metall auf der Handfläche spürte, gab es keinen bewussten Plan zu betrügen. Es war nie eine Entscheidung gefallen. Es existierte kein Vorsatz. Keine Böswilligkeit. Sie reagierte einfach. Vielleicht war es eine unbewusste Anhäufung all der Enttäuschungen, der Anstrengungen und des Ärgers im Umgang mit Julie im Laufe des letzten Jahres. Womöglich war es nur die kleinliche Reaktion darauf, dass Julie den Löwenanteil des Marsriegels verschlungen hatte, die sie veranlasste, es zu tun. Jedenfalls warf sie einen Blick auf das Medaillon unter ihrer Handfläche und hörte sich sagen: »Tut mir leid, Julie, der heilige Christopherus.«

Doch das war nicht die Wahrheit. Es war gelogen.

Julie schürzte achselzuckend die Lippen. »Beim zweiten Mal habe ich sicher Glück«, erwiderte sie.

Maeve war aufgewühlt. Warum hatte sie das getan? Sie wusste es nicht. Sie hätte doch auch die Wahrheit sagen können. Noel hatte oben gelegen. Die Worte waren ihr beinahe unwillkürlich entfahren. Sie hatte sie nicht aussprechen wollen. Sie waren ihr einfach herausgerutscht.

»Noel wird mich nicht wieder im Stich lassen«, meinte Julie und entschied sich zum zweiten Mal für ihn.

»Der heilige Christopherus für mich«, entgegnete Sarah.

Zum zweiten Mal warf Maeve das Medaillon und ließ es auf ihren Handrücken klatschen. Doch diesmal hatte Julie falsch getippt. Noel hatte sie wirklich im Stich gelassen.

»Wieder der heilige Christopherus«, verkündete Maeve. Also würden Maeve und Sarah zusammen trampen. Und Julie allein.

Prompt und wie vorauszusehen gewesen war, brach Julie in Tränen aus. Doch anstatt Anteilnahme zu empfinden, spürte Maeve nur Ärger. Natürlich hätte sie nicht so herzlos sein dürfen, doch ihre Reserven an Mitleid waren in diesem Jahr ein wenig zu oft geplündert worden. Die Lagerbestände waren verbraucht. Und außerdem wusste sie, wie leicht Julie auf die Tränendrüsen drückte, wenn sie es für angebracht hielt.

»Tut mir leid, nicht so schlimm. Es sind nur die Prüfungen, die Sache mit Noel und all das andere …«, schniefte Julie.

Und die Gefühlsduselei wegen des vielen Alkohols gestern Abend, dachte Maeve.

»Ich weiß, dass es schwierig ist …« Sarah legte den Arm um sie.

»Und jetzt muss ich allein trampen …«, schluchzte Julie.

Eine Pause entstand.

»Nein, natürlich musst du das nicht«, erwiderte Sarah.

Maeve starrte sie entgeistert an. Sarah hatte doch eindeutig fair gewonnen.

»Du trampst mit Maeve«, fuhr Sarah fort, ohne auf Maeves giftige Blicke zu achten. »Und ich mache mich allein auf den Weg. Für mich wird es ein Abenteuer. Und Mrs. D. würde einen epileptischen Anfall bekommen, wenn sie es wüsste. Allein das ist es schon fast wert!«

Wie konnte sich Sarah nur so leicht einwickeln lassen? Immerhin hatte sie beim Münzenwerfen gewonnen. Und jetzt fiel sie auf dieses alberne Theater herein. Julie hielt sie doch nur zum Narren.

»Bist du sicher, Sarah?« Julie sah sie aus großen Rehaugen an.

»Klar, kein Problem, Jules. Du bleibst bei Maeve.«

Das ganze Tamtam widerte Maeve an. Das war blanker Hohn. Nun würde sie Julie den restlichen Tag am Hals haben.

»Okay, also los. Die Entscheidung steht«, erklärte Sarah, beflügelt von ihrer großzügigen Geste. »Ihr beide bewegt eure Hintern jetzt auf die andere Straßenseite. Seht so sexy aus, wie ihr könnt. Je schneller ihr hier weg seid, desto eher kriege ich auch eine Mitfahrgelegenheit.«

So viel Durchsetzungsvermögen passte gar nicht zu Sarah. Doch Maeve war ihr für ihre Entschlusskraft dankbar. Sie war inzwischen völlig erschöpft und wollte nur noch nach Hause. Sie wollte in dem Bus von Ennis nach Kerry sitzen.

Maeve und Julie standen erst wenige Minuten mit ausgestreckten Daumen am Straßenrand, als ein grüner Posttransporter stoppte und sie mitnahm. Sarah hatte sich hinter dem Kieshügel versteckt, um ihre Chancen nicht zu schmälern. Endlich hatten sie heute einmal Glück. Der Fahrer konnte sie nicht nur zwanzig oder dreißig Kilometer die Straße hinauf mitnehmen, sondern direkt bis nach Ennis.

Als Maeve sich neben Julie ins Führerhaus zwängte, verspürte sie plötzlich Reue. Doch es war zu spät, um noch etwas zu unternehmen. Der Transporter fuhr los. Maeve warf noch einen letzten Blick in den Rückspiegel und sah, dass Sarah auf dem Hügel stand und ihnen nachwinkte. Sie lächelte.

Kapitel 17
Julie

»Ich hatte gerade Mrs. D. am Telefon.«

Liz klang merkwürdig. Es war halb acht Uhr morgens, und Julie war schwindelig. Sie hatte nicht damit gerechnet, in den nächsten Tagen etwas von den anderen zu hören. Und vor allem nicht um diese Uhrzeit. Sie war erst vor knapp zehn Stunden in Roscommon angekommen, heiser und erschlagen von der Reise quer durchs Land. Außerdem war ihr kalt, als sie jetzt im Pyjama im Flur saß.

»Angela Devereaux? Was wollte die denn?« Diese Frau machte nichts als Ärger.

»Sarah ist letzte Nacht nicht nach Hause gekommen.«

»Ha, ha, ha, sehr lustig.«

»Ich mache keine Witze, Jules.«

Julie brauchte einen Moment, um zu begreifen. Sie erstarrte.

»Bist du noch dran, Jules? Hast du verstanden, was ich gesagt habe?«

Julie war wie betäubt. Mit so etwas hatte sie überhaupt nicht gerechnet.

»Was soll das heißen, sie ist nicht nach Hause gekommen?«

»Genau das. Deutlicher kann ich es nicht ausdrücken. Sarah ist verschwunden.« Liz klang sehr aufgeregt. »Mrs. D.

rief an, um nachzufragen, ob wir unsere Pläne geändert hätten. Soweit sie informiert gewesen sei, hätte Sarah gestern Abend zurück sein sollen. Also wollte sie wissen, ob sie vielleicht bei einer von uns ist. Ich habe ihr erklärt, bei mir sei sie sicher nicht, aber ich würde mich bei dir und Maeve erkundigen.«

»Bei mir ist sie offensichtlich nicht, und dass sie bei Maeve ist, ist noch unwahrscheinlicher.«

»Ja, ich weiß. Ich habe sie schon angerufen«, erwiderte Liz.

Schweigen.

Das war gar nicht gut. Julie hatte ein mulmiges Gefühl. Ein ausgesprochen mulmiges Gefühl, das sie schon von früher kannte. Tief durchatmen. Entspannen. Noch mal atmen. Sie kniff die Augen fest zusammen und versuchte, es wegzuschieben. Aber das ging nicht. Wieder war der Abzug gedrückt worden. Es fühlte sich ganz genau so an wie an dem Tag, als man ihr ausgerichtet hatte, sie solle Mum und Dad zu Hause anrufen. Kurz bevor sie das mit Noel erfahren hatte.

»Weiß Mrs. D., dass wir getrampt sind?« Sie musste sich zwingen, den Satz auszusprechen. Es war, als sei sie ein Kind, das die Schule geschwänzt hatte, nur dass es hier um etwas Ernsteres ging.

»Sie weiß, dass ihr getrampt seid. Ich musste es ihr sagen«, entschuldigte sich Liz. »Ich habe ihr erzählt, ihr wärt zusammen per Anhalter nach Ennis gefahren, um dort den Bus oder den Zug zu nehmen. Oh, Gott, du hättest sie hören sollen. Sie ist total ausgerastet. Sie hätte Sarah gewarnt, sie solle nie per Anhalter fahren. Sarah habe ihr versprochen, nie zu trampen. Ich habe ihr erklärt, uns sei das Benzingeld ausgegangen, und ihr wärt einverstanden gewesen, zu dritt zu trampen. Ich habe mich ganz schön mies gefühlt, das kann ich dir sagen. Wie das Hinterletzte.«

Julie konnte sich eine tobende Mrs. D. am Telefon gut vorstellen. Was würde sie wohl tun, wenn sie erst herausfand, dass sie drei nicht zusammengeblieben waren? Sie wagte gar nicht, daran zu denken.

»Wahrscheinlich weiß sie nicht, dass wir drei uns getrennt haben?«, fragte Julie mit zitternder Stimme.

Plötzlich erschien ihr der Flur viel größer, ihre Stimme brach sich an den Wänden.

»Getrennt? Was soll das heißen, Julie?«, erwiderte Liz gedehnt.

Sie wusste es nicht? Wie seltsam. Sie hatte doch schon mit Maeve gesprochen.

»Ja. Wir haben uns getrennt. Stundenlang haben wir versucht, eine Mitfahrgelegenheit zu kriegen, aber zu dritt wollte uns niemand mitnehmen. Für drei hatte niemand genug Platz. Also haben wir uns getrennt. Hat Maeve das nicht erwähnt?«

»Nein, hat sie nicht …« Liz klang neugierig. »Aber ich habe auch nur kurz mit ihr geredet, um herauszufinden, ob Sarah bei ihr ist.«

Wieder eine Pause.

Das Pfeifen von Liz' Inhalator.

Liz versuchte zu begreifen, was da geschehen war. Julie ebenfalls. Warum hatte Maeve ihr nicht gesagt, dass sie sich getrennt hatten? Das ergab doch keinen Sinn. Und dann dämmerte es ihr langsam. Maeve hatte sie, Julie, nicht bloßstellen wollen. Sie wollte sie schützen. Julie sollte in dieser Situation nicht schlechter dastehen als unbedingt nötig.

Denn es sah gar nicht schön aus, dass Julie beim Münzenwerfen verloren und sich dann von Sarah hatte vertreten lassen. Gar nicht schön. Das musste der Grund sein. Die anständige, treue Maeve hatte den Mund gehalten. Und ohne groß zu überlegen setzte Julie zu einer verkürzten Schilderung der Ereignisse an.

»Hör zu, ich erzähle dir, was passiert ist …«, sprudelte sie hervor. Ihre Worte überschlugen sich. »Sarah hat angeboten, allein zu trampen. Ich weiß, dass wir uns nicht hätten trennen sollen. Aber, mein Gott, du hättest da sein sollen, Liz. Es kam Nebel auf. Es war entsetzlich. Einfach nur Scheiße. Wir haben stundenlang gewartet … eine Ewigkeit kam keine Menschenseele. Und dann hielten ein paar Lastwagen, Transporter und Autos an und fuhren alle wieder weiter … es war so unfair … ich dachte schon, wir würden für immer an dieser Straße stehen müssen … wir hatten Hunger, und es wurde später und später …«

Julie hörte, dass sie immer panischer klang. Sie redete wirres Zeug und konnte gar nicht mehr damit aufhören.

Im nächsten Moment steckte ihr Dad mit besorgter Miene den Kopf aus der Küchentür.

»Alles in Ordnung?«, flüsterte er.

Julie nickte und winkte ihn zurück in die Küche. Reiß dich zusammen, Mädchen. Ihre Eltern durften auf gar keinen Fall etwas von der Sache mitkriegen. Das war das Letzte, was sie brauchen konnten.

»Verdammter Mist!«, rief Liz aus. »Ich hätte euch alle zurück nach Ennis fahren sollen. Dann wäre das nie passiert. Und an allem bin nur ich mit meiner Idee schuld. All das nur wegen eines Biers. Außerdem war das Harp miserabel … es war nicht einmal richtig kalt!«

Julie kicherte. Die Situation war zwar ganz und gar nicht zum Lachen, doch ihre zunehmende Angst machte sie nervös. Sie hatte die unselige Angewohnheit, im unpassendsten Moment loszulachen.

»Herrgott, Jules, das ist nicht komisch«, entgegnete Liz. »Wo zum Teufel ist sie? So etwas passt überhaupt nicht zu ihr. Gut, wir alle wissen, dass sie Stress mit ihrer Mutter hat, aber sie würde niemals einfach so untertauchen. Sarah ist doch nicht auf den Kopf gefallen. Früher oder später würde sie mit den Konsequenzen klarkommen müssen. Mein Gott, hat sie es überhaupt je bis nach Ennis geschafft?«

»Keine Ahnung, Liz. Ich weiß es nicht. Ich weiß nicht, wo sie ist. Bitte schrei mich nicht an.«

»Entschuldige, schon gut, Jules. Tut mir leid. Es ist nicht deine Schuld. Aber hast du vielleicht irgendeine Vermutung, wo sie stecken könnte?«

Julie hatte zwar ihre Vermutungen, doch davon war die eine beängstigender als die andere. Liz hatte recht. Nicht nach Hause zu kommen, passte überhaupt nicht zu Sarah. Ganz gleich, wie gerne sie ihre Mutter ärgerte, so etwas würde sie ihr niemals antun.

Sie dachte daran, wie diebisch Sarah sich bei der Vorstellung gefreut hatte, trotz des Verbots ihrer Mutter zu trampen. Doch das war nur Albernheit gewesen, nicht Bösartigkeit. Und dennoch: Wenn Julie diesem Gedankengang weiter folgte, gab es nur eine mögliche Erklärung. Sarah hatte nach Hause gewollt und war aus irgendeinem Grund daran gehindert worden. Sie rieb die nackten Fußsohlen aneinander, um sie zu wärmen.

»Könnte sie bei Raymond sein?«, fragte sie.

Das war die beste aller Alternativen. Julie hatte nicht das

Bedürfnis, die bedrohlicheren Erklärungen auszusprechen, die ihr durch den Kopf gingen. Wieder schloss sie die Augen, als wolle sie unerwünschte Bilder aussperren. Ganz sicher gab es eine harmlose Erklärung. Natürlich gab es eine. An etwas anderes wollte sie nicht einmal denken.

»Unwahrscheinlich«, erwiderte Liz. »Das war ja einer der Gründe, warum sie überhaupt mitkommen wollte. Raymond ist zum Fischen rausgefahren.«

»Ja, stimmt, aber er könnte inzwischen zurück sein …«

»Sollen wir Mrs. D. etwa sagen, Sarah könnte sich bei dem Fischer Raymond aufhalten, ihrem Lover, von dem sie noch nie gehört hat? Dem nicht salonfähigen Seebären, den Sarah ihrer Mutter nun schon seit drei Jahren mit größter Mühe verheimlicht? Tut mir echt leid, Julie, aber dazu fehlt mir der Mut. Außerdem, nimm's nicht persönlich, ist es eine dämliche Idee. Selbst wenn Raymond nicht auf See ist, würde Sarah niemals einfach nicht nach Hause kommen. Das würde sie nie tun. Sie wollte nach Hause, und aus irgendeinem Grund ist sie noch nicht da.«

Es war seltsam, dass Liz »noch nicht« sagte. So als sei sie noch unterwegs. Vor ihrem geistigen Auge konnte Julie sie noch immer sehen, wie sie auf dem Kieshaufen in der Parkbucht herumsprang und sich wie eine Idiotin aufführte.

Sie konnte doch unmöglich noch dort warten, oder? Natürlich nicht. Das war ebenfalls Schwachsinn. Irgendjemand hatte sie sicher mitgenommen. Schließlich war sie allein. Und selbst wenn sie nicht mitgenommen wurde, hätte sie zum Haus zurückkehren können. Das hätte zumindest Julie getan. Sie hätte anrufen können, oder? Aber vielleicht auch nicht. Sie hatte ja kein Geld. Deswegen waren sie ja überhaupt erst in diese missliche Lage geraten. Trotzdem hätte sie anrufen können. Ein R-Gespräch. Allerdings gab es dort vielleicht gar keine Telefonzellen. Julie konnte sich nicht erinnern, in der Nähe des Hauses eine gesehen zu haben. Aber sie hatte ja auch nicht nach einer gesucht.

»Ich glaube, ich habe in der Nähe des Blue Pool keine einzige Telefonzelle bemerkt, du?«, fragte sie.

»Es gibt dort keine. Warum?«, erkundigte sich Liz.

»Oh, ich habe nur überlegt. Wenn sie keine Mitfahrgelegenheit gekriegt hat, könnte sie zu Fuß zurück zum Haus gegangen sein. Möglicherweise ist sie dort und konnte nicht anrufen, weil da keine Telefonzelle ist …« Vielleicht war das ja die simple Erklärung.

»Im Dorf steht eine Telefonzelle«, entgegnete Liz knapp.

»Oh, wirklich?« Julie wurde das Herz schwer.

Noch während sie geredet und geredet hatte, hatte sie gewusst, dass es keine einfache Lösung gab. Das war alles nur Schwachsinn. Sie spürte, wie es ihr immer mehr die Brust zuschnürte.

»Also fassen wir die Lage wie folgt zusammen«, fuhr Liz mit schneidender Stimme fort. »Wir haben alle nicht die geringste Ahnung, wo Sarah ist. Du und Maeve seid zusammen nach Ennis getrampt und habt Sarah allein gelassen. Und jetzt ist sie verschwunden …«

Das waren die Tatsachen. Einfach und klar.

Maeve und Julie waren zusammen losgezogen, sodass Sarah allein hatte trampen müssen. Julie konnte Liz' Tonfall nichts Vorwurfsvolles entnehmen. So etwas würde Liz niemals tun. Sie stellte nur fest, was geschehen war.

»Also, möchtest du Mrs. D. anrufen und ihr genau schildern, was passiert ist?«, fragte Liz. »Sie muss wissen, dass ihr drei euch getrennt habt und dass Sarah allein getrampt ist. Das muss sie zumindest wissen.«

Natürlich musste sie das. Aber sollte es ausgerechnet Julie sein, die es ihr sagte? Angela Devereaux war zumeist unangekündigt in Galway aufgetaucht, und sämtliche Begegnungen, die sie mit dieser Frau gehabt hatte, waren nicht sehr erfreulich verlaufen. Meistens hatte sie Austin Clancy hastig zur Hintertür hinausscheuchen oder sich rasch in einen Morgenmantel wickeln müssen. Am hellichten Nachmittag. Welches Bild mochte Mrs. D. wohl jetzt von ihr haben?

»Oh, na ja ... ich bin nicht sicher, Liz ... Ich meine, ich habe noch nie richtig mit ihr gesprochen ... ein normales Gespräch oder so ... es ist nicht, dass ich nicht will, sondern nur ... Wäre es sehr schlimm für dich?«

»Schon gut, ich erledige das, keine Sorge«, erwiderte Liz großzügig. »Ich rufe sie an und erzähle ihr, was du mir eben erzählt hast. Aber ich hoffe für uns alle, dass Sarah bald wieder auftaucht. Ich weiß nicht, wie es dir geht, aber mir ist richtig schlecht.«

Am anderen Ende der Leitung war es still.

»Was ist, Kind? Das klang ja ziemlich ernst.«

Ihr Dad reichte ihr eine Porzellantasse. Dampf stieg von dem Tee auf und wehte durch den Flur.

»Ach, nichts, Dad. Eines der Mädchen ist gestern Abend nicht nach Hause gegangen. Bestimmt ist sie bei einem Freund.«

»Mehr nicht? Bist du sicher?« Seine gütigen braunen Augen musterten sie verdattert. Er und Mum machten zur Zeit häufig einen verwirrten Eindruck. So, als verstünden sie die Welt nicht mehr, in der sie lebten.

»Ganz sicher, Dad. Mehr ist nicht dran. Ich leg mich

noch mal hin.« Sie hauchte einen Kuss auf seine eingesunkene Wange und hüpfte so sorglos wie möglich die Treppe hinauf.

Am liebsten hätte sie den Elektroheizkörper eingeschaltet. Es war zwar gerade erst September, doch im Haus hatte sich eine düstere, klamme Stimmung breitgemacht. Die nächsten Stunden verbrachte sie im Bett, die Decke fest um sich gewickelt und über Kinn und Ohren gezogen. Wenn sie aufwachte, würde alles in Ordnung sein. Sarah wäre wieder aufgetaucht, und sie würden alle darüber lachen. Sie versuchte, ganz ruhig, still und gelassen zu werden.

Der Schlaf erlöste sie für einige kurze Stunden. Am späten Vormittag stand sie auf, um die schmutzige Wäsche in Angriff zu nehmen. Da sie nur ungern das Haus verlassen wollte, um keinen Anruf zu verpassen, beschäftigte sie sich mit den Tätigkeiten im Haushalt, an denen ihre Mutter keinerlei Interesse mehr hatte.

Es machte sie traurig, von Zimmer zu Zimmer zu gehen und überall nur Vernachlässigung und Gleichgültigkeit zu sehen, wo früher Fürsorge und Stolz regiert hatten. Das Einzige, was ihre Mutter am Haus verändert hatte, war, dass sie einige neue Bilder zu der Galerie aus gerahmten Fotos gestellt hatte, die alle Noel zeigten.

Am Nachmittag griff sie dreimal zum Telefon. Aber wen sollte sie anrufen? Maeve? Maeve wusste nichts, und wenn doch, hätte sie sich bestimmt gemeldet. Oder Liz? Was sollte das bringen? Auch Liz hätte längst angerufen, wenn sie Neuigkeiten gehabt hätte. Schließlich stand sie in Kontakt mit Mrs. D. Und wie Mrs. D. auf die Nachricht reagiert hatte, dass sie getrennt per Anhalter gefahren waren, wollte sie lieber gar nicht hören. Also brachte das Telefonieren nichts. Sie würden Bescheid geben, wenn Sarah auftauchte. *Falls Sarah auftauchte*, raunte eine hässliche kleine Stimme in ihrem Kopf. Sie zuckte zusammen.

Um halb elf Uhr abends ging sie wieder zum Telefon. Diesmal griff sie sogar zum Hörer. Inzwischen war Sarah sicher wieder da. Aber warum rief sie niemand an? Vielleicht hielt Mrs. D. es ja nicht für so wichtig, den anderen Bescheid zu geben. Schließlich war sie nicht sehr begeistert von Sarahs Freundinnen, die sie vom Lernen ablenkten. Das war ganz sicher der Grund.

Also beschloss sie, darüber zu schlafen und morgen anzurufen. Es war ohnehin zu spät, um andere Leute zu stören. Sie war aufgedreht. Damit sie auch ganz bestimmt einschlafen würde, ging sie zur frisch polierten Hausbar und stürzte ein paar Schluck Wodka pur hinunter. Das musste genügen. Eine halbe Stunde später fiel sie in einen benommenen Schlaf.

Sie döste noch, als das Telefon läutete. Durch einen Spalt im Vorhang strömte Sonnenlicht herein. Sie hatten sie gefunden! Drei Stufen auf einmal nehmend, raste Julie die Treppe hinunter. Doch es war nur der Tierarzt. Wieder vergingen Stunden. Julie rauchte eine Zigarette nach der anderen und starrte auf das Telefon, in der Hoffnung, dass es endlich läutete. »Komm schon, läute, du blödes Ding. Mein Gott, Sarah, wo zum Teufel bist du?«

Genervt ging sie aus dem Haus und machte sich auf die Suche nach Mum, die irgendwo auf der Farm unterwegs war. Wenn Mum nicht den ständig wachsenden Hausaltar für Noel auf dem Kaminsims betrachtete, lief sie allein über die Felder. Julie vermutete, dass sie auf diese Weise ein wenig Trost fand. So als könne sie bei ihren einsamen Wanderungen Noels Bild heraufbeschwören, indem sie über den Boden ging, den er früher bearbeitet hatte.

Manchmal hatte Julie das Gefühl, draußen im Hof sein Gesicht zu sehen, das hinter einem Heuballen hervorspähte und sie liebevoll beobachtete, so wie er es immer getan hatte. Hin und wieder stellte sie sich vor, der Gesang eines Buchfinken in der Nähe sei sein Pfeifen, während er arbeitete und versuchte, sich mit seinem Schicksal abzufinden. Sie vermisste ihn, ohne ihn gefiel es ihr nicht mehr auf der Farm. Sie war ohne Noel leer. Und er würde nie zurückkommen. Es war schwer, sich mit der Realität abzufinden, dass sie ihn nie wiedersehen würde. Wenn sie übers Wochenende nach Hause kam, gelang es ihr ab und zu, sich einzureden, er sei nur in die Stadt gefahren und würde später zurückkehren. Während der Woche sei er wie immer hier bei Mum und Dad. Allerdings fielen ihr diese Gedankenspiele mit der Zeit immer schwerer.

In Galway war es leichter gewesen. Weit weg von hier. In Galway hatte sie versucht zu vergessen. Vielleicht hatte sie es ja zu sehr versucht. Wenn sie ehrlich mit sich war, war da kein Vielleicht. Sie hatte sich eindeutig zu große Mühe gegeben. Sich Austin Clancy an den Hals zu werfen. Party zu machen, zu trinken und nur ins Bett zu gehen, wenn Sex im Spiel war. Alles, um nur nicht an Noel denken zu müssen. Daran, wie anders sich alles hätte entwickeln können. Sie hatte vergessen wollen, und wohin hatte sie das jetzt gebracht?

Und nun war da noch etwas, das sie vergessen musste. Der Schwangerschaftsabbruch. Das A-Wort brachte sie einfach nicht über die Lippen. Es war zu entsetzlich. Das ganze Trauerspiel. Sie musste besser darin werden, nicht an diese

Dinge zu denken. All diese Scheußlichkeiten musste sie in einen dunklen Raum stopfen und die Tür abschließen. Jeden schrecklichen Gedanken, der ihr in den Sinn kam, würde sie in diese Kammer der Geheimnisse sperren.

Sie traf ihre Mutter an der erwarteten Stelle an. Sie beugte sich über einen Zaun am Feld hinter dem Heuschober. Dem Feld von damals. Nur, dass es inzwischen sehr verändert aussah. Die große Rosskastanie war fort. Dad hatte sie kurz darauf gefällt, ohne jemals ein Wort darüber zu verlieren. Er war einfach eines Nachmittags mit der Kettensäge losgezogen und hatte es getan. Nun war nur noch der Baumstumpf übrig. Etwas Wunderschönes hatte sich in faulendes Holz verwandelt.

»Du bist ja schon seit Ewigkeiten weg, Mum«, sagte Julie und nahm ihre Mutter am mageren Arm. »Komm rein. Ich mache dir ein Sandwich.«

»Ich glaube, ich habe keine Lust auf ein Sandwich, Kind, aber vielleicht auf eine Tasse Tee. Ja, ich war eine Weile hier draußen. Ich weiß nicht, wie lange. Eine Tasse Tee wäre schön.«

Mum blickte ins Leere, als hätte sie nur wenig Interesse daran, die Welt klar zu sehen. Allerdings war es ihre Appetitlosigkeit, die Julie am meisten Sorgen bereitete. Sie trank zwar Tee, aß aber sehr wenig, und das auch nur selten. Sie hatte abgenommen und erinnerte nun an einen reifen rosigen Apfel, der verdorrt, verschrumpelt und von innen heraus zusammengesackt war.

»Oder ein Stück Rosinenbrot? Mrs. Nolan hat welches vorbeigebracht.«

Die Nachbarn waren hilfsbereit und hatten sie auch nach all der Zeit nicht vergessen. Sie kamen noch immer mit

Essenspaketen. Julie hatte den Verdacht, dass der Inhalt meist nicht verspeist wurde, sondern im Müll oder im Hühnerfutter landete.

Als sie um die Hausecke bogen, setzte Julies Herz einen Schlag aus. Und dann noch einen. Ihre Mutter schnappte nach Luft und packte Julie am Arm. In der Auffahrt stand ein Streifenwagen. Das letzte Mal war die Polizei wegen Noel da gewesen. Julie sah das aschfahle Gesicht ihrer Mutter.

»Hey, Mum, alles in Ordnung. Es ist sicher nichts Wichtiges. Mach dir keine Sorgen.« Ihr war flau vor Angst, als sie den Arm ihrer Mutter drückte. Warum, um alles in der Welt, war die Polizei hier?

Nicht wegen Sarah. Bitte, lieber Gott, nicht wegen Sarah.

Kapitel 18
Liz

Tag drei. Noch immer nichts Neues. Es sah nicht gut aus. Vinny hatte ihr geraten, die Ruhe zu bewahren. Sie wünschte, das wäre möglich gewesen, aber sie hatte seinen Blick gesehen. Typisch Sarah. Typisch, dass sie sich allein auf den Weg gemacht hatte. Leichtsinnig. Dumm. Liz versuchte, Angst und Verzweiflung zu unterdrücken und ihre Gefühle in Wut zu verwandeln. Mit Wut konnte sie umgehen. Mit Angst nicht.

Liz war wahnsinnig wütend auf sich selbst. Sie war außerdem ein bisschen wütend auf Maeve und Julie. Und absolut wütend auf Sarah. Warum, warum hatten sie nur das ganze Geld ausgegeben? Und warum, zum Teufel, hatten die Mädchen sich getrennt?

Angela Devereaux war sehr still geworden, als sie es ihr erzählt hatte. Totenstill. Liz hörte sie ins Telefon atmen. Und dann kam der Giftpfeil.

»Und ich hatte gedacht, ihr Mädchen wärt Freundinnen.«

Klick.

Die Leitung war tot.

Liz war elend zumute. Sie war verzweifelt. Was sollte sie nur tun? Nach langer Überlegung rief sie Vinny in Galway an. Die Sache war eine Nummer zu groß für sie. Sie wusste nicht, was sie tun sollte, nur dass sie Vinny in ihrer Nähe brauchte.

Er war wie ein Fels in der Brandung. Zuverlässig. Er würde Ruhe bewahren. Er würde wissen, was zu tun war. In ihrer Kindheit waren es immer sie beide gegen den Rest der Welt gewesen. Er würde die Situation entspannen. Wahrscheinlich würde er lachen und sagen, dass solche Dinge ständig vorkommen. Kein Grund zur Sorge also.

Doch als er eintraf, nachdem er mit einem Kollegen die Schicht getauscht hatte, sagte er überhaupt nichts dergleichen. Er lachte weder noch meinte er, sie brauche sich keine Sorgen zu machen, weil solche Dinge öfter geschehen.

»Warum hast du mich nicht um Geld gebeten, Liz? Du weißt doch, dass ich es dir gegeben hätte.«

»Ach, Vinny, glaubst du, dass ich mich nicht so schon schlecht genug fühle? Genau darüber hab ich schon tausendmal nachgegrübelt. Die Wahrheit ist, dass ich euch Jungs nicht ewig auf der Tasche liegen kann. Du hast die KFZ-Versicherung bezahlt, unsere Brüder haben mir das Auto gekauft. Ich kann nicht weiter immer nur nehmen, nehmen und nehmen …« Sie hatte nicht weinen wollen, doch allmählich forderten Wut, Angst und Schuldgefühle ihren Tribut.

»Oh, Liz, komm schon, Schwesterchen, nicht weinen …« Vinny, der sie um einiges überragte, legte ihr den Arm um die Schultern. Sie waren allein im Haus. Mum und Dad machten mit dem Landrat eine Reise nach Prag und würden erst am Ende der Woche zurück sein.

Vinny tat sein Bestes, um sie abzulenken, und versprach, später etwas zu essen zu machen und ein Video auszuleihen.

»Momentan bin ich auf dem Kochtrip. Du kommst in den Genuss meines spanischen Omelettes. Wenn du etwas im Magen hast, fühlst du dich sicher gleich besser. Nimm's nicht persönlich, aber du siehst aus wie ausgespuckt.«

»Es sei dir verziehen.« Sie zwang sich zu einem Lächeln und putzte sich die Nase.

Da sie keinen richtigen Hunger hatte, seit es passiert war, hatte Liz sich nur von Reisplätzchen und Kaffee ernährt. Ein Omelette klang vielversprechend. Sie ging nach oben und schaltete den Boiler an, um ein Bad zu nehmen. Eine Stunde später lag sie in dem Schaumbad und ließ die letzten Tage Revue passieren. So wie die Dinge mit Mrs. D. liefen, hatte Liz den Verdacht, dass sie sich womöglich noch nicht einmal melden und ihnen Bescheid geben würde, wenn Sarah zurück war. Sicher wollte sie sie schmoren lassen. So sehr sie diese Aussicht auch ängstigte, sie würde sie noch einmal anrufen müssen.

Warm und sauber und in ihrem Lieblingssweatshirt, nahm sie all ihren Mut zusammen und rief bei den Devereaux an. Es wurde sofort abgenommen.

»Wynn Devereaux.« Die Stimme klang zittrig und unsicher.

»Hallo, Mr. Devereaux, hier spricht Liz Dillon, Sarahs Freundin.«

Sie war nervös.

Eine Pause.

»Ach, ja, die junge Dame mit dem Auto.«

»Richtig, Mr. Devereaux.«

»Ich fürchte, unsere Sarah ist noch nicht zu Hause.«

Es schnürte ihr das Herz zusammen.

»Oh, ich verstehe. Ich habe mich nur gefragt, ob Sie …«

»Noch nicht zu Hause, stellen Sie sich das vor!«, fiel er ihr ins Wort. »Die anderen beiden waren nicht so … überhaupt nicht … Eva und Aisling haben uns nie Schwierigkeiten gemacht. Doch unsere Sarah ist anders …«

Er klang beinahe angetrunken. Liz war die Situation unangenehm. Sie rollte den Inhalator an ihrem Bein hin und her.

»Ich weiß, dass Sie sehr beschäftigt sind. Aber könnten Sie oder Mrs. Devereaux mir Bescheid sagen, wenn es Neuigkeiten gibt?«

»Angela spricht gerade mit der Polizei. Sie ist im Wohnzimmer. Soll ich sie holen?«

»Nein, nein, stören Sie sie bitte nicht. Nur wenn Sie etwas hören …«

»Natürlich, Liz. Ihre Nummer liegt hier auf dem Garderobentischchen bei Sarahs anderen Telefonnummern.«

»Danke, Mr. Devereaux.«

»Liz?«

»Ja, Mr. Devereaux?«

»Sarah ist sicher nichts geschehen. Natürlich wird sie eine Geschichte auf Lager haben – es gibt immer eine Geschichte. Immer ein Drama. Und ihre Mutter wird sie für eine Weile an die Kandare nehmen. Aber machen Sie sich keine Sorgen. Meine Sarah kommt nach Hause …«

Liz konnte es nicht mehr ertragen. »Natürlich wird sie das«, flüsterte sie. Ihre Hand zitterte, als sie den Hörer auflegte.

Also bin ich das Mädchen mit dem Auto. Das Mädchen, das seine Freundinnen im Stich gelassen hat. Nur meinetwegen sitzt der arme Mann jetzt da und wartet darauf, dass seine jüngste Tochter nach Hause kommt. Oh, Sarah, wo um alles in der Welt bist du? Was ist denn nur geschehen? Ein einziger Anruf, und wir wären alle so erleichtert. Nur ein dämlicher Anruf.

»Essen ist fertig!«, ertönte ein Ruf aus der Küche.

Liz' Appetit war nicht von Dauer gewesen. Sie würde sich einen Ruck geben müssen, denn schließlich hatte Vinny sich solche Mühe gemacht. Seine stämmige Gestalt mit der Schürze ragte über einem glibberigen Haufen auf.

»Los, Schwesterchen, greif zu.«

Beim Anblick des Tellers wurde ihr flau im Magen. Das Essen sah aus wie die Überreste eines Autounfalls. Wie Katzenkotze. Angebrannte Stellen waren unbeholfen mit geschrotetem schwarzem Pfeffer getarnt. Aber es war mit Liebe gekocht. Deshalb gab sie mühsam ein paar anerkennende Geräusche von sich, während sie ein paar Bissen hinunterwürgte.

»Ich habe dich am Telefon gehört. Offenbar gibt es nichts Neues?«

»Nichts Neues.«

Er verzog nachdenklich das Gesicht.

»Wahrscheinlich hättet ihr nicht zum Blue Pool fahren sollen.«

Das war das Letzte, was sie hören wollte.

»Was soll das heißen?«

»Das mit dem Blue Pool war meine Idee.«

»Herrgott, Vinny, es ist doch nicht deine Schuld! Es war eine gute Idee. Eine tolle Idee. Niemand hat uns dazu gezwungen, unser letztes Geld im Pub auf den Kopf zu hauen. Es war nicht dein Vorschlag, dass die Mädchen trampen. Und auch nicht, dass sie sich trennen!«

Er schüttelte den Kopf. »Ich werde das Gefühl nicht los,

dass ich einen Teil der Schuld habe. Ich hätte dir mehr Geld geben sollen.«

»Das ist doch Schwachsinn, und das weißt du ganz genau. Wenn jemand Schuld hat, dann ich. Ich hätte vernünftiger sein sollen.«

Er setzte sich zu ihr an den Tisch. »Die anderen drei hätten sich nicht trennen dürfen. Sie hätten zusammenbleiben müssen. Ganz gleich, was los war. Ich habe dich doch davor gewarnt, Anhalter mitzunehmen oder selber zu trampen. Mein Gott, es sind so viele Psychopathen unterwegs. Glaube mir, ich muss es wissen.«

Liz blieb das Essen fast im Hals stecken. An Psychopathen wollte sie nicht einmal denken. *Psychopathen entführen und foltern Frauen. Psychopathen vergewaltigen und morden.*

»Ich könnte jetzt ein Bier gebrauchen, um das runterzuspülen. Magst du auch eins?«, fragte Vinny und sprang auf.

»Tja, in diesem Haus wirst du nichts zu trinken finden«, erwiderte Liz. »Mum kauft keinen Alkohol mehr ein. Sie sagt, Dad kriegt unterwegs genug und braucht zu Hause nicht auch noch zu trinken.«

»Gutes Argument«, meinte Vinny und setzte sich wieder.

Sie sah zu, wie er sein Essen verschlang.

»Wo könnte sie sein, Beano?«

Mit ernster Miene blickte er von seinem Teller auf. Doch ehe er antworten konnte, läutete im Wohnzimmer das Telefon. Ihr Vater verbrachte so viel Zeit mit Angelegenheiten des Landrats, dass er ein zweites Telefon neben seinem Lieblingssessel bezahlt bekam.

Liz rannte beinahe hin.

»Ja?« Bitte, lass es gute Nachrichten sein.

»Hallo, Liz. Ewig nichts von dir gehört.«

Enttäuschung machte sich in ihr breit, Don Fitzgerald. Sie hatte ihn den ganzen Sommer nicht gesehen. Er hatte in einer Konservenfabrik in Deutschland gearbeitet.

»Oh, hallo, Don. Wie geht's denn so?«

»Das ist nicht gerade die begeisterte Begrüßung, die ich von meiner Freundin erwartet habe. Wie waren die Prüfungen?«

»Okay, glaube ich. In zwei Wochen kriegen wir Bescheid.«

»Was ist los, Liz. Hör zu, wenn du sauer bist, weil ich mich nicht gemeldet habe …«

»Nein, nein, daran liegt es nicht. Es ist nur … nun, es ist etwas passiert.«

»Aha, ich verstehe. Und erzählst du mir, worum es geht?«

Sie zwang sich, es auszusprechen.

»Es geht um Sarah. Sarah ist verschwunden.«

Die Worte schienen im Wohnzimmer widerzuhallen.

Sarah ist verschwunden. Sarah ist verschwunden …

Eine Pause entstand. Er wusste, dass sie es ernst meinte. Sie lachten zwar viel miteinander, doch über so etwas würde sie niemals Witze machen.

»Seit wann?«, fragte er nach einer Weile.

Ehe sie antworten konnte, läutete es an der Tür. Schritte im Flur zogen ihre Aufmerksamkeit auf sich. Vinny stand mit ernster Miene auf der Türschwelle.

»Tut mir leid, Don, ich muss aufhören. Ich rufe dich später zurück.«

Vermutlich das kürzeste Telefonat, das sie je mit ihm geführt hatte.

Fragend sah sie ihren Bruder an.

»Ein Kollege, der mit dir reden will, Liz.«

»Ein Kollege?«

»Ein Detective, der in dem Fall ermittelt. Er will dir ein paar Fragen stellen. Er ist in der Küche.«

Ihre Schultern sackten nach unten, und sie spürte, wie das Blut aus ihrem Gesicht wich. Ein Detective. Die Sache war nun ein Fall. Als sie aufstand, war ihr ein wenig schwindelig. Auf dem Weg vom Wohnzimmer den Flur entlang und in die Küche glaubte sie zu schweben.

Vinny reichte einem blassen Mann über vierzig eine Tasse Tee. Er trug keine Uniform, sondern einen dunklen Anzug mit Krawatte und die Anstecknadel einer katholischen Abstinenzlerbewegung am Revers.

Er stand auf und schüttelte ihr die Hand. Liz fühlte sich an einen Bestattungsunternehmer erinnert.

»Hallo, Liz. Sie wissen, warum ich hier bin.«

Er setzte sich wieder, ohne zu lächeln.

Sie nickte, weil sie keinen Ton herausbrachte.

»Ich möchte, dass Sie mir so viele Einzelheiten wie möglich über Ihr Wochenende in Clare erzählen, insbesondere über die Ereignisse am Montag.«

Er förderte Notizblock und Stift zutage. »Könnten Sie das für mich tun?«

»Ich werde es versuchen.«

Sie hatte das Wochenende in Gedanken bereits in Abschnitte unterteilt. Da waren die Mahlzeiten, die Fahrt zum Einkaufen, der Ausflug nach Black Island, der Grillabend, die Wanderung und die Drinks in Linnanes. Als sie begann, den Blue Pool zu beschreiben, hörte der Detective auf zu schreiben und hob den Kopf.

»Waren Sie und Ihre Freundinnen allein in den Cottages?«

»Ich glaube, ja. Aber ich bin nicht ganz sicher. Einige Male habe ich ein Auto oder einen Transporter gehört, und aus einem Nachbarhaus kam ein Hämmern. Doch ich glaube, wir haben als Einzige dort übernachtet.« Sie erinnerte sich an Sarahs Worte. »Sarah war überzeugt, dass da in unserer ersten Nacht Geräusche waren. Aber sie ist eine richtige Stadtpflanze und die nächtlichen Geräusche auf dem Land nicht gewöhnt. Wahrscheinlich haben sie ihr Angst gemacht.«

Sie blickte aus dem Fenster hinaus in die Dämmerung. Bald würde es dunkel werden. War Sarah irgendwo da draußen allein in der Dunkelheit? War sie in eine versteckte Felsspalte gefallen? Sie durfte an so etwas nicht denken. Sie musste es beiseiteschieben und sich auf das Gespräch mit dem Detective konzentrieren. Ihm alles schildern. Auch die Typen im Pub. Möglicherweise war das ja wichtig.

»Wir haben im Pub ein paar Typen kennengelernt …«

Der Detective hörte auf zu schreiben.

»Erzählen Sie mir davon.«

Sie berichtete ihm von den Jungen aus Donegal. Von der Höhle, die sie entdeckt hatten. Von den Drinks und der Heimfahrt. Sie nahm sich kaum Zeit zum Luftholen. Der Detective lauschte, ohne sie zu unterbrechen. Er blickte starr und blinzelte nur langsam.

»Wissen Sie noch, was Sarah anhatte, als Sie sie das letzte Mal gesehen haben? Also am Montag?«

Liz sah sie klar und deutlich, so lebensecht, als stünde sie leibhaftig vor ihnen. Sie trug das U2-T-Shirt mit den Tourneedaten. Den langen bunten Rock mit einem Lederband als Gürtel. Die Doc Martens und die Motorradjacke.

Als sie fertig war, schwieg der Detective und schien auf

seinem Notizblock herumzukritzeln. Sie wartete auf weitere Fragen, aber er saß nur da und dachte nach.

Sie glaubte schon, dass er das Gespräch nun beenden würde, als er sich räusperte und sich vorbeugte.

»Würden Sie sagen, dass Sie alle gute Freundinnen sind?«

Eine seltsamere Frage konnte sie sich nicht vorstellen.

»Mann, ja, klar. Aber natürlich sind wir gute Freundinnen. Wir wohnen ja schon seit zwei Jahren zusammen.«

»Keine Streitereien wegen Freunden? Keine Auseinandersetzungen nach ein paar Drinks?«

»Nein. Überhaupt nicht. Wirklich.«

»Und Sie verstehen sich alle gut?«

»Selbstverständlich.«

»Und Sie halten zusammen, richtig? Sie passen aufeinander auf?«

»Aber klar doch.«

»Und deshalb haben Sie beschlossen, dass Sie sich trennen und jede ihrer Wege geht?«

Sie starrte ihn entgeistert an. Worauf wollte er hinaus? Sie bekam Herzklopfen.

»Ich weiß nicht, was Sie meinen ... das ist ... das ist ja albern.« Sie geriet ins Stottern. »Was deuten Sie hier an? Warum sind Sie eigentlich nicht da draußen und suchen sie? Es ist jetzt drei Tage her. Sie sollten sie suchen, anstatt hier rumzusitzen und mir Fragen zu stellen!« Die Heftigkeit ihres Ausbruchs erstaunte Liz selbst. Sie stand neben sich und wusste, dass sie panisch klang. Sicher schrie sie.

Vinny erschien in der Tür und schaute zwischen den beiden hin und her.

»Liz?« Er starrte sie erstaunt an.

Doch der Detective ließ sich nicht beirren. »Und wo sollen wir mit der Suche anfangen, Liz? Wissen Sie das? Wissen Sie, wo sie ist?«

Das war ja Wahnsinn.

Total verrückt.

Hilfe suchend sah sie Vinny an.

»Mir ist klar, dass Sie diese Fragen stellen müssen. Ich kenne dieses Vorgehen«, sprang Vinny für sie in die Bresche. »Aber wenn Liz nichts weiß, dann weiß sie nichts. Setzen Sie ihr nicht so zu. Sie hat für heute genug durchgemacht.«

Was, um alles in der Welt, wurde hier gespielt? Waren die anderen auch so verhört worden? Hatte eine von ihnen etwas gesagt, das den Verdacht der Polizei geweckt hatte? Was hatte Angela Devereaux der Polizei erzählt? Liz war sicher, dass es irgendwo jemanden gab, der ihre Geschichte unglaubwürdig fand.

Vinny begleitete den Detective nach draußen. Liz schaffte es, sich eine Zigarette zu drehen. Dann saß sie da und rauchte gierig. Eigentlich sollte sie wirklich nicht rauchen, wenn ihre Atmung so schlecht war wie schon seit Jahren nicht mehr. Sie war völlig durcheinander. Bis jetzt war sie nur wütend gewesen und hatte sich schuldig gefühlt. Doch nun wurde sie der Angst nicht mehr Herr. Sie war mit Händen zu greifen. Inzwischen fürchtete sie sich. Sie hatte sehr, sehr große Angst.

Als sie um halb drei die Treppe hinaufging, roch es im Wohnzimmer wie im verqualmten Hinterzimmer eines Pubs. Sie ließ sich mitten aufs Bett fallen. *Sarah kommt nicht mehr zurück. Du hast sie im Stich gelassen, und jetzt ist sie verschwunden*, raunten die Stimmen. Liz versuchte, die Ohren vor ihnen zu verschließen, und wälzte sich ruhelos herum. Doch es war sinnlos, sie gönnten ihr keinen Frieden.

Der Morgen dämmerte gerade, als das Telefon läutete. Sie hörte Vinnys leise Stimme. Die Treppe knarzte dumpf, und dann wurde an die Tür geklopft.

»Liz, bist du wach?« Er öffnete sie einen Spaltbreit.

Sie richtete sich auf.

»Ich habe nicht geschlafen.«

»Sie haben ein T-Shirt gefunden. Im Bootshaus.«

»Was für ein T-Shirt?«

»Ein U2-T-Shirt. Zerrissen und voller Blut. Oh, Liz, es tut mir ja so entsetzlich leid …«

Kapitel 19
Maeve

Es stand in allen Zeitungen. Fernsehen und Radio berichteten. Es war Realität geworden. Alle wussten von ihrem Verschwinden. Die *Irish Times*, der *Irish Independent*, der *Cork Examiner*, sie alle brachten die gleiche Schlagzeile – »*Studentin aus Galway vermisst*«. Angela Devereaux kannte einflussreiche Leute. Ganz sicher tat sie das. Ständig verschwanden Menschen, doch Maeve konnte sich nicht daran erinnern, dass je ein Vermisster so viel Aufmerksamkeit erfahren hätte.

Ihr war übel, und sie war nassgeschwitzt. Seit es passiert war, hatte sie kaum gegessen oder geschlafen, und sie fühlte sich innerlich so schmutzig, wie sie vermutlich von außen aussah. Ihre langen Haare hingen in fettigen Strähnen herab. Sie hatte nicht die Kraft, sie zu waschen. Zum ersten Mal im Leben kam Maeve sich absolut nutzlos vor.

Das Telefon läutete pausenlos. Raymond, die Jungs vom Seminar und Julie. Warum musste Julie nur immer und immer wieder anrufen, verdammt? Julie, ein Katastrophengebiet auf zwei Beinen. Dem Mädchen hätte man eine Gesundheitswarnung mitgeben sollen, mit Blaulicht und Sirene.

Maeve war die Letzte der Drei, die befragt wurde. Sie musste sich ihre Geschichte genau überlegen. Vorbereitet sein. Das war das ganze Geheimnis. Immer vorbereitet sein.

Anfangs wirkte der Detective geduldig und freundlich. Er überließ ihr das Reden. Es lief ganz anders ab, als sie es sich vorgestellt hatte. Sie hatte gedacht, dass man sie viele Dinge fragen würde, aber nein. Sie durfte einfach ihre Version der Ereignisse schildern. Obwohl sie nervös war und einen trockenen Mund hatte, glaubte sie, ihre Sache gut gemacht zu haben. Nach etwa einer Viertelstunde lehnte sich der Detective bequem auf dem Sofa zurück.

»Sagen Sie mal, Maeve, hat Sarah eigentlich einen Freund, ich meine, einen festen?«

Das war zwar eine ziemlich normale Frage, doch die Art, wie er sie stellte, weckte ihren Argwohn.

»Ja, hat sie«, erwiderte sie. »Auch wenn ich nicht sicher bin, ob ihre Mutter davon weiß. Ich glaube, sie hält ihn geheim.« Maeve senkte die Stimme. Beinahe hatte sie das Gefühl, Sarah zu verraten, doch sie musste alles sagen, was hilfreich sein konnte.

»Wäre die Mutter nicht mit ihm einverstanden? Meinen Sie das?«

»Vermutlich nicht. Raymond ist ein paar Jahre älter und Fischer in Galway. Mrs. D. wäre sicher nicht begeistert.«

»Nachname?« Der Detective machte sich wieder Notizen.

»Walsh. Raymond Walsh.«

Jetzt würden sie auch Raymond in die Mangel nehmen. Der Mann war zwar nicht unbedingt ihr Fall, er tat ihr jedoch trotzdem ein bisschen leid. Er schien ohnehin schon am Boden zerstört zu sein. Herrgott, diese Detectives ermittelten offenbar einfach ins Blaue hinein. Wenn sie jemanden verhören sollten, dann die vier Schwachköpfe aus Donegal.

»Und was ist mit Ihnen, Maeve?«, erkundigte sich der Detective lächelnd. »Haben Sie auch einen Freund?«

»Was hat denn das mit der Sache zu tun?«, gab sie zurück.

»Das werden wir erst wissen, wenn wir gefragt haben.« Er lächelte immer noch.

»Nun, die Antwort lautet nein. Im Moment habe ich keinen Freund.«

Er betrachtete seinen Notizblock. »Und Liz Dillon, hat sie einen Freund?«

»Ja.«

»Und was ist mit Julie Kingston?«

Maeve konnte sich ein Schmunzeln nicht verkneifen. »Ich glaube, aktuell nicht. Aber dieser Zustand ist meistens nicht von Dauer.«

Der Detective dachte über ihre Antworten nach.

»Also Ihre Freundinnen, alle attraktive junge Frauen, alle haben Verehrer. Wie fühlen Sie sich da?«

Was für eine Frechheit! Was wollte der Kerl von ihr?

»Ich freue mich für meine Freundinnen«, entgegnete sie spöttisch.

»Nun, wissen Sie, ich habe eine ganze Horde Schwestern. Manchmal kann es Eifersüchteleien geben, wenn mehrere Frauen zusammenkommen, verstehen Sie?« Er schmunzelte.

Einige Minuten später schien der Detective zufrieden zu sein, denn er stand auf und zog seinen Regenmantel an. Draußen schüttete es wie aus Eimern.

»Ein scheußliches Wetter, finden Sie nicht?«

Maeve nickte.

»Bei so einem Wetter möchte man nicht gerne draußen sein.«

»Nein.«

Sie begleitete ihn zur Tür, doch als er gerade gehen wollte, drehte er sich mit einer blitzartigen Bewegung noch einmal zu ihr um.

»Also das war es, Maeve? Sie haben nichts hinzuzufügen?«

Ihr Herz setzte einen Schlag aus. Sie hielt seinem Blick stand.

»Das war's. An mehr erinnere ich mich nicht.«

Er sah ihr eine Weile in die Augen.

»Sehr gut. Es ist immer gut, sämtliche Fakten zu kennen.«

Mit diesen Worten verschwand er im Regen.

Maeve war beunruhigt. Sie kannte die Fakten. Die Fakten waren, dass sie überhaupt nicht erst per Anhalter hätten fahren sollen. Sie hätten sich nicht trennen dürfen. Sie hätten Sarah nicht allein zurücklassen sollen. Und damit basta. Was für andere Fakten gab es? Dass Sarah nicht diejenige sein sollte, die vermisst wurde? Wohl kaum eine Tatsache, eher eine Wendung des Schicksals. Und wenn Julie, diese Nervensäge, noch einmal anrief und winselte, wie dankbar sie ihr doch sei, weil sie den Mund gehalten hatte, würde sie anfangen, laut zu schreien.

Innerlich schrie sie bereits. Sie war zermürbt und fühlte sich zerschlagen, verletzt und blutig. Sarah im Fernsehen zu sehen, war surreal gewesen. Inzwischen wurde landesweit über den Fall berichtet, und auf eine perverse Art schien er die Menschen zu faszinieren.

Die vermisste junge Frau stammte aus einer wohlhabenden, angesehenen und gebildeten Dubliner Familie. Sie war blond, hübsch und weckte Beschützerinstinkte. Schüchtern lächelte Sarah den Zuschauern vom Fernsehbildschirm entgegen. Es war ein steriles Foto, zweidimensional, ohne Persönlichkeit und Sarahs üblichen, kecken Gesichtsausdruck. Sicher hatte Mrs. D. es gerade deshalb und nach reiflicher Überlegung ausgesucht. Es war auf dem Dunleary Pier entstanden.

Kopfschüttelnd starrte Maeve darauf. Diese Aufnahme hatte kaum eine Ähnlichkeit mit der Sarah, mit der sie die letzten Tage verbracht hatten. Im Fernsehen waren ihre Haare so glatt und seidig wie in einer Shampoowerbung. Sie hatte auch kein Nasenpiercing. Vermutlich entsprach das dem Bild, das Mrs. D. von Sarah hatte, weil sie sie nicht so sehen wollte, wie sie wirklich war. Maeve bereute den Gedanken sofort wieder. Ich bin so mies, dachte sie. Mrs. D. mochte ihre Fehler haben, aber im Moment ging sie bestimmt durch die Hölle.

Es war inzwischen Tag vier. Die Polizei war mittlerweile ziemlich sicher, dass Sarah nie am Bahnhof angekommen war. Kein Fahrkartenkontrolleur hatte eine junge Frau gesehen, auf die ihre Beschreibung passte. In Ballyvaughan wurde eine Sonderkommission eingerichtet. Eine *Sonderkommission, um Himmels willen.* Allein das Wort jagte Maeve einen Schauder den Rücken hinunter.

Paudie Molloy würde sie am Morgen von Listowel aus hinfahren. Sie und die anderen Mädchen waren aufgefordert worden, bei den Ermittlungen zu helfen, und hatten Zimmer in demselben Hotel wie die Familie Devereaux reserviert. Maeve graute schon davor. Jetzt musste sie noch den restlichen Tag durchstehen. Heute in den Abendnachrichten würden Angela und Wynn Devereaux die Öffentlichkeit um Informationen im Zusammenhang mit dem Verschwinden ihrer jüngsten Tochter Sarah bitten.

Maeve hatte nie viel gebetet. Sie war eher ein pragmatischer Mensch. Sie gehörte auch nicht zu den Leuten, die weinten. Doch gestern hatte sie den ganzen Tag mit beidem verbracht. Sie hatte sich in die Kirche geschlichen, sich in einer der hinteren Sitzreihen versteckt und gebetet, während eine Gruppe geschäftiger Frauen sauber machte und Blumen arrangierte. Und dann hatte sie noch einmal gebetet. Es gab nichts zu tun außer Beten und Warten.

Nachdem der Detective fort war, brachte ihre Mutter ihr ein getoastetes Sandwich, das unberührt liegen blieb. Und dann, wie aus heiterem Himmel, liefen ihr dicke Tränen aus den Augen und fielen auf den Teller. Ihre Mutter sah sie erschrocken an.

»Wir hätten sie nicht allein lassen dürfen. Wir hätten Sarah einfach nicht dort allein lassen dürfen.«

Ihre Mutter griff nach ihrer Hand, und ihr Vater packte sie an der Schulter.

»Tut mir leid, ich kann jetzt nicht essen.« Sie nahm ihre Handtasche und holte die Zigaretten heraus.

»Maeve.« Die Stimme ihrer Mutter klang tadelnd. In der Küche war Rauchen nicht erlaubt.

»Lass sie, Ann, lass sie«, sagte ihr Dad. »Heute ist kein Tag für Regeln.«

Nach der Zigarette ging Maeve nach oben und legte sich aufs Bett. Sie wollte allein sein. Falls sie jemals gedacht haben sollte, dass einige verpatzte Prüfungen die schlimmste Katastrophe war, die ihr zustoßen konnte, hatten die letzten Tage sie eines Besseren belehrt. Sie fühlte sich, als hätte sie jemand als Geisel genommen und sie gezwungen, in einem Horrorfilm mitzuwirken.

Ihre Gedanken überschlugen sich. Sarah hatte den Zug nie erreicht. Aber jemand wusste, wo sie war. Jemand hatte sie mitgenommen. Vielleicht mehrere Personen. Sarah wurde gefangen gehalten. Es handelte sich nicht um eine Lösegelderpressung, denn es waren noch keine Geldforderungen eingegangen. Ganz gleich, wer diese Leute sein mochten, ihr Interesse an Sarah war kein finanzielles. Das machte es noch schlimmer.

Sie ließ den Montag Revue passieren. Nachdem sie und Julie fort gewesen waren, war es sicherlich trüb und still dort gewesen. Sarah hatte aus der Ferne Hundegebell und seltsame Geräusche gehört und sie hatte Bewegungen im Nebel wahrgenommen. Am Himmel hatten unsichtbare Möwen geschrien. Sicher war es sehr einsam gewesen. Wie lange hatte sie gewartet, bis jemand angehalten hatte? Eine Stunde? Eine halbe Stunde? Fünf Minuten?

Wer hatte sie mitgenommen? War sie noch einmal den Höhlenkletterern aus Donegal begegnet? Ganz sicher wäre sie niemals freiwillig allein zu ihnen in den Wagen gestiegen, so abfällig und verächtlich, wie sie sich über sie geäußert hatte. Aber was, wenn sie verzweifelt gewesen war? Wirklich verzweifelt?

»Maeve, Kind …« Erschrocken fuhr sie hoch. Offenbar war sie eingeschlafen. Ihre Mutter stand am Fußende des Bettes. »Julie ist wieder am Telefon …«

Maeve stöhnte auf.

»Sag ihr, dass ich in der Badewanne bin, Mum. Ich packe es einfach nicht mehr, mit ihr zu telefonieren.«

»Wenn du meinst. Aber sie scheint wirklich aufgelöst zu sein.«

Julie aufgelöst. Das war ja mal was Neues.

»Wir sehen uns ja morgen. Sag ihr das einfach.«

Immer drehte sich alles nur um Julie. Diese ganze schreckliche Situation war nur Julies Schuld. Sie hatte im Pub bleiben wollen, als die Höhlenkletterer aufkreuzten. Sie hatte sich aufgeführt wie ein verirrter Welpe, um sie auf sich aufmerksam zu machen. Die typischen dämlichen Julie-Mätzchen. Und ja, sie waren irgendwie verrückt gewesen. Julie zog Verrückte magisch an. Sie war ein Magnet für Spinner.

Der morgige Tag würde die Hölle werden. Der bloße Gedanke daran, der Familie Devereaux im Pulk zu begegnen, flößte Maeve entsetzliche Angst ein. Sie würde vor ein Tribunal gestellt werden. Julie ebenfalls. Und Liz auch, allerdings nicht in diesem Ausmaß.

Liz' Schuld an diesem Albtraum wurde dadurch geschmälert, dass sie die drei Frauen gemeinsam abgesetzt hatte, und zwar in der Annahme, dass ihnen in der Gruppe nichts geschehen könne. Liz war nicht die Böse. Ihr kam in diesem Drama nicht die Schurkenrolle zu. Die Übeltäterin war Maeve. Und ganz gleich, was morgen auch geschah, wusste sie sicher, dass Julie es schaffen würde, alle um den Finger zu wickeln. So wie sie es immer tat. Maeve würde als Rädelsführerin dastehen. An ihr würde der Schwarze Peter hängen bleiben. Man würde sie für berechnend halten. Intrigant. Gefühllos. Sie schluchzte in ihr Kissen. Es war einfach so unfair.

Der Appell im Fernsehen lieferte einen beängstigenden Vorgeschmack auf das, was sie erwartete. Maeve konnte kaum hinschauen. Die Devereaux waren ein beeindruckendes Paar. Angela Devereaux trug ein hellgraues, schmal geschnittenes Kostüm. Sie hatte die beringten Finger ruhig vor einigen Mikrofonen verschänkt und sprach langsam, deutlich und beherrscht. Ihr blondes, makellos frisiertes Haar war steif gesprayt und bewegte sich wie eine einzige Masse.

Ihre Ansprache war in jeglicher Hinsicht würdevoll. Keine Tränen, kein Beben in der Stimme, kein Zittern. Einfach nur die geradeheraus vorgetragene Bitte um Informationen an die Menschen gerichtet, die Sarah vielleicht festhielten oder ihren Aufenthaltsort kannten. Dann war Wynn Devereaux an der Reihe. Er setzte zum Sprechen an, dann wurde er von Gefühlen überwältigt, und seine Stimme versagte. Seine Frau warf ihm einen tadelnden Blick zu, worauf er sich räusperte und es noch einmal versuchte. »Sarah, bitte melde dich. Melde dich bei einem von uns. Wir wollen nur wissen, ob es dir gut geht.« Er schluckte. »Wir alle vermissen dich, Sarah. Deine Mutter und ich. Deine Schwestern Eva und Aisling würden gerne …« Er konnte nicht weitersprechen. Die Kameras schwenkten zu den vier Polizisten, die die Familie flankierten. »In Ballyvaughan wurde eine Sonderkommission eingerichtet. Bitte wenden Sie sich mit allen Informationen, die wir natürlich vertraulich behandeln, an die Telefonnummern, die gleich eingeblendet werden.« Dann war die Kamera wieder auf Angela und Wynn Devereaux gerichtet, die ihre Köpfe gesenkt hielten.

Oh, mein Gott. Das war die Hölle. Die Hölle auf Erden.

Wenige Sekunden später läutete erneut das Telefon. Als ihre Mutter vom Sofa aufstand, schüttelte Maeve den Kopf. »Ich bin nicht da«, flüsterte sie.

»Gut, Kleines.«

Als sie zurückkam, hatte sie ein weiteres Tablett mit Tee bei sich. Irgendwann würde Maeve in einem Meer aus Tee ertrinken.

»Das war wieder die arme Julie. Sie wollte dir nur sagen, dass du morgen deine Gummistiefel mitbringen sollst.«

»Gummistiefel?«

»Sie wollen die Umgebung des Blue Pool absuchen. Du wirst Gummistiefel brauchen.«

»Oh, Mum«, seufzte Maeve. »Die arme, arme Sarah.« Sie schlug die Hände vors Gesicht.

»Es ist nicht deine Schuld, Maeve.«

»Oh, Mum, aber das ist es. Es *ist* unsere Schuld. Es ist einzig und allein *unsere* Schuld.«

»Pssst, Kleines. Trink deinen Tee. Du siehst ja völlig erschöpft aus.«

Der nächste Tag. Tag fünf.

Der Morgen war sonnig und klar. Um sieben saß Maeve mit ihrem Vater im Auto, eine kleine Reisetasche und die Gummistiefel zu ihren Füßen. Sie hatte unruhig geschlafen. Beim Aufwachen hatte sie wieder diesen Druck im Magen gehabt und das Gefühl, sich gleich übergeben zu müssen. Deshalb hatte sie auch nur ein paar Bissen Rührei hinunterwürgen können.

»Mit der Fähre geht es schneller«, sagte Paudie Molloy. Und so waren sie von Tarbert nach Killimer mit dem Boot gefahren, anstatt den längeren Weg über die Straße zu nehmen. Unterwegs kamen sie an einem Pärchen vorbei, das versuchte, nach Corofin zu trampen. Einige Kilometer weiter trampten zwei sonnengebräunte und ausländisch wirkende Frauen. Sie wollten nach Galway. Niemand trampte allein.

Einige Male versuchte ihr Dad, ein Gespräch anzuknüpfen.

»Nächste Woche kommen die Prüfungsergebnisse raus …«, sagte er.

»Ich weiß.«

»Ich bin sicher, dass du es geschafft hast.«

»Vielleicht.«

Die Prüfungsergebnisse konnten ihr den Buckel runterrutschen. Was spielten sie jetzt noch für eine Rolle?

»Fährst du nach Galway, um sie abzuholen?«

»Eigentlich wollten wir zu viert hinfahren.«

»Ich weiß, Liebes, ich weiß.«

Eine Weile setzten sie ihren Weg schweigend fort.

»Du gehst doch wieder hin, Maeve, oder?«

»An die Uni?«

»Ja, an die Uni. Ich meine … selbst wenn Sarah … selbst wenn Sarah …«

»Keine Ahnung, Dad. Ich möchte jetzt nicht darüber nachdenken. Ich kann einfach nicht.«

Wieder Schweigen.

»Sarah war meine Freundin.«

»Ich weiß, Liebes, ich weiß.«

Bei ihrer Ankunft war vor dem Hylands Hotel in Ballyvaughan die Hölle los. Maeve wollte nicht aussteigen. Autos und Übertragungswagen parkten am Straßenrand. Liz' R4 stand, eingekeilt hinter einem Streifenwagen, am Ende der Straße, auf der sich ein dichter Verkehrsstrom wälzte. Uniformierte Polizisten patroullierten auf dem Gehweg, und ein Kamerateam schien geradewegs auf sie zuzusteuern. Maeve duckte sich.

»Alles in Ordnung, sie sind um die Ecke gebogen«, meldete ihr Dad.

»Ich glaube, ich kann das nicht.« Maeve zitterte am ganzen Leib. Sie hatte das Gefühl, das alles passiere jemand anderem.

»Du kannst das, Maeve. Denk daran, du tust es für Sarah. Für sie wirst du es schaffen.«

»Ich versuche es«, stieß sie mit zusammengebissenen Zähnen hervor.

Solange das Kamerateam um die Ecke beschäftigt war, raffte sie hastig ihre Sachen zusammen, küsste ihren Vater auf die Wange und rannte zum Hoteleingang.

»Maeve, Maeve … hier sind wir.«

Mit klopfendem Herzen stolperte sie über die Schwelle und bemerkte Liz und Julie, die sich in einer Ecke verkrochen hatten. Sie sahen beide blass und abgekämpft aus.

»Wann seid ihr angekommen?«

»Gestern Abend«, erwiderte Liz. »Ich bin gefahren.«

»Draußen tobt der nackte Wahnsinn.« Maeve ließ sich neben ihnen in einen Sessel fallen.

Plötzlich entstand Bewegung an der Rezeption. Drei Reporter erschienen aus dem Nichts und drängten sich um eine kleine Personengruppe. Ein Polizist ging dazwischen.

»Was ist denn da los?«, fragte Maeve.

»Das sind die Devereaux«, erklärte Liz.

Ganz offensichtlich waren sie es. Maeve starrte hin. Die beiden jungen Frauen waren vermutlich Aisling und Eva. Sie waren so blond wie Sarah. Der Polizist forderte die Reporter auf zu verschwinden. Mrs. Devereaux wirkte erleichtert. Plötzlich schaute sie zu ihnen hinüber. Maeve erstarrte. Sie spürte, wie Mrs. Devereaux sie mit Blicken durchbohrte. Sie konnte nicht einmal blinzeln, während die Frau schnurstracks auf sie zusteuerte. Maeve hatte das Gefühl, dass alle sie beobachteten. Ihr Mund wurde trocken.

»Hallo Maeve, schön, Sie zu sehen.« Sie hielt inne. »Wissen Sie, das ist der schlimmste Albtraum jeder Mutter.«

Maeve machte den Mund auf, um zu antworten, brachte aber keinen Ton heraus.

»In zwanzig Minuten fangen wir am Blue Pool an, hat man mir mitgeteilt. Wie ich sehe, haben Sie Gummistiefel mitgebracht. Sie werden sie brauchen.« Fast schien sie Maeve am Arm berühren zu wollen, überlegte es sich aber anders, wandte sich ab und kehrte entschlossenen Schrittes zu ihrer Familie zurück. Sie trug ebenfalls Gummistiefel.

Zitternd drehte Maeve sich zu den Mädchen um.

»Das ist die Hölle.«

»Die Hölle«, stimmte Julie zu.

»Ein Albtraum«, sagte Liz.

»Warum fangen wir am Blue Pool an?«, erkundigte sich Maeve.

Liz schaute sich um und legte den Finger an die Lippen. »Sie wollen es noch geheim halten, aber dort haben sie ihr T-Shirt gefunden«, raunte sie. »Ich darf es offiziell nicht wissen.« Maeve war kurz davor, sich zu übergeben.

»Was?«, flüsterte sie.

»Vinny hat es mir erzählt. Es wurde im Bootshaus entdeckt. Und deshalb fangen wir dort an.« Liz hielt inne. »Es war voller Blut.«

Also hatte es eine Wendung zum Schlechteren gegeben. Maeve starrte Liz und Julie an, die beide schweigend über das Entsetzliche nachdachten.

»Ich werfe kurz meine Sachen in unser Zimmer. Wo ist es?«, brach Maeve das Schweigen. Es war nur noch ein Dreibettzimmer frei gewesen, was ihnen allen recht war.

»Oben. Nummer 103, das dritte Zimmer auf der linken Seite«, erwiderte Liz. »Kommst du in fünf Minuten wieder runter?«

»Klar, bis gleich.«

Nachdem Maeve das Zimmer gefunden hatte, ging sie ins

Bad und wusch sich das Gesicht mit kaltem Wasser. Da sie den Devereaux bereits begegnet war, hatte sie eine Hürde hinter sich. Allerdings sorgte die Vorstellung, die nächsten vierundzwanzig Stunden unter ständiger Beobachtung verbringen zu müssen, dafür, dass sie sich wie ein Wurm am Angelhaken fühlte. Ganz gleich, wie sehr sie sich auch krümmte, wand und zappelte, es gab kein Entrinnen.

Kapitel 20
Julie

»*Sarah kann nicht schwimmen. Sarah kann nicht schwimmen.*«

Der Satz wiederholte sich in einer Endlosschleife in ihrem Kopf – ein marterndes, bohrendes Mantra. Julie steckte die Hände tiefer in die Taschen. Sie zitterte, obwohl es nicht kalt war. Hin und wieder beobachtete sie einen Taucher, der an die Oberfläche kam, ein Handzeichen gab und wieder verschwand.

Über ihren Köpfen schwebte der unverkennbare rot-weiße Rettungshubschrauber am Himmel. Wie ein Insekt schoss er herab und flog wieder hoch. *Whop, whop, whop*, dröhnten die Rotorblätter, sodass sich das Wasser kräuselte, während der Hubschrauber seine Kreise zog. Bei jedem Sinkflug blieb Julie das Herz stehen, und sie fragte sich, ob der Pilot etwas entdeckt hatte.

Angeleinte Hunde schnüffelten scharrend Torf und Gestrüpp am Ufer ab. Immer wieder sorgten ein Bellen oder ein »hier rüber« dafür, dass ihr die Hände feucht wurden. Das hier war Dantes Inferno.

Die Fahrt von Ballyvaughan zum Blue Pool hatte etwa zwanzig Minuten gedauert. Bis zu ihrer Ankunft hatte sich vor Cyrils Häuschen schon eine beträchtliche Menschenmenge geschart. Der Suchtrupp bestand aus uniformierten Polizisten und Freiwilligen. Eine weitere Menschengruppe stand hinter dem Absperrband unten am Bootshaus. Sie erkannte Raymond unter den Leuten. Er trug Ölzeug und Stiefel. Da es letzte Nacht stark geregnet hatte, war der Boden aufgeweicht und matschig.

Kaum zu glauben, dass sie erst vor einer Woche hier gewesen waren. Vor fünf Tagen, um genau zu sein. Wie sehr hatte sich ihrer aller Leben in dieser kurzen Zeit verändert. Wenn sie die Uhr nur hätten zurückdrehen können. Wenn.

»Schau, da ist Vinny, er steht neben Raymond.« Liz wies aufs Bootshaus. »Lasst uns bei ihm mitgehen.«

Vinny hatte es geschafft, ins Ermittlungsteam aufgenommen zu werden. Dass er sich in dieser Gegend so gut auskannte, hielt man für einen Vorteil. Als die Mädchen sich zu ihm gesellten, war er mit Raymond ins Gespräch vertieft. Raymonds Gesicht war eingefallen, und er wirkte benommen. Julie schlang die Arme um ihn und drückte ihn fest an sich. Seine Wachsjacke roch nach Fisch. Liz umarmte ihn ebenfalls. Nur Maeve hielt sich zurück.

»Oh, Raymond, was für ein Albtraum!« Julie musterte ihn forschend. »Es ist einfach unfassbar. Ich glaube immer noch nicht, dass es wahr ist.«

»Ich auch nicht.« Raymond schüttelte den Kopf. »Ich will es nicht glauben.«

»Los, Leute, wir fangen an«, übernahm Vinny das Kommando. »Wir kümmern uns um das Westufer und das angrenzende Gebüsch. Das Ostufer wird schon von einer anderen Gruppe aus Freiwilligen und Polizisten abgesucht. Passt auf, wo ihr hintretet.«

Er ließ den Blick über seine Truppe schweifen. »Also, los. Oh, Moment mal, sind das die Devereaux, die sich uns anschließen wollen?«

Julie zuckte zusammen. Sie drehte sich um und sah, dass Angela Devereaux den Hügel hinunter und auf sie zu marschierte. Einige Polizisten klapperten offenbar die anderen Häuser ab. Hinter Angela Devereaux folgten, ein wenig langsamer, Aisling und Eva mit ihrem Vater.

»Wir begleiten Sie, Officer Dillon«, erklärte Angela Devereaux, als sie sie erreicht hatte. »Offenbar kennen Sie sich hier aus.« Sie band ihr Kopftuch unter dem Kinn zu.

»Wie schaffen sie das nur?«, flüsterte Julie Liz ins Ohr. »Ich halte das ja schon kaum aus. Wie können sie so tapfer sein?«

Als sie sich durch Schilf und Gestrüpp auf den Weg machten, berührte sie jemand am Ellbogen. Es war Wynn Devereaux.

»Stört es Sie, wenn ich mich Ihnen anschließe?«

Sie war überrascht. Er sah aus wie ein waidwundes Tier.

»Ü… überhaupt nicht, Mr. Devereaux. Bitte … kommen Sie.« Sie geriet ins Stammeln, und ihr Mund wurde trocken.

»Ich wäre gerne bei Sarahs Freundinnen.« Seine blauen Augen sahen sie um Verständnis heischend an.

»Natürlich. Sicher ist es unerträglich schwer für Sie«, stotterte sie, weil sie nicht wusste, was sie sonst sagen sollte.

»Wir müssen sie finden.«

Das war Folter.

Sie hatte es verdient.

»Letzte Nacht habe ich darum gebetet, dass wir sie finden.« Er drückte ihren Arm. »Ich habe gebetet und gebetet, sie möge wieder auftauchen. Ich habe seit dreißig Jahren nicht mehr gebetet. Ich würde alles tun, um sie zurückzubekommen. Alles.« Er stolperte über eine knorrige Wurzel im Unterholz und musste sich an Julie festhalten. »Sie würde keiner Fliege etwas zuleide tun. Mein hübsches Mädchen ist gar nicht zu Aggressivität fähig. Niemals hätte sie sich geprügelt … nicht Sarah. Fragen Sie ihre Schwestern. Die werden es Ihnen bestätigen. Selbst wenn die beiden sich richtig in den Haaren hatten, hat Sarah sich immer rausgehalten. Also, falls jemand … dann hätte sie es nicht geschafft … sie hätte einfach nicht … falls irgendein perverses Schwein …«

»Bitte, Mr. Devereaux.« Sie hielt das keine Sekunde länger aus. »Bitte nicht …«

»Entschuldigen Sie, entschuldigen Sie …«

Schweigen entstand, inzwischen waren sie ein paar Meter hinter der restlichen Gruppe zurückgeblieben. Sie konnten sehen, wie die anderen Schilfbüschel durchkämmten und stehen blieben, um nicht zu identifizierende Gegenstände in Augenschein zu nehmen. Inzwischen war das Wetter feucht und drückend und verhieß weiteren Regen. Der Himmel war farblos, und die Luft knisterte. Der See lag unheimlich ruhig. Bis auf die kleinen Wellen, die die Taucher auslösten, war seine Oberfläche reglos. Alles am Blue Pool hielt den Atem an.

Plötzlich erklang aus dem Nichts ein Knall wie von einem Schuss. Alle fuhren zusammen. Aber es war kein Schuss, sondern Donner. Kurz hielten alle inne und blickten zum Himmel.

»Die Götter sind zornig«, sagte Wynn Devereaux.

Ich auch, dachte Julie. Ich bin zornig, und ich habe Angst.

»Hat Sarah Ihnen je die Geschichte vom Mond erzählt?«

Julie schüttelte den Kopf.

»Das war ihre Lieblingsgutenachtgeschichte, als sie noch

klein war. Ich habe sie gut zugedeckt und ihr die Geschichte von dem kleinen Mädchen erzählt, das im Garten ein Stück vom Mond gefunden hat.«

Julie konnte ihm nicht ins Gesicht sehen, als er so neben ihr herging. Doch seine Stimme war voll wehmütiger Erinnerungen.

Er räusperte sich. »Das kleine Mädchen wusste, dass der Mond traurig sein würde, weil er ein Stück von sich verloren hatte. Also stieg es mit einer Leiter aufs Gartenhäuschen, und von dort aus sprang es auf einen Stern. Dann sprang es auf einen anderen Stern und dann auf den nächsten, bis es beim Mond war. Der Mond war so froh, sein fehlendes Stück zurückzubekommen, dass er dem Mädchen versprach, ihm immer zu leuchten, wenn es bei Dunkelheit draußen war.« Er hielt inne. »Sarah hat diese Geschichte geliebt.« Inzwischen war seine Stimme vor Rührung belegt. »Ich habe sie zugedeckt, und dann ist sie eingeschlafen, überzeugt, dass sie geborgen ist und dass in ihrer Welt alles in Ordnung ist.«

Julie konnte nicht antworten. Ihr liefen Tränen übers Gesicht. Sie versuchte, den Blick abzuwenden. Im nächsten Moment sah sie aus dem Augenwinkel, dass Maeve sich näherte und sie ziemlich eigenartig anblickte. Eva und Aisling Devereaux folgten ihr.

Jemand blies in eine Pfeife. Julie erschauderte. Alle blieben ruckartig stehen. Es war 12:41 Uhr. Alle beobachteten eine Gruppe von Tauchern, die einige Meter voraus auf dem neu entstandenen Trampelpfad etwas an Land zerrten. Es war groß und schwarz.

Julie spürte, dass Wynn Devereaux neben ihr erstarrte. Langsam und voller Angst näherten sie sich den Tauchern.

»Treten Sie zurück, machen Sie den Tauchern Platz«, befahl ein eifriger Polizist in Uniform.

Der Fund, was immer es auch sein mochte, war offenbar schwer. Das erkannte Julie daran, wie sie ihn zogen. Der Gegenstand war in eine Art Plane und dicke Plastikfolie gewickelt. Julie spürte, wie ihr das Blut in die Beine sackte. Entsetzt schaute sie zu. Die Polizisten fingen an, das Tau zu lösen, mit dem die Plane verschnürt war. Alle hielten den Atem an.

»Was zum Teufel …«, hörten sie einen Polizisten murmeln.

Jemand stieß einen überraschten Pfiff aus.

Sie hatten ein kleines Lager schwerer Schusswaffen entdeckt. Als Julie näher herantrat, erkannte sie etwa fünfzehn oder zwanzig große Maschinengewehre und weitere Feuerwaffen. Sie hatte Sarahs Worte an jenem Tag im Ohr. *»Ich sage dir, dass sie etwas vorhaben … sie haben über die Bewegung geredet … über die Briten …«* Hatte sie den richtigen Riecher gehabt? Hatten Steve und seine Freunde damit zu tun? Der Blue Pool verlor rasch seinen idyllischen Charme. Er war nicht mehr das ländliche Paradies, das Liz gemalt hatte und wo sie ein paar fröhliche Tage verbracht hatten. Julie wurde mulmig. Sie hatte diese Typen angelockt. Sie hatte sie an ihren Tisch eingeladen. Während sie dastand und sich elend fühlte, die Polizisten beratend die Köpfe zusammensteckten und die Taucher auf weitere Anweisungen warteten, wurden die anderen von tiefer Erleichterung ergriffen.

»Sie ist es nicht«, flüsterte Wynn Devereaux. »Es ist nicht meine Sarah.«

»Nein, Dad, sie ist es nicht«, sagte Eva Devereaux und tätschelte den Arm ihres Vaters.

»Ich glaube, ich gehe zurück zum Auto, Eva, mein Kind. Mir ist nicht gut.«

»Es ist zu viel für dich, Dad. Du hättest nicht mitkommen sollen. Ich begleite dich. Vielleicht kann Aisling ja Julie Gesellschaft leisten?« Eva sah Julie fragend an.

»Ja, ja natürlich kann sie das.« Julie war selbst ziemlich erschüttert.

Sie hätte alles dafür gegeben, auch zum Auto gehen und sich dort verstecken zu können, bis alles vorbei war. Stattdessen war sie dazu verurteilt, sich weitere Geschichten und Anekdoten über Sarah anzuhören. Aisling musste ihr Herz ausschütten.

In ihrer Kindheit waren Aisling und Eva stets die Vernünftigen gewesen. Sie waren fleißig in der Schule und kamen nie zu spät nach Hause. Ganz im Gegensatz dazu Sarah. Die hatte ihre Teeniezeit damit verbracht, um Mitternacht aus dem Fenster zu klettern und auf Feten zu gehen. Während sie so durch den zähen Morast wateten, mussten sie das Dröhnen des Helikopters übertönen, um einander von Noel und Sarah zu erzählen, manchmal lachend, manchmal eine stille Träne vergießend. Aisling hatte zwar von Noels Schicksal gewusst, die Hintergründe aber nicht gekannt.

»Ich hätte damals etwas unternehmen sollen, aber ich bin nicht auf ihn eingegangen«, gestand Julie.

»Und ich hätte mich für Sarah einsetzen sollen«, erwiderte Aisling.

»Und wie?«, fragte Julie.

»Sarah wollte nicht Pharmazie studieren. Das wollte sie noch nie. Selbst als sie im Sommer in der Apotheke arbeiten musste, hat sie jede Gelegenheit genutzt, um sich an die Theke mit den Schminksachen zu verdrücken.«

»Ja, das hat sie uns erzählt.« Julie lächelte.

»Mum hat die Krise gekriegt …«

»Nächste Woche kommen die Ergebnisse raus, weißt du?«, sagte Julie und erinnerte sich daran, dass sie vier sich eigentlich auf dem Vorplatz hatten treffen wollen.

»Nächste Woche?«, fragte Aisling und hielt inne. »Hoffentlich nimmst du das nicht persönlich, Julie, aber ihr vier in einer WG und alle lernen für die Wiederholungsprüfungen? Das muss ja ein verdammt schwieriges Jahr gewesen sein!«

»Ja, das war es«, gestand Julie verlegen. Es war wirklich ein wildes Jahr gewesen, aber anders, als Aisling dachte.

Inzwischen war es zwei Uhr, und die Suchtrupps machten Mittagspause. Julie fand es erstaunlich, dass der normale Tagesrhythmus einfach weiterlief. Sarah war verschwunden. Die einzige Spur war ein blutiges T-Shirt. Und ein Waffenfund, von dem sie hoffte, dass er nicht damit in Zusammenhang stand. Und dennoch ging das Leben weiter. Im Oktober würde das nächste Studienjahr beginnen, mit oder ohne Sarah Devereaux. Die Apotheken der Familie Devereaux würden geöffnet bleiben. Nichts würde innehalten. Das kam ihr falsch vor. Pietätlos. Kaltherzig. Doch warum wunderte sie das? Nach Noels Tod war es doch genauso gewesen. Warum sollte es bei Sarah anders sein?

»Ein Sandwich, meine Liebe? Nur Schinken oder Käse …« Einer der Taucher machte mit einem Tupperware-Behälter die Runde.

»Danke.«

»Kannten Sie … kannten Sie Sarah?«, fragte er.

Was hatte er sagen wollen? Die Tote? Das Opfer?

»Ja, wir studieren und wohnen zusammen.«

»Es ist sicher nicht leicht für Sie«, erwiderte er anteilnehmend.

»Das stimmt.«

»Darf ich mich setzen?«

»Ja, natürlich.«

Julie machte ihm auf dem mit Flechten bewachsenen Felsen Platz.

»Wissen Sie was? So was wie heute habe ich noch nie erlebt. Wir haben zum ersten Mal ein Waffenlager aus dem Wasser gezogen. Wir hatten zwar schon viele andere komische und spannende Sachen, aber noch nie Knarren.«

»Wie machen Sie das nur?«

»Meinen Job?«

»Ja …«

Er zuckte die Achseln. »Nun, irgendwer muss es ja machen. Bergungsarbeiten sind wichtig … es ist für die Familie wichtig, Sie wissen schon … es ist wichtig … die sterblichen Überreste …«

»Vielleicht ist sie ja gar nicht da drin …« Sie musste sich an jede Hoffnung klammern. Er schien darüber nachzudenken.

»Richtig. Und wenn doch, finden wir sie, das verspreche ich Ihnen.«

Sie verspeisten ihre Sandwiches, saßen da und betrieben Small Talk über Galway, das Arts Festival und eine Theaterinszenierung, die er im Sommer gesehen hatte. Julie erschien es absurd, mit einem Taucher, der den See nach ihrer Freundin absuchte, über Theateraufführungen zu sprechen.

Jemand rief, die Suche werde jetzt fortgesetzt. Eva und Aisling standen einige Meter entfernt und schauten in ihre Richtung. Offenbar hatte Eva ihren Vater inzwischen zum

Auto gebracht. Julie lächelte ihnen schwach zu. Aisling zog die Augenbraue hoch, wie um zu fragen, ob sie sich ihnen wieder anschließen würde.

»Komme«, formte sie mit den Lippen.

Sie sah sich um. Wo waren Liz und Maeve? Im nächsten Moment bemerkte sie sie. Sie standen im Schutz eines kläglichen Weißdornbaums und zogen an ihren Zigaretten. War es Einbildung, oder warf Maeve ihr giftige Blicke zu? Wenn ja, konnte sich Julie keinen Grund dafür vorstellen.

Den restlichen Nachmittag umrundeten sie weiter den See und beobachteten die Taucher. Julie fand keine Ruhe. Nach der Suche wollte die Polizei sie noch einmal vernehmen. Irgendetwas kam ihnen offenbar spanisch vor. Maeve und Liz hatten deshalb ebenfalls beunruhigt gewirkt. Einige der Fragen waren wirklich daneben gewesen.

Allerdings brachten selbst die alltäglichen Fragen Julie in Verlegenheit. Stand ihr die Schuld ins Gesicht geschrieben? Spürten sie ihre Reue? Konnten sie in ihre Seele schauen und erkennen, was für ein Feigling sie war? Die Vorstellung, den Devereaux gegenüberzutreten, wenn sie erst einmal wussten, dass sie mit Sarah die Plätze getauscht hatte, war unerträglich.

Plötzlich hatte sie das Bedürfnis, einfach davonzulaufen. Weg vom Blue Pool. Sie musste diesem Puppentheater entrinnen, in dem sie nur eine Marionette war, dirigiert von einem wahnsinnigen Puppenspieler. Der gerade noch so friedliche Ferienort war inzwischen ein düsteres Nest, das ein grausiges Geheimnis hütete.

Sie wollte nicht dabei sein, wenn sie ihre aufgequollene Leiche aus dem Wasser zogen. Sie hatte die Taucher reden gehört. Das verwunderte Murmeln, warum sie noch nicht wieder an die Oberfläche gestiegen war. Sie hielt es nicht länger aus.

»Vielen Dank an alle. Das ist genug für heute. Zurück zu den Cottages«, rief ein uniformierter Polizist.

Julie atmete erleichtert auf. Zum Glück war der Nachmittag vorbei. Sie ging allein in Richtung der Häuser. Aisling und Eva liefen, beieinander untergehakt, ein gutes Stück hinter ihr. Sie blickten zu Boden. Ihnen folgten Mrs. D., Liz und Maeve. Alle wirkten beklommen.

Oben vor Cyrils Haus bemerkte Julie einen blitzblanken Mercedes, der neben den Streifenwagen parkte. Darin saß ein in sich zusammengesackter Wynn Devereaux. Sein Gesicht war gespenstisch blass, und er starrte ins Leere, als nähme er das Treiben um sich herum gar nicht wahr. Julie wandte sich ab, weil sie befürchtete, er könnte Blickkontakt mit ihr aufnehmen. Obwohl er für alle gut zu sehen war, hatte sie dennoch das Gefühl, sich in seine ganz private Trauer zu drängen.

In ihrem Zimmer im Hylands Hotel konnte Julie ihre Gefühle nicht mehr zurückhalten.

»Es hätte mich erwischen sollen«, rief sie aus und malträtierte ein Kissen.

Liz sah sie verständnislos an.

»Das ist doch Mist, Jules!«, protestierte Maeve. »Red keinen solchen Schwachsinn. Los, reiß dich zusammen.«

»Es ist kein Schwachsinn, Maeve, und das weißt du genau. Ich wäre dran gewesen«, jammerte sie.

»Es hätte jede von uns sein können«, entgegnete Maeve.

Doch Julie wollte nichts davon hören. »Nein, es hätte *wirklich* mich erwischen sollen.«

»Jetzt halt den Mund, Julie«, herrschte Maeve sie an.

»Mädchen, jetzt macht mal ’nen Punkt«, versuchte Liz, die Gemüter zu beruhigen.

»Nur, weil du dich nicht schuldig fühlst, Maeve«, wimmerte Julie.

»Natürlich fühle ich mich schuldig, verdammt!«, schrie Maeve. »Wenn du es unbedingt wissen willst, ich fühle mich wie ein Stück Scheiße. Nur, dass ich es nicht ständig betone und mich von allen bemitleiden lasse. Ich habe heute beobachtet, wie du dich bei den Devereaux einschleimst. Und mit den Tauchern hast du auch geflirtet. Herrgott, Julie! Offenbar überlegst du nur, wie du denen an die Wäsche gehen kannst? Gibt es für dich denn gar keine Grenzen?«

»Manchmal kannst du ganz schön brutal sein, Maeve«, sagte Liz leise.

Worauf Maeve hinausstürmte und die Tür so fest zuknallte, dass die Wände wackelten.

Liz und Julie starrten einander verdattert an.

»Sie hat es nicht so gemeint«, flüsterte Julie.

»Oh, doch, das hat sie sehr wohl«, erwiderte Liz. »Wir stehen alle unter Druck, aber das ist noch lange kein Grund, so gemein zu sein. Absolut nicht. Ich nehme jetzt ein heißes Bad, um mich wieder zu beruhigen. Es war für uns alle ein Scheißtag.«

Erschöpft legte Julie sich aufs Bett. Doch sie hatte kaum Zeit, Luft zu holen, als schon jemand an die Tür klopfte. Liz spähte, in einen Bademantel gehüllt, aus dem Badezimmer.

»Die Ziege sollte sich besser entschuldigen, bevor sie sich hier reintraut.«

Aber es war nicht Maeve.

Sondern Vinny.

Er hatte gerade etwas von einem Kollegen erfahren. Man hatte Sarahs Schild gefunden. Und zwar am Rand der Straße zwischen dem Haus und Linnanes – in einen Steinhaufen gesteckt wie ein Wegkreuz.

Kapitel 21
Liz

Nicht zu fassen, wie viel Arbeit sich an einem einzigen Tag anhäufen konnte. Vermutlich handelte es sich um eine heimliche Verschwörung mit dem Zweck, Laborantinnen die Freude an freier Zeit auszutreiben. Nachdem sie den gestrigen Tag in Adare verbracht hatte, hatte sie den ganzen heutigen Tag nachgearbeitet. Allerdings war sie in Gedanken anderswo. Sie konnte sich nicht konzentrieren. Immer wieder ertappte sie sich dabei, wie sie dunkle, staubige Korridore entlangging, die schon seit vielen Jahren niemand mehr betreten hatte.

Im ganzen Labor wurde nur über die für Freitagabend geplante Abschiedsfeier gesprochen. Liz verzog das Gesicht. Sie war wahrscheinlich inzwischen so etwas wie die Dorfälteste hier. Ein uraltes Walross, das nicht mehr von der Stelle kam. Wie viele Berufseinsteiger hatte sie kommen und gehen sehen? Sie war bei mehr Abschiedsfeiern gewesen, als sie sich erinnern konnte. Und dennoch hatte sie nie daran gedacht, selbst die Stelle zu wechseln. Es hatte ihr Sicherheit vermittelt, dass sie etwas zum Haushaltseinkommen beitrug und für ihre Kinder da war, wenn die sie brauchten. Glucke zu Hause und gluckenhafte Vorgesetzte im Labor.

Es war ein banales, durchschnittliches und manchmal, wenn sie ehrlich mit sich war, ausgesprochen eintöniges

Dasein. Es gab Tage, an denen sie vor Langeweile hätte schreien können. Doch es war eine sichere Stelle. Und Sicherheit bedeutete ihr am allermeisten. Ein sicheres Auskommen für sich und ihre Familie.

Das Leben bestand aus einer Aneinanderreihung von Absprachen und Kompromissen, sagte sie sich. Man konnte nicht alles haben. Das war nur ein Mythos, verbreitet von den Leuten, die einem etwas verkaufen wollten – ein neues Auto, ein neues Haus, ein neues Gesicht. Doch selbst wenn sie ihre Entscheidungen der letzten Jahre vernünftig betrachtete, war es schwierig, das bohrende Gefühl der Enttäuschung zurückzudrängen.

Natürlich konnte sie ihren übertriebenen Mutterinstinkt dafür verantwortlich machen, dass sie Abenteuern und neuen Herausforderungen stets aus dem Weg gegangen war. Doch vermutlich hatte sie schon lange vor den Kindern angefangen, darauf zu verzichten. Da waren die Reisen nach Indien und nach Afrika, die sie hatte machen wollen, sobald sie Arbeit hatte. Wenn sie erst einmal ein wenig Geld auf der hohen Kante und ihre Schulden abbezahlt hatte, dann würde sie sich ehrenamtlich im Entwicklungsdienst engagieren, so hatte sie es vorgehabt.

Als sie ihre Karte durch den Scanner zog und das Gebäude verließ, erinnerte sie sich daran, wie sie und Don Fitzgerald stets gewitzelt hatten, er werde sich den Ärzten ohne Grenzen anschließen, während sie im Nachbarcamp bei den Entwicklungshelfern arbeitete. Selbst nach Don hatte sie lange versucht, diesen Traum am Leben zu erhalten.

Wenn sie erst in Erfahrung gebracht hatten, was aus Sarah geworden war, würde sie sofort aufbrechen. Jedenfalls hatte sie sich das eingeredet. Sobald sie sie gefunden hatten, würde

Liz abhauen. Und sie würden sie finden. Das hatte Vinny ihr ja versprochen. Die Polizei hatte Sarah Devereaux nicht vergessen. Noch lange nicht. Früher oder später würde eine neue Spur auftauchen. Jemand würde etwas erzählen, sich verplappern.

Und das war das Problem. Liz konnte nicht fort, ehe sie es nicht wusste. Das ging einfach nicht. Sie musste vor Ort sein, wenn Sarah entdeckt wurde. Bis dahin würde sie in Irland bleiben. Und dann konnte sie gehen. Dann würde sie frei sein.

Doch die Jahre waren vergangen, und da war sie nun – sie hatte nichts abgehakt auf ihrer Liste. Seit fünfundzwanzig Jahren fehlte jede Spur von einer Leiche, und es gab weder ein Geständnis noch Zeugen. Und im Laufe dieser fünfundzwanzig Jahre war die junge neugierige Frau in ihr allmählich verwelkt. Geblieben war nur die Hülle einer Frau mittleren Alters, die zwar einigermaßen zufrieden war, doch zunehmend das Gefühl nicht loswurde, dass sie ihre Zeit vergeudet hatte.

»Kommst du dann am Freitag, Liz?«, rief ihr eine ihrer jungen Kolleginnen über die Autodächer auf dem Parkplatz zu.

»Aber klar doch, Joanne!« Sie reckte den Daumen hoch.

Wenigstens wurde sie noch eingeladen. Die jungen, alleinstehenden Frauen zwischen Mitte zwanzig bis Mitte dreißig fanden sie noch cool genug, dass sie dabei sein durfte, wenn sie ihre Mojitos und Cosmopolitans hinunterkippten, während sie den ganzen Abend vor einem Bier oder einem Glas Wein saß.

Sie war immer mit dem Auto da, weil sie am Samstag früh aufstehen musste, um die Mädchen zum Hockey zu bringen. Und plötzlich kam ihr ein sehr unangenehmer Gedanke: Meistens war sie es, die sturzbetrunkene Kolleginnen kreuz und quer durch die Stadt nach Hause chauffierte – das hieß die, die nicht anschließend noch in die Disco gingen. Vielleicht wurde sie ja nicht eingeladen, weil man sie so nett fand, sondern wegen der kostenlosen Mitfahrgelegenheit?

Als sie aus der Parklücke rangierte und weiter über diesen deprimierenden Gedanken nachgrübelte, glaubte sie, ihr Mobiltelefon läuten zu hören. Sie fuhr wieder in die Lücke und hielt an. Es war Vinny.

»Hallo, Liz, ich bin's.«

»Hallo, Vinny, einen Moment ...«

Sie konnte sich genauso gut eine anzünden. Erstens hatte sie das Gefühl, dass sie eine brauchen würde. Und außerdem war das für heute ihre letzte Gelegenheit für eine heimliche Zigarette.

»Entschuldige, Vinny.« Sie pustete Rauch aus. »Gibt es Neuigkeiten?«

»Kannst du reden? Du sitzt nicht am Steuer, oder?«

Liz hörte im Hintergrund den Polizeifunk. Wahrscheinlich saß er in einem Streifenwagen.

»Nein, nein, ich habe gerade angehalten. Schieß los.«

»Nur eine kleine Neuigkeit. Shaw hat es endlich geschafft, es den Typen bei der Armee aus der Nase zu ziehen. Ich meine die Sache mit dem Verfahren vor dem Kriegsgericht. Warum Christy McNamara, unser Junge im Knast, angeklagt wurde ...«

»Red weiter, ich höre.«

»Es ist gar nicht gut, Liz.«

»Das habe ich mir fast schon gedacht.«

»Nun, erinnerst du dich daran, dass ich gesagt habe, er sei im Libanon im Einsatz gewesen?«

»Ja.«

»Shaw hat gründlich nachgeforscht und rausgekriegt, dass McNamara offenbar ein Wochenende Urlaub in Ägypten gemacht hat. Anscheinend hat er in einer Hotelbar in Kairo Krach mit einem weiblichen NCO gehabt. McNamara behauptet, sie sei mit einem zerbrochenen Glas auf ihn losgegangen, und er habe sich nur verteidigt …«

»Oh, mein Gott …«

»Die Frau, der weibliche NCO, wurde ziemlich übel zugerichtet. Vierzehn Stiche im Gesicht. Soll hübsch gewesen sein – zumindest bis zu dem Vorfall. Und weißt du, die Sache ist, dass Aussage gegen Aussage stand. Es haben sich keine Zeugen gemeldet. Niemand hat etwas gesehen. Keiner wollte in die Angelegenheit reingezogen werden.«

»Und wurde McNamara auch verletzt?«

»Nicht schwer. Ich glaube, an der Hand. Ich habe dir doch erzählt, dass er Narben an der Hand hat. Wahrscheinlich war das der Grund. Er musste auch genäht werden. Also das sind die Infos, Liz. Deshalb wurde er unehrenhaft entlassen.«

Liz schwieg einen Moment.

»Weißt du was, Vinny? Das Ganze stinkt echt zum Himmel. Es reicht nicht, oder?«, erwiderte sie, während sie die Autotür öffnete und die Zigarettenkippe mit dem Absatz auf dem Asphalt zertrampelte.

»Ich blick da nicht ganz durch. Was meinst du, Liz?«

Sie hob den zerquetschten Stummel auf, verstaute ihn in einem Butterbrotbeutel, den sie extra zu diesem Zweck im Auto hatte, und versteckte ihn ganz hinten im Handschuhfach.

»Gut, dann will ich es einmal so ausdrücken – die Armee lässt die Psycho-Zombies, die sie nicht mehr braucht, auf die ahnungslose Öffentlichkeit und harmlose, leichtgläubige Studentinnen los. Und schau, was dann passiert! Bei der verdammten Armee ist wieder alles in Butter. Doch was wird aus dem Rest der Menschheit? Herrgott, wie schaffst du es nur, nicht die Zelle dieses Widerlings zu stürmen und ihm den Schädel einzuschlagen?«

Der plötzliche Wutausbruch raubte ihr den Atem.

Vinny schwieg. Mist! Warum hatte sie die Klappe so weit aufgerissen?

»Vergiss, dass ich das gesagt habe! Tut mir leid, Vinny. Ich wollte es nicht an dir auslassen. Wirklich nicht. Ich habe nur blödes Zeug geredet.«

»Eigentlich nicht, Liz«, antwortete er nach einer Weile. »Glaubst du, dass mir dieser Gedanke, und noch viel schlimmere, in den letzten Tagen nicht auch gekommen sind?«

»Klar. Hör zu, es tut mir echt leid, Vinny. Die ganze Sache bringt mich völlig durcheinander. Ich möchte endlich wissen, was genau damals passiert ist.«

»Das wollen wir alle, darauf kannst du dich verlassen.«

»Ja, natürlich wollt ihr das. Das ist mir doch klar«, erwiderte sie, diesmal leiser.

Es war kaum zu fassen, dass die Polizei nun schon seit einer Generation in diesem Fall ermittelte.

»Und wann wird er dem Haftrichter vorgeführt?«

»Ich bin nicht sicher, welche Schritte als Nächstes geplant sind. Im Moment ist alles noch ein bisschen wirr. Shaw und seine Leute diskutieren gerade, wie sie am besten weitermachen und was sie ihm zur Last legen sollen. Und Liz?«

»Ja?«

»Dir ist bewusst, dass das alles unter uns bleiben muss, oder? Es könnte mich sonst meinen Job kosten.«

»Ich weiß, Vinny. Aber versprichst du mir, dass du mir Bescheid gibst, sobald du etwas Neues hörst?«

»Das werde ich. Du, ich muss jetzt auflegen, Liz. Ein Notruf wegen häuslicher Gewalt. Keine Sorge, bald ist es ausgestanden. Du wirst sehen.«

Sie legte das Telefon aufs Armaturenbrett und hatte plötzlich den übermächtigen Eindruck eines Déjà-vu-Erlebnisses. Genau das hatte Vinny vor fünfundzwanzig Jahren auch gesagt. *Keine Sorge, bald ist alles ausgestanden.* Sie hoffte, dass er diesmal recht hatte. Sie hoffte es inständig.

Als sie die Haustür aufschloss, war Tom, ihr Ältester, zu ihrer Überraschung zu Hause. Die Mädchen waren beim Klavierunterricht, und im Flur hing noch der verräterische Geruch einer leicht angebrannten Pizza. Also war er schon so lange da, dass er Zeit gehabt hatte, die Küche zu plündern. Und das, obwohl er eigentlich in seiner Lerngruppe hätte sein sollen. Eddie würde einen Tobsuchtsanfall kriegen.

»Hallo, Mum, warst du beim Friseur? Deine Haare sehen gut aus.« Tom lehnte sich oben übers Treppengeländer.

Sie musste sich ein Schmunzeln verkneifen. Tom war ja so ein Charmeur. Jetzt, zu Hause, hatte die Wirklichkeit sie wieder, und sie wurde aus den traurigen Grübeleien dieses Nachmittags gerissen.

»Nein, Tom, ich war in der Arbeit, wie du sehr wohl weißt. Außerdem falle ich nicht mehr auf diesen alten Trick herein.«

Offenbar hatte jemand Tom erzählt, dass sich fast jede unangenehme Situation aus der Welt schaffen ließ, wenn man einer Frau ein Kompliment über ihre Frisur machte.

Sie fragte sich, um was für eine Situation es sich wohl diesmal handeln mochte.

»Warum bist du schon so früh da? Warst du nicht in der Lerngruppe?«

Wenn eines ihrer Kinder es nötig hatte zu lernen, dann war das Tom. Es war sein letztes Jahr an der Oberschule. Das Jahr, in dem es Abschlusszeugnisse gab.

»Hab ich heute nicht geschafft, Mum. Ich und Quacker mussten Plakate für den Ringwettkampf am Wochenende kleben.«

Sie stöhnte auf. Eddie würde keinen Tobsuchtsanfall kriegen. Er würde vollkommen ausrasten. Und sie würde Tom nicht wieder in Schutz nehmen.

»Ich dachte, wir hätten das geklärt, Tom. In den Ferien kannst du so viel Veranstaltungswerbung betreiben, wie du willst, doch nicht während des Schuljahrs. Du bist in der Abschlussklasse. Aber offenbar hast du das noch nicht begriffen. Was ist mit den Prüfungen?«

»Ich lerne durch das echte Leben, Mum.«

»Dein Vater wird das nicht so sehen.«

Sie verdrückte sich in die Küche und fand sich damit ab, dass es beim Abendessen wieder Streit geben würde.

Eddie war ein Mensch, der die Dinge entspannt und locker sah – solange es nicht um seinen Sohn ging. In letzter Zeit brachte Tom seinen Vater immer wieder auf die Palme. Es war wirklich zwecklos, ihn mit seinen Schwestern zu vergleichen. Die waren ordentlich und gewissenhaft und erledigten fleißig ihre Hausaufgaben. Was auf Tom alles ganz und gar nicht zutraf. Liz glaubte, dass es an dem Jahr lag, das er wiederholt hatte, an der Lücke in seiner bereits alles andere als ruhmreichen akademischen Laufbahn, denn dieses

Jahr hatte Talente in ihm geweckt, die sein Vater lieber im Verborgenen hätte schlummern sehen.

Tom verschaffte neu gegründeten Bands Auftrittsmöglichkeiten in der Schule oder im Rugbyclub. Außerdem machte er Werbung für Pantomimen und Jongleure. Inzwischen war er daran gewöhnt, die Taschen voller Geld zu haben – nicht, dass er es geschafft hätte, etwas davon zu sparen. Ein richtiger Jungunternehmer, hatte sein Klassenlehrer festgestellt.

Seufzend sah sie sich in der Küche um. Der Boden war mit geriebenem Käse und Pepperonistückchen übersät. Die Tür des Gefrierschranks stand offen, sodass dieser allmählich abzutauen begann. Ein Fliegenschwarm umschwirrte den ebenfalls offenen Mülleimer. Vor der Tür des Geschirrspülers lagen die mit Nutella beschmierten Scherben eines Tellers. Der Wasserhahn war nicht ganz zugedreht. Normalerweise hätte sie geschimpft, doch heute würde sie die Sache auf sich beruhen lassen. Kinder sind eben Kinder, dachte sie. Eines Tages würden Eddie und sie allein hier im Haus herumsitzen. Das Haus würde ordentlich sein – aber die Kinder waren fort.

Sie wohnten nun schon seit neunzehn Jahren hier. Liz hatte nie einen Grund gesehen, in ein luxuriöseres Haus zu ziehen wie ihre Nachbarn, bei denen ein ständiges Kommen und Gehen herrschte. Mit der Zeit war ihr dieses Haus genauso ans Herz gewachsen wie ihr Job. Während sie sich daranmachte, die Küche aufzuräumen, fragte sie sich, was wohl gerade auf dem Polizeirevier in Limerick geschah. Heute war der letzte Tag, den sie *ihn* noch festhalten konnten. Trotz ihres albernen Ausbruchs war sie sicher, dass Vinny sie anrufen würde, sobald er Neuigkeiten hatte.

Es war ihnen sehr gut gelungen, die Sache geheim zu halten. Die Medien hatten keinen Ton darüber gebracht. Vielleicht war es ja schon so lange her, dass es nicht mehr nachrichtenwürdig, sensationell und spannend genug war. 1988 hatte wochenlang ein Mediensturm getobt, der erst nachgelassen hatte, als Angela Devereaux selbst beschlossen hatte, dass man nichts mehr tun konnte. In den Jahren danach hatte es ab und zu weitere Aufrufe an die Öffentlichkeit oder Berichte über die Ermittlungen gegeben, doch das Interesse daran war nie von langer Dauer gewesen.

In Anbetracht der Tatsachen war Liz recht glimpflich davongekommen, während man über Maeve und Julie ziemlich heftig hergezogen war. Damals hatten die Medien so ausführlich berichtet, dass Liz bis heute von Fremden angesprochen wurde, denen sie bekannt vorkam. So abartig es sein mochte, vermutlich konnte sie dennoch froh sein, dass sie sich seitdem offenbar kaum verändert hatte.

Damals war ihr Gesicht wochenlang im Fernsehen gewesen. Und dann gab es da auch noch das Foto, das die Medien wieder und wieder gebracht hatten. Es zeigte sie vier, wie sie während der Narrenwoche auf dem Carport des Hauses in Hazel Park herumtanzten. Liz nahm an, dass einer der Jungs vom Seminar es an die Zeitungen weitergegeben hatte. Sie erinnerte sich noch, wie erschrocken sie bei ihrer Rückkehr an die Uni im Herbst gewesen war, dass die Haltung ihrer Freunde ihnen dreien gegenüber sich so drastisch verändert hatte. Das Mitgefühl hatte langsam nachgelassen und einem unerträglichen Misstrauen und einer Beklommenheit Platz gemacht. Die Einladungen zu Feten wurden seltener und seltener, und in der Mensa drehten sich die Leute nach ihnen um.

Als sie gerade die letzten Scherben zusammenkehrte, hörte sie den Schlüssel in der Haustür. Es waren Eddie und die Mädchen.

»Alles in Ordnung, Schatz?« Er küsste sie auf die Wange und betrachtete das Chaos in der Küche. »Wie sieht's mit etwas zu essen aus?« Er blickte sich um.

Liz war noch im Regenmantel und hatte die letzte halbe Stunde hauptsächlich damit verbracht, aus dem Fenster in den Garten zu starren.

»Weißt du was? Ich glaube, wir bestellen etwas«, erwiderte sie.

»Wir bestellen was! Spitze! Bestellen wir beim Chinesen, Mum? Bitte! Hühnchen süßsauer, bitte, bitte!«

Ciara zerrte an ihrem Ärmel.

Eddie warf ihr einen Blick zu und zog die Augenbraue hoch. Normalerweise war Liz eine strikte Gegnerin von Fertigmahlzeiten und der kurzfristigen Befriedigung durch Salz, Fett und Kalorien und zog gesundes, selbst gekochtes Essen vor.

»Also gut, chinesisch.« Sie lächelte nachsichtig.

Eine halbe Stunde später saßen sie am Tisch und labten sich vergnügt an chinesischen Leckereien aus Alu- und Plastikbehältern.

»Herrje, Mum, was ist denn mit dir los? Hattest du auf dem Weg zum Bioladen eine Erleuchtung?«, frotzelte Tom.

»Sei nicht so frech zu deiner Mutter«, sagte Eddie, den Mund voller Nudeln.

»Aber, Dad, du musst doch auch zugeben, dass das ein ziemlicher Unterschied zu Mums Vollkornküche ist.«

»Hmmpf«, erwiderte Eddie. »Wie war es heute in der Schule? Wie ist die Lerngruppe?«

»Superklasse, alles ist in bester Ordnung.«

Eddie blickte auf. »Also alles bereit für das Wirtschaftsstudium?«

»Nun, ja, was das angeht … ich bin mir da nicht mehr so sicher …«

»Nein, nein, Wirtschaft ist genau das richtige Fach für dich … ein sicherer Beruf und das alles … arbeite nur fleißig weiter.«

Liz wich den Blicken der beiden aus. Vielleicht ließ sich der Familienstreit ja noch vermeiden.

»Mum, darf ich nach dem Essen zu Emma?«, fragte Susie. »Meine Hausaufgaben habe ich schon in der Schule gemacht.« Emma war Susies Freundin und wohnte gleich um die Ecke.

»Also gut. Aber nur, wenn Ciara dich hinbegleitet.«

»Ach, bleib locker, Mum. Ich bin elf Jahre alt. Das ist voll doof. Meine Freudinnen dürfen auch alleine gehen.«

»Ich weiß, Liebes, doch das haben wir schon öfter durchgekaut. Du kennst die Regeln. Wenn du gehen willst, bringt Ciara dich hin.«

Eines Tages würde sie nachgeben müssen und sie allein losziehen lassen. Aber noch nicht jetzt. Sie wollte Susie ja nicht vor ihren Freundinnen blamieren, doch erst letzte Woche hatte sie in der Zeitung gelesen, am Spielplatz sei ein verdächtiger Transporter beobachtet worden.

»Das war sehr lecker, mein fleißiges Bienchen«, meinte Eddie, tätschelte Liz die Schulter und stand auf. »Ich hole mir meine Pantoffeln. Es war ein anstrengender Tag.«

Mahlzeiten waren für Eddie etwas rein Funktionales. Sobald die Nahrungsaufnahme abgehakt war, stand er auf, anstatt am Tisch noch ein Glas Wein oder eine Tasse Tee zu trinken. Die Kinder blieben sitzen und verspeisten die letzten Reste Hühnerfleisch und Cashewnüsse.

Kurz darauf polterten zornige Schritte die Treppe hinunter. Eddie kam in die Küche gestürmt. Er schwenkte eines von Toms Ringerplakaten.

»Was zum Teufel ist das, Tom?«

Nun war die Katze aus dem Sack.

»Och, das ist nur eins von Quackers Plakaten«, erwiderte Tom, als könne er kein Wässerchen trüben.

»Verarschen kann ich mich selber, Tom. Ich frage dich noch mal: Was ist das?«

Tom saß in der Falle. Er sah Liz Hilfe suchend an, doch sie würde nicht mehr für ihn in die Bresche springen. Das hatte sie ihm klipp und klar gesagt.

»Das ist für eine Ringkampfveranstaltung, die wir nächstes Wochenende organisieren.«

»Eine gottverdammte Ringkampfveranstaltung also. Was haben deine Mutter und ich dir am Anfang des Schuljahres gepredigt? Dass bis zu den Ferien Schluss mit diesen Mätzchen ist. In diesem Schuljahr wirst du dich auf deinen Hosenboden setzen, anstatt dich aufzuführen wie ein Idiot. Wie willst du es je an die Uni schaffen, wenn du weiter solchen Schwachsinn machst? Du wirst bei McDonald's landen und die Gäste fragen, ob sie Ketchup oder Mayo möchten. Ist es das, was du willst?«

»Wäre mir beinahe lieber«, murmelte Tom.

»Jetzt gehst du sofort rauf und büffelst, bevor ich dir einen Arschtritt gebe. Abmarsch!«

Tom trollte sich aus der Küche.

Eddie sah Liz an.

»Was ist?«, fragte sie.

Eddie schüttelte den Kopf. »Du bist zu nachsichtig mit dem Jungen, Liz. Viel zu nachsichtig.«

Sie fand nicht, dass sie zu nachsichtig war. Ihr ging es eher darum zu vermeiden, dass es zu einem Brüllduell kam und dass sie dann den ganzen Abend mit einem wütenden Eddie verbringen musste, der hektisch durch die Fernsehsender zappte.

Man konnte den Eindruck gewinnen, dass Tom, verglichen mit den Mädchen, bevorzugt behandelt wurde. Doch Tom hatte ein angeborenes Bauchgefühl, das den Mädchen fehlte. Schon als kleiner Junge hatte er ein aus Intuition geborenes Selbstbewusstsein besessen, das es ihm ermöglichte, unbekannte Situationen einzuschätzen und Risiken zu erkennen. Tom ging Prügeleien in der Schule stets aus dem Weg und war beim Spielen auf der Wiese vor dem Haus immer der Anführer. Als er jünger gewesen war, hatte Liz ihn stundenlang aus einem Fenster im oberen Stockwerk beobachtet, bis sie schließlich sicher gewesen war, dass sie ihn unbeaufsichtigt spielen lassen konnte.

Mit den Mädchen war es etwas anderes. Sie waren so arglos und unschuldig, wie Liz es gar nicht gekannt hatte. Wieder war es vielleicht ihre Schuld, weil sie ihnen nicht erlaubt hatte, sich frei zu entwickeln und Gefahren zu meistern. Doch dieses Risiko durfte sie nicht eingehen. Erst seit Kurzem gestattete sie ihnen, zu Fuß von der Schule nach Hause zu gehen, allerdings nur, wenn sie zusammenblieben. Bis dahin hatte sie darauf bestanden, sie abzuholen. Ihre Pausen im Krankenhaus hatte sie so gelegt, dass sie sich das einrichten konnte.

Sie erlaubte den Mädchen auch nicht, bei ihren Schulfreundinnen zu übernachten. Dabei war es nicht so, dass sie keine Lust auf den dann fälligen Gegenbesuch hatte. Sie brachte es einfach nicht über sich, das Wohlergehen ihrer Kinder einer anderen Familie anzuvertrauen. Obwohl die Mädchen ihre Regeln inzwischen kannten, versuchten sie, diese aufzuweichen. Eines Tages würde sie ihnen von Sarah erzählen. Dann würden sie es verstehen. Doch jetzt wollte sie ihnen keine Angst machen.

Liz spülte die leeren Alubehälter und warf sie draußen in die Wertstofftonne. Die Plastikbehälter stellte sie in die Spülmaschine. Die waren praktisch zum Transportieren von Sandwiches und anderen Speisen. Obwohl sie mit zwei Gehältern ein bequemes Auskommen hatten, hatte Liz sich die Sparsamkeit aus Studienzeiten nie abgewöhnt. Sie konnte nichts wegwerfen. Ihre Kinder nannten sie eine Recycling-Queen. Schon als Kleinkinder hatten sie gelernt, ihre Teller leer zu essen, da sie die Reste sonst anderntags unweigerlich zu Suppe verarbeitet vorgesetzt bekamen.

Plötzlich erschauderte Liz trotz des milden Abends. Sie wusste, dass sie um sich und ihre Familie einen Kokon gewoben hatte. Ihre Freunde waren Menschen, mit denen sie im Elternbeirat der Schule saß oder freitags nach der Arbeit einen trinken ging. Es gab nichts, was sie wirklich mit diesen Leuten verband. Ihre Familie war ihr ein und alles. Und bis jetzt war sie von Tragödien und Gefahren verschont geblieben. Inzwischen fühlte Liz sich unbehaglich. Es waren Mächte von außen ins Spiel gekommen, und all die Gefühle von früher, die sie in längst vergessenen muffigen Schubladen verstaut geglaubt hatte, drohten nun, ächzend und knarzend, wieder zum Leben zu erwachen. Obwohl Eddie über Sarah Bescheid wusste, war Liz klar, dass er nie würde nachvollziehen können, was es bedeutete, ein Leben als

Paria zu führen. Anders als sie hatte er die schmerzhaften Kränkungen und die subtile Ausgrenzung nie ertragen müssen.

Seit 1988 war viel Zeit vergangen, doch das Stigma blieb. Angefangen hatte es damit, dass Don Fitzgerald gesagt hatte, es sei Liz gegenüber unfair, die Beziehung aufrechtzuerhalten. Er müsse in diesem Jahr sehr viel lernen und habe, offen gestanden, keine Zeit mehr für eine feste Freundin. Und dann waren da die Laborübungen. Sie und Sarah waren immer Partnerinnen gewesen. Und nun wollte niemand in Sarahs Fußstapfen treten. Niemand wollte Liz' Laborpartner werden.

Liz wurde zur Kenntnis genommen. Man grüßte sie. Die Mitstudenten antworteten, wenn sie sie ansprach, allerdings nur, wenn sie den ersten Schritt machte. Doch in die Witzeleien und Streiche während der Vorlesungen wurde sie nicht mehr miteinbezogen.

Sogar die Dozenten schienen ihr mit Vorsicht und Argwohn zu begegnen. So, als könne man ihr nicht mehr über den Weg trauen. Dennoch mühte sie sich unermüdlich ab, bis sie es irgendwann aufgab. Es war einfach zu anstrengend. Und so verlor sie im Laufe der Zeit die Leichtigkeit und die gesellschaftlichen Fähigkeiten, die man brauchte, um neue Freundschaften zu schließen.

Selbst ihre Freundschaft mit Julie und Maeve hatte Schaden genommen. Sie hatten gemeinsam eine Wohnung in der Dalysfort Road gemietet, für studentische Maßstäbe eine Luxusunterkunft, von deren Wohnzimmerfenster aus man einen Blick auf die Bucht und die Küste des nördlichen Clare hatte. Sie wäre locker groß genug für fünf Personen gewesen. Doch ganz gleich, wie viele Zettel sie auch aufhängten, es meldeten sich keine Interessenten. Keiner wollte mit ihnen zusammenwohnen.

Im Laufe der Zeit zeigte die Anspannung Folgen. Julie und Maeve stichelten ständig gegeneinander. Streitereien wurden von verlegenem Schweigen abgelöst, sobald Liz ins Zimmer kam. Und sie musste öfter die Schiedsrichterin spielen, als ihr lieb war.

Eines verstand Liz genau. Die Schuldgefühle der beiden unterschieden sich von ihren eigenen. Ihr Anteil an Sarahs Schicksal war größer, und dementsprechend litten sie auch stärker. So praktisch ihnen ihre Entscheidung damals auch erschienen sein mochte, war es eindeutig gedankenlos gewesen, Sarah allein zurückzulassen.

Das erste Semester ihres letzten Studienjahrs verbrachte Liz tagsüber isoliert, jeden Abend kehrte sie in eine Wohnung zurück, in der Schuldgefühle und Bitterkeit in der Luft lagen. Julies nächtliche Weinkrämpfe wurden zum Ritual. Sie klammerte sich an Schuld und Trauer, als werde sie nur davon am Leben gehalten.

Und dann, wie aus heiterem Himmel, war alles vorbei. Julie war fort. Sie hinterließ einen Brief und die restliche Miete für das Semester auf dem Küchentisch. Sie könne nicht mehr in Galway bleiben. Sie wolle auch nicht mehr Psychologie studieren. Ihre Eltern hätten die Farm in Roscommon verkauft, weshalb sie nun ein wenig Geld habe. Also werde sie Galway und alle Erinnerungen hinter sich lassen. Sie habe genug. Sie wolle nach Europa.

Kapitel 22
Maeve

Maeve saß im Clubhaus und starrte auf das achtzehnte Loch. Heute war der Tag des Joyce Cup, des Turniers, das sie Kieran zu sponsern überredet hatte. Er hatte zwar geächzt und gestöhnt, doch sie hatte ihm erklärt, es sei gute Werbung für Joyce Construction. Kieran interessierte sich nicht für Golf, er verfolgte lieber die Spiele des London Irish Rugby Club.

Heute war ein wichtiger Tag. Sie würde eine Rede halten und den Siegerinnen die Preise überreichen. Sie hatte hinter den Kulissen die Fäden gezogen, um sich als nächste Vorsitzende der Damenabteilung ins Gespräch zu bringen, und wusste, dass ihre Redekunst heute noch kritischer unter die Lupe genommen werden würde als sonst.

Sie war nervös, hatte schlecht geschlafen und sich so oft herumgewälzt, dass Kieran ins Gästezimmer im dritten Stock geflüchtet war. Positiv war zu vermelden, dass ihre pink-weiß karierte Hose, die ziemlich eng geworden war, heute wieder lockerer saß und am Bauch flach anlag. In den letzten drei Tagen hatte sie kaum etwas gegessen. Nicht seit dem Anruf von Liz.

In den nächsten paar Stunden musste sie volle Leistung bringen. Anschließend konnte sie sich ja mit Beatrice und Penny bei einem Kaffee in der Bar erholen. Die Kinder der beiden gingen mit Hugo und Jill zur Schule. Beatrice und

Penny stammten aus Lancashire. Ihre Männer hatten, so wie Kieran, im Süden beruflichen Erfolg gehabt. Maeve hatte den Verdacht, dass beide Frauen aus einfachen Verhältnissen stammten, denn sie sprachen kaum über ihre Vergangenheit. Dass es nie Thema war, woher sie alle kamen, passte Maeve ausgezeichnet ins Konzept.

Der Joyce Cup wurde nun schon im fünften Jahr ausgetragen, und mit jedem Jahr hatte Maeve versucht, das Niveau der Veranstaltung zu heben. Zufrieden musterte sie die diesjährigen Preise. Neben dem Pokal, der alle üblichen Trophäen in den Schatten stellte, gab es auch eine beeindruckende Sammlung von Kristallgläsern, geschmackvolle Schmuckstücke und Designertaschen für Golfschuhe zu gewinnen. Außerdem sponserte sie in diesem Jahr nicht nur die Preise, sondern auch das Essen. Mit der Verpflegung hatte sie einen Partyservice beauftragt, der derzeit sehr angesagt war.

Abweichend von der Tradition hatte Maeve beschlossen, die Preise bereits vor dem Mittagessen zu überreichen. Mit der Gewissheit, dass sie anschließend keine langweiligen Reden über sich ergehen lassen mussten, würde es allen viel besser schmecken.

Sie war es gewohnt, in der Öffentlichkeit zu sprechen. Sie hatte schließlich schon häufig Reden bei den Erntedankfeiern in der Schule, bei den Kaffeekränzchen, die sie für verschiedene wohltätige Zwecke organisierte, und auch im Golfclub gehalten. Nur, dass es sich heute anders anfühlte. Ihr Mund war trockener als gewöhnlich. Sie sah sich im Raum um. Es waren Damen in allen Altersgruppen anwesend, manche um die dreißig, einige sogar über achtzig. Alle hatten vom Wind gerötete Gesichter. Sie räusperte sich und griff zum Mikrofon.

»Test … Test …«

»Wir wollen keinen Test, wir wollen das Essen!«, rief eine Stimme von hinten.

Es wurde gelacht.

»Also gut, meine Damen, ich werde Sie nicht lange darben lassen. Sicher knurrt Ihnen schon der Magen. Deshalb verspreche ich, die Preise so schnell wie der Blitz zu verteilen.«

Applaus.

Aber sie hatte noch immer einen trockenen Mund.

»Zuerst einmal, wenn ich sagen darf … heute wurde zum fünften Mal der Joyce Cup ausgetragen, den ich zusammen mit meinem Mann Kieran von Joyce Construction gerne sponsere und der inzwischen zu einer beliebten Veranstaltung in unserem Club geworden ist. Einige der heute anwesenden Spielerinnen haben Großartiges geleistet. Besagte Damen sollen, Gerüchten zufolge, den Sommer über nicht faul am Pool gelegen sein. Nein, sie haben in La Manga und Vilamoura hart an ihrer Treffsicherheit gearbeitet.«

Wieder Gelächter.

»Und diese Damen möchte ich heute beglückwünschen. Die erste ist … es ist …« Ein Aussetzer. Sie hatte einen Aussetzer und suchte in ihren handschriftlichen Notizen nach den Namen. Sie hatten ihr doch eben noch auf der Zunge gelegen. Wo zum Teufel standen die Namen? Sie bekam Herzklopfen und blätterte zittrig weitere Seiten durch.

Das Publikum kicherte, es hielt ihre Verwirrung für gespielt. Endlich hatte sie die Namen entdeckt.

»Und die Damen heißen … Emma Smythe und Helen Rogers!«

Wieder Applaus.

Maeve wurde schwindelig. Was hatte sie als Nächstes sagen wollen? Sie konnte sich nicht erinnern. Aber sie hatte gestern Abend doch stundenlang geübt. Was um alles in der Welt war nur los mit ihr?

»Diese Damen mögen … äh …« Sie schluckte heftig, »diese Damen mögen zwar heute keinen Preis gewonnen haben …« Sie spürte, dass sie von einem Meer aus Gesichtern gemustert wurde. »Sie haben nicht den ersten, zweiten oder … oder dritten Platz gemacht – doch sie haben während der Sommermonate ihr Handicap um ganze fünf Punkte gesenkt.«

Lautstarker Applaus.

Die beiden Frauen näherten sich dem Tisch mit den Preisen. Maeve hatte den Eindruck, dass sie ihr zweifelnde Blicke zuwarfen. Der Raum schien zu schrumpfen. Maeve war sich sicher, dass die beiden ihr Herz klopfen hören konnten. Mit zitternder Hand reichte sie den Frauen ihre Ehrenpreise.

Die nächste Viertelstunde entwickelte sich zu einem Albtraum. Sie stotterte sich durch Sätze, an die sie sich kaum erinnern konnte, und blätterte hektisch in ihren Notizen. Das Mikrofon in ihrer Hand bebte. Irgendwie brachte sie die letzte Preisträgerin hinter sich. Sie sah, dass Beatrice und Penny sich Blicke zuwarfen. Sie hat es vermasselt, dachten die beiden vermutlich. Ihre große Chance, und sie hat sie vertan.

Maeve verkroch sich in einer Kabine in der Damengarderobe, setzte sich und schlug die Hände vors Gesicht. So etwas war ihr noch nie passiert. Aus heiterem Himmel war sie in Panik geraten. Sie hatte kaum atmen, geschweige denn sprechen können. Jetzt hatte sie sich bis auf die Knochen blamiert. Eine Vorsitzende der Damenabteilung verhielt sich nicht wie ein stammelndes, zitterndes Häufchen Elend. Warum hatten ihr typisches Selbstbewusstsein und ihre innere Ruhe sie ausgerechnet heute im Stich gelassen?

Sie versuchte, sich zu sammeln, wusch sich die Hände und schaute in den Spiegel. Sie sah unverändert aus. Ordentlich. Gepflegt. Akkurat gebügeltes Polohemd. Genau die richtige Menge Schmuck. Sie hatte keinen Grund, sich zu fürchten. Das sagte sie sich schon seit Jahren. Und es hatte auch wirklich keinen Grund gegeben. Bis auf diese eine Sache.

»Fehlt dir etwas, Maeve?« Beatrice war ihr in die Garderobe gefolgt.

»Irgendwie ist mir heute nicht gut, Bee. Ich habe gestern mit neuen Schilddrüsentabletten angefangen. Vielleicht bekommen die mir ja nicht.«

»Vielleicht. Die Preise waren dieses Jahr super, Maeve.«

Sie erwähnte ihre Rede gar nicht. Also musste es ein ganz besonders schlimmes Herumgestümper gewesen sein.

»Ja, wirklich hübsch, nicht wahr?« Sie bemühte sich um einen fröhlichen Ton, so, als wäre alles in Ordnung. »Komm, ich sollte mich jetzt um das Essen kümmern. Ich erwarte wunderbare Dinge.«

Im Speisesaal hatten sich die Mitarbeiter des Partyservice schon an die Arbeit gemacht. Die Anwesenden verbreiteten leises Stimmengewirr, während sie sich hungrig über die exotischen Appetithäppchen hermachten, die Maeve bestellt hatte. Es wurde beifällig gemurmelt und genickt, und die Gespräche wurden leiser, während sich alle an den Leckereien gütlich taten. Vielleicht war ja noch nicht alles verloren.

»Phantastisch, Maeve, du musst mir den Namen des

Partyservice geben«, meinte Amelia Lynam, die scheidende Vorsitzende.

»Wie dekorativ«, stellte Cindy Bartlett, eine begeisterte Köchin, fest und fuhr mit dem Finger über die Blätter eines gefüllten Artischockenherzens. Cindy war für den monatlichen Rundbrief verantwortlich. Es war wichtig, sie auf ihrer Seite zu haben.

Auch das kleinste Lob war willkommen. Sie hatte sich sehr ins Zeug gelegt, um es so weit zu bringen. Alles zu verpatzen, hatte nicht auf dem Plan gestanden. Das war die Welt, die sie sich geschaffen hatte, eine Welt, in der sie für ihre Leistungen und die ihres Mannes respektiert wurde. Gut, es gab auch Snobs im Club, so wie in jedem anderen Club auch. Sicher waren da einige, die sie für eine Neureiche hielten, ebenso wie Beatrice und Penny. Aber damit kam sie klar.

Die Welt, in der sie jetzt lebte, wurde nicht von den starren, einengenden Regeln bestimmt, die gegolten hatten, als sie Irland im Jahr 1989 verlassen hatte. Maeve Molloy – die Tochter von Paudie Molloy. Der, dem die vielen Lebensmittelläden gehören. Hielt sich wohl für etwas Besseres, der Kerl. Ein Bruder von dem Molloy, der ganz North Kerry mit Heizöl belieferte. Diese Familie also. Doch das Fräulein war sich zu fein dafür. Zu fein, um zu Hause in Kerry zu bleiben. Hatte in Galway ihren Abschluss gemacht. War tatsächlich so frech, zurück an die Uni zu gehen nach dem, was mit dem jungen Mädchen passiert war, das sie einfach am Straßenrand zurückgelassen hatten. Ganz allein. Eiskalt, diese Maeve Molloy. Das hatten die Leute gesagt. Natürlich nicht ihr ins Gesicht. Dazu hatte ihnen der Mut gefehlt. Dafür aber hinter ihrem Rücken.

Heute fühlte sie sich überhaupt nicht eiskalt, sondern gedemütigt. Sie hatte versagt. Eine unbekannte, unvernünftige und unerklärliche Angst hatte sich ihrer bemächtigt und sie geschüttelt wie einen nassen Lumpen. Doch woher kam diese Angst, die sie aus dem Nichts angesprungen und sie als unfähige Idiotin hingestellt hatte? Tief in ihrem Inneren kannte sie die Antwort. Es war keine unbekannte Angst, sondern die, vor der sie schon seit Jahren erfolgreich davongelaufen war. Bis jetzt.

In England war ihr das Vergessen leichter gefallen. Inzwischen war sie hier zu Hause. Es war das Land, in dem sie sich neu erfunden hatte. Das Land ihrer Wiedergeburt. Niemals hätte sie in Irland bleiben können. Dort wäre sie nur die Zielscheibe von Hohn und Spott gewesen – eine Außenseiterin. Das hatte sie nicht verdient.

Nach dem Abschluss hatte Paudie Molloy sie überredet zu bleiben. Nur für eine Weile, hatte er gesagt. Der Arbeitsmarkt sei angespannt. Es gebe keine richtigen Stellen. Könne sie es nicht einige Monate lang über die staatliche Arbeitsvermittlung versuchen? Dann habe sie wenigstens etwas im Lebenslauf stehen, wenn sie schon so unbedingt auswandern wolle.

Und sie hatte auf ihn gehört und sich beim Arbeitsamt in Killarney gemeldet. Doch ihre Hoffnung, anonym bleiben zu können, hatte sich schnell zerschlagen. Ihre zweite Arbeitswoche fiel mit dem ersten Jahrestag zusammen. Das Fernsehen brachte eine halbstündige Sondersendung. Maeve war erschrocken und gekränkt. Man hätte doch meinen können, dass Mrs. D. sich mit ihnen in Verbindung gesetzt hätte, um die Ausstrahlung der Sendung anzukündigen. Aber nein. Für Maeve, Liz und Julie war es genauso eine Überraschung gewesen wie für den Rest des Landes.

Im Laufe dieses Jahres war Maeve klar geworden, dass Angela Devereaux wenig Respekt und nicht die Spur von Zuneigung für Sarahs Freundinnen empfand. Nicht nur das, sie schien ihnen ihre Geschichte auch nicht zu glauben. In ihrer Gegenwart hatte Maeve nie etwas anderes gespürt als tiefes Misstrauen und ein Gefühl, das an Hass grenzte. Kein einziges Wort des Verständnisses und der Anteilnahme war gefallen.

Wieder war das bekannte Foto von den vieren gesendet worden, das sie, jugendlich albern, auf dem Dach des Carport in Hazel Park zeigte. Und wieder war da das Foto von Sarah auf dem Bootssteg von Dunleary. Nur, dass diesmal noch ein Foto dabei war. Eines von Maeve allein. Darauf war eine scheinbar sorglose Maeve am Tag der Zeugnisverleihung in Galway abgebildet. Lächelnd stand sie mit Talar und Kappe auf dem Vorplatz. Ihr war an diesem Tag gar nicht zum Lächeln zumute gewesen. Sie hatte das Ritual nur ihren Eltern zuliebe über sich ergehen lassen.

Sie fand nie heraus, wer dieses Foto gemacht hatte, aber es hatte ihr Todesurteil bedeutet. Wenn je ein Foto eine Lawine von Gehässigkeiten losgetreten hatte, dann war es dieses hier. Dieselben Fotos waren schon einen Monat zuvor in der Presse erschienen, und zwar unter ähnlich vorwurfsvollen Schlagzeilen. »*Sarahs Freundinnen feiern ihren Abschluss*«, lautete die eine. »*Trauernde Eltern müssen die Zeugnisverleihung an Sarahs Jahrgang mit ansehen*«, hieß es in einer anderen. Natürlich war damit gemeint, dass Sarahs Freundinnen einfach weitergefeiert hatten. Dass sie, oberflächliche und gedankenlose Studentinnen, von der Tragödie unberührt geblieben waren. Hinzu kam, welch Ironie des Schicksals, dass Sarah ohnehin auf gar keinen Fall in diesem Jahr ihren Abschluss gemacht hätte. Sarah hatte die Wiederholungsprüfungen nicht bestanden.

Maeve, Liz und Julie hatten die nach den Prüfungen getroffene Verabredung eingehalten, sich auf dem Vorplatz zu versammeln und gemeinsam den Aushang mit den Prüfungsergebnissen vor dem Audimax zu lesen. Maeve hatte bestanden. Liz hatte bestanden. Julie hatte bestanden. Doch ihnen war nicht zum Feiern zumute. Sie hatten nicht einmal Erleichterung verspürt.

Die Prüfungsergebnisse waren im Licht der Ereignisse so unwichtig gewesen. Mehrmals hatten sie Sarahs Namen gesucht und gedacht, sie hätten ihn übersehen. Doch Sarahs Name stand nicht auf der Liste. Er stand nirgendwo. Es war, als sei sie vollständig ausgelöscht.

Damals hatte Angela Devereaux Freunde bei der Presse gehabt. Sie war eine wohlhabende, einflussreiche Frau und steckte hinter der Jubliäumssendung *»Albtraum in North Clare – was ist wirklich geschehen?«*. Das Seltsame war nur, dass kein Mensch sich wegen eines Interviews an Maeve oder Liz gewandt hatte. Und Julie war schon seit Monaten im Ausland. Wie konnten sie wissen, was passiert war, ohne mit ihnen zu sprechen?

Während sie sich die Sendung ansah, verspürte sie nichts als eine dunkle Bedrohung, obwohl der Bericht nichts Neues brachte, sondern die Ereignisse nur wiederholte. Der einzige Unterschied war, dass zwischen den Zeilen etwas Gehässiges mitschwang. Dass Maeve, Liz und Julie so überhaupt nicht zu Wort kamen, rückte sie gewissermaßen ins Zentrum des Geschehens. Maeve erinnerte sich, dass ihr anschließend richtig übel geworden war. Anstatt zur Aufklärung beizutragen, hatte die Sendung nur dafür gesorgt, dass die Wolke des Verdachts nun noch drückender über ihr und Julie schwebte.

Am nächsten Tag zur Arbeit anzutreten, war genauso gewesen wie die Rückkehr an die Uni ohne Sarah ein Jahr zuvor. Sie kannte diese verstohlenen Blicke, die die Leute ihr zuwarfen, wenn sie dachten, Maeve sehe nicht hin. Dieses übertrieben breite und aufgesetzt herzliche Lächeln, wenn sie zufällig in ein Gespräch hineinplatzte, bei dem es sicher um sie gegangen war. In dieser kleinen Stadt war sie die neueste Zirkusattraktion. Also hatte sie das einzig Mögliche getan. Sie war gegangen.

Und nun, Jahre später, sah es danach aus, als ob nach all dieser Zeit die Wahrheit doch noch ans Licht kommen würde. Ohne die Wahrheit war sie in der Lage gewesen, sich etwas vorzumachen und sich einzureden, das alles sei nie geschehen. Doch wenn die Wahrheit auf dem Tisch war, würde sie sich der Sache wieder stellen müssen. Würde der Mensch, der in Irland in Haft saß, sie zwingen, die Ereignisse von damals noch einmal zu durchleben? Wahrscheinlich würde es zu einem Gerichtsverfahren kommen. Sie würden sich sämtliche grausige Einzelheiten anhören müssen, die noch schlimmer waren als die Albträume, die sie schon seit Jahren plagten. In so vielen Nächten hatte sie Sarah vor sich gesehen, die ihre blutigen Hände nach ihr ausstreckte und darum flehte, gefunden zu werden. Sie hatte sich ausgemalt, wie qualvoll es war, vergewaltigt, verstümmelt und liegen gelassen zu werden, um, allein und in der Dunkelheit, sein Leben auszuhauchen.

Würde dieses perverse Schwein seine Tat nun endlich gestehen? Hatten skrupellose Gewalttäter vielleicht doch eine verdrehte Form von Gewissen oder spürten Reue? Hatte dieser Widerling angesichts einer tödlichen Krankheit zu Gott gefunden? Ganz gleich, was dahintersteckte, heute Abend würde sie es wissen.

Das Mittagessen war vorbei, der Speisesaal leerte sich allmählich. Range Rover fuhren vom Parkplatz. Der Lunch war zwar ein Erfolg gewesen, doch der Tag an sich war verdorben. Maeve knirschte mit den Zähnen. So etwas würde ihr nicht wieder passieren. Sie hatte zu hart gearbeitet, um untätig zuzusehen, wie ihre Träume zu Staub zerfielen. Den Respekt in Beruf und Privatleben hatte sie sich mühsam erkämpft. Sie würde sich nicht von den Geistern auf der anderen Seite der Irischen See wieder nach unten ziehen lassen.

Penny und Beatrice waren geblieben, um ihr beim Aufräumen zu helfen. Die Tasse Irish Coffee, die sie sich eigentlich anschließend mit ihnen hatte genehmigen wollen, hatte ihren Reiz verloren. Dennoch machte sie gute Miene zu bösem Spiel und plauderte über die Kinder und ihre Pläne für die Oberschule, während sie in Gedanken in einer imaginären Polizeizelle in Irland war.

Als sie das Tor zum Anwesen öffnete, war es schon sechs Uhr. Kierans Auto stand in der Auffahrt. Sie würde jemanden haben, mit dem sie beim Essen ein Glas Wein trinken konnte. Das brauchte sie jetzt.

»Gut gelaufen?«, erkundigte er sich liebevoll.

»Na ja. Meine Rede war nicht so toll.«

»Aber, aber, das glaube ich nicht. Das ist ja, als würde man sagen, eine Rede von Margaret Thatcher wäre nicht so toll gewesen.«

»Wirklich, Kieran, ich weiß nicht, ob ich mich gerne mit Thatcher vergleichen lasse!«

Kieran gluckste.

»Ich habe für mich und die Kinder Würstchen und Speck gebraten. Ach, übrigens, Jill sagt, eine Frau aus Irland hätte angerufen. Eine gewisse Liz?« Fragend zog er die Augenbrauen hoch.

Herrgott, warum rief sie bei ihr zu Hause an? Maeve hatte sie doch gebeten, die Mobilfunknummer zu benutzen. Sie wühlte in ihrer Handtasche. Doch als sie nachsah, waren da tatsächlich drei verpasste Anrufe von Liz. Ihr Telefon war seit der Rede auf stumm geschaltet gewesen.

Oh Gott, sie brauchte jetzt dringend ein Glas Wein. Sie ging zum Kühlschrank und schenkte sich ein großes Glas Sancerre ein. Das langstielige Glas in der Hand, verschwand sie im Wintergarten.

»Liz, ich habe deine Anrufe vorhin verpasst. Gibt es etwas Neues?«

Liz saß im Auto, und der Empfang war schlecht. Maeve konnte kaum ein Wort verstehen.

»Entschuldige, aber kannst du das noch mal sagen?«

»Hallo, Maeve, ja … sie haben ihn gestern laufen lassen. Allerdings wurde eine Akte an die Oberstaatsanwaltschaft geschickt.«

»Was? Du machst Witze …«

»Nein, nein, er ist auf Kaution draußen. Er hat das Geld selbst aufgebracht. Aber Moment, da wäre noch was. Es ist echt total schräg. Ich finde es sogar ein bisschen krank. Vinny hat mir erzählt, dass der Typ uns treffen will.«

Maeve fing an zu keuchen.

»Er will uns treffen?«

»Ja, Maeve, er will uns treffen. Dich, mich und Julie.«

Kapitel 23
Julie

Was sollte sie mit Bella machen? Justin konnte sie nicht nehmen. Er wollte zum Segeln. Selbst wenn sie ihm die Umstände erklärte, würde er sich vermutlich nicht erweichen lassen. Es würde ihm unangenehm sein, ihr nicht zu helfen. Er würde ein schlechtes Gewissen haben. Und deshalb würde er ihr vermutlich vorwerfen, sie sei mit einem anderen Mann verabredet. Sie waren zwar schon seit fast zwei Jahren getrennt, doch so weit war sie noch nicht.

Es war wirklich Ironie des Schicksals, dass der einzige Mann, dem sie je treu gewesen war, sie betrogen hatte. Diese Auszubildende hätte seine Tochter sein können. Ihre Jugend hatte ihm geschmeichelt, und Justin war eitel wie ein Pfau. Und nun saß Julie mit einer gescheiterten Ehe da – und das nur wegen ein bisschen Gefummel im Büro und ein paar nachmittäglichen Schäferstündchen in einem Kettenhotel der mittleren Preisklasse.

In Zeiten wie diesen vermisste sie ihre Eltern. Sie hatten Bella nicht mehr kennengelernt, denn sie waren lange vor ihrer Geburt gestorben. Auch das war Ironie des Schicksals. Als sie endlich beschlossen hatte, dass sie bereit für ein Kind war, hatte sie eine Ewigkeit gebraucht, um schwanger zu werden. Es versetzte ihr einen Stich und machte sie traurig, wenn sie die anderen Großeltern am Schultor sah. Manchmal war es, als stünden Bella und sie allein gegen den Rest der Welt da. Sie waren zu zweit, während Justins Beteiligung immer mehr nachließ und seine Eltern eigentlich gar keine Hilfe leisteten.

Sollte sie ihren Mut zusammennehmen und sie anrufen? Bella war ihnen nur selten begegnet. Sie hatte ein Recht darauf, ihre Großeltern kennenzulernen, auch wenn diese kaum Interesse an ihr zeigten.

Mrs. McSorley war ein Snob. Allerdings verstand Julie beim besten Willen nicht, welchen Grund ihre Schwiegermutter hatte, sich ihren Mitmenschen gegenüber überlegen zu fühlen. Sie hatte zwar eine gute Partie gemacht, war aber selbst nicht mit einem silbernen Löffel im Mund geboren worden. Vor der Hochzeit mit Justins Vater hatte sie in einem Kino gearbeitet. Doch Julies Erfahrung nach waren es genau Leute wie sie, die auf ihre Zeitgenossen hinabschauten.

Sie spielte mit dem Gedanken, Bella mit nach Limerick zu nehmen. Sie vorzuzeigen. Bella würde alle um den Finger wickeln. Das hatte sie von Justin geerbt. Sie konnte mit ihrem Charme jeden überzeugen. Bella war der lebende Beweis dafür, dass Julie keine Versagerin war. Dass sie etwas richtig gemacht hatte. Sie bekam also doch etwas hin, da konnte Justin reden, was er wollte.

Sie konnte den Kredit von ihren eigenen Einkünften abbezahlen. Sie war freudig überrascht gewesen, dass ihre Klientel stetig wuchs, obwohl es sich hier um ein durchschnittliches Wohnviertel handelte. Offenbar mussten die Menschen sich ihre Probleme von der Seele reden, und Julie fällte kein Urteil über sie. Wie hätte sie sich auch das Recht herausnehmen können, über andere zu urteilen?

Sie hatte ihre Preisliste dem Geldbeutel ihrer Nachbarn angepasst und verlangte um einiges weniger als in dem von großen Anwesen aus Backstein umgebenen Haus, in dem sie während ihrer Ehe gelebt hatte. Mehr Klienten zu geringeren Stundensätzen, das bedeutete, dass sie beschäftigt war. Die Ruhe war es, die sie nicht ertrug.

»Bella, was hältst du davon, ein oder zwei Nächte bei deinen Großeltern zu verbringen?«

Sie blickte von ihrem Nintendo auf.

»Den McSorleys?«, fragte sie.

Julies Mut sank. Das sagte doch alles. Für sie waren sie nicht Großmutter und Großvater oder Oma und Opa, sondern die McSorleys.

»Ja, Schatz. Ich muss für ein paar Tage weg.«

»Aber warum kann Daddy nicht auf mich aufpassen, so wie damals, als du wegmusstest?«

Es wunderte sie bis heute, dass Bella sich noch an diese Episode erinnern konnte. Inzwischen war es fast drei Jahre her, dass Justin sie gezwungen hatte, in eine Entzugsklinik zu gehen. Es war ihm peinlich gewesen, seinen Eltern zu erzählen, dass er eine Säuferin geheiratet hatte.

»Daddy muss arbeiten. Es wird bestimmt lustig bei Großmutter und Großvater.«

Was für eine Heuchlerin sie doch war! Aber was blieb ihr anderes übrig?

Bella verzog nachdenklich das Gesicht.

»Ich sag dir was, Mummy, ich werde es mit größter Sorgfalt in Erwägung ziehen. Und auch nur, wenn du versprichst, mir eine große Überraschung mitzubringen.«

Julie lachte. Bella benutzte so gerne die geschraubten Redewendungen, mit denen Justin um sich warf. Sie kam sich dann wichtig vor. Bella sammelte Worte wie andere Kinder ihres Alters bunte Steine oder Muscheln.

Ihr hastig gefasster Plan hatte zudem den Vorteil, dass Justin sich schwarzärgern würde. Dass sie sich ohne sein Wissen an seine Eltern wendete, würde ihn so richtig auf die Palme bringen. Gut, das war kleinlich, aber er konnte ja auch ziemlich kleinlich sein.

Später am Abend, nachdem sie Bellas Hausaufgaben kontrolliert und ihr einen Kakao gemacht hatte, ging Julie nach oben und öffnete ihren Kleiderschrank. Jedes Outfit erzählte eine Geschichte. Da war die Hose, die sie bei Bellas letztem Elternabend getragen hatte, als sie erfahren hatte, dass Bella mathematisch begabt war. Den eng anliegenden cremefarbenen Pulli hatte sie übergezogen gehabt, als sie mit dem Filialleiter der Bank über den letzten Kredit verhandeln musste. Das wadenlange mit Tieren bedruckte Kleid hatte sie angehabt, als Justin ihr erzählt hatte, zwischen ihm und seiner Auszubildenden sei es aus. Im nächsten Satz hatte er hinzugefügt, dass es aller Wahrscheinlichkeit nach zwischen ihm und Julie ebenfalls aus sei.

Was würde sie für diesen Anlass aussuchen?

Sie betrachtete sich im Spiegel des Badezimmerschränkchens. Sie war noch immer schlank und vom vielen Yoga durchtrainiert. Es war ihr Gesicht, das ihre Lebensgeschichte erzählte. Da sie das Trinken nun mehr oder weniger unter Kontrolle hatte, war ihre Haut gar nicht so schlecht. Die biologische Ernährung und der Weizengrassaft schadeten auch nicht. Außerdem war sie mit einer robusten hellen Haut gesegnet und sah, mit Ausnahme von einigen tiefen Sorgenfalten um den Mund, noch immer aus, als hätte sie die Lebensmitte noch nicht überschritten. Die Ansätze ihrer mit Henna gefärbten Haare wuchsen heraus, aber dagegen konnte sie so kurzfristig nichts unternehmen.

Sie musste die Termine einiger Stammklienten verlegen, die enttäuscht waren. In gewisser Weise waren diese Klienten ihre Ersatzfamilie. Sie traf sie regelmäßig und kümmerte sich um ihre Bedürfnisse. Und die Klienten verließen sich auf sie und waren dankbar für ihre heilenden Hände. Es war eine symbiotische Beziehung. Julie brauchte es, gebraucht zu werden. Sie musste sich in den Problemen anderer Menschen verlieren.

Sie wurde von Grauen ergriffen. Was, wenn dieser Kerl etwas von ihr wollte, das sie nicht geben konnte? Was, wenn er etwas wie Vergebung wollte?

»Mummy?«, erklang eine weinerliche Stimme von der Tür her.

Bella stand in ihrem rosafarbenen Pyjama auf der Schwelle.

»Macht Großmutter McSorley mir auch einen Kakao, bevor ich ins Bett gehe?«

Julie bekam ein schlechtes Gewissen. Sie fühlte sich wie eine Figur in Grimms Märchen, als würde sie Bella zu einer bösen Großmutter in den Wald schicken.

»Natürlich tut sie das, Bella. Alles ist organisiert. Ich habe mich heute Nachmittag darum gekümmert.«

»Wo willst du hin, Mummy?« Sie klang verängstigt.

»Ich treffe mich mit alten Freundinnen aus der Uni.«

»Wie heißen die denn?«

»Maeve und Liz.«

»Warum habe ich noch nie von ihnen gehört, wenn sie deine Freundinnen sind? Und warum habe ich sie noch nie getroffen?«

»Nun, Bella, Maeve wohnt in England, und Liz wohnt in Galway. Manchmal sehen Leute, die befreundet sind, einander nicht so oft, sie können aber trotzdem befreundet sein.«

»Wie du und Daddy?«

»Ja.«

»Sind Maeve und Liz auch Freundinnen von Daddy?«

»Nein, Schatz. Sie waren meine Freundinnen, bevor ich Daddy kennengelernt habe. Jetzt aber genug gefragt. Geh in dein Zimmer und such dir die Kleider aus, die du zu Großmutter McSorley mitnehmen willst.«

Maeve und Liz waren nicht bei der Hochzeit gewesen. Sie hatte sie nicht eingeladen. Justin wusste nichts über diesen Teil ihres Lebens. Er wusste, dass sie das Studium nicht abgeschlossen hatte. Er wusste von Austin Clancy, diesem Mistkerl. Er wusste von dem Schwangerschaftsabbruch. Er wusste von Berlin. Aber er wusste nichts von Sarah.

Anders als Julie hatten Maeve und Liz ihr Examen gemacht. Sie hatten ihr Leben weitergeführt. Sich von der Schuld befreit, die sie schon seit über zwei Jahrzehnten in ihrem Griff hielt. Und sie hatten ja auch wenig Grund, sich Vorwürfe zu machen. Sie freute sich, dass sie Erfolg im Leben gehabt hatten. Die beiden hatten es verdient. Sie war es, die die natürliche Ordnung der Dinge gestört und das ihr zugedachte Schicksal nicht akzeptiert hatte. Das, was Sarah zugestoßen war, hätte eigentlich ihr zustoßen sollen. Und Sarah hatte ahnungslos, großzügig und hilfsbereit Julie die für sie bestimmten Karten abgenommen und war an ihre Stelle getreten.

Julie hatte die anderen seit fünfundzwanzig Jahren nicht gesehen. Sie war nervös. Würden sie einander erkennen? Glichen Schminke, Schmuck und materieller Erfolg die schwindende Jugend aus? War eine von ihnen den Verlockungen der Schönheitschirurgie erlegen? Oder hatten sie sich damit abgefunden, dass man im mittleren Alter unweigerlich welkte und in die Breite ging?

Das Gespräch auf der Granittreppe vor dem Haus der McSorleys am folgenden Morgen lief genauso steif ab, wie Julie befürchtet hatte. Susan McSorley blickte zwischen ihrer Enkelin und Julie hin und her.

»Reizend, dich zu sehen, Julie.«

»Dich auch, Susan. Bella freut sich schon riesig auf dieses Wochenende.«

Bella warf ihrer Mutter einen Blick zu.

»Vielleicht gehen wir morgen in den Zoo, Bella?«

»Das wäre sehr nett, Großmutter«, erwiderte Bella höflich, wenn auch ein wenig zweifelnd.

»Sie haben eine Babygiraffe, die erst letzte Woche auf die Welt gekommen ist«, sagte der wie immer elegant gekleidete Jed McSorley.

»Es macht euch also nichts aus, sie heute Nachmittag vom Ballett abzuholen?«, fragte Julie, während sie unauffällig den Rückzug auf den Steinstufen antrat. Der Taxifahrer wurde nämlich allmählich ungeduldig und hatte bereits gehupt.

»Kein Problem. Ich erledige das gern. Jed ist nachmittags sowieso bei den Rotariern. Da können Bella und ich anschließend Kaffee trinken gehen.« Während Susan ihrer Enkelin eine knochige Hand hinhielt, griff Jed nach der kleinen rosafarbenen und weißen Reisetasche, die Bella selbst gepackt hatte.

Sie winkte ihnen vom Taxi aus zu. Der kleinen Bella, flankiert von Großeltern, die sie kaum kannte. Bella winkte tapfer zurück, während das Auto mit ihrer Mummy darin im Verkehrsgewühl von Dublin verschwand.

Die McSorleys hatten beklommene Gesichter gemacht, als hätte jemand einen Korb mit einem Findelkind vor ihrer Tür abgelegt. Julie rutschte verlegen auf der Rückbank des Taxis hin und her. Ihr Rock fühlte sich plötzlich zu kurz an. Sie zog ihn hinunter, um die Oberschenkel besser zu bedecken. Ihr war nicht entgangen, wie die McSorleys sie von oben bis unten gemustert hatten. Rock zu kurz, hatten sie vermutlich gedacht. Absätze zu hoch. Jacke zu eng – zu jugendlich.

Beim Aufbruch von zu Hause hatte sie sich jung und schlank gefühlt, wie eine Frau, die es sich noch leisten konnte, sich körperbetont zu kleiden. Sie wollte zeigen, dass es ihr gelungen war, das Älterwerden in Schach zu halten. Nun jedoch war es ihr peinlich. Sie sah aus wie das Sinnbild einer Frau kurz vor der Scheidung, die beweisen wollte, dass sie noch nicht aus dem Rennen war. Selbst der Taxifahrer hatte die Augenbrauen hochgezogen, als sie beim Einsteigen mehr Bein gezeigt hatte als beabsichtigt.

Ach, zum Teufel! Es gab keine Regeln. Es galten keine Bekleidungsvorschriften bei einem Rendezvous mit einem Perversen. Wie sonst sollte man es bezeichnen? Sie hatte sich gefragt, ob es eine gute Idee war hinzufahren. Doch wenn Maeve und Liz bereit dazu waren, musste sie sich auch einen Ruck geben.

Sie kramte in ihrer Tasche nach dem Xanax. Nur für Notfälle. Der Taxifahrer quälte sich durch den Verkehr, eine Bestätigung ihrer Entscheidung, das Fahren jemand anderem zu überlassen. Sie lehnte sich entspannt zurück, während er leise vor sich hin fluchte und ab und zu die Faust ballte, bis sie endlich am Bahnhof Heuston waren.

Julie kam mit dem Verkehr in ihrem Wohnviertel zurecht, fuhr aber nur selten ins Stadtzentrum. Das Labyrinth aus Kreisverkehren und vielspurigen Schnellstraßen, die sich durch die Stadt schlängelten, versetzte sie in eine Angststarre, die sich auch durch noch so viele Atemübungen nicht beseitigen ließ. Gott sei Dank gab es ja Züge und Taxis.

Schließlich saß sie allein im Intercity und beobachtete, wie die Felder und Bauernhöfe vorbeisausten. Nun gab es kein Entrinnen mehr. Sie würde abgeschätzt werden. Die Mädchen würden sie abschätzen. Ihr bisheriges Leben würde unter die Lupe genommen, gewogen und vermessen werden. Man würde sie mit Liz und Maeve vergleichen. Sie waren die Menschen, die sie kannten, die wussten, woher sie kam und was sie gewesen war. Die einzigen, die die Qualifikation für diese Aufgabe besaßen. Es würde zwar keinen Bericht und kein Zeugnis geben, doch ihre Blicke würden verraten, ob sie bestanden hatte oder nicht.

Liz wollte sie vom Bahnhof in Limerick abholen. Von dort aus würden sie nach Adare fahren, wo Vinny wohnte. Nicht, um bei ihm zu übernachten – das hätte nach all den Jahren nur zu Peinlichkeiten geführt, und außerdem gehörte das Schlafen in improvisierten Betten der Vergangenheit an. Liz hatte für sie einen Rabatt im Dunraven Arms, einem Hotel am Ort, vereinbart. Das Treffen mit Eva und Aisling hatte dort am Vortag stattgefunden.

Julie hatte keine Ahnung, wie es gelaufen war. In den letzten vierundzwanzig Stunden hatte sie nichts gehört. Sie wusste nur, dass *er* die noch lebenden Mitglieder von Sarahs Familie hatte sehen wollen, gefolgt von den Mädchen, die an jenem Tag mit ihr zusammen gewesen waren.

Vinny würde dabei sein. Sie hätte sich nie einverstanden

erklärt, sich allein mit *ihm* zu treffen. Vinny war es auch gewesen, der sie ermutigt hatte zu kommen. Niemals würde er sie in eine Falle locken und sie einem Mann aussetzen, der sich mit etwas brüstete, für das er nicht bestraft werden konnte. Vinny musste etwas wissen. Dennoch war Julie nervös. Dieser Mann wusste etwas. Etwas über das Medaillon.

Ganz gleich, was geschah und was bei dieser makabren Begegnung herauskam, konnten die Jahre Julies Komplizenschaft an dem Geschehen nicht auslöschen. Diese Last würde sie immer tragen. Und dass das ein Geheimnis war, machte es noch entsetzlicher. Ein Geheimnis, das immer größer geworden war und begonnen hatte zu eitern, bis eine Blutvergiftung drohte. Es war Zeit, das Furunkel aufzustechen. Die Menschen mussten erfahren, was sie getan hatte.

Während sie Kaffee aus einem Pappbecher trank, gefiel ihr die Entscheidung, es Liz und Vinny zu sagen, immer besser. Maeve hatte sie in all den Jahren gedeckt und von ihr nur Undank geerntet. Sie musste sich dafür entschuldigen. Nach fünfundzwanzig Jahren brachte das nicht viel, es war aber besser, als sich niemals zu entschuldigen.

Ein Piepsen ihres Telefons kündigte eine eintreffende SMS an. Liz erwartete sie auf dem Bahnsteig. Wieder wurde sie von Nervosität ergriffen. Allmählich näherte sie sich der Wahrheit. Vielleicht würde ja nie jemand angeklagt werden, doch es war trotzdem besser, endlich die Hintergründe zu kennen.

»Schau dich nur an! Du hast dich kein bisschen verändert!«

Julie zuckte zusammen. Die Frau war aus dem Nichts aufgetaucht, und im nächsten Moment wurde Julie in eine feste, nach Zitrone duftende Umarmung geschlossen. Julie erwiderte sie, und als sie sich voneinander lösten, stellte sie erfreut fest, dass das Mädchen von früher eindeutig zu erkennen war. Liz war noch immer zierlich, auch wenn sie ein klein wenig zugelegt hatte. Ihr Haar, das die ersten grauen Strähnen aufwies, trug sie noch immer kurz. Ihre warm blickenden Augen glänzten, sie schien den Tränen nah zu sein. Die Jahre verschwanden, als Julie dastand und ihre Freundin anlächelte.

»Wie schön, dich zu sehen, Jules«, sprudelte Liz hervor. »So schön. Ein Jammer, dass wir uns aus den Augen verloren haben. Wirklich zu blöd! Komm – ich stehe im absoluten Halteverbot.«

Sie hakte Julie unter und zog sie rasch den Bahnsteig entlang. Langsam beruhigten sich Julies Nerven. Liz' Zuneigung und Freude, sie zu sehen, schienen echt zu sein, nicht nur Theater, um eine möglicherweise peinliche Situation zu übertünchen. Schließlich war der Anlass für dieses Wiedersehen ja nicht gerade ein erfreulicher.

»Hast du schon im Hotel eingecheckt?«, fragte Julie.

»Ja – es ist wirklich hübsch. Reizend altmodisch. Maeve und ich haben noch rasch einen Kaffee getrunken, bevor ich losgefahren bin.«

»Wie geht es Maeve?«

»Wie zu erwarten war. Schöne Kleider, schöne Schuhe, schöner Schmuck. Herrje, jetzt klinge ich wie eine richtige Zicke … ich wollte nicht …«

»Ich verstehe, was du meinst.« Julie lachte. »Sag mal, hat sie schöne Kinder?«

Julie mochte zwar keine teuren Kleider, Schuhe und Schmuck mehr besitzen, aber sie hatte ein schönes Kind.

»Zwei. Sie hat angefangen mir Fotos zu zeigen, aber ich

musste los. Du solltest mal ihr Haus sehen. Wow. Wie aus einer Wohnzeitschrift.«

Aber Julie interessierte sich mehr für die Kinder. Im Laufe der Jahre hatte sie gelernt, dass Luxusvillen und dicke Autos nur wenig Trost brachten. Nie war sie so einsam gewesen wie in dem prachtvollen Anwesen aus Backstein, das sie mit Justin geteilt hatte.

»Und du, Liz? Hast du auch Fotos von deinen Kindern dabei?«

»Klar, aber ich habe sie bei Vinny gelassen. Ich bitte ihn, sie morgen mitzubringen. Dann zeige ich sie dir.«

»Hmm … tolles Auto, echt sportlich.«

»Midlife-Crisis.« Lachend öffnete Liz die Autotür.

»Ein himmelweiter Unterschied zu deinem R4.« Julie schnallte sich an.

Liz warf einen Blick in den Rückspiegel. »Ja, Jules, ein himmelweiter Unterschied«, erwiderte sie leise und schürzte die Lippen. Und wie aus heiterem Himmel waren sie plötzlich beim Grund ihres Wiedersehens, ohne große Worte machen zu müssen.

»Also dieser schräge Typ«, begann Julie nach einer winzigen Pause, »dieser Handwerker, oder was er angeblich sonst ist … der kommt morgen ins Hotel?«

»Richtig.« Liz' Stimmung änderte sich schlagartig. »Um elf. Vinny wird dabei sein und außerdem der Polizist, der inzwischen die Ermittlungen leitet. Martin Shaw.«

»Die haben ihn laufen lassen, oder? Die Beweise reichten nicht für eine Anklage? Zumindest hast du das am Telefon gesagt.«

»Das stimmt nicht ganz, Jules. Sie haben die Akte an die Oberstaatsanwaltschaft weitergeleitet, um festzustellen, ob es für eine Anklage genügt. Aber irgendetwas muss da sein. Sonst hätte dieser Perversling, oder was er sonst ist, doch keine Kaution hinterlegen müssen.«

»Kaution? Klingt nicht, als würden sie damit rechnen, dass er über Nacht verschwindet.«

»Vermutlich nicht. Allerdings ist der Typ vorbestraft, Julie …«

»Vorbestraft?«

Also zog sich das Netz nun zusammen.

Endlich.

Mühelos schaltete Liz in einen anderen Gang. »Hör zu, ich habe Vinny versprochen, nichts zu sagen, aber es kommt bei den Gesprächen vermutlich sowieso raus. Verplapper dich nur nicht, okay? Du darfst dir nichts anmerken lassen, Jules. Versprochen?«

»Ich weiß von nichts, solange du den Mund nicht aufmachst. So sag schon, was los ist. Ich werde kein Sterbenswörtchen verraten. Ich schwöre.«

»Nun, dieser McNamara … du erinnerst dich doch noch, dass ich dir erzählt habe, er sei in den Achtzigern unehrenhaft aus der Armee entlassen worden.«

»Ja, und weiter?«

»Das war, weil er eine Frau tätlich angegriffen hat. Eine Kameradin.«

Liz wendete den Blick von der Straße ab und sah Julie mit hochgezogenen Augenbrauen an.

»Oh, ein tätlicher Angriff, ich verstehe …«

Julie wurde von einem tiefen Widerwillen gegen diesen Unbekannten ergriffen. All die Jahre hatte sie unablässig gehofft, dass Sarah nicht gelitten hatte. Dass der Tod rasch und plötzlich gekommen war. Ohne Vorwarnung.

»Sieht danach aus. Er behauptet, es sei Notwehr gewesen, aber rausgeschmissen haben sie ihn trotzdem. Und jetzt hat er uns irgendetwas mitzuteilen, doch Vinny verrät nicht, was. Er sagt, wir müssten uns einen eigenen Eindruck verschaffen. Ich glaube, die Polizei kann im Moment nicht viel unternehmen.«

»Du hast gestern erwähnt, Eva und Aisling Devereaux seien hier gewesen. Haben sie sich mit ihm getroffen?«

»Das ist richtig. Laut Vinny waren sie völlig verstört. Das Erlebnis hat sie schwer erschüttert. Sie sind gleich danach abgereist.«

»War Vinny bei dem Treffen zwischen dem Mann und den Devereaux-Mädchen dabei?«

»Ja. Vinny und Martin Shaw. Aber er sagt nichts. Nur, dass wir uns auf einiges gefasst machen sollen. Dass es schwierig werden wird. Und dass uns nicht gefallen wird, was wir zu hören kriegen …«

Kapitel 24
Liz

»Hast du eine Affäre, Mum? Du hast den alten Mann satt, oder? Aber du darfst uns nicht allein lassen. Die Mädchen werden verhungern. Dad kann gerade mal ein Ei im Teekessel kochen!«

»Du hast recht, Tom. Habe ich es dir nicht erzählt? Ich und George Clooney, wir wollen …«

Der bloße Gedanke, ihre Kinder könnten glauben, dass sie eine Affäre hatte, war zum Totlachen. Nur weil sie wegfuhr und auswärts übernachtete. Zum zweiten Mal überhaupt. Andere Frauen, ihre Kolleginnen, fuhren regelmäßig auf Frauenwochenenden. Liz nicht. Sie konnte die Kinder nicht allein lassen. Sie wollte nicht. Und nun, da sie zum zweiten Mal über Nacht wegfuhr, warf man ihr vor, sie habe eine Affäre. Selbst Eddie hatte sie seltsam angesehen, als sie verkündet hatte, sie werde wieder nach Adare fahren.

»Verschweigst du mir etwas? Hat Beano Probleme?«

Früher oder später würde er es ohnehin erfahren. Also konnte sie es ihm auch gleich erzählen.

»Ich verrate es dir, doch es wird dir nicht gefallen. Versprich mir, dass du nicht sauer wirst.«

»Wenn du nicht gleich mit der Sprache rausrückst, wird Blut an die Wände spritzen, Frau«, witzelte er und schwenkte drohend den Handmixer.

»Gib mir das Ding, du Trampel, du kleckerst alles mit Kuchenteig voll.«

Liz stand in der Küche und erklärte es ihm.

»Für mich klingt das ziemlich schräg, Liz. Der Typ könnte total durchgeknallt sein. Ich weiß nicht, ob es mir gefällt, dass du dich mit ihm triffst ...«

»Ich kann dich verstehen«, lenkte Liz ein. »Aber Maeve landet jeden Moment in Shannon, und Julie kommt morgen aus Dublin. Vinny wird dabei sein. Außerdem noch ein Polizist, der, der jetzt für den Fall zuständig ist.«

Eddie hatte Respekt vor Vinny und nahm seine Ansichten ernst. Beruhigt, weil Vinny versprochen hatte, bei dem Treffen anwesend zu sein und nicht von ihrer Seite zu weichen, gab er nach. Am nächsten Morgen stand ihr Mann, das Gesicht voller Klopapierschnipsel, weil er sich beim Rasieren geschnitten hatte, in der Tür und winkte ihr – wenig begeistert – nach.

Nun, da Julie neben ihr auf dem Beifahrersitz saß, fühlte es sich an, als hätte es die Jahre dazwischen nie gegeben. Als hätte die lange Funkstille niemals stattgefunden. Nur, dass die anstehende Begegnung mit einem gefährlichen und niederträchtigen Verbrecher wie ein Damoklesschwert über ihren Köpfen schwebte.

»Dieser McNamara ... der wohnt doch nicht etwa auch im Hotel, oder?«, fragte Julie besorgt.

»Keine Angst, Jules, uns kann nichts passieren. Laut Vinny lebt er in Limerick und kommt erst am Vormittag nach Adare.«

»Und seit er aus der Armee rausgeflogen ist, arbeitet er als Handwerker?«

»Offenbar ja, aber ich glaube, er ist inzwischen in Rente.«

»Was weißt du sonst noch über ihn?«

»Nicht viel. Dass er in der Armee war und unehrenhaft entlassen wurde, kam erst vor Kurzem heraus. Bei den damaligen Ermittlungen wusste niemand davon. Was sonst noch? Er stottert. An der Hand hat er Narben von dem tätlichen Übergriff… Oh, und seine Frau ist vor ein paar Monaten gestorben.«

»Das Schwein war verheiratet?«, rief Julie aus.

»Ja, ja, das war er.«

»Welche Frauen heiraten denn solche Männer, Liz? Gütiger Himmel, in was für einer Welt leben wir denn?«

Liz stellte fest, dass Julie die einzelnen Punkte miteinander verband und zu genau denselben Schlussfolgerungen kam wie sie, als sie die lückenhafte Personenbeschreibung des Mannes gehört hatte, der an jenem Tag am Blue Pool gewesen war. Des Mannes, den sie nicht vor Gericht stellen konnten.

»Und mehr hast du nicht…?«

»Nein, nicht vor morgen.«

»Dann warten wir also bis morgen«, meinte Julie und verzog das Gesicht.

Während sie durch die Landschaft von Limerick brausten, redete Julie wie ein Wasserfall. Hauptsächlich über ihre Tochter Bella und darüber, wie wichtig es sei, das Essen für Kinder frisch zuzubereiten. Liz schmunzelte in sich hinein. Manche Dinge änderten sich nie. Seit zehn Minuten lamentierte Julie schon über die Gefahren, die Kindern drohten, wenn sie aus Plastikflaschen tranken. Ob Liz wisse, dass diese Giftstoffe freisetzten, wenn man sie immer wieder verwendete? Julie wartete die Antwort allerdings nicht ab. Liz war schon seit einer Weile nicht mehr zu Wort gekommen.

Julie sah gut aus. Zumindest von außen. Die Klamotten waren vielleicht ein wenig gewagt, doch Twinsets und Perlenketten hätte Julie nicht mit der Kneifzange angefasst. Liz bewunderte das an ihr. Sie bewunderte ihre Energie. Außerdem schien sie ihre Tochter zu vergöttern. Gut, die Jahre hatten ihren Tribut gefordert. Die Sache in Berlin hatte sie vermutlich am meisten mitgenommen. Kurz danach hatte Liz sie aus den Augen verloren. Es waren noch ein oder zwei Weihnachtskarten gekommen. Dann nichts mehr.

Am Ende ihres Vortrags über Plastikflaschen angelangt, wechselte Julie das Thema.

»Hast du noch mal was von Don Fitzgerald gehört?«

Dieser Name fiel nun schon zum zweiten Mal in einer Woche.

»Don Fitzgerald, der Geist meiner Vergangenheit.« Sie lächelte.

»Ihr beide wart so ein schönes Paar. Von allen Pärchen an der Uni dachte ich, dass ihr beide zusammenbleiben würdet. Du weißt schon, du als Frau des Landarztes in einem großen alten Haus in Connemara. Oder ausgewandert nach Australien, er als fliegender Arzt, und ihr beide mit einer ganzen Schar Kinder! Es hat mich echt überrascht, als ich erfuhr, dass ihr euch getrennt habt.«

Liz zuckte zusammen. Es wunderte sie selbst, wie weh Julies Geplapper ihr tat. Als sie sein Bild vor ihrem geistigen Auge sah, hatte er sich nicht verändert – Don Fitzgerald, keck, humorvoll, durchtrainiert und attraktiv.

»Du hast recht, Jules. Ich *war* verrückt nach Don. Aber nach der Sache mit Sarah war die Stimmung vergiftet. Alle verdächtigten uns. Ob du es glaubst oder nicht, aber es wurde sogar noch schlimmer, nachdem du aus Galway weg bist. Maeve und ich hatten eine schreckliche Zeit. Weil sich der Täter nicht gestellt hat und wir drei die letzten waren, die sie lebend gesehen hatten. Du weißt ja, was immer gesagt wird …«

Liz umklammerte das Lenkrad. Die Erinnerungen stürmten nur so auf sie ein.

»Und die Berichte in den Medien waren auch nicht hilfreich. Der Himmel weiß, was Angela Devereaux der Presse über uns erzählt hat. Wahrscheinlich war es da nicht weiter erstaunlich, dass er mich fallen gelassen hat wie eine heiße Kartoffel. Mir ging es damals ziemlich mies deshalb. Also, um deine Frage zu beantworten, nein, ich habe keinen Kontakt mehr zu Don Fitzgerald. Ich habe keine Ahnung, wo er ist, und ich habe ihn seit Jahren nicht gesehen.«

Sie verstummte und versuchte, das Pfeifen in ihrer Brust zu unterdrücken.

Julie schwieg eine Weile.

»Wir haben eine Menge verloren, nicht? Viel mehr als nur Sarah«, sagte sie dann.

»Das haben wir wirklich.«

Wieder eine Pause.

»Und wie ist Eddie so?«, fragte Julie bemüht fröhlich. »Irgendwelche Ähnlichkeiten mit Don?«

Die unverblümte Frage überraschte sie. Noch nie hatte sie jemand aufgefordert, die beiden Männer miteinander zu vergleichen. Doch es gab ja auch nur wenige, die sie lange und gut genug kannten, um das zu tun.

»Oh, Eddie ist spitze. Er kann toll mit den Kindern umgehen. Außerdem sieht er die Dinge ziemlich locker, wenn nicht gerade Tom, unser Ältester, im Spiel ist. Eddie arbeitet hart. Vor ein paar Jahren wollte er sein eigenes Unternehmen gründen, doch es hat nicht geklappt. Er hat Humor und ein gutes Herz. Ein netter Mann.«

»Klingt, als hättest du eine gute Partie gemacht«, erwiderte Julie.

Allerdings merkte Liz ihr an, dass sie nicht beeindruckt war. Sie hatte ein langweiliges und nicht besonders bemerkenswertes Porträt des Mannes gezeichnet, mit dem sie nun schon seit zwanzig Jahren ziemlich zufrieden war. Plötzlich fühlte sie sich wie eine Verräterin. Es war nicht Eddies Aufgabe, sie glücklich zu machen. Wie konnte Eddie mit den Erinnerungen an einen attraktiven, durchtrainierten Medizinstudenten mithalten, der sie alle vor so vielen Jahren in Galway begeistert hatte? Ihr Leben mit Eddie war normal und alltäglich. Es war nicht das Leben, das sie sich damals gemeinsam mit Don ausgemalt hatte, aber sie war glücklich. Wenn auch auf eine wenig aufregende Art und Weise.

»Wenn du ihn kennenlernen würdest, würdest du ihn sicher mögen«, sagte sie und schnippte eine kleine Fliege weg, die an der Windschutzscheibe herumschwirrte. »Dafür werde ich sorgen. Wenn das hier vorbei ist«, fügte sie hinzu.

Sie hielt inne und überlegte kurz, ob sie sich nach dem Zustand von Julies Ehe erkundigen sollte. Ach, verdammt, Julie hatte genug unverblümte Fragen gestellt. Sie würde es einfach tun.

»Offenbar bist du in deiner Ehe nicht unbedingt auf Rosen gebettet.«

»Ach, ich? Ich habe eine Primadonna geheiratet«, erwiderte Julie. »Weißt du, das Arschloch will unsere Ehe annulieren lassen, und zwar mit der Begründung, dass ich psychisch labil und deshalb nicht in der Lage bin, eine Ehe zu führen.«

»Das gibt's doch nicht.«

»Doch, gibt es. Er ist nicht mit einer Scheidung zufrieden wie ein Normalmensch, sondern geht aufs Ganze und hat eine Annulierung beantragt. Dabei ist er nicht mal gläubig. Wahrscheinlich wird der Mistkerl seinen Willen durchsetzen, weil er jedem das Wort im Mund herumdreht.«

Ach, herrje. Die arme Julie – sie hatte wirklich ein Händchen für Männer.

»Also werde ich mich nicht mit einer Einladung revanchieren können, damit du meinen baldigen Exmann kennenlernst.«

Offenbar war es für eine Weile das Beste, die Finger von dem Thema Ehemänner zu lassen, dachte Liz. Julie regte sich wirklich auf.

Also wechselte sie das Thema.

»Im Hotel gibt es einen Pool. Maeve wollte schwimmen gehen, während ich dich abhole.«

»Wie schön. Und was hält Maeve davon, dass dieser Typ sich mit uns treffen will?«, erkundigte sich Julie. »Maeve hat doch immer zu allem eine Meinung. Offen gestanden, macht es mir ein wenig Angst, sie nach so langer Zeit wiederzusehen.«

»Spinn nicht rum, das wird alles gut. Eigentlich ist sie derselben Ansicht wie wir. Dass es gruselig und schräg ist. Abgesehen davon, dass ein Medaillon erwähnt wurde, das offenbar wichtig ist, haben wir kaum Anhaltspunkte.«

»Hast du Maeve von dem Medaillon erzählt? Was hat sie dazu gesagt?«

»Das weiß ich nicht mehr. Sie hat vor morgen genauso viel Angst wie wir.«

»Fand sie das mit dem Medaillon nicht komisch?«

Julie verhielt sich seltsam. Sie hatte sich wieder auf etwas eingeschossen.

»Klar, natürlich findet sie das komisch. Die ganze Sache an sich ist komisch.«

»Wie recht du hast …«

Aus dem Augenwinkel sah sie, dass Julie an den Nägeln kaute. Die Hassliebe zwischen Maeve und Julie hatte sie schon immer fasziniert. An der Uni hatte Julie stets zugelassen, dass Maeve das Ruder übernahm, gute Ratschläge – erwünscht oder unerwünscht – verteilte und ihr, wenn nötig, aus der Patsche half. Die beiden verband eine seltsame Beziehung, die Liz nicht unbedingt für gesund hielt.

Als sie sich dem Hotel näherten, wuchs Liz' Beklommenheit. Hoffentlich würden Maeve und Julie miteinander klarkommen. Liz' Schuldgefühle wegen Sarah waren vermutlich nichts, verglichen mit dem, was Maeve und Jules empfanden. Sie trugen eine noch schwerere Last. Vielleicht war die ja der Grund für ihr merkwürdiges Verhältnis.

Die ganze Zeit über war Liz das Gefühl nicht losgeworden, dass an jenem Tag in den Burren etwas geschehen war, von dem nur die beiden wussten. Liz hatte schon genug über diesen Tag gehört und war sich nicht sicher, dass sie noch mehr hören wollte. Nichts würde Sarah wieder lebendig machen. Was spielte es also für eine Rolle?

»Mir gefällt es hier.« Julies geschminkte Lippen verzogen sich zu einem breiten Lächeln, als sie den altmodischen Charme des Hotels bewunderte, das vor langer Zeit einmal eine Jagdhütte gewesen war.

»Dann sehen wir uns um halb acht im Speisesaal, Jules? Diese Uhrzeit habe ich mit Maeve verabredet. Passt dir das?«

»Wunderbar«, erwiderte Julie. »So habe ich gerade genug

Zeit, um mich frisch zu machen und meine Gedanken zu ordnen.«

»Das brauche ich auch«, meinte Liz und hoffte, dass man ihr nicht anmerkte, wie traurig sie diese emotional so zerbrechliche Frau machte, die mit Mitte vierzig schon mehr Stürme überstanden hatte als die meisten Menschen.

»Kommt Vinny auch?«

»Nein, der hat Dienst. Er wird morgen um elf da sein wie versprochen. Dann lasse ich dich mal einchecken und deine Sachen auspacken. Du weißt ja, was für eine Pünktlichkeitsfanatikerin Maeve ist. Manche Dinge ändern sich eben nie.«

»Okay, okay, ich gehe ja schon.«

Auf Absätzen, in denen eine Frau, die nur halb so alt war wie sie, keinen Meter hätte zurücklegen können, rauschte Julie zur Rezeption. Schön für sie, dachte Liz lächelnd und zog sich in ihr Zimmer zurück. Da sie jetzt eine Minute Zeit hatte, konnte sie ja Ed und die Kinder anrufen.

Eine halbe Stunde später saßen die drei Freundinnen an einem Fenster im Speisesaal. Auf dem mit einem gestärkten weißen Leinentischtuch gedeckten Tisch stand eine Flasche gekühlter Weißwein. Die Vorspeisen waren schon unterwegs.

»Ein himmelweiter Unterschied zum Lyndons, oder?« Schmunzelnd erinnerte sich Maeve an die Zeit, als Vinny sie in Galway zu Backhähnchen und Schwarzwälder Kirschtorte eingeladen hatte.

»Ja, wir haben es seitdem weit gebracht«, erwiderte Liz lachend.

»Ich glaube, das Lyndons gibt es nicht mehr. Da ist jetzt etwas anderes drin«, meinte Julie.

»Echt? … ich finde es scheußlich, wenn Läden schließen oder den Besitzer wechseln. Ich fühle mich dann immer so alt.« Maeve fingerte an den schwarzen Fransen am Verschluss ihres Handtäschchens herum.

»Bei uns geht alles bergab.« Liz tat, als wolle sie ihre Brüste anheben.

Die anderen lachten.

Alles schien recht gut zu laufen.

»Was würdet ihr dafür geben, die Uhr zurückdrehen zu können? Nur bis zum Ende unseres ersten Jahres in Galway, bevor der ganze Mist passiert ist, vor Noel und allem anderen?« Julie stützte das Kinn in die Hand und blickte eindringlich zwischen Maeve und Liz hin und her.

»Oh, wir würden alle gern die Uhr zurückstellen.« Wehmütig schaute Maeve aus dem Fenster. Draußen war gerade ein Bus mit amerikanischen Touristen vorgefahren. »Wisst ihr, ich dachte, ich hätte das alles für immer hinter mir gelassen. Nachdem Mr. und Mrs. Devereaux bei dieser Flut umgekommen sind, habe ich gedacht, jetzt wäre die Sache endgültig abgeschlossen. Aber das war ein Irrtum … Ich habe in den letzten vierundzwanzig Stunden alles noch einmal durchleben müssen. Ich weiß nicht, wie es bei euch beiden ist, aber ich hatte es meinem Mann nie erzählt. Also habe ich mich gestern Abend mit Kieran zusammengesetzt und ihm zum ersten Mal geschildert, was damals passiert ist.«

Sie hörte auf, an den schwarzen Fransen herumzunesteln und sah erst Julie und dann Liz an.

»Er hat mir etwas gesagt, das ich im Innersten meines Herzens schon seit Jahren gewusst habe. Und deshalb möchte ich euch jetzt etwas beichten, was ich schon vor langer Zeit hätte tun sollen. Ich bin nicht stolz darauf. Doch ich habe nun zu lange mit der Scham gelebt. Hoffentlich denkt ihr jetzt nicht zu schlecht von mir. Aber ich fürchte, ihr werdet es tun …«

Kapitel 25
Maeve

Maeve hatte kaum Zeit zum Luftholen, als Julie ihr schon ins Wort fiel.

»Bitte! Lasst zuerst mich etwas sagen. Unterbrecht mich nicht, sonst finde ich vielleicht nie wieder den Mut dazu. Auf der Zugfahrt habe ich die ganze Zeit darüber nachgedacht. Ich weiß, dass es eigentlich keinen wirklichen Unterschied macht. Ich bin der einzige Mensch, für den es eine Rolle spielt.« Sie sah Maeve reumütig an. »Du hast mich viel zu lange gedeckt, Maeve. Ich war ja so ein verdammter Feigling.«

Maeve starrte sie an – verdattert, perplex, wie vom Donner gerührt. Typisch Julie, ihre Beichte zu unterbrechen und das Gespräch an sich zu reißen, als sie gerade versucht hatte, Klarheit in die Sache zu bringen. Entnervt bedeutete sie ihr fortzufahren. Was hätte sie sonst tun sollen?

»Könnte mir jemand vielleicht erklären, was hier los ist?« Völlig verwirrt blickte Liz zwischen den beiden hin und her.

»Schon gut, Liz«, meinte Maeve. »Es ist nur ein Missverständnis, das schon viel zu lange besteht. Mehr nicht. Lass es mich dir erklären …«

Julie schlug mit der Faust auf den Tisch, dass das ordentlich aufgereihte Besteck erbebte.

»Nein, es war kein Missverständnis, sondern Absicht! An

diesem Tag vor fünfundzwanzig Jahren hätte es mich treffen sollen. Eigentlich hätte ich allein trampen müssen. Ich! Nicht Sarah. Es war Absicht!«

Die Gäste an den umliegenden Tischen drehten sich zu ihnen um.

»Wovon redest du?«, wunderte sich Liz.

»Lass mich …«, begann Maeve.

»Nein, nein, nein!« Inzwischen war Julie voll in Fahrt und durch nichts mehr zu bremsen.

»Jetzt lasst mich doch endlich mal erklären!« Wieder schlug sie mit der Faust auf den Tisch.

»Schon gut, Julie, sprich weiter, wir hören«, sagte Liz, inzwischen verlegen, weil sie offenbar Aufmerksamkeit erregten.

Mittlerweile starrten weitere Leute auf sie. Der Kellner wirkte ein wenig besorgt.

Die Schleusen hatten sich geöffnet. Es gab kein Halten mehr. Maeve überließ Julie das Wort.

»An diesem Tag haben wir gewartet und gewartet, aber niemand wollte uns zu dritt mitnehmen. Stundenlang haben wir uns die Beine in den Bauch gestanden. Da haben wir beschlossen, uns zu trennen. Also in ein Paar und eine Einzelperson. Aber, weißt du, Liz, die Sache ist, dass ich verloren habe. Wir haben dir nie erzählt, dass wir eine Münze geworfen haben, oder? Das haben wir dir nie gesagt.« Ihre Worte überschlugen sich, sie nahm sich kaum Zeit zum Atmen. »Also haben wir die Münze geworfen. Ich habe verloren. Und dann habe ich angefangen zu jammern wie ein verwöhntes Balg …« Sie fuhr sich mit den Fingern durchs Haar. »Und darauf passierte Folgendes. Rat mal was, rat mal …«

Liz zuckte die Achseln und zog die Augenbrauen hoch.

»Sarah hat mir angeboten, meinen Platz zu übernehmen. Alleine zu trampen. Sie sagte, es mache ihr nichts aus. Verstehst du jetzt? Verstehst du …?«

Julies Haare standen in alle Richtungen ab, sie sah aus wie eine Verrückte. Ihre Brust bebte, und ihre schrille Stimme hallte durch den Raum. Maeve wünschte sich, sie würde ein wenig leiser sprechen.

»Sarah sollte heute hier sitzen, nicht ich!«

»Ist alles in Ordnung, meine Damen?«

Der Kellner hatte sich ihrem Tisch genähert.

»Alles bestens, vielen Dank. Wir haben uns nur lange nicht gesehen«, entgegnete Maeve barsch und errötete im nächsten Moment vor Verlegenheit.

Dieser Speisesaal war nicht der optimale Ort für ihre Aussprache, doch daran konnte sie nichts ändern. Sie holte tief Luft. Und dann noch einmal. Jetzt war sie an der Reihe. Sie musste schnell reden, bevor Julie ihr wieder ins Wort fiel. Angesichts von Julies Verzweiflung würde das, was sie jetzt sagen wollte, noch brutaler klingen. Allerdings konnte Julie einen Menschen völlig konfus machen – Maeve hätte sie abwechselnd erwürgen und fest umarmen können.

»Nein, Julie, du irrst dich. Das wollte ich doch die ganze Zeit sagen. Bitte lass mich ausreden …« Maeve hob die Hand, um einer Unterbrechung zuvorzukommen. »Es hätte nicht *dich* treffen sollen«, fuhr sie fort. »Ganz gleich, was auch passiert wäre, es hätte nicht *dich* erwischt. Genau das versuche ich dir doch die ganze Zeit zu erklären, wenn du mich endlich mal lassen würdest. Du hättest beim zweiten Wurf gar nicht mehr dabei sein sollen. Der hätte nämlich zwischen *mir* und Sarah, nicht zwischen *dir* und Sarah stattfinden müssen.«

»Hilfe! Jetzt blicke ich gar nicht mehr durch.« Liz rang die Hände.

»Okay, okay, dann beginne ich ganz am Anfang. So kompliziert ist es nämlich nicht«, antwortete Maeve. »Es lief folgendermaßen … *Ich* war es, die die Idee hatte. *Ich* habe vorgeschlagen, dass wir uns trennen und dass wir eine Münze werfen sollten, um zu ermitteln, wer allein und wer gemeinsam trampt. Wir waren so pleite, dass wir nicht einmal eine Münze hatten. Deshalb haben wir Julies Medaillon mit dem heiligen Christopherus verwendet.« Sie sah Julie an und bemühte sich zu lächeln. »Wie ich sehe, trägst du es heute noch.«

Julie umklammerte mit der einen Hand ihr Weinglas und ließ mit der anderen das Medaillon an der Kette hinauf- und hinunterrutschen.

»*Ich* habe die Medaille geworfen«, fuhr Maeve fort. »Es ging um Julie und mich. Und hier ist die Wahrheit …« Sie holte Luft. »Ich habe Julie gesagt, sie hätte verloren.« Sie blickte Julie direkt in die Augen. »Du hast das Medaillon nicht landen sehen, und ich habe gesagt, dass du verloren hast. Das bedeutete, dass du noch einmal mit Sarah werfen musstest.«

Inzwischen war Julie ganz Ohr und nestelte nicht mehr an ihrer Kette herum. Maeve hatte das Gefühl, der ganze Speisesaal höre ihnen zu, als seien die Messer und Gabeln in der Luft stehen geblieben.

»Sarah hat beim zweiten Wurf gewonnen, eindeutig. Aber die Sache ist … die Sache ist … die Sache ist folgendermaßen, Julie …« Die Worte wollten ihr nicht über die Lippen, und sie konnte Julies Blick kaum ertragen.

Sie zwang sich, es auszusprechen. »Ich habe gelogen«,

sagte sie. »Ich habe gelogen, als ich sagte, du hättest bei der ersten Runde verloren. *Du hast gewonnen – nicht ich.* Ich hätte mit Sarah in die zweite Runde gehen sollen. *Nicht du.* Ganz gleich, was passiert wäre, du hättest niemals allein trampen müssen.«

So, jetzt war es heraus. Ihr hässliches kleines Geheimnis war keines mehr.

Am Tisch herrschte Schweigen.

Die Information brauchte eine Weile, um sich zu setzen. Sie spürte, wie Julies Blick sich brennend auf sie richtete. Im Hintergrund stieg das Stimmengewirr im Speisesaal wieder auf Normalpegel an. Inzwischen wurde Maeve von den anderen beiden eindringlich und wortlos gemustert. Ihre Gesichter waren bleich. Sie wartete auf ihre Reaktion – die Sünderin auf der Anklagebank.

Während sie gesprochen hatte, waren die Vorspeisen serviert worden, aber niemand rührte sie an. Maeve begann zu zittern. Die Gefühle, die in ihr tobten, überraschten sie selbst.

»Ich verstehe kein Wort, Maeve …« Julies Stimme bebte, und sie klang erstaunt. »Ich begreife es wirklich nicht. Warum hast du gelogen? Welchen Grund hattest du, mir so etwas anzutun?«

Das würde nicht leicht werden.

Die Wahrheit war brutal und kleinlich. Warum hatte sie gelogen? Sie hatte gelogen, weil sie genug davon hatte, Julie aus der Patsche zu helfen. Sie hatte gelogen, weil sie Julies ständige Märtyrerpose nicht mehr aushielt. Sie hatte gelogen, weil Julie ihrer Meinung nach die Schuld an ihrer misslichen Lage trug. Sie hatte gelogen, weil sie die Prüfungen vielleicht schon beim ersten Mal geschafft hätte, wenn ihre ganze Zeit nicht mit Julies Dramen draufgegangen wäre. Sie hatte wegen ihres kindischen Ärgers darüber, dass Julie ihre Schokolade verschlungen hatte, gelogen. Doch wie sollte sie das zugeben?

Maeve zuckte die Achseln. Ihr drehte sich der Kopf.

»Es ist so albern, dass ich es mich kaum zu sagen traue. Es klingt mies und jämmerlich, weil es mies und jämmerlich war. Ich erinnere mich nur, dass du mich an diesem Morgen ganz verrückt gemacht hast. Du bist mir tierisch auf den Wecker gegangen.«

Maeve sprach mit gesenktem Kopf weiter. »Sicher weißt du noch, dass du verkatert warst? Du warst muffig, hast nur gejammert und warst eine schreckliche Nervensäge …« Sie bemühte sich um einen entschuldigenden Tonfall, wagte aber nicht aufzublicken. »Ich weiß, wie doof, blöd und daneben es klingt, aber du hast fast den ganzen Marsriegel gegessen, den ich mir extra aufgehoben hatte … und das hat mich so total genervt.«

Sie riskierte einen raschen Blick nach oben. Julie starrte sie ungläubig an. Eine Weile herrschte Schweigen. Und dann: »Du willst doch nicht sagen, du hättest gelogen, weil ich dir die Schokolade weggegessen habe?«

Maeve hörte ihr Entsetzen.

»Ich weiß, Julie, es ist nicht zu entschuldigen«, flüsterte sie. »Du hast ein Recht darauf, zornig und enttäuscht zu sein. Aber ja, das war einer der Gründe, so lächerlich das auch klingt.«

»Zornig und enttäuscht …«, wiederholte Julie kopfschüttelnd. »Zornig und enttäuscht«, sagte sie noch einmal. »Gütiger Himmel, hast du überhaupt eine Vorstellung, wie …?«

»Immer mit der Ruhe, Jules«, versuchte Liz einen Ausbruch zu verhindern.

»Ich fasse es nicht.«

Julie schob ihren Teller mit Shrimps weg, als wäre er vergiftet. Dann wandte sie sich ab und starrte mit vorgeschobenem Kiefer zum Fenster hinaus, wie um ihre Gedanken zu ordnen.

Maeves Magen war noch immer in Aufruhr. Sie zitterte wie Espenlaub. Als sie ihr Glas mit der Weinflasche aus dem Kühler auffüllte, überschlug sich der Kellner fast vor Entschuldigungen. Ganz gleich, was die anderen jetzt von ihr halten mochten, es war geschehen – ihr Fehler war kein Geheimnis mehr.

»Wisst ihr, ich hatte immer den Verdacht, dass da noch etwas war …«, begann Liz. »Etwas, von dem ihr mir nichts erzählt habt. Ich habe es einfach geahnt.« Sie schüttelte den Kopf.

Julie starrte Maeve an. »Und ich dachte während der ganzen Ermittlungen, du hättest die Sache mit dem Münzewerfen nicht erwähnt, um mich in Schutz zu nehmen.« Schmerz brannte in ihren Augen.

Was sollte Maeve sagen? Das stimmte sogar. Nicht, dass Julie ihr das jetzt noch geglaubt hätte. Die öffentliche Stimmung gegen sie war schon vergiftet genug gewesen, ohne dass sie Julie weiterer Häme aussetzte.

»In gewisser Weise ist das auch richtig.« Es jetzt auszusprechen, klang wie eine faule Ausrede. »Welchen Unterschied hätte es für die Ermittlungen bedeutet, es jemandem zu erzählen? Eigentlich bin ich froh, dass du es nie erwähnt hast, denn so musste ich es auch nicht tun. Wir haben es nur unter den Tisch fallen lassen, nicht absichtlich getäuscht. Auf die Ermittlungen hatte es keinerlei Auswirkungen. Herrgott! Die Medien haben uns doch schon genug an den Pranger gestellt. Ihnen von der Münze zu erzählen, hätte die Sache nur noch schlimmer gemacht. Kannst du dir vorstellen, was passiert wäre, wenn du die Wahrheit gesagt hättest? Wenn Mrs. Devereaux erfahren hätte, dass Sarah für dich eingesprungen ist? Was, glaubst du, hätten die Reporter dann mit dir gemacht? Allerdings hätte ich dir die Wahrheit nicht verheimlichen dürfen. Und das tut mir wirklich sehr, sehr leid.«

Julie durchbohrte sie mit Blicken. Liz rutschte auf ihrem Stuhl herum und schaute zwischen den beiden hin und her.

»Mein Gott, Maeve!«, brach es schließlich aus Julie heraus. »Hast du überhaupt eine Vorstellung davon, was du mir angetan hast? Diese Kleinigkeit zu wissen, wäre so wichtig für mich gewesen. Wir hätten es ja sonst niemandem verraten müssen, aber mir hättest du es sagen können. Niemand streitet ab, dass mein Leben damals aus dem Ruder lief. Aber, Herrgott noch mal, das war wirklich nicht hilfreich. Darauf hätte ich liebend gern verzichtet. All die Jahre, die ich mitten in der Nacht aufgewacht bin, nachdem ich sie verstümmelt, gefoltert und verwesend irgendwo im Wald habe liegen gesehen. In denen ich mir ausgemalt habe, was ihr zugestoßen sein könnte, und das alles in dem Wissen, dass es mich hätte treffen sollen. Kannst du dir vorstellen, wie das ist? Kannst du?«

»Natürlich kann ich das, verdammt!« Maeve fühlte sich in die Enge gedrängt. »Genau das versuche ich dir ja zu erklären. Mich hätte es erwischen müssen! Schließlich hatte ich gelogen und betrogen. Sarahs Schicksal war vielleicht für mich bestimmt.« Plötzlich liefen Maeve Tränen die Wangen hinunter. Es war alles zu viel für sie. Sie konnte sich nicht mehr beherrschen.

Die Tränen strömten ihr übers Gesicht bis hinunter zum

Schlüsselbein. Sie konnte sich nicht erinnern, wann sie zum letzten Mal in der Öffentlichkeit geweint hatte. Es war ein seltsames, fremdes Gefühl und gleichzeitig befreiend. Sonst hatte sie sich immer im Griff, und hier saß sie nun. Eine erwachsene Frau, die in der Öffentlichkeit weinte. All die Schuldgefühle und der Schmerz, die sie in einem harten, versteinerten Knoten in sich zusammengeballt hatte, lösten sich nun in einer Sintflut aus salzigen Tränen auf.

»Alles ist gut, Maeve, alles ist gut«, sagte Liz und tätschelte ihr die Hand. Wieder malte sich Erstaunen in ihrem Gesicht.

Wahrscheinlich hat sie mich in all der Zeit, die sie mich kennt, noch nie weinen gesehen, dachte Maeve.

»Aber gar nichts ist gut«, schniefte sie. »Damals war es nicht gut, und heute ist es auch nicht gut. Ich weiß, dass du es nicht leicht hattest, Julie. Doch mein Leben war auch kein Spaziergang.«

Julies Miene war ein wenig versöhnlicher geworden.

Maeve fasste sich ein Herz.

»Danach war nichts mehr so wie früher«, fuhr sie fort. »Insbesondere nicht zu Hause in Listowel. Ihr wisst ja nur zu gut, wie es in einer Kleinstadt ist. Alle haben sich die Mäuler über mich zerrissen. Da ist sie, schaut sie euch nur an, das Mädchen, das seine Freundin am Straßenrand stehen gelassen hat. Eine tolle Freundin, oder? So haben die Leute geredet. Prinzessin Molloy, so haben sie mich genannt. Irgendwann bin ich nicht mehr rausgegangen. Warum hätte ich denen Gelegenheit geben sollen, mich anzugaffen und dämliche Geschichten über mich zu erfinden? Es war so eine Erleichterung, nach England zu ziehen. Allerdings haben meine Eltern sehr darunter gelitten, dass ich sie nur sehr selten besucht habe, ich, ihr einziges Kind. Doch ich konnte die Gerüchte und Blicke nicht ertragen. Und die Leute haben ein gutes Gedächtnis, das kann ich euch sagen.«

Der Kloß in ihrem Hals wurde dicker.

»Kann mir jemand noch ein Glas Wein einschenken?«

Liz nahm die leere Flasche aus dem Sektkübel.

»Tut mir leid, ich glaube, ich hatte das letzte Glas«, sagte Julie.

»Kein Problem. Hast du mir nicht erzählt, dass du nicht mehr trinkst?«, fragte Liz.

»Ja, mehr oder weniger. Aber du erwartest doch nicht von mir, dass ich das alles mit einem Glas Cola Light durchhalte, oder?«

Liz bedeutete dem Kellner, eine neue Flasche zu bringen.

»Das tut mir wirklich leid, Maeve. Aber jetzt bist du wieder in Irland. Du könntest ja deine Eltern besuchen, wenn du schon mal hier bist.«

Maeve wurde von Trauer ergriffen. Diese Zeit war endgültig vorbei.

»Ich glaube nicht, Liz. Mum hat Alzheimer und lebt in einem Pflegeheim. Nach dem, was das Pflegepersonal letzte Woche gesagt hat, würde sie mich vermutlich gar nicht erkennen, wenn ich sie besuche. Und Dad ist vor drei Jahren gestorben. Also habe ich eigentlich keinen Grund mehr, nach Irland zu kommen.«

Maeve war erschöpft. Sie war es nicht gewöhnt, ihr Innerstes zu offenbaren.

»Das tut mir leid, Maeve.« Liz' Anteilnahme war ehrlich gemeint. »Wenn ich das gewusst hätte, wäre ich zur Beerdigung gekommen. Ich hatte keine Ahnung.«

»Kein Problem. Es ist nicht deine Schuld. Inzwischen bin

ich nicht mehr gut darin, den Kontakt zu Leuten hier zu halten.«

Der Hauptgang wurde serviert, und alle drei versuchten zu essen, und wenn nur, um das Gehörte auf sich wirken zu lassen. Maeve war froh, dass Julie im Moment den Mund hielt und wortlos über das Leid nachdachte, das ihr zugefügt worden war.

Das kurze Schweigen wurde von Liz unterbrochen, deren Gabel auf dem Weg zum Mund ruckartig stehen blieb.

»Oh, Gott«, sagte sie leise. »Das ist es – das Medaillon mit dem heiligen Christopherus!« Sie sah die anderen an. »Kapiert ihr? Bis jetzt dachten wir, dass nur drei Menschen von dem Münzewerfen mit dem Medaillon wissen. Aber wenn dieser Typ es auch weiß, gibt es nur einen Menschen, der es ihm erzählt haben kann …«

»Richtig.« Maeves Herz setzte einen Schlag aus. Die Bedeutung von Liz' Worten war ihr nicht entgangen. »Das kann nur heißen …«

»Dass Sarah es ihm gesagt hat …«

Grüne Bohnen flogen über den Tisch, als Liz mit ihrer Gabel gestikulierte. »Oh, dieser Mistkerl ist also im Bilde. Nur Sarah kann es ihm erzählt haben.«

»Aber was meint Vinny dazu? Bestimmt weiß er mehr, als er uns verrät. Glaubt er, der Kerl ist unser Mann?« Maeve war sich sicher, dass Vinny Liz mehr anvertraut hatte, als sie den anderen verriet.

»Überhaupt, haben die ihn damals nicht vernommen? Warum hatten sie ihn da nicht schon in Verdacht? Oder hat die Polizei etwas übersehen?«

»Ich kenne die Details nicht, Maeve. Aber ich glaube schon, dass die ihn damals verhört haben, als sie die Häuser durchsucht haben. Vergiss nicht, dass sie damals noch nichts von seiner Vergangenheit bei der Armee wussten. Und überlegt mal, die haben so viele Leute befragt … alle Mitarbeiter im Pub in Linnanes, den Lebensmittelhändler, sämtliche Passanten auf der Straße …« Liz musterte sie ernst.

»Hast du nicht noch ein paar Leute vergessen?« Seit Jahren schon sagte Maeve ihr Bauchgefühl, wer dahinterstecken könnte.

»Ganz bestimmt habe ich das«, erwiderte Liz.

»Nun, Liz, ich hatte immer so eine Vermutung, wer es gewesen sein könnte.«

»Nein, sag nichts, ich kann es mir denken«, beteiligte sich Julie wieder am Gespräch. »Du konntest sie von Anfang an nicht leiden. Die Typen aus Donegal, richtig? Du mochtest sie nie …«

»Was spricht dagegen? Sie sind an diesem Tag auf der Straße an uns vorbeigefahren. Sie wussten, wo das Haus ist. Vielleicht haben sie uns ja beobachtet. Die waren nicht nur zum Höhlenklettern da, darauf gehe ich jede Wette ein. Sie hatten etwas vor. Was ist mit den Waffen, die man beim Absuchen des Sees gefunden hat? Wem gehörten die?«

»Glaubst du etwa, Sarah ist da über etwas gestolpert? Dass es so gewesen ist?« Julie war offenbar nicht dieser Ansicht.

»Ich weiß, dass du anders denkst, Julie, aber die Typen hatten etwas Zwielichtiges.«

»Das finde ich nicht, Maeve. Außerdem ist ein zwielichtiger Typ noch lange kein Vergewaltiger und Mörder!«

»Mädels! Es bringt nichts, über diese Typen zu diskutieren«, unterbrach Liz. »Die brauchen uns nicht zu interessieren. Zumindest nicht im Moment. Wir sollten uns eher mit Christy McNamara befassen. Ja, gut, derzeit reichen die

Beweise nicht, um ihn in Haft zu behalten, aber wenn es nicht *er* selbst war, könnte er den Mörder vielleicht kennen. Ich meine, er muss doch etwas wissen, wenn man von ihm verlangt hat, eine Kaution zu hinterlegen, oder?«

»Meine Damen, dürfte ich Sie bitten, Ihren Kaffee in der Bar einzunehmen? Wir räumen gleich die Tische ab.« Offenbar fand der Oberkellner, dass es für diesen Abend genug Drama im Speisesaal gewesen war. Ihre aufgebrachten Stimmen würden in der Geräuschkulisse der Bar eher untergehen. Maeve leistete der Aufforderung gern Folge.

»Natürlich. Kommt, Mädels, Kaffee und Brandy in der Bar.«

»Einen doppelten für mich«, murmelte Julie. »Den kann ich jetzt gebrauchen.«

Eine Stunde später zog sich Maeve zurück. Sie hatte genug für diesen Tag. Liz und Julie beschlossen, noch ein wenig sitzen zu bleiben. Der morgige Tag würde nicht leicht werden. Maeve war erschöpft, aber auch erleichtert, weil sie sich zu ihrer Rolle in diesem albtraumhaften Trauerspiel bekannt hatte.

Allerdings irrte sich Julie, was die Männer aus Donegal anging. Maeve war sicher, dass sich ihr Verdacht bestätigen würde. Die Polizei hatte sie damals zwar vernommen, aber sie war überzeugt davon, dass sie etwas mit der Sache zu tun hatten. Sie wussten etwas. Eigentlich hoffte sie sogar, dass sie die Schuldigen waren. Denn der Gedanke, dass sie der Person, die es getan hatte, morgen unmittelbar gegenübersitzen sollte, war beängstigend.

Doch nun wollte sie sich nur noch in den Schlaf flüchten. Der Schlaf sollte sie einhüllen wie eine warme Daunendecke. Sie war ja so müde.

Kapitel 26
Julie

Undeutlich hörte sie den gedämpften Ton ihres Mobiltelefons. Wo zum Teufel war es? Es musste irgendwo zwischen Laken, Steppdecke und der schicken Überdecke liegen. Was hatte es denn in ihrem Bett zu suchen? Mühsam rappelte sie sich aus dem Doppelbett auf und schüttelte die Bettwäsche, um es aus seinem Versteck zutage zu fördern. Plötzlich kam ein Gegenstand hervorgeschossen und knallte lautstark gegen die Wand. Oh, Mist. Hoffentlich war es nicht kaputt. Nein, es klingelte heldenhaft weiter. Sie schaute auf das Display. Oh nein, Ärger. Justin.

»Hallo …?«

»Was zum Teufel sollen diese Spielchen, Julie?«

Also wusste er, dass Bella bei seinen Eltern war. Es hatte länger gedauert, als erwartet. Ihr Schädel begann zu pochen. »Dir auch einen guten Morgen. Wo liegt das Problem?«

»Du weißt ganz genau, was ich meine, verdammt. Und wo bist du überhaupt, Scheiße noch mal?« Er war sauer. Das Sch-Wort benutzte er nur, wenn er wirklich sauer war. Sehr gut. Hoffentlich ärgerte er sich schwarz.

»Ich bin in Adare, wie ich deinen Eltern gesagt habe. Es ist nur für eine Nacht, Justin. Jetzt krieg nicht gleich einen Schlaganfall. Heute Nachmittag bin ich wieder zu Hause.«

Sie kramte nach ihren Schmerztabletten, die sie normalerweise im Kulturbeutel aufbewahrte.

»Adare? Adare? In County Limerick? Was machst du da?«

»Ich treffe mich mit alten Freundinnen aus der Uni – das habe ich deinen Eltern übrigens auch erklärt.«

»Du bist ja nicht unbedingt für deine Wahrheitsliebe bekannt, Julie. Und um ehrlich zu sein, klingst du ziemlich mitgenommen. Du säufst doch nicht etwa wieder, oder?«

Sie streckte dem Telefon eine belegte Zunge heraus.

»Nein, Justin, ich saufe nicht. Diese Ausfragerei wird allmählich nervig.«

Seine Stimme stieg um eine Oktave. »Dann sage ich dir mal, was wirklich nervig ist, meine Liebe. Nämlich, dass du deiner achtjährigen Tochter in aller Herrgottsfrüh Nachrichten per SMS schickst und ihr schreibst, wie sehr du sie liebst. Fünfzehn innerhalb einer Stunde. Ich habe mir ihr Telefon angesehen. Herrgott, Julie, wer ist hier das Kind und wer die verdammte Erwachsene?«

Sie legte auf, weil sie keine Lust hatte, sich das länger anzuhören.

Mist! Deshalb also war das Telefon in ihrem Bett gewesen. Sie hatte Bella SMS geschickt. Dem einzigen Menschen auf der Welt, der sie wirklich liebte. Rückblickend betrachtet, vermutlich keine gute Idee. Doch sie war länger in der Bar geblieben als beabsichtigt. Wenn sie sich richtig erinnerte, hatte Liz sich dort von ihr verabschiedet, nachdem sie gesagt hatte, sie wolle noch einen letzten Absacker mit dem Barkeeper trinken. Sie hatte ihr erklärt, sie käme nur selten aus dem Haus, weshalb sie die Gelegenheit nutzen wolle. Danach würde sie Ewigkeiten nichts mehr trinken. Es sei nicht so wie ihre Rückfälle von früher. Sie habe die Sache nun im Griff.

Und dann fiel es ihr wieder ein. Sie hatte letzte Nacht etwas zu feiern gehabt. Während sie den Wein in sich hineingekippt hatte, hatte sie alle Aspekte gegeneinander abgewogen und ihre Beziehung zu Maeve einer Neubewertung unterzogen. Sie hatte versucht, eine vernünftige Erklärung für das zu finden, was Maeve getan hatte.

Es fiel ihr schwer zu glauben, dass Maeve beim Münzewerfen betrogen haben sollte. Es hätte niemals ein Mensch erfahren, wenn Sarah zu Hause angekommen wäre. Eine Kleinigkeit, und eigentlich unwichtig. Nur, dass es für Julie in den vielen Jahren, in denen sie sich selbst zermürbt hatte, sehr wohl wichtig gewesen war. All diese Jahre hatte Maeve die Lüge für sich behalten. All diese Jahre hatte Julie sich Vorwürfe gemacht. Bei hellem Tageslicht betrachtet, ergab es für sie ebenso wenig Sinn wie am Vorabend am Tresen. Es wollte ihr nicht in den Kopf, wie dieselbe Maeve, die sie in Galway durch alle Krisen begleitet hatte, sie mit diesem quälenden Missverständnis hatte leben lassen. Der einzige Grund dafür, der ihr einfiel, war, dass die Täuschung kein Vorsatz, sondern eine aus Zorn geborene, undurchdachte Spontanaktion gewesen war.

Trotz der Kränkung und des dumpfen Schmerzes hinter den Augen war ihr angenehm leicht ums Herz. Ihr Schuldenkonto war ausgeglichen. Nun, vielleicht nicht völlig, aber genug, um ihre Einstellung zu sich selbst zu ändern. Sie fühlte sich besser.

Als sie auf der Bettkante saß, fiel ihr Blick auf das Bild von ihr in dem bodenlangen Spiegel. Ach, herrje. Sie zuckte zusammen. Gar nicht gut. Sie würde eine Runde im Hotelpool schwimmen, um wieder einen klaren Kopf zu bekommen. Schließlich konnte sie schlecht ein Urteil über den Fremden fällen, den sie bald kennenlernen sollte, wenn sie selbst aussah wie eine Verdächtige bei einer Gegenüberstellung.

Im Pool stellte sie zu ihrer Erleichterung fest, dass es Liz auch nicht viel besser ging. Offen gestanden, hatte sie die Frau kaum wiedererkannt, die ihr zuwinkte und deren Haare unter einer orangefarbenen Latex-Bademütze verborgen waren.

»Ich bin zu alt für so was. Ich weiß gar nicht, wann ich das letzte Mal so viel getrunken habe.« Liz paddelte auf sie zu.

»Also bist du auch nicht in Form?«

»Herrje, Julie, was haben wir uns nur dabei gedacht? Zwei Uhr morgens. Inzwischen geht zwei Uhr morgens bei mir gar nicht mehr. Wir sind nicht mehr neunzehn.«

»Das brauchst du mir nicht zu erklären.«

Julie konnte nicht anders als auf die geröteten Dehnungsstreifen zu starren, die sich oben an Liz' Brüsten abzeichneten. Die Folgen davon, dass sie drei Kinder zur Welt gebracht hatte? Sie beneidete Liz zwar um ihre Familie, war aber auch ein wenig schadenfroh, dass sie dafür einen Preis hatte zahlen müssen. Was bin ich doch mies, dachte sie im nächsten Moment. Es waren doch nur Dehnungsstreifen. Spuren eines gelebten Lebens, und zwar offenbar eines glücklichen.

»Maeve schon gesichtet?«, fragte Liz, hielt sich am Beckenrand fest und strampelte mit den Beinen.

»Noch nicht.«

»Ich glaube, ich habe sie noch nie so bestürzt erlebt. Ich

glaube, ich habe sie auch noch nie weinen sehen.« Offenbar wollte Liz wissen, wie Julie die Beichte bewertete.

»Nein, das war für mich auch eine völlig neue Erfahrung. Die unerschütterliche Maeve Molloy heult wie ein Schlosshund.« Julie schüttelte den Kopf. »Warum hat sie mir nicht schon vor Jahren alles gesagt? Das werde ich nie begreifen.«

»Wir haben den anderen Gästen gestern eine tolle Vorstellung geboten, oder? Gut, dass wir heute Vormittag einen privaten Konferenzraum haben.«

Der Gedanke an den Termin ernüchterte Julie schlagartig.

»Mir graut schon davor, Liz. Ich schwimme jetzt noch ein paar Bahnen. Wollen wir uns in zwanzig Minuten zum Frühstück treffen?«

»Ja, natürlich. Krieg erst mal einen klaren Kopf. Wenn du möchtest, gehe ich Maeve wecken. Ich bin nicht sicher, ob ich mich mit vollem Magen besser oder schlechter fühlen werde.«

»Es ist immer besser, mit vollem Magen in die Schlacht zu ziehen«, erwiderte Julie. Trotz des warmen Chlorwassers lief ihr ein Schauder den Rücken hinunter.

Eine knappe Stunde später, nach dem Frühstück, saß Julie mit Maeve und Liz im Konferenzzimmer. Die drei hatten sich auf einer Seite des Tisches niedergelassen. Maeve hatte sich wieder gefangen. Doch sie waren alle sichtlich nervös und ließen den Blick durch den Raum schweifen, um sich abzulenken.

Es war ein luftiger, lichtdurchfluteter Raum, dessen Terrassentüren auf einen gepflegten Rasen und ordentliche Blumenbeete hinausgingen. Durch das Fenster wehte der Geruch nach Gras. An einem Wandgestell in der Ecke hoch oben unter der Decke war ein Fernseher befestigt. An der rückwärtigen Wand hing ein großes gerahmtes Ölgemälde, auf dem eine Jagdszene dargestellt war. Aber irgendetwas stimmte nicht mit diesem Raum. Der Tisch wirkte zu klein, ja, das war es. Er sah unproportioniert aus.

Die Wanduhr zeigte zehn vor elf an.

Dann fünf vor elf.

Julie rutschte unruhig hin und her. Ihr Schädel pochte noch immer.

Maeve schaute auf ihr Mobiltelefon.

Als Liz drohte, eine Zigarette rauchen zu gehen, empfand Julie wieder einen Anflug von Selbstzufriedenheit. Wenigstens eine Sucht, die sie losgeworden war.

Fünf nach elf.

»Wo sind sie?«, fragte Maeve und sah auf die Uhr.

»Es dauert sicher nicht mehr lang. Gib ihm noch eine Chance. Es sind ja erst ein paar Minuten. Er wollte sich draußen mit dem Typen treffen«, brachte Liz zu Vinny's Verteidigung vor.

Zehn nach elf.

Auf dem Flur erklangen Schritte und leise Stimmen. Als die Tür aufging, machte Julies Herz einen Satz. Jetzt war es so weit. Die Stunde der Wahrheit.

»Ah, gut, wir sind im richtigen Raum.« Vinnys massige Gestalt verdeckte die Person, die ihm folgte.

Ungelenk und mit ernster Miene betrat er den Raum. Hinter ihm schlurfte ein Mann mit schütterem Haar herein, der ein paar Strähnen über die Glatze gekämmt trug. Sein Blick war gesenkt, und er hatte einen glänzenden Schweißfilm auf der Stirn – Christy McNamara. Das Böse konnte die unterschiedlichsten Gestalten annehmen. Julie spürte, wie sich ihr Nacken und ihre Schultern verkrampften. Angst und Katerstimmung mischten sich mit einer unheilvollen Vorahnung.

Als Nächster kam ein magerer Mann in einem Trenchcoat, dessen Taschen ausgebeult waren, durch die Tür. Er wischte sich den Mund ab, als habe er gerade etwas gegessen, und er hatte einen feuchten Fleck auf der Krawatte. Es sah aus wie Mayonnaise. Mit Nachdruck schloss er die Tür hinter sich.

»Lange nicht gesehen, Julie.« Vinny küsste sie auf die Wange. Wenigstens erkannte er sie noch. Also konnte sie nicht so stark gealtert sein. Man musste auch für Kleinigkeiten dankbar sein.

»Maeve, du siehst gut aus.« Als er sich vorbeugte, um sie ebenfalls zu küssen, hielt sie ihm höflich die Wange hin.

»Liz.« Er nickte Liz zu. Aber er lächelte nicht.

Dann trat er zur Seite.

»Meine Damen, ich möchte euch Christy McNamara vorstellen.«

Da stand er also. Ein unscheinbarer Mann, der sich leicht gebeugt hielt. Vor fünfundzwanzig Jahren war er vermutlich stattlicher gewesen.

Christy McNamara: Der Schurke hatte einen Namen. Julie starrte ihn an. Der Anzug sah aus, als sei er sein bester. Ein Sonntagsanzug, wie man ihn zu Beerdigungen trug. Die Krawatte war beinahe schwarz und hätte ebenfalls zu einer Beerdigung gepasst. Sein Blick hinter der dicken Brille war unstet, die Augen mit den hellen Wimpern blinzelten heftig.

Die Uhr an der Wand tickte laut.

»Hallo, zu… zusammen.« Seine gestotterte Begrüßung

brach das Schweigen. Schmale Lippen verzogen sich zu einem nervösen Lächeln.

»Setzen Sie sich, Christy.« Der magere Mann wies auf einen Stuhl.

Christy McNamara nahm Platz und legte die Hände auf den Tisch. Julie bemerkte die Narbe, die wulstig und schartig über seinen rechten Handrücken verlief. Die Wunde, die eine Frau ihm in Notwehr zugefügt hatte. Die Haut an seinen Händen wirkte rau und schuppig, doch seine Nägel waren sauber. Ein gewissenhafter Mensch, dachte sie.

»Und das ist Detective Martin Shaw.« Vinny machte einen Schritt rückwärts, als wolle er seinem Vorgesetzten den Vortritt lassen.

Als Vinny sich neben Christy setzte, schien der Raum mit einem Mal zu schrumpfen. Julie hatte das Gefühl, dass er um sie herum kleiner wurde. Sie wollte diesem Kerl, der da nicht einmal anderthalb Meter entfernt von ihr saß, nicht so nah sein. Der aufdringliche Geruch eines altmodischen, seifigen Rasierwassers wehte über den Tisch.

Ihr wäre ein größerer Tisch lieber gewesen. Der hier war eindeutig ungeeignet. Der Anlass verlangte nach einem langen Konferenztisch, nicht einem, der nach gemütlichem Beisammensein aussah. Es erschien ihr unpassend und bizarr und löste Beklommenheit in ihr aus. Über den schmalen Durchgang hinweg, der sie trennte, konnte sie sein flaches Atmen hören und die winzigen Schweißtröpfchen auf seiner Nase sehen.

Detective Martin Shaw holte ein Notizbuch aus der Tasche seines Trenchcoats. Als dabei ein Kugelschreiber zu Boden fiel, bückte er sich bedächtig und hob ihn auf. Als Nächstes förderte er ein Mobiltelefon zutage. Nachdem er es eine Weile eingehend gemustert hatte, drückte er ein paar Knöpfe und legte es dann sorgfältig, mit dem Display nach unten, vor sich auf den Tisch.

Plötzlich wurde Julie von Panik ergriffen. Warum war sie hier? Musste sie wirklich erfahren, was geschehen war? Diese Frage hatte sie sich schon so oft gestellt. Gut, sie wollte es wissen, allerdings ohne dazu den Prozess durchmachen zu müssen, es sich anzuhören. Und wie viel wollte sie eigentlich wirklich wissen? Offen gestanden, wollte sie es nur wissen, wenn es nicht zu schrecklich war. Denn einmal Gehörtes ließ sich nicht mehr ungehört machen. Einmal Gewusstes konnte man nicht mehr vergessen.

Martin Shaw räusperte sich. Ihr Magen machte einen Satz. Es war zu spät.

»Vinny, am besten übernehmen Sie«, sagte er und drückte den Rücken seines Notizbuches platt.

»Danke, Martin.« Vinny straffte die Schultern. »Wie ihr bereits wisst, meine Damen, ist Christy Anfang dieser Woche auf dem Polizeirevier in Limerick vorstellig geworden.«

Vinny klang so bürokratisch und steif, als wolle er dem Detective etwas vormachen. Trotz ihrer Nervosität hoffte Julie, dass sie nicht würde lachen müssen.

»Er hat einige Informationen, die eure Freundin Sarah betreffen. Dieselben Informationen hat er gestern schon Eva und Aisling gegeben. Christy hat darum gebeten, auch mit euch sprechen zu können.«

Vinny reckte selbstsicher die Brust.

»Bevor Sie anfangen, Christy, möchte ich Ihnen meine Schwester Liz vorstellen.« Vinny wies auf sie. Christy McNamara nickte, wagte es aber nicht, ihr die Hand hinzuhalten.

»Und das hier sind Maeve und Julie, Sarahs andere Freundinnen.«

»Meine Damen …« Christy McNamara sah sie rasch an.

Wieder erschauderte Julie.

»Ich mu…muss Ihnen alles ü…über d…diesen T…Tag sagen. So g…gut, wie ich m…mich d…daran erinnern k…kann. Es i…ist lange her, viel…leicht b…bringe ich was d…durcheinander, a…ber ich w…werde m…mir M…Mühe geben.«

Er stotterte wirklich fürchterlich.

Vinny schenkte ein Glas Wasser ein und schob es ihm hin. Sehr professionell, dachte Julie. Keine Vorverurteilung, kein Widerwille.

»Ich h…habe Sie ju…junge Frauen zuerst am B…B…lue P…Pool gesehen. Ich habe S…Sie beobachtet.«

Der Anflug eines Lächelns spielte um seine Lippen. Julie rutschte hin und her. Sein Blick fiel auf sie.

»Ich habe zugeschaut, wie Sie mit dem Ruderboot rausgefahren sind und auf dem Wasser herumgealbert haben.«

Sie bemühte sich, seinem Blick standzuhalten. Ein Perverser. Ein widerlicher Perverser. Ich hab es mir doch gedacht.

»Ich habe n…nämlich am B…Blue Pool gearbeitet. In einem der Cottages. Bei den O'Briens. Es ist nicht leicht, die ganzen Platten zu entfernen und dann Fliesen zu legen.«

Er trank einen Schluck Wasser.

Sie hatte dauernd das Gefühl gehabt, dass sie beobachtet wurden. Also hatte sie richtig gelegen.

»Ich hatte n…noch nie in dieser G…Gegend gearbeitet. Erst in diesem Herbst. Ich b…bin nie zu weit w…weg von zu Hause. W…weil es Alice zu schlecht ging. A…aber es ist h…hübsch dort. Friedlich. Ein Mann kann sich selbst denken hören.«

Er förderte ein Stofftaschentuch aus seiner Tasche zutage und wischte sich die Stirn ab.

»Sie haben uns beobachtet?«, hakte Maeve nach.

Oh, wie sie Maeve nur um den Mut beneidete, den Stier einfach so bei den Hörnen zu packen. Sie hatte keine Angst. Er saß nun auf der Anklagebank.

»Nun, n…nicht d…direkt b…beobachtet.« Er räusperte sich. »Ich k…konnte ja nicht anders, als Ihr K…Kommen und Gehen in diesen T…Tagen mitzukriegen. Zum B…Beispiel diese Typen, die Sie spät nachts heimgefahren h…haben. Die waren nicht ganz k…koscher, f…fand ich.«

Maeve warf Julie sofort einen triumphierenden Blick zu.

»D…das war in der Nacht, a…als ich selber dort geschlafen h…habe. Normalerweise bin ich nie über N…Nacht weggeblieben. Wegen Alice und so. A…aber ihre Schwester hat angeboten, s…sich um sie zu kümmern.« Er trank noch einen Schluck Wasser. Inzwischen schwitzte er heftig. Ein Teil des über die Glatze gekämmten Haares hatte sich gelöst und hing ihm nun in die Stirn.

»S…Sarah hat mich an Alice erinnert.« Er senkte die Stimme. »So, wie sie in ihrer Jugend war. Z…zierlich, blond, sogar der Mund …«

Dass er so vertraut über sie sprach, stieß Julie zutiefst ab. Herrgott, was hatte dieser Kerl mit ihr gemacht? Diese schuppigen Hände …

»An dem Morgen, als Sie zusammengep…packt haben, s…sollte ich mit der Arbeit fertig werden. Ich habe Sie abfahren gesehen. D…danach war eine Weile alles g…ganz still. Nur ich, meine T…Teetasse, meine Zigarette, der Gesang der V…Vögel.« Er hielt inne. Je mehr er sich konzentrierte, desto mehr ließ das Stottern nach. »Und dann habe ich gehört, wie sie zurückkamen. Gütiger Himmel, was für ein Krach!«

»Wer ist zurückgekommen?«, fragte Maeve, jetzt ganz Geschäftsfrau.

»Die Jungs natürlich, die Burschen mit dem Metzgerwagen.« Er starrte auf den Tisch, als suche er in seinen Erinnerungen. »Bestimmt haben die Sie gesucht. Ü…üble Burschen, wie ich schon sagte. Ich habe gerade draußen auf der Fensterbank meine Zigarette fertig geraucht.«

Wieder senkte er den Kopf.

»Weiter, Christy«, forderte Vinny ihn auf.

Martin Shaw war mit seinem Notizbuch beschäftigt. Julie konnte nicht feststellen, ob er etwas schrieb oder nur herumkritzelte. Ihr Herz klopfte wie wild.

»Tja, ich habe ihnen gesagt, dass Sie weg sind. Endgültig, oder das dachte ich wenigstens. Es hat ja ausgesehen, als hätten Sie Ihre Sachen gepackt, obwohl ich natürlich nicht sicher sein konnte. Sie sind nicht lange geblieben, sondern sofort davongebraust, als hätten sie schreckliche Eile. Ein bisschen später habe ich ein Sandwich gegessen, Alice hat leckere Sandwiches mit Salat gemacht. Ich stand an der Tür und habe den See bewundert. Manche Leute sind nicht gern allein. Ich schon. Ich arbeite gern allein und in meinem eigenen Tempo.«

Er erzählte seine Geschichte jetzt auch eindeutig in seinem eigenen Tempo und so detailgetreu, dass Julie den Verdacht hatte, dieser Perverse mache sich einen Spaß mit ihnen.

»Ja, Christy, Sie waren also an der Tür …«, forderte Vinny ihn zum Weitersprechen auf.

»Ja, ich war an der Tür, und da habe ich sie da stehen sehen.«

Er hob den Kopf und blickte wieder Julie an. Seine rot geränderten Augen blinzelten hinter der Brille.

»Wen haben Sie gesehen?«, hörte sie sich flüstern.

»Na, Sarah natürlich. Sie stand einfach nur da. Reglos wie eine Statue. Am Ende des Bootsstegs.«

Kapitel 27
Liz

Liz zuckte zusammen, als sie ihn diesen Namen aussprechen hörte.

»Sarah.«

Links und rechts von ihr wurde laut nach Luft geschnappt. Liz selbst stockte vor Schreck der Atem. Sie spürte, dass sich wieder ein Pfeifen in ihrer Brust aufbaute. Ihre Gedanken eilten voraus, lange dunkle Gassen entlang, von denen eine düsterer und bedrohlicher war als die andere.

»Sie sah so h…h…hilflos aus«, stieß Christy mühsam hervor. Wieder starrte er auf den Tisch, als krame er in seinen Erinnerungen.

»Es war keine Menschenseele in der Nähe. Wirklich seltsam, ich hatte weder ein Auto noch sonst was gehört. Es war, als wäre sie aus dem Nichts aufgetaucht. Inzwischen war Nebel aufgezogen. Das Wetter hatte umgeschlagen. Ich habe ihr zugerufen. Dann geschrien. Schließlich gebrüllt. Aber sie war zu weit weg. Sie stand da wie eine Statue. S… sah nichts. H…hörte nichts. Wie versteinert.«

Er flocht die Finger ineinander.

»Ich habe noch lauter gerufen. Doch die arme Unglückliche hat einfach nicht reagiert. Ich wusste, dass da etwas nicht stimmt. Und im nächsten Moment habe ich sie nicht mehr gesehen. Sie war verschwunden. Einfach weg.«

»Was meinen Sie mit ›weg‹?«, erkundigte sich Liz. Die Frage war ihr unwillkürlich herausgerutscht.

Martin Shaw legte den Finger an die Lippen zum Zeichen, dass sie nicht unterbrechen sollte. Ausnahmsweise hatte er kurz von seinem Notizbuch aufgeblickt.

»In den See«, flüsterte Christy. »Oh, es war so ein schreckliches Geräusch.«

Er wischte sich die Oberlippe ab.

»Das Platschen hallte von den Häusern wider. Wenn ich mich jetzt erinnere …« Er schüttelte den Kopf.

Es wurde still im Raum. Die Wanduhr tickte laut.

Und da fiel es Liz wie aus heiterem Himmel ein.

»Sarah konnte nicht schwimmen«, flüsterte sie. Ihr wurde flau im Magen.

In Gedanken war sie wieder dort. Jemand hatte die Zeit zurückgedreht, und sie war am Blue Pool.

Nun war es Vinny, der den Finger an die Lippen legte. Er lauschte genauso aufmerksam wie sie alle, obwohl er die Geschichte sicher schon kannte. Hatte Christy McNamara Eva und Aisling Devereaux gestern dasselbe erzählt? In genau denselben Worten? Wortwörtlich also? Hielt Vinny jetzt, beim zweiten Zuhören, Ausschau nach Widersprüchen oder Auswendiggelerntem? Spitzte Detective Martin Shaw deshalb so die Ohren, weil er auf Ungereimtheiten wartete?

»Ich b…bin losgerannt«, sagte Christy. »S…so schnell ich konnte. Ich bin zwar kein Sprinter, aber wenn es sein muss, klappt das schon. Wenigstens damals. Wie von wilden Furien gejagt, bin ich über die Wiese gerast und den Kaninchenlöchern ausgewichen. Ich bin gerannt und gerannt. Und dann bin ich mit dem Knöchel in so ein Loch geraten. Als ich endlich am Steg war, oh Gott, da sah ich nur noch eine Hand aus dem Wasser ragen. Ich kann nicht besonders gut schwimmen, und das Wasser schien ganz schön tief zu sein. Ich wusste nicht, was ich tun sollte. Schließlich durfte ich kein Risiko eingehen. Sie hätte mich mit nach unten ziehen können, und was wäre dann aus meiner Alice geworden? Das war alles, woran ich denken konnte. Meine Alice brauchte mich …«

Liz keuchte pfeifend. Das Grauen ballte sich in ihr zusammen wie eine Faust.

»Aber dann habe ich hinten auf dem Steg ein vergammeltes Ruder gesehen. Und ich habe geschrien. Verdammte Scheiße, habe ich gebrüllt … entschuldigen Sie, meine Damen. Also habe ich mich auf den Steg gelegt und das Ruder ausgestreckt … es hat beinahe ihre Hand erreicht. Die ganze Zeit über war ihr Kopf unter Wasser. Aber sie hat sich wie eine Wahnsinnige an das Ruder geklammert.« Er hielt inne, um Luft zu holen. »Wenn ich damals nicht so ein starker Bursche gewesen wäre, hätte ich nie die Kraft gehabt, um sie ranzuholen. Das war eine ganze schöne Plackerei, das kann ich Ihnen sagen.« Er wischte sich die Augen hinter den Brillengläsern ab.

»Dann habe ich über den Rand des Stegs gegriffen, um sie am Arm rauszuziehen. Aber sie war zu schwer. Einfach zu schwer … zweimal ist sie mir abgerutscht. Fast hätte ich mir dabei die Arme ausgekugelt … irgendwie habe ich es dann geschafft, die Hände unter ihre Achseln zu schieben und sie über die Kante zu hieven. Sie wog eine Tonne. Wirklich wahr. Und sie sah auch nicht gut aus. Ganz und gar nicht. Überhaupt nicht gut. Die Gesichtsfarbe. Im ersten Moment habe ich gedacht, sie ist tot. Ich hatte keine Ahnung, was ich tun soll. Also habe ich sie einfach auf den Bauch gedreht und ihr dann kräftig auf den Rücken geklopft oder so … der Himmel weiß, was ich gemacht habe. Doch ganz gleich, was es war, es hat gewirkt. Sie hat gehustet und gespuckt und ist wieder zu sich gekommen. Erst ganz langsam … es ging ihr ziemlich schlecht … aber wenigstens hat sie geatmet.«

Alle schwiegen.

Martin Shaw griff nach seinem Telefon, drehte es um, schaute darauf und legte es dann wieder hin.

Maeve sah Liz an.

Julie sah Liz an.

Und Liz sah Vinny an und wartete auf eine Bestätigung.

Glaubte Vinny, was er da hörte?

»Also haben Sie Sarah aus dem Wasser geholt? Sie haben sie gerettet?«, fragte Liz.

Ein rascher Blick zu Vinny verriet ihr, dass die Venen an seinen Schläfen heftig pochten. Er starrte durch Christy McNamara hindurch. Ansonsten ließ er sich nichts anmerken. Seine Miene war völlig ausdruckslos.

Martin Shaw blätterte in seinem Notizbuch. Inzwischen machte er keinen Hehl mehr daraus, dass er kritzelte. Große konzentrische Kreise – wie gekräuseltes Wasser.

»Ich … h…habe getan, was ich konnte«, fuhr Christy fort. »Wie ich schon sagte, hat sie ziemlich mitgenommen gewirkt. Sie blutete vorne, aber ich konnte kaum etwas sehen, weil aus dem Nebel Regen geworden war. Es goss wie aus Eimern. Ich konnte überhaupt nichts sehen. Nicht mit der Brille.«

Heftig blinzelnd nahm er sie ab und putzte sie, wie um seine Worte zu unterstreichen.

»Ich wusste, dass ich sie schnell ins Trockene bringen musste. Also habe ich versucht, sie ins B…Bootshaus zu tragen. Da ist mir klar geworden, warum sie so verdammt schwer war, dass ich sie kaum auf den Steg habe ziehen können. Unter ihrer Jacke war etwas Großes und Hartes. Also habe ich sie wieder auf den B…Boden gelegt, um es mir anzuschauen. Unter der Jacke hatte sie einen Beutel umgeschnallt. Und der Beutel war voller Kohlenstücke. Und dann habe ich gemerkt, dass es nicht nur der Beutel war. Auch die Jackentaschen und die Taschen ihres Rocks waren voller Kohle.«

Liz zuckte zusammen, als hätte sie jemand mit einem harten Gegenstand geschlagen.

Links von ihr ertönte ein Japsen. Jules war erbleicht und hatte die Hände vor den Mund geschlagen. Auch sie bekam keine Luft mehr.

Christy McNamara nickte.

»Ich war ein starker Mann und körperliche Arbeit gewöhnt. Schauen Sie sich meine Hände an, die sind wie Spaten.« Er zeigte sie vor und drehte sie in verschiedene Richtungen. »Es hätte ein Kinderspiel sein sollen, so ein zierliches Mädchen aus dem Wasser zu ziehen. Deshalb musste sie mit etwas beschwert gewesen sein. Als ich die ganze Kohle sah, hatte ich meine Erklärung.«

»Nicht Sarah«, protestierte Maeve. »Ganz sicher nicht. Nein, ich glaube es nicht … ich glaube es einfach nicht.« Störrisch schüttelte sie den Kopf.

»Okay, meine Damen, gedulden Sie sich. Lassen Sie den Mann weiterreden«, sagte Martin Shaw leise.

Mit dem Drang, seine Geschichte zu erzählen, wurde Christy McNamaras Rede immer flüssiger.

»Es hat so geschüttet, dass ich kaum etwas sehen konnte. Aber ich habe es geschafft, den Beutel zu öffnen und die

Kohle vom Steg ins Wasser zu kippen. Dann habe ich noch so viel wie möglich aus ihren Kleidertaschen geholt und bin dann, mit ihr auf den Armen, ins Bootshaus gelaufen. Ihr T-Shirt war voller B…Blut, und ich hatte noch immer Angst, dass sie es nicht überleben würde.« Er trank laut schlürfend aus seinem fast leeren Wasserglas.

»Als wir im Trockenen waren, konnte ich besser sehen. Auf dem Boden im Bootshaus habe ich es geschafft, ihr die Jacke auszuziehen. Das T-Shirt nicht, denn das arme Mädchen konnte mir ja nicht helfen. Zuerst lag sie schlaff da wie ein Sack Lumpen. Und dann fing sie an, sich zu sträuben und zu jammern. Ich habe kein Wort verstanden. Es war alles total wirr. Und plötzlich fiel es mir wie Schuppen von den Augen. Sie wollte meine Hilfe nicht. Überhaupt keine Hilfe. Sie hat versucht, mich wegzuschubsen, sie wollte in Ruhe gelassen werden …«

Er sprach wie in Trance. Inzwischen schien er nicht mehr in diesem Raum zu sein. Seine Erinnerungen hatten ihn zurück ins Bootshaus transportiert. Wenn er Märchen erzählte, war er ein verdammt guter Schauspieler.

»Ich wusste, dass ich die Stelle finden musste, wo es blutete. Also habe ich ihr das T-Shirt mit bloßen Händen aufgerissen. Und da habe ich es gesehen. Sie hatte quer über der Brust eine tiefe Schnittwunde von der Schließe der Tasche.« Er verzog schmerzlich das Gesicht.

»Wahrscheinlich war es passiert, als ich sie über die Kante gezogen hatte. Als sie die Wunde und das viele Blut bemerkt hat, hat sie endlich aufgehört zu toben. Sie hat die Verletzung angeschaut und zu weinen angefangen. Es war ein Wimmern, wie ich es noch nie zuvor gehört hatte. Wie bei einem Tier, das in der Falle sitzt …«

Er hielt inne und holte tief Luft, entweder um sich zu fangen oder um des Effekts willen. Liz war sich noch immer nicht sicher. Inzwischen hing das Publikum an seinen Lippen. Im Raum war nichts zu hören außer dem regelmäßigen Ticken der Uhr. Draußen mähte jemand den Rasen. Jemand, der seinem normalen Tagwerk nachging.

»Was haben Sie dann gemacht?«, fragte Maeve.

Kaufte Maeve ihm die Geschichte ab? Die kritische, vernünftige Maeve? Glaubte *sie* ihm?

Er rutschte verlegen herum. Offenbar machte Maeve ihn nervös.

»Ich habe es geschafft, sie zum Haus der O'Briens zu bringen. Offenbar stand sie inzwischen unter Schock. Nachdem ich ihr die restlichen Sachen ausgezogen hatte, habe ich ein paar Badelaken aus dem Wäschetrocknerschrank genommen. Die Schnittwunde auf der Brust hätte wahrscheinlich genäht werden müssen. Aber ich habe in einem Schrank in der Küche einen Verbandskasten mit Sachen darin gefunden und versucht, die Wunde zu reinigen und Pflaster darauf zu kleben. Vor allem musste sie warm gehalten werden, das wusste ich. Also habe ich den Boiler angemacht, um ihr ein Bad einzulassen. Eigentlich trinke ich ja nur sehr selten, doch ich hatte auf der Kommode eine kleine Flasche Whiskey gesehen. Also habe ich ihr einen Tee gekocht und das Zeug reingekippt. Mir selbst habe ich auch einen gemacht.«

Er schwenkte sein leeres Glas, um einige Wassertropfen von den Wänden zu lösen, hielt kurz inne und schaute aus den Terrassentüren, als schwebten dort Erinnerungsteilchen durch die Luft.

»Sie hat den Tee getrunken, während ich etwas unternommen habe, damit es wärmer im Haus wird. Ich habe die Elektroheizung eingeschaltet und die Fenster zugemacht. Sie standen nämlich offen, weil es so gestaubt hatte. Der halbe Boden war rausgerissen, und alles war voller Staub. Überall Schutt. Aber ich wusste, dass das Mädchen es warm haben musste. Als sie den Tee getrunken hatte, hörte sie auf zu weinen.«

Er wischte sich wieder die Lippe ab und ließ sich kurz von Martin Shaw ablenken, der sein Telefon überprüfte. Doch Shaw bedeutete ihm weiterzusprechen. Offenbar machte der Detective ihn auch nervös.

»Doch dann habe ich es wieder mit der Angst zu tun bekommen, weil sie wortlos hin und her geschaukelt ist. Das Einzige, was ich aus ihr rauskriegen konnte, war ihr Name«, fuhr er fort. »Alles, was ich ihr sonst gesagt habe, schien sie gar nicht zu hören.«

Ein plötzliches Klopfen an der Tür holte sie unsanft in die Gegenwart zurück. Liz machte einen Satz. Es war der Kellner mit einem Servierwagen.

»Kaffee und Sandwiches, Sir«, wandte er sich an Martin Shaw.

»Gutes Timing«, meinte Vinny freundlich. »Wir können alle eine kleine Stärkung gebrauchen.«

»Ich glaube, ich muss mal austreten.« Christy McNamara lächelte entschuldigend. In der letzten halben Stunde hatte er fast einen ganzen Krug Wasser ausgetrunken. Dunkle Flecke hatten sich unter den Achseln seines Sakkos gebildet.

Liz stand auf und streckte sich. Abgesehen von seinem Stottern, drückte er sich für so einen grobschlächtigen Mann ziemlich gewählt aus. Seine Manieren und sein Auftreten wiesen auf eine gute Erziehung hin. Vielleicht waren das ja angelernte Verhaltensmuster aus seiner Zeit bei der Armee?

Als die Tür hinter ihm zufiel, entstand Schweigen. Keiner wollte der Erste sein, der seine Meinung äußerte. Liz grinste für sich, als Vinny schnurstracks auf die Sandwiches zusteuerte. Auf ihn war Verlass. Er versuchte, die Situation so gut wie möglich zu normalisieren. Ihre warme Zuneigung dämpfte die Angst ein wenig. Sie sah zu, wie er eine Platte nahm und seinem Kollegen ein Sandwich anbot.

»Schon was gehört?«, fragte er, während Martin Shaw vier Sandwiches nahm und sie auf eine Papierserviette stapelte.

»Nein«, murmelte der Detective und stopfte sich ein ganzes Sandwich auf einmal in den Mund. »Noch nicht.«

»Oh, mein ganzer Bauch ist voller Schmetterlinge«, sagte Julie und drehte ihren Stuhl zu Liz herum. Sie war blass im Gesicht.

»Bei dem Typen wird mir ganz gruselig.« Also hatte Maeve sich entschieden.

»Ich weiß nicht, ob ich ihn gruselig finden oder ihn bemitleiden soll«, erwiderte Liz. »Ist er ein guter Schauspieler oder nur ein unschuldiger Zeuge? Und die Frage ist, ob wir ihm glauben. Oder erzählt er uns Märchen?« Sie sah Vinny an.

»Nun, Ladys, ich höre alldem zu – genau wie ihr. Es ist eure Entscheidung, was ihr glaubt. Ich will eure Meinung im Moment nicht beeinflussen oder bestimmen.«

»Und Sie, Detective Shaw, was halten Sie davon?«, erkundigte sich Maeve.

Sie war die Erste, die ihn direkt ansprach und ihn ins

Geschehen einbezog. Bis jetzt war er nur ein schweigender Beobachter gewesen.

»Maeve, richtig?«

»Ja.« Sie nickte.

»Nun, Maeve, im Moment ist es meine Aufgabe zuzuhören, und zwar ganz genau. Wie Vinny schon sagte, wollen wir Sie nicht beeinflussen. Also warten wir am besten ab, was Mr. McNamara uns sonst noch zu berichten hat.«

Damit hatte Liz gerechnet. Man wollte sie nicht in eine bestimmte Richtung lenken.

»Was ich nicht kapiere, ist, warum er uns das alles ausgerechnet jetzt erzählt. Falls es wirklich stimmt«, wandte sich Liz an Maeve.

»Und dann ausgerechnet Sarah!«, erwiderte Maeve. »Sollen wir wirklich glauben, dass Sarah so etwas getan hat? Warum, um alles in der Welt? Sarah ging es gut. Ihr Leben war in bester Ordnung. Sie hatte alles, was sie brauchte. Schwestern. Einen Freund. Uns. Das ist doch Wahnsinn … sie hätte so etwas niemals gemacht. Sarah war kein Feigling.«

Liz warf Julie einen Blick zu. Sie schämte sich für Maeves mangelndes Taktgefühl. Wie hatte sie Noel vergessen können? Julie sah Maeve traurig an.

»Wir glauben, jemanden zu kennen, und kennen ihn manchmal gar nicht«, sagte sie leise. »Und hin und wieder übersehen wir absichtlich Dinge, die groß und breit vor uns stehen …«

Maeve besaß den Anstand, verlegen zu erröten.

»Soll das heißen, du glaubst diesem Kerl?«, fragte sie Julie.

»Keine Ahnung …«

Es wurde an die Tür geklopft. Dann öffnete sie sich langsam. Christy McNamara hatte ihnen die Zeit gegeben, sich zu fangen. Als er sich diesmal setzte, war Liz weniger nervös. Sie wusste nicht, ob sie ihm glaubte oder ob sie ihm überhaupt glauben wollte. Würde seine Version der Ereignisse sich als beruhigender oder als schrecklicher entpuppen als ihre Phantasien?

»Bedienen Sie sich, Christy.« Vinny wies auf die Kaffeekanne und die Sandwiches.

Als Christy sich vorbeugte, um sich Kaffee einzuschenken, stieß er Liz' Tasse um.

»E…Entschuldigung. T…tut mir wirklich leid. Wie ungeschickt von mir. Alles in Ordnung?«

Sie zuckte zusammen, als er ihre Hand berührte.

»Kein Problem, alles bestens … alles bestens.«

Als er den verschütteten Kaffee mit einer Serviette aufwischen wollte, wich sie zurück.

»Alice hat immer gesagt, ich hätte zwei linke Füße.«

»Sie hat die Hände vergessen«, raunte Maeve Liz ins Ohr. Plötzlich hatte Liz seltsamerweise beinahe Mitleid mit diesem unbeholfenen Mann.

»Könnten wir uns jetzt bitte alle wieder mit Sarah beschäftigen?« Martin Shaw faltete die Ecken der Serviette über den verbliebenen Sandwiches zusammen und steckte sie ein.

»Natürlich.« Christy schlürfte seinen Kaffee. Die Tasse sah in seinen großen Händen aus, als stamme sie aus einem Puppenservice.

»Die arme Sarah, es ging ihr wirklich schlecht.«

Wieder zuckte Liz zusammen. Sie fand es noch immer seltsam, dass er so vertraut von ihr sprach.

»Ich wusste, dass sie professionelle Hilfe brauchte, ein

Krankenhaus, einen A...Arzt, die Polizei, aber im Haus gab es kein Telefon. Ich habe sogar mit dem Gedanken gespielt, loszugehen und sie allein zu lassen. Ich war für so eine Situation doch gar nicht qualifiziert. Was konnte ich einfacher Handwerker schon tun?«

Er trank noch einen Schluck Kaffee.

»Ich habe ihr noch eine Tasse Tee mit einem Schluck Whiskey gemacht. Sie saß zitternd am Kaminfeuer, in einem Bademantel, den ich irgendwo gefunden hatte. Ich hatte den Boiler eingeschaltet, damit sie wenigstens ein heißes Bad nehmen konnte. Während ich auf das Wasser wartete, habe ich versucht, ihr ein paar Fragen zu stellen. Wo ihre Freundinnen seien? Ich verstand nämlich nicht, warum sie plötzlich allein war. Ich hatte doch gesehen, wie Sie zusammen losgefahren waren. Ich dachte, Sie hätten sich vielleicht gestritten.«

Wieder ein Schlürfen.

Und da war es wieder, das altbekannte Schuldgefühl. Immer sprungbereit und in der Lage, jederzeit zuzuschlagen.

»Aber Sarah wollte nicht reden.«

Christy schüttelte den Kopf, als durchlebe er die Szene noch einmal.

»Ich habe sie gefragt, ob ich ihre Familie anrufen soll, und, oh Mann, da ist sie richtig in die Luft gegangen. Sie wollte ihre Familie nicht kontaktieren, daran hat sie keinen Zweifel gelassen. Auf gar keinen Fall. Sie wollte nur eine Weile dort sitzen und nachdenken. Ich wusste nicht, was ich tun soll.«

Er schüttelte den Kopf.

»Ich habe ihren Rock ausgewaschen und ihn und ihre Schuhe zum Trocknen ans Feuer gehängt. Dann habe ich hinten im Schrank ein altes T-Shirt und einen Pulli gefunden und die Sachen gelüftet. Nach einer Weile hat offenbar der Whiskey gewirkt, denn sie wollte reden. Sie hat mir erzählt, dass sie Studentin in Galway ist. In der ›Partystadt‹, hat sie gesagt.« Er lächelte in den Raum hinein, wurde aber sofort wieder ernst.

»Doch dahin wollte sie nicht zurück. Sie hat mir gesagt, sie hätte ein paar Prüfungen wiederholen müssen, weil sie im Sommer durchgefallen war.«

Maeve richtete sich kerzengerade auf. Absolut aufmerksam.

»›Wiederholen, wiederholen, wiederholen‹, hat das arme Mädchen geleiert und dabei hin und her geschaukelt. Dann hat sie angefangen, hysterisch zu lachen. ›Wiederholen, wiederholen, wiederholen, kapierst du?‹, meinte sie. ›Ja‹, habe ich geantwortet, damit sie sich wieder beruhigt. ›Gut, dass es wenigstens einer kapiert, ich nämlich nicht‹, hat sie gesagt. ›Du schaffst das schon, keine Sorge, Kleine, das ist doch kein Weltuntergang‹, habe ich zu ihr gesagt. ›Schau mich an, die Schule war auch nicht so mein Fall, aber ich komme trotzdem zurecht.‹ ›Du verstehst das nicht‹, hat sie erwidert. ›Mit einem Handwerk könnte ich keinen Blumentopf gewinnen. Meine Mutter, weißt du … Pharmazie oder gar nichts. Eine andere Möglichkeit gibt es nicht. Keine Alternativen.‹ Offenbar hatte ihre Mutter eine Schraube locker und ließ sonst nichts gelten. Das arme Mädchen wusste weder ein noch aus.«

Inzwischen beugte sich Maeve vor, um der Geschichte noch aufmerksamer zu folgen. Julie ebenso. Vinny saß gleichmütig da. Doch Liz hatte Herzklopfen. Zum ersten Mal bekam sie etwas zu hören, in dem eindeutig ein Funken Wahrheit lag.

»Soll das heißen, dass Sarah vom Bootssteg gesprungen ist, weil sie dachte, dass sie die Prüfungen vermasselt hat?«

Und dennoch erschien ihr das alles so drastisch. Es passte so gar nicht zu Sarah.

»Nun, ja und nein.« Er blinzelte. »So einfach war das nicht. Sarah wollte nicht Apothekerin werden. Sie hasste diesen Beruf. Sie wollte nicht einmal etwas Naturwissenschaftliches studieren. Sie hat nur eine endlose Reihe aus verpatzten Prüfungen, Wiederholungsprüfungen und noch mehr Prüfungen vor sich gesehen. *The road to nowhere*, hat sie das genannt …«

Wieder tauchte eine Erinnerung auf. Wie sie zu viert die Newcastle Road entlanggegangen waren …

»›Red mit deiner Familie‹, habe ich ihr geraten. ›Du musst mit ihnen sprechen.‹ ›Du blickst das nicht‹, hat sie geantwortet. ›Ich habe mit meiner Mutter geredet, bis ich schwarz wurde, aber sie wollte nichts davon hören. Pharmazie oder gar nichts – und damit basta.‹ Sie hat mir erzählt, dass ihre Familie eine Apothekenkette besitzt. Sie sollte eine Filiale übernehmen. Ob sie nun wollte oder nicht. Mir wollte einfach nicht in den Kopf, wie Eltern so dumm sein können, es nicht zu bemerken, wenn das eigene Kind unglücklich ist.«

Er rang die Hände.

Liz konnte es sich nur allzu gut vorstellen.

Als sie Maeve und Julie ansah, saßen diese schweigend und mit weit aufgerissenen Augen da. Offenbar hatten sie dasselbe Bild vor sich.

»Ich habe sie gefragt, ob ihre F…Freundinnen Bescheid wüssten«, fuhr Christy fort. »Und sie sagte, die hätten eine Ahnung. Allerdings wäre ihr nicht einmal selbst klar gewesen, wie sehr sie ihr St…Studium hasst, bis sie Angst hatte, das ganze Jahr wiederholen zu müssen. Das würde sie einfach nicht schaffen. Sie weigere sich. Und die ganze Zeit über habe ich gedacht, dass ich so schnell wie möglich zu einem Telefon muss, um Hilfe zu holen.«

Inzwischen klang er lebendiger und selbstbewusster.

»Also habe ich sie noch mal gefragt, wo ihre F…Freundinnen wären. Warum sie sie allein gelassen hätten? Da hat sie mir erzählt, dass Sie sich getrennt haben. Drei von ihnen hätten beschlossen, nach Ennis zu trampen, und die vierte wäre allein mit dem Auto nach Hause gefahren. Stimmt das?«

Die drei Frauen nickten wortlos.

Vinny schaute über den Tisch zu Liz hinüber und lächelte ihr aufmunternd zu. »Halte durch«, sollte das wohl heißen. Er wusste, wie sehr es sie all die Jahre belastet hatte, dass sie das Benzingeld ausgegeben hatten. Sie erwiderte das Lächeln, dankbar für jede Form von Unterstützung. Es war nicht leicht, sich das anzuhören.

»Sarah meinte, zu dritt hätte Sie niemand mitgenommen. Es hätten zwar Autos gehalten, aber sobald die Leute drei Personen gesehen hätten, wären sie weitergefahren. Also haben Sie schließlich entschieden, sich zu trennen. Sie sagte, Sie hätten nicht einmal eine Münze zum Werfen gehabt. Aber offenbar hatte eine von Ihnen ein Medaillon mit dem heiligen Christopherus darauf, das einem armen Burschen gehört hätte, der gestorben ist.«

»Noel. Er hieß Noel«, erwiderte Julie leise. »Er war nicht einfach ein Bursche, sondern mein Bruder …«

»Oh, das tut mir leid, Miss, wirklich. Ich wollte nicht pietätlos sein. Wirklich …«

»Schon gut.«

Julie breitete beide Hände aus, um ihm zu zeigen, dass sie es ihm nicht übel nahm.

Inzwischen saßen alle in Habachtstellung da und hingen an Christy McNamaras Lippen. Er hatte ihre volle Aufmerksamkeit.

»Machen Sie weiter, Christy«, forderte Vinny ihn auf.

»Nun, wie ich schon sagte, wurde das Medaillon geworfen. Sie hat gewonnen, meinte aber, ihre Freundin, die verloren hätte, wäre sehr verzweifelt gewesen. Sie wäre überhaupt oft verzweifelt gewesen. Sie hätte sie einfach nicht allein lassen können, sagte sie. Also hat Sarah angeboten, sie würde allein trampen. Als sie dann so am Straßenrand stand, ist sie ins Grübeln gekommen. Sie hat den Daumen gar nicht rausgehalten. Kein einziges Mal. Und da hat sie sich überlegt, dass sie eigentlich gar nicht nach Hause will. Sie hatte genug. Das Medaillon mit dem heiligen Christopherus hat sie auf die Idee gebracht, sagte sie. Sie hat angefangen, an N...Noel zu denken und daran, dass es vielleicht gar nicht so schlecht war, was er getan hat. Ich vermute, dass Ihr Bruder ... dass ... dass ... dass er ...«

»Ja, Mr. McNamara, Sie haben recht. Noel hat sich das Leben genommen.« Julie war ganz ruhig.

»Entschuldigen Sie vielmals, dass ich das erwähne. Ich will niemanden traurig machen, aber so hat sie es eben ausgedrückt. Ich glaube, das Medaillon und die Erinnerung an N...Noel haben sie auf den Gedanken gebracht.«

Eine Weile herrschte Schweigen. Liz dachte an den fraglichen Tag und stellte sich eine niedergeschlagene Sarah vor, die die einsame Straße zurück zu Cyrils Haus ging. Ihr fiel das selbst gebastelte Schild ein, das in einem Steinkreis gesteckt hatte wie ein improvisierter Grabstein. Hatte Sarah es selbst dort hinterlassen? Als Hinweis darauf, was geschehen würde?

»Sie wollte nicht mehr nach Dublin«, fuhr Christy fort. »Und nach Galway wollte sie auch nicht. ›Ich muss weg. Von meiner Familie. Von meiner Mutter‹, hat sie gesagt. ›Ich muss so weit weg wie möglich.‹ Und mir ist nicht eingefallen, wie ich es ihr hätte ausreden sollen.«

Verständnisheischend ließ er den Blick über die Anwesenden schweifen.

Liz war wie vor den Kopf gestoßen. Wie hatten sie alle übersehen können, wie unglücklich Sarah gewesen war? Warum hatte sie sich ihnen in ihrer Verzweiflung nicht anvertraut? Vielleicht hatte sie das ja. Liz kramte in ihrem Gedächtnis, doch da war nichts Auffälliges, keine einzige Situation, in der Sarah, soweit Liz wusste, unglücklicher gewesen war als sie anderen. Julie war das schwächste Glied in der Kette gewesen. Julie war die Empfindlichste. Von ihnen vieren war es immer Julie gewesen.

»Inzwischen war sie ziemlich blass geworden und hat wieder angefangen, vor sich hin zu murmeln.« Christy zupfte die Kruste von seinem Sandwich und zerpflückte sie geistesabwesend. »Da ich dachte, dass das Wasser inzwischen warm sein musste, habe ich ihr ein heißes Bad eingelassen und bin rausgegangen. Sie hat sich nicht gewehrt oder so. Es schien okay zu sein. Ich glaube, sie hätte zu diesem Zeitpunkt alles getan, was ich von ihr verlangt hätte …« Seine Stimme erstarb.

»Ich steckte in der Klemme, so viel stand fest«, erzählte er weiter. »Wenn ich ihr gesagt hätte, sie solle nach Hause fahren, so wie sie sich fühlte … sie hätte nur wieder eine

Dummheit gemacht. Sie war wie ein verwundeter V…Vogel. Wie meine Alice«, meinte Christy. »Aber ich habe auch gemerkt, dass diese junge Frau ihren eigenen Kopf hatte. Sie würde bei ihrem Entschluss bleiben. Es gab kein Zurück mehr.« Hochachtung und Respekt sprachen aus seinem Tonfall.

Wenn er kein sehr guter Schauspieler war, hatte sich Christy McNamara Sarah tatsächlich nah gefühlt. Bis jetzt deuteten alle Beweise – wenn man Christy McNamaras ausufernde Schilderung als solche betrachten konnte – darauf hin, dass er als zufälliger Zeuge in die Rolle des guten Samariters gezwungen worden war. Er war kein Bösewicht und Übeltäter, der seinem Opfer aufgelauert hatte.

»Ich musste ihr einfach helfen. Das schien mir die richtige Entscheidung zu sein. Ständig habe ich den großen, dicken Umschlag angestarrt, und der starrte zurück. Da wusste ich, was ich tun musste.«

»Was für ein Umschlag?«, unterbrach Maeve. »Von was für einem Umschlag reden Sie da?«, fügte sie ungeduldig hinzu.

»Die hatten mich im Voraus bezahlt, verstehen Sie?« Zum ersten Mal sah Christy Maeve ins Gesicht. »Die O'Briens, meine ich. Für den Fußboden in ihrem Haus. Ich sollte auch noch mal wiederkommen, um zu streichen. Es war schon alles geplant. Mit dem Geld wollte ich Alice einen Urlaub spendieren. Ich wollte sie überraschen. Ein hübsches Hotel am Meer. Nachmittags Tee mit Baisers. Abends Musik. Und da lag er nun, der Umschlag, bei den O'Briens auf der Kommode und starrte mich an. Es war das Einzige, was mir einfiel. Mit Alice Urlaub machen konnte ich ja ein andermal. Aber die junge Frau brauchte jetzt sofort Geld.«

Er fuhr sich mit den Händen durchs schüttere strähnige Haar und blinzelte unaufhörlich.

»Also habe ich mich entschieden. So wollte ich es machen. Ich stand am Fenster, überlegte und rauchte. Ja, genau so. Ich hatte eine Cousine, die in Eastbourne eine Pension betrieb.« Er nickte, als er daran dachte. »Sobald sie angezogen war, würde ich sie zum Fähranleger in Cork bringen. Ich wusste, dass wir die Fähre von Cork nach Swansea noch schaffen würden …«

Liz warf Maeve einen Blick zu. Sie wurde von Aufregung ergriffen, und sie fragte sich, ob Maeve wohl dasselbe dachte. War Sarah nach England geflohen? Hatte sie all die Jahre in England verbracht? Und einen kurzen Moment lang hoffte Liz wider alle Vernunft, dass Sarah nur verschwunden war – aber noch lebte.

Kapitel 28
Maeve

Gütiger Himmel, dachte Maeve. Wahrscheinlich machte sie sich umsonst Hoffnungen, denn Sarah konnte sich doch wohl unmöglich während all dieser Zeit in England aufgehalten haben? Eastbourne? Erst letztes Jahr war Maeve dort gewesen, als Kieran alle Mitarbeiter und Geschäftspartner für ein Wochenende eingeladen hatte. Hatte Sarah in Eastbourne gelebt? Waren sie vielleicht auf der salzverkrusteten Strandpromenade dieses Küstenstädtchens aneinander vorbeigegangen, ohne es zu wissen? Es war eine tragische Vorstellung, dass sie womöglich dicht nebeneinandergestanden hatten, ohne sich zu erkennen, weil vor fünfundzwanzig Jahren vorhandene Merkmale von der Zeit weichgezeichnet und verwischt worden waren. Aber solche Grübeleien brachten nichts. Das war nur Wunschdenken.

Maeve lagen unzählige Fragen auf der Zunge. Sie wollte Christys Bericht in seine Bestandteile zerlegen, auseinandernehmen und analysieren. Doch sie verkniff es sich. Immer, wenn sie eine Frage stellen wollte, runzelte Vinny unwillig die Stirn. Sie würde abwarten müssen.

Das lauernde Böse, das sie anfangs in diesem billigen Anzug vermutet hatte, löste sich langsam in Luft auf. Maeve musste Christys Aussage pragmatisch betrachten. Je weiter seine Geschichte voranschritt, desto unwahrscheinlicher wurde es für sie, im Licht des Augenblicks betrachtet, dass er der Täter sein konnte. So bestürzend und beängstigend es auch sein mochte, ihm zuzuhören, seine Schilderung der Ereignisse klang plausibel.

»Ich stand am Fenster und zählte die Geldscheine, die in dem Umschlag waren …«

Inzwischen zerpflückte er den Schinken des Sandwiches und rollte ihn zwischen den Fingern zu Kügelchen.

»Und dabei habe ich unten am See ein Licht gesehen.«

Er fing an, die rosafarbenen Kügelchen zu Reihen anzuordnen. »Also habe ich es eine Weile beobachtet. Eigentlich war ich ein bisschen überrascht. Und während ich noch zuschaute, fing das Licht an, sich zu bewegen. Es näherte sich dem Haus und fuhr vom Wasser aus den Hügel hinauf. Dann hörte ich Stimmen, laute Stimmen. Deshalb bin ich raus, um festzustellen, was das für ein Radau war. Und wer stand da vor mir? Wieder die Jungs mit dem weißen Transporter. Ganz schön hartnäckig, die Idioten, dachte ich mir. Ich wollte sie verjagen. Keine Ahnung, was die vorhatten …«

»Meinen Sie den Metzgertransporter …?« Maeve war wieder enttäuscht. Sie wollte nicht, dass sich ihr Verdacht bestätigte.

»Genau der«, bekräftigte Christy.

»›Wir haben Rauch bemerkt‹, sagte der Typ mit dem Bart. »›Und dachten, die Mädchen wären vielleicht zurück. Haben Sie sie gesehen?‹, hat er gefragt. ›Nein‹, habe ich geantwortet. ›Die sind weg. Eindeutig. Das Feuer brennt bei den O'Brians. Da bin nur ich.‹ Ich durfte keinen Verdacht bei den Typen erregen, schließlich wollte ich ja dem armen Mädchen helfen. ›Gute Nacht, Jungs‹, habe ich gesagt, bin wieder reingegangen und habe die Tür zugemacht. Aber ich wurde das Gefühl nicht los, dass die etwas im Schilde führten …«

Er brach ab, musterte die rosafarbenen Reihen, umfasste seine Tasse, starrte hinein und drehte sie hin und her.

»Christy?«, fragte Vinny.

»Mr. McNamara, sind Sie bei der Sache?«, erkundigte sich Martin Shaw.

»Oh, ja … ja.«

Christy sah Martin Shaw an und senkte dann wieder den Blick. Er räusperte sich.

»Wie ich schon sagte, ging ich wieder ins Haus.« Seine Stimme hatte sich zu einem Flüstern gesenkt. »Ja, richtig. Ich ging wieder ins Haus und habe an die Badezimmertür geklopft. Aber es hat niemand geantwortet. Also habe ich noch mal geklopft. Und dann habe ich die Tür einen kleinen Spalt weit aufgemacht. Da habe ich sie gesehen … sie hat einfach dagelegen … das wunderschöne blonde Haar ausgebreitet … sie lag einfach da … den Kopf zur Seite … so wunderschön …« Wieder hielt er inne. Seine Sprache wurde zu einem Murmeln. »Ich weiß nicht, was über mich gekommen ist. Wirklich nicht.« Eine erneute Pause. »Ich kann es nicht erklären. Wahrscheinlich war es wieder Ägypten …«

Was zum Teufel, sollte das? Was hat er da gerade gesagt? Maeve krampfte sich der Magen zusammen. Das war doch krank. Die ganze Sache kippte ins Perverse. Der Kerl spielte mit ihnen. Er hatte die ganze Zeit nur mit ihnen gespielt.

»Ägypten?«, stieß sie mit schriller Stimme hervor. »Ägypten? Was soll denn das jetzt mit Ägypten?«

Sie blickte sich im Raum um und versuchte, die Reaktionen der anderen abzuschätzen. Julie und Liz sahen einander an. Vinny hob die Hand.

»Gütiger Himmel!« Julie machte einen Satz.

Martin Shaws Mobiltelefon vibrierte und drehte sich auf dem Tisch wie ein Kreisel.

»Jetzt wissen wir es«, erklärte er und schaute mit finsterer Miene zu Vinny hinüber. Dann sprang er auf, dass die Brotkrümel in alle Richtungen spritzten, und rauschte mit wehendem Trenchcoat hinaus.

»Hätten Sie etwas dagegen?«, wandte sich Christy McNamara an Vinny. »Mir ist nicht gut. Ich glaube, ich muss kurz vor die Tür.«

Ohne eine Antwort abzuwarten, hastete er zur Terrassentür hinaus und stolperte auf die Stufe draußen.

»*Was, um alles in der Welt, ist hier los?*« Maeve schaute sich im Raum um. Aus heiterem Himmel war Chaos losgebrochen. »Könnte mir bitte jemand erklären, wovon dieser Mensch redet?«

Es wunderte sie, dass Julie und Liz nicht auch eine Erklärung forderten.

Maeve bemerkte, dass Liz ihrem Bruder einen warnenden Blick zuwarf.

»Ganz ruhig, Maeve. Du wirst gerade ein bisschen hysterisch …«

Du hast gut reden, Vinny, dachte sie. Du lebst nicht seit fünfundzwanzig Jahren in einem Albtraum. Vinny hatte nie viel mit ihr anfangen können, und inzwischen ging er ihr ziemlich auf die Nerven. Sie erinnerte sich, dass sie sich schon in Galway nie sonderlich gut verstanden hatten. Er hatte sich in Sarahs oder Julies Gesellschaft anscheinend wohler gefühlt.

»Lass mich erklären. Christy war früher in der Armee.« Vinny betrachtete sie herablassend. »In den späten Siebzigern, frühen Achtzigern. Wir haben vor Kurzem erfahren, dass er unehrenhaft entlassen worden ist, und zwar, weil er während eines Auslandseinsatzes in Ägypten eine Kameradin tätlich angegriffen hat. Soweit ich weiß, spielt er auf diesen Vorfall an. Aber keine Sorge, Maeve, wir werden der Sache auf den Grund gehen, sobald Martin zurück ist.« Vinny lächelte.

Arroganter kleiner Polizist, dachte Maeve. Er war sich wohl sehr professionell vorgekommen, doch so war es nicht rübergekommen. Selbst Liz rutschte auf ihrem Stuhl herum. Offenbar war ihr der Tonfall ihres Bruders peinlich. Vinny sah auf die Uhr. Martin war jetzt knapp fünf Minuten weg. Was war so wichtig, dass er mitten in Christys Bericht hatte gehen müssen?

Bevor Maeve noch etwas sagen konnte, kam Martin Shaw mit triumphierender Miene hereingestürmt. Er setzte sich und trommelte mit den Fingern auf den Tisch.

»McNamara?«, fragte er Vinny.

»Der schnappt frische Luft …« Vinny zeigte auf den Mann, der vor der Terrassentür hin und her lief.

»Und?«, meinte Vinny und blickte Martin Shaw mit hochgezogener Augenbraue an. Offenbar rechnete er mit Informationen.

»Wir haben es«, erwiderte Shaw und schob sein Mobiltelefon über den Tisch zu Vinny hinüber.

Doch anstatt den Adressaten zu erreichen, stieß das Telefon mit der Kaffeekanne zusammen, änderte seine Richtung und rutschte auf Maeve zu. Rasch griff sie danach, bevor es vom Tisch fallen konnte. Sie hielt es fest. Ihr Herz setzte einen Schlag aus. Die Nachricht bestand aus vier Wörtern:

»*Die Spurensicherung hat es.*«

Adrenalin durchfloss sie.

»Danke, Maeve.« Martin Shaw war hinter sie getreten. Er steckte das Telefon ein.

»Wären Sie so gut, *ihn* wieder reinzuholen?« Shaw sah Vinny an. »Bringen wir die Sache hinter uns.«

»Christy!«, rief Vinny zum offenen Fenster hinaus. »Es wird Zeit.« Er winkte ihn zu sich.

»Also nun zu Ägypten, Mr. McNamara«, begann Martin Shaw, sobald er wieder auf seinen Stuhl gerutscht war.

»Ja, Ägypten.« Christy verzog gequält das Gesicht. »Daran habe ich denken müssen. Daran habe ich d…denken m…müssen, als ich sie so daliegen sah.«

»Jetzt machen Sie schon den Mund auf, verdammt!« Maeve wollte sich nicht mehr an der Nase herumführen lassen. »Wir wissen doch, was Sie sagen wollen. Sie haben sie umgebracht … Sagen Sie es. Sagen Sie es einfach, verdammt noch mal. Müssen Sie uns weiter so quälen? Muss das wirklich sein?«

»Nein, nein, nein, so war es nicht. Ich habe sie nicht getötet.« Christy sah ihr direkt in die Augen. Sein Gesichtsausdruck war verstört. »Das arme Mädchen war tot, das ist richtig. Aber ich war es nicht. Ich habe sie nicht umgebracht.«

»Nein …?«

»Lass ihn ausreden, Maeve«, unterbrach Vinny.

»Ich hatte sie zu lang allein gelassen … und das Badewasser … das Badewasser war rot. Alles war rot. Da war so viel Blut. Sie war unter Wasser gerutscht. Die blonden Haare trieben an der Oberfläche. Sie war tot. Diesmal eindeutig tot. Das wusste ich sofort. Ich konnte nichts mehr für sie tun. Da war eine Klinge. In ihrer Hand. Ich glaube, sie hatte sie aus einem Rasierer, der im Bad rumgelegen hatte. Mein Gott, was war ich doch dumm. So ein I…Idiot. Ich hatte nicht nachgeschaut. Ich war gar nicht auf den Gedanken gekommen. Und ich war zu lange weg gewesen. Das war das Problem. Zu lange. Ich habe nachgedacht. So lange nachgedacht. Und mit diesen Schwachköpfen da draußen geredet …«

»Ihre Handgelenke?«, erklang eine zittrige Stimme. Liz hatte es vor Entsetzen die Sprache verschlagen.

»Ihre Kehle«, entgegnete Christy und verzog gequält das Gesicht.

Julie schnappte nach Luft. Liz schlug die Hände vors Gesicht.

Maeve spürte, wie eine feuchte, kalte Hand die ihre unter dem Tisch drückte. Es war Julie.

»Und was haben Sie dann gemacht?«, flüsterte Liz.

»Bitte … bitte.« Christy starrte nach draußen auf den Rasen. »Sie müssen mich verstehen. Ich kann es nicht richtig erklären. Aber bitte versuchen Sie, es zu verstehen …«

»Sagen Sie es ihnen, Christy. Sagen Sie ihnen, was Sie getan haben.«

Inzwischen war Martin Shaw in Eile. Er stützte die Hände auf den Tisch und beugte sich vor.

»Sie müssen es verstehen … nach Ägypten … wer hätte mir denn noch geg…glaubt? Mir blieb nichts anderes übrig. Ich hatte keine Wahl. Also habe ich das Erste gemacht, was mir einfiel. Damals hielt ich es für die einzige Lösung.« Er räusperte sich. »Der Fußboden. Der Fußboden war ja schon aufgerissen … ich hatte den Estrich, den Zement, die Fliesen. Ich war in Panik …«

Christy McNamara sackte vornüber und konnte nicht

weitersprechen. Er war völlig erschöpft davon, stotternd und schwitzend seine Geschichte zu erzählen.

Im Raum war nur schweres Atmen zu hören.

Nach einer Weile streckte Maeve ihre Beine aus, und irgendwie gelang es ihr, vom Tisch aufzustehen. Niemand sonst rührte sich oder sagte ein Wort. Da es ihr plötzlich zu eng im Raum wurde, trat sie an die Terrassentüren.

»Also ist sie noch dort?«, flüsterte Julie entsetzt. »Sie ist noch dort? Soll das heißen, dass Sarah noch immer im Haus der O'Briens ist?«

»Ja«, erwiderte er leise und ohne den Kopf zu heben. »Dort habe ich sie hingelegt. In Handtücher gewickelt in eine Grube im Boden.«

Totenstille.

»War es das, Mr. McNamara?« Maeve drehte sich vom Fenster weg. »Haben Sie uns nicht mehr zu sagen? Nur, dass Sie keine andere Wahl hatten? Sie haben unsere Freundin Sarah in einem Fußboden einbetoniert, weil Sie keine andere Wahl hatten?« Inzwischen stand Maeve auf der anderen Seite des Tisches und sah ihn an. Nur langsam wurde sie sich der Tragweite seines grausigen Geständnisses bewusst.

»Immer mit der Ruhe, Maeve«, sagte Vinny. Er war ebenfalls aufgestanden und lehnte an der Wand.

»Du hast leicht reden, Vinny!«, schrie sie ihn quer durch den Raum an. »Du hast nicht fünfundzwanzig Jahre lang tagein, tagaus mit dieser Sache leben müssen. Mit den Schuldgefühlen, weil du sie zurückgelassen hast, und der Frage, was zum Teufel aus ihr geworden sein mag. Und jetzt erzählt uns dieser … dieser Kerl, er hätte es die ganze Zeit über gewusst. Im Fernsehen kam ein Aufruf nach dem anderen. In den Nachrichten und den Zeitungen haben sie monatelang darüber berichtet. Monatelang, verdammt. Warum sind Sie nicht zur Polizei gegangen und haben erzählt, was passiert ist? Warum haben Sie geschwiegen? Ahnen Sie überhaupt, was für eine elende Quälerei wir Ihretwegen durchgemacht haben? Ich war wegen dieser Sache jahrelang in Therapie. Und Sie sitzen in aller Seelenruhe da und behalten Ihr Wissen mehr als zwei Jahrzehnte lang für sich. Warum, Mr. McNamara? Warum haben Sie sich nicht gemeldet?«

Sie war erschöpft und so aufgebracht, dass sie am ganzen Leib zitterte. In ihrem Inneren hatten sich Bitterkeit, Zorn und Trauer breitgemacht. Sie setzte sich wieder.

Liz und Julie betrachteten sie voller Anteilnahme. Sie wussten genau, was in ihr vorging. Natürlich taten sie das. Sie empfanden ja genauso.

Martin Shaw saß da und beobachtete alles. Wortlos. Und ohne sich von ihrem Ausbruch aus der Ruhe bringen zu lassen.

»Ich habe darüber nachgedacht. So o…oft. Wirklich. Glauben Sie mir, Maeve. Als die Polizei mich das erste Mal oben im Haus vernommen hat, dachte ich schon, sie hätten mich in Verdacht. Damals hätte ich beinahe geredet. Ich dachte, dann würden sie den Boden wieder aufreißen. Aber da wurde mir klar, dass sie gar nichts von Ägypten wussten. Sie wussten nicht einmal, dass ich in der Armee gewesen war. Anscheinend haben sie sich mehr für die Kerle aus Donegal interessiert. Sie haben gefragt, was die in der vergangenen Nacht unten am See gemacht haben. Damals waren die Republikaner ziemlich aktiv, wenn Sie sich noch erinnern. Ich dachte, sie glaubten, Sarah wäre da auf etwas gestoßen. Und dann war ich mir ziemlich sicher, dass mir nichts passieren konnte. Dass ich vielleicht damit durchkommen würde …«

Dass ich vielleicht damit durchkommen würde … eine seltsame Art, sich auszudrücken, sagte sich Maeve.

»Glauben Sie mir, Maeve, ich habe so oft darüber nachgegrübelt.«

Dass er sie beim Namen ansprach, machte sie noch wütender.

»Aber warum? Warum haben Sie *nicht* einfach wahrheitsgemäß erzählt, was geschehen ist? Um Himmels willen, warum?«

»Das konnte ich nicht riskieren. Bei der Sache, damals in der Bar in Ägypten, habe ich auch die Wahrheit gesagt. Und schauen Sie, was mir das gebracht hat. Ich habe meinen Beruf, meine Ehre und meinen St…Stolz verloren. Für Alice war es auch sehr schwer. Doch sie hat zu mir gehalten. Diese Frau hat mich zuerst angegriffen. Völlig durchgedreht war die. Es war N…Notwehr. Damals hat mir niemand geglaubt. Wer also sollte mir beim zweiten Mal glauben? Dieses Risiko durfte ich nicht eingehen. Überlegen Sie mal. Ich hatte gegenüber diesen Blödmännern abgestritten, Sarah gesehen zu haben. Das war gelogen. Außerdem konnte ich das, was wirklich passiert war, ja nicht beweisen.«

»Aber Sie hätten es versuchen können. Und was wäre gewesen, wenn man Ihnen nicht geglaubt hätte? Sie hatten doch nichts zu verlieren.«

»Oh, Maeve, ich hatte alles zu verlieren. Genau darum geht es ja. Ich hatte meine Frau. Alice war mein Ein und Alles. Sie sind eine Studentin, eine kluge Frau. Überlegen Sie mal. Natürlich hätte ich gern gebeichtet. Es war das reinste Fegefeuer, ihre Familie im Fernsehen zu sehen, obwohl sich das arme Mädchen nichts sehnlicher gewünscht hatte, als von ihnen wegzukommen. Damals habe ich darüber nachgedacht. Ich habe darüber nachgedacht, ob ich mich stellen soll. Ich hatte solche Angst. Und dann haben sie das T-Shirt mit dem vielen Blut drauf gefunden. Und die Tasche, die auch voller Blut war. Die hatte ich im Bootshaus liegen gelassen. Ich hatte sie ganz vergessen. Welchen Grund hätte ich auch gehabt, die Sachen zu verstecken? Ich habe wirklich gründlich darüber nachgedacht, das können Sie mir glauben. Aber ganz gleich, wie man es auch drehte und wendete, es sah nicht gut für mich aus. Ich saß in der Patsche. Stellen Sie sich vor, wenn ich in ein Polizeirevier spaziert wäre und die Wahrheit gesagt hätte? Versetzen Sie sich nur für einen Moment in meine Lage …« Sein Blick flehte sie an, es zu versuchen.

»Stellen Sie sich die Situation nur mal vor. Eine Studentin aus gutem Hause wird tot in der Badewanne gefunden.« Inzwischen sprach er wieder deutlich, so als wolle er ein Plädoyer halten. »Mit aufgeschlitzter Kehle. In dem Haus ist gerade ein aus der Armee entlassener zwielichtiger Gelegenheitsarbeiter zugange. Er hatte schon mal ein Verfahren wegen eines tätlichen Angriffs auf eine Frau. Und ich hatte den Jungs, die Sie gesucht hatten, erst vor wenigen Minuten vorgelogen, ich hätte Sarah nicht gesehen. Ich hatte gesagt, ich wäre weder ihr noch einer von Ihnen begegnet. Welchen Eindruck hätte das wohl gemacht? Überlegen Sie mal. Die hätten mir die Sache angehängt. Davon bin ich überzeugt. Hätten behauptet, ich hätte wieder die Beherrschung verloren. Ist der Ruf erst ruiniert … Sie hätten mich eingesperrt. Und wer hätte sich dann um Alice gekümmert? Inzwischen war die MS weit fortgeschritten. Nein, das durfte ich nicht zulassen. Ich konnte das Risiko einfach nicht eingehen.«

Martin Shaw blickte zwischen Maeve und Christy hin

und her. Er beobachtete. Ließ alles auf sich wirken. Schlug wieder das Notizbuch auf. Alles klang so verdammt plausibel. Alles schien von Herzen zu kommen, aufrichtig zu sein. Und dennoch gab es weitere drückende Fragen. Ihr schwirrte der Kopf.

Julie rieb sich die mit Wimperntusche verschmierten Augen. Die Tränen hatten schwarze Furchen auf ihre Wangen gemalt. Liz öffnete die Terrassentür einen Spalt weit und pustete Rauchwölkchen in die Luft.

Plötzlich wurde Maeve von einem wahren Schwall von Gefühlen bestürmt, die alle gleichzeitig nach Aufmerksamkeit schrien. Doch was war mit den ruhigen, friedlichen Jahren dazwischen?, fragte sie sich. Was war mit denen? Hatte er denn nicht *einmal* mit dem Gedanken gespielt, sich mit einer von ihnen in Verbindung zu setzen? Hatte er sich nie damit beschäftigt, was sie durchmachen mussten? An die Hölle gedacht, die er ihnen hinterlassen hatte? Schmerz und Wut durchpulsten sie wie ein Lavastrom.

Sie stieß sich am Tisch ab und stand auf, fühlte sich aber zu ihrer Überraschung wackelig auf den Beinen.

»Kein einziges Mal. Kein einziges Mal in fünfundzwanzig Jahren haben Sie Anstalten gemacht, einer von uns mitzuteilen, wo sie ist.« Inzwischen zitterte sie wie Espenlaub. Sie beugte sich über den Tisch zu ihm hinüber und starrte ihn an. Betrachtete die Vene, die an seiner Schläfe vibrierte. Die beschlagenen Brillengläser. Die Kaninchenaugen. Wenn Christy die Wahrheit sagte, ergab sein Verhalten auf eine verdrehte Art und Weise Sinn, war aber auch schockierend egoistisch. Die Wut hörte auf zu pochen, und sie sackte auf ihren Stuhl zurück.

»Wie konnten Sie nur? Wie konnten Sie uns so etwas antun? Uns so im Ungewissen lassen? Ich begreife es nicht.« Julie war aschfahl geworden und kaute an ihrem Daumennagel.

»Ich weiß, ich weiß, es tut mir so leid …«, murmelte er.

Liz schüttelte den Kopf und zog heftig an ihrer Zigarette. Sie hatte rote Flecken auf den Wangen.

Vinny lehnte wortlos an der Wand.

»Ich *habe* es mir wirklich überlegt, verstehen Sie doch. Auch wenn Sie mir jetzt vielleicht nicht g…glauben, aber es war so. Doch je länger ich darüber nachgedacht und mich gefragt habe, was ich sagen und wie ich es erklären soll, desto grausamer kam es mir vor …«

Ein trauriger Gesichtsausdruck ließ seine Wangen und Mundwinkel nach unten sacken.

»Wie hätte ich es denn ausdrücken sollen? Was sollte ich sagen? Ich konnte doch Sarahs Mutter schlecht mitteilen, ihre Tochter hätte sie gehasst, hätte sich nichts sehnlicher gewünscht, als von ihr loszukommen, und sie hätte ihr Leben als hoffnungslos empfunden? Wie kann man das einer M… Mutter antun? Ich weiß, dass Sie alle mich für ein gefühlloses Schwein halten, aber das habe ich nicht über mich gebracht. Und wer hätte mir geglaubt …« Er geriet ins Stammeln und überlegte, wie er fortfahren sollte.

»Und vermutlich haben Sie gestern genau das auch Eva und Aisling Devereaux gesagt …« Liz kehrte zum Tisch zurück. Ihre Lunge piff inzwischen.

»Das war schwierig. Sehr schwierg für sie. Und für mich«, stellte Christy fest. Vinny nickte, als stimme er ihm zu.

Wie sie so in der funktionellen und anonymen Umgebung eines Hotel-Konferenzraums saß, hatte Maeve das Gefühl, ihr moralischer Kompass sei mit einem plötzlichen

Ruck neu eingestellt worden. Sie wartete eine Weile, bis sich ihre Gefühle wieder beruhigt hatten. Niemand sprach.

»Hören Sie.« Sie stützte die Hände auf den Tisch, beugte sich mit ernster Miene vor und schlug einen gemessenen Tonfall an. »Ich will ja nicht behaupten, dass Sie nicht die Wahrheit sagen, Christy. Doch wie Sie selbst festgestellt haben, gibt es außer Ihrer Schilderung nichts, das uns bestätigt, dass es sich tatsächlich so ereignet hat.«

Aus dem Augenwinkel heraus sah sie, dass Martin Shaw das Gespräch aufmerksam beobachtete.

Christy hatte eindeutig mit Sarah geredet. Da war Maeve sich ganz sicher. Woher sonst hätte er solche vertraulichen Details kennen können? Und dennoch: Warum hatten sie alle drei nicht bemerkt, wie schlecht es wirklich um Sarah stand? Wie hatten sie so von den Banalitäten ihres eigenen Lebens vereinnahmt sein können? Oder hatte es sich bei Sarahs Verzweiflungstat einfach um einen Anfall von Wahnsinn, einen spontanen Impuls, gehandelt?

»Aber ist nicht genau das das Problem, M…Maeve?« Inzwischen war es ihm offenbar unangenehm, ihren Namen zu benutzen.

Er sah sich am Tisch um.

»Wissen Sie, Sie haben den Nagel auf den Kopf getroffen. *Genau das* war die ganze Zeit das Problem. Die ganze Zeit. Da ist nur meine Aussage. Keine Zeugen. Niemand, der es bestätigt. Nur mein Wort. Das Wort eines Gelegenheitsarbeiters, der unehrenhaft aus der Armee entlassen worden ist. So sieht die Sache aus.«

»Wenn Sie mir die Frage verzeihen – warum ausgerechnet jetzt? Weshalb haben Sie sich jetzt gemeldet, Christy?«, erkundigte Liz sich in anteilnehmendem Ton.

»Ich habe gehört, dass die Devereaux bei der Flut umgekommen sind. Und Alice hat ihren Kampf verloren. Und so habe ich beschlossen, dass nun der Zeitpunkt da ist, mit der Polizei zu sprechen. Auch wenn sie mir nicht glauben und mich einsperren, was macht das noch? Mich braucht nun keiner mehr. Wir hatten keine Kinder, Alice und ich, und jetzt ist sie tot. Ich nütze niemandem. Sie und die restliche Familie sollten wissen, dass damals kein Verbrechen im Spiel war. Nicht so, wie Sie vielleicht gedacht haben … und ich wollte mich entschuldigen. Es tut mir sehr leid. Und … und …«

»Ja, Christy«, sagte Liz leise.

»Ich möchte, dass das Mädchen eine ordentliche B…Beerdigung bekommt. Das hat sie verdient. Das soll sie haben …«

Christy McNamara wirkte traurig und erschöpft. Inzwischen starrten ihn alle an und versuchten, die Tragweite dessen zu erfassen, was sie gerade gehört hatten. Zum ersten Mal, seit er den Raum betreten hatte, lehnte er sich zurück, straffte die Schultern und atmete laut aus. Er hatte seine Geschichte erzählt. Wie bei einer Gerichtsverhandlung legte er eine Hand auf die andere und wartete auf das Urteil.

Maeve war erschüttert und gekränkt, sie fühlte sich wie nach einem Schlag in die Magengrube. Doch plötzlich fiel ihr ein, dass sie nicht länger gezwungen sein würde, ihr Leben durch ein Prisma der Schuld zu betrachten. Auch wenn es ihr schwerfiel, musste sie zugeben, dass sich Christys Schilderung der Ereignisse wahr anhörte, so ungern sie es sich auch eingestand. Und im nächsten Moment erkannte sie, dass sie froh war, persönlich hierhergekommen zu sein und seinen Bericht gehört zu haben. Denn wenn sie das alles aus zweiter Hand erfahren hätte, hätte sie es vermutlich nicht geglaubt.

Als sie sich in der Runde umsah und die anderen beim Nachdenken beobachtete, stellte sie fest, dass sie Christys Erklärung glauben wollte. Sie wollte es wirklich. So schwer es auch war, sie konnte verstehen, warum er geschwiegen hatte. Sie brauchte nichts weiter zu tun, als ihre Vorbehalte und bohrenden Zweifel beiseitezuschieben. Vielleicht musste sie seine Version der Dinge einfach akzeptieren, um nach vorne schauen zu können.

Die Zeit für Schuldgefühle und Selbstvorwürfe war vorbei. Das predigte ihr ihre Therapeutin schon seit Jahren. Bis zum heutigen Tag hatte die ständige Last der Schuld einen langen Schatten auf ihr Leben geworfen. Christy McNamara hatte das getan, was er damals für das Sinnvollste hielt. Und Maeve, Julie und Liz waren dabei zu Opfern geworden. Zwar unbeabsichtigt, aber dennoch Opfer.

»Fernbedienung?«, fragte Martin Shaw, der zum ersten Mal einen lebhaften Eindruck machte. »Wo ist die Fernbedienung für den Fernseher?«

Vinny griff nach oben, entdeckte sie neben dem Gerät und reichte sie ihm. Liz, Julie und Maeve wechselten erstaunte Blicke. Und da fiel es Maeve wie Schuppen von den Augen. Sie wusste, was jetzt gleich passieren würde. Sie hatte es vor ihrem geistigen Auge, noch bevor er den richtigen Sender eingestellt hatte. Maeve holte tief Luft, griff nach Liz' und Julies Händen links und rechts von ihr und hielt sie fest.

Ein Nachrichtenstudio.

»... ein Handwerker im Ruhestand, der damals in der Gegend beschäftigt war, unterstützt die Polizei bei ihren Ermittlungen. Eine Akte wurde an die Oberstaatsanwaltschaft geschickt …«

»Mist! Wir haben es verpasst!«, schimpfte Martin Shaw.

Schwenk zu einer Außenaufnahme.

Shaw hatte sich geirrt.

Weiße Zelte. Transporter. Streifenwagen. Regen. Menschentrauben mit Schirmen wimmelten umher. Die Kamera schwenkte zum See, der unheimlich ruhig im Nieselregen lag. Liz' Hand in Maeves fühlte sich feuchtkalt an. Die Kamera schwenkte wieder zur Haustür, wo gerade Reporter vorwärts stürmten. Sie wurden zurückgedrängt, als eine Prozession weiß gewandeter Gestalten eine abgedeckte Bahre aus dem Haus trug.

Julie neben ihr schnappte nach Luft.

»Nun, wie Sie sehen können, Tony, hat sich hier in North Clare eine Sensation ereignet. Spurensicherungsexperten haben gerade die mutmaßlichen sterblichen Überreste von Sarah Devereaux ausgegraben, einer zweiundzwanzigjährigen Studentin, die hier vor fünfundzwanzig Jahren während eines Urlaubs verschwand …«

»Oh, Gott«, stieß Liz hervor.

Liz' zur Faust geballte Hand drückte die von Maeve immer wieder.

Die Kamera richtete sich auf zwei Personen außerhalb des Flatterbandes, die sich umarmten. Zwei Frauen mittleren Alters. Maeve erkannte sie. Eva und Aisling Devereaux.

»Mehr über diesen Fall in unseren Nachrichten um sechs Uhr. Damit zurück zu Ihnen ins Studio, Tony.«

Click.

Martin Shaw hatte den Fernseher ausgeschaltet.

Nun drehten sich alle Köpfe zu Christy. Tränen liefen

ihm übers Gesicht. Er versuchte nicht einmal, sie zu unterdrücken. Oder sie zu verbergen. Er hatte zwar sein Taschentuch in der Hand, wischte sie aber nicht weg. Seine Schultern bebten.

»Gott sei Dank. Gott sei Dank«, flüsterte er. »Es ist vorbei … jetzt ist es vorbei … endlich vorbei …«

Zwanzig Minuten später verließen sie den Konferenzraum. Obwohl es ihnen schwerfiel, schüttelten alle drei Frauen Christy die Hand, bevor sie aus dem Raum gingen. Maeve, Julie und schließlich Liz. Christy McNamara wollte noch etwas sagen, brachte aber keinen Ton heraus. Er schluckte heftig und wandte sich ab.

Kapitel 29
Julie

»Vorsicht!«, schrie Julie auf, als Liz geradewegs auf den Straßengraben zusteuerte.

»Entschuldige«, flüsterte Liz. Sie saß am Steuer. Und sie telefonierte dabei.

»Ja, Eddie, ich weiß. Ja, das weiß ich auch. Ja … richtig«, sagte Liz beschwichtigend, während ihr Fahrstil immer chaotischer wurde. Sie warf Julie einen entschuldigenden Blick zu. »Du hast absolut recht. Ja, ich weiß, dass es peinlich ist … Ich weiß, dass er dir einen Gefallen tun wollte, indem er ihn in den Sommerferien bei sich jobben lässt. Aber wenn der Junge nicht in einer Steuerkanzlei arbeiten will, können wir ihn nicht dazu zwingen, Eddie. Ja … ja, das ist mir ebenfalls klar … Natürlich bin ich deiner Ansicht. Du hast absolut recht. Oh, natürlich. Doch wir müssen den Tatsachen ins Auge sehen. Tom will aus seinem Leben einfach etwas anderes machen … ja, ja, okay, Schatz. Hör zu, wir reden darüber, wenn ich wieder zu Hause bin. Versprochen. Bis dahin versucht, einander nicht an die Gurgel zu gehen … ja, ich dich auch.«

»Familienkrise?«, fragte Julie. Inzwischen war sie froh, dass sie sich nur um Bella und sich selbst zu kümmern brauchte. Der kurze Neid auf Liz' große Familie hatte sich inzwischen vollständig gelegt.

»Das kannst du laut sagen«, erwiderte Liz. »Eddie tobt. Er hat mit einem Freund vereinbart, dass Tom in den nächsten Sommerferien in einer Steuerkanzlei jobben kann. Doch Tom hat ihm gerade eröffnet, er hätte schon einen Job, und zwar als Aushilfe beim Arts Festival.«

»Und wo liegt das Problem? Ein Job ist ein Job.« Julie zuckte die Achseln.

»Das ist mir auch klar. Aber Eddie will erreichen, dass Tom einmal einen soliden Beruf ergreift.«

»Ach, herrje, der Junge ist doch erst siebzehn oder achtzehn.«

»Genau das sage ich ja auch. Wer weiß denn schon mit siebzehn oder achtzehn, was er einmal werden will?«

»Und was wirst du tun?«

»Nach dem, was ich heute gehört habe, werde ich ihn total in Ruhe lassen. Ich werde ein ernstes Wort mit Eddie reden. Und dann soll Tom selbst entscheiden, was er mit seinem Leben anfangen möchte. Er ist ein guter Junge, weißt du? Der kriegt das schon hin.«

»Klar.« Julie hielt inne. »Obwohl ich sicher bin, dass die Mutter der kriminellen Kray-Zwillinge das auch über ihren Nachwuchs gesagt hat …«

»Sehr witzig.« Liz lachte auf.

Julie dachte an Bella und fragte sich, wie sie wohl mit ihren Großeltern, die sie kaum kannte, zurechtkam. Sie vermisste sie und freute sich schon auf zu Hause.

Maeve schien froh gewesen zu sein, nach England zurückkehren zu können. Vinny hatte angeboten, sie zum Flughafen zu fahren. Seltsam. Vinny war mit Maeve nie so richtig warm geworden, und trotzdem schaffte er es immer, sich anständig, ritterlich und wie ein Gentleman zu verhalten.

»Wie geht es dir mit der ganzen Sache?«, erkundigte sich Liz.

»Mit den Enthüllungen von gestern Abend? Oder mit denen von heute Morgen? Wo soll ich anfangen?«

»Wahrscheinlich am besten bei Sarah, glaube ich ...«

»Nun, abgesehen davon, dass ich das alles sehr traurig finde, muss ich, wenn ich absolut ehrlich bin, zugeben, dass ich außerdem unbeschreiblich erleichtert bin. Nun brauchen wir uns wegen der Dinge, die passiert sind, keine Vorwürfe mehr zu machen – wenigstens ich mache mir keine mehr. Sarah wurde nicht entführt, vergewaltigt, niedergemetzelt oder irgendwo ins Moor geworfen. Doch was mich wirklich bedrückt, ist, dass ich nicht bemerkt habe, wie tief verzweifelt sie war. Manchmal wirkte sie ein wenig niedergeschlagen. Aber das war bei uns allen hin und wieder so. Außerdem war ich damals viel zu sehr mit meinen eigenen Problemen beschäftigt, um die von anderen Menschen wahrzunehmen.«

»Ich glaube, mit Anfang zwanzig sind wir alle ziemlich um uns selbst gekreist, meinst du nicht?«

»Ja, aber wir hätten es trotzdem mitkriegen müssen, Liz. Oder zumindest ich. Da war nämlich etwas. Inzwischen erinnere ich mich wieder. Sie hat mir nach der Sache mit Noel etwas erzählt.«

»Ja?«

»Rückblickend betrachtet, hätte ich es ernster nehmen müssen. Aber ich hatte selbst so viel um die Ohren.«

»Und was genau war das?«

»Nun, sie hat mir gesagt, dass sie eine Dummheit gemacht hatte, als sie zum ersten Mal durch die Prüfungen gerasselt war. Sie hatte sich mit Alkohol zugekippt und dazu

Tabletten genommen. Offen gestanden, habe ich nicht richtig darauf geachtet. Ich glaube, sie war sogar im Krankenhaus gewesen.«

»Wirklich? Davon wusste ich nichts.«

»Ja, und bis jetzt habe ich gar nicht mehr daran gedacht ...«

»Ich hatte keine Ahnung ...« Liz blinkte links, um von der Schnellstraße in Richtung Stadtzentrum abzubiegen.

»Was wird wohl jetzt aus Christy McNamara? Was passiert jetzt mit ihm?«, fragte Julie.

Sie hatte ihm geglaubt. Und abgesehen von einigen wenigen zweifelnden Blicken war sie sicher, dass Vinny und Martin Shaw ihm auch geglaubt hatten.

»Natürlich wird es eine Untersuchung geben. Ob strafrechtlich gegen ihn vorgegangen wird, hängt vermutlich von der Oberstaatsanwaltschaft ab.«

Kurz wandte Liz den Blick von der Straße ab und sah Julie achselzuckend an.

»Vermutlich wird man ihn zumindest wegen Versteckens einer Leiche anklagen, und was das andere betrifft ...«

»Glaubt Vinny ihm?«, erkundigte sich Julie.

»Ach, du kennst Vinny ja ... er ist ein Geheimniskrämer. Aber ich denke, schon ...« Liz schaltete die Klimaanlage ein.

»Ich glaube ihm. Ich *muss* ihm glauben. Weißt du, was ich damit meine?«

»Ja, Julie, ich weiß, was du meinst. Und ich glaube ihm auch.«

Schweigend saßen sie eine Weile da und dachten über ihre gemeinschaftliche Überzeugung nach.

»Und wie geht es dir sonst, abgesehen von den letzten beiden Tagen, Julie? Ich meine, wirklich?«, fragte Liz.

Julie sah ihre Freundin an. Sie wusste, dass die Frage ehrlich gemeint, wenn auch intim war. Offen gestanden, hatte Julie selbst lange über genau diese Frage nachgegrübelt.

»Weißt du was, Liz? Es war schwer. Viele Jahre lang war es sehr schwer. Und, ehrlich gesagt, habe ich den Verdacht, dass ich auch dann Mist gebaut hätte, wenn Noel nicht gestorben und Sarah nicht verschwunden wäre. Natürlich hat es das nicht besser gemacht …«

Liz nickte, unterbrach sie aber nicht.

»Ich muss mir eingestehen, dass ich mir wegen Noels Tod auf eine echt schräge Art selbst wehtun wollte. Verstehst du? Zum Beispiel, indem ich mich absichtlich an Leute gehängt habe, die eindeutig nicht gut für mich waren. Ich glaube, ich wollte mich bestrafen. Und wenn die Dinge dann unweigerlich den Bach runtergingen, hatte ich immer jemanden parat, auf den ich die Schuld abwälzen konnte. Soll ich dir was sagen, Liz? Justin war nicht der Schlimmste. Ich denke, ich habe ihm auch ziemlich zugesetzt.«

»Das ist wirklich sehr ehrlich von dir, Julie.«

»Ach, ja?« Julie lachte auf. »Es wird langsam Zeit, dass ich die Verantwortung für mein eigenes Handeln übernehme. Ich gebe mir große Mühe. Ich versuche es wirklich …«

Liz schaute weiter geradeaus. Sie nahm eine Hand vom Lenkrad und drückte damit fest Julies Hand. Die aufmunternde Geste sorgte dafür, dass Julie einen Kloß in der Kehle verspürte.

»Weißt du was, Liz?«, stieß sie hervor. »Ich glaube, es wird alles gut. Zum ersten Mal überhaupt glaube ich, dass alles gut wird. Aber jetzt genug von mir. Wie geht es dir? Du bist doch glücklich, oder, Liz?«

Liz blickte in den Seitenspiegel und überholte dann mit

Minimalabstand ein Taxi. »Oh, ich denke, schon. Vielleicht war es ja mein Schicksal, in Galway zu bleiben. Obwohl es nett gewesen wäre, ein bisschen mehr zu reisen. Vielleicht, wenn die Kinder aus dem Haus sind …«

»Nun, wir können ja auf alle Fälle Maeves Einladung annehmen, sie übers Wochenende zu besuchen«, erwiderte Julie.

»Hast du Lust dazu?«

»Oh, ja … ich kann es kaum erwarten, den Mann kennenzulernen, der es mit Maeve aushält!«, antwortete Julie.

»Du Miststück.« Liz lachte auf. »Auch wenn ich zugeben muss, dass ich genauso neugierig bin wie du!«

Julies Telefon läutete.

Es war Bella.

»Hallo, Liebes, ist alles in Ordnung?«

»Alles in Ordnung, Mummy«, erwiderte Bella. Ihr Kinderstimmchen klang sehr tapfer. »Ich habe mich nur gefragt, wann du mich abholen kommst? Großmutter hat gesagt, ich soll dich anrufen, weil sie später mit Großvater ausgeht, und wenn du nicht rechtzeitig da bist, wird sie Vorkehrungen treffen müssen …« Das arme Kind war atemlos.

»Keine Sorge, Schatz. Ich bin gerade unterwegs zum Bahnhof und sitze in einer halben Stunde im Zug nach Dublin. Richte deiner Großmutter aus, dass sie keine Vorkehrungen zu treffen braucht. Ich bin pünktlich da.«

»Also okay …« Eine kurze Pause. »Mummy?«

»Ja?«

»Hast du mir eine Überraschung besorgt?«

Mist! Das hätte sie beinahe vergessen. Sie würde etwas am Bahnhofskiosk kaufen.

»Aber natürlich.«

»Ich vermisse dich, Mummy.« Bellas Stimme klang verloren und einsam.

Julie wollte unbedingt nach Hause, um ihr Kind zu drücken, es auf die Apfelbäckchen zu küssen und es unter den Armen zu kitzeln.

»Bella scheint ein sehr nettes Mädchen zu sein …« Liz nahm die nächste Abfahrt von der Schnellstraße.

»Ist sie«, stimmte Julie zu. »Da sind eindeutig die besten Anteile von mir und Justin zusammengekommen.«

Als Julie im Zug nach Dublin saß, wurde sie von einem Gefühl ergriffen, das sie schon sehr lange nicht mehr gehabt hatte. Sie war sich nicht sicher, ob es sich um eine Gefühlsregung oder einen Sinneseindruck oder eine Zwischenform von beidem handelte. Es musste ein positives Gefühl sein, beschloss sie. Und zwar keines, das durch Medikamente oder Drogen ausgelöst worden war. Es war etwas Unverfälschtes und Reines, das sie seit sehr langer Zeit nicht mehr empfunden hatte. Sie kramte in ihrem Gehirn nach einem Wort, um es zu beschreiben. Und da fiel es ihr schlagartig ein.

Das Wort hieß Hoffnung.

Kapitel 30
Liz

Liz war nicht auf den Ansturm der Gefühle vorbereitet. Eine Reihe von längst vergessen geglaubten Bildern blitzte vor ihrem geistigen Auge auf. Erinnerungen meldeten sich Schlag auf Schlag. Sarah am Küchentisch in Hazel Park, wie sie mit einem roten Kugelschreiber ihre Mikrobiologieunterlagen attackierte. Sarah, wie sie die Unterschrift ihrer Mutter fälschte. Sarah, wie sie in der Mensa ihren Kugelschreiber ausweidete, um einen ahnungslosen Mitstudenten mit Kaffee zu bespritzen. Erinnerungen, die so lange geschlummert hatten.

Bis jetzt hatte Liz immer gedacht, dass Gerüche die wichtigsten Auslöser von Erinnerungen waren. Doch die von Sarahs Hand geformten Buchstaben zu sehen, hatten ihrem Gedächtnis einen viel heftigeren Schubs gegeben, als es ein Hauch ihres Anais-Parfums je hätte tun können.

»Ich dachte, du hättest es vielleicht gern. Ich wollte es nicht wegwerfen …«

Eva Devereaux reichte ihr die eselsohrige Ausgabe des Einakters, in dem Liz und Sarah im zweiten Semester aufgetreten waren. Das Buch war voller Kaffeeflecken, Notizen und Sarahs Kritzeleien.

»Danke.« Sie umarmte Eva und erschauderte in der Kälte vor dem Krematorium.

Die Zeremonie war nur kurz gewesen. Eine kleine Trauergemeinde. Wie die Devereaux es gewollt hatten. November, mitten in der Woche, mitten am Tag, sodass die meisten Menschen in der Arbeit waren und nichts von Sarahs letztem Abschied wussten. Nach dem Medienrummel rund um das Auffinden der sterblichen Überreste und die Obduktion wollten die Devereaux-Schwestern in Ruhe gelassen werden.

Liz, Maeve und Julie hatten in der Reihe hinter Eva und Aisling gesessen. Liz hatte versucht, sich auf das Foto im goldenen Rahmen zu konzentrieren, das auf dem Sarg stand. Auf das Foto eines nach außen hin glücklichen, sorglosen und gut aussehenden Mädchens. Sie hatte sich Mühe gegeben, nicht daran zu denken, was in dem Sarg lag, und die Bilder zu vertreiben, die sich ihr in den Kopf hatten schleichen wollen.

Es war nur passend, dass Sarah eingeäschert und nicht wieder in den kalten Boden gelegt werden würde, wo sie ein Vierteljahrhundert lang unentdeckt und ohne Trauerfeier geruht hatte. Und es war auch passend, dass ihre Asche später von Howth aus über der Irischen See verstreut werden sollte.

Im Laufe der letzten Monate hatte sie in ihrem Gedächtnis nach den fehlenden Hinweisen gesucht, die die folgenden Ereignisse hätten erklären können. Allerdings gab es keine einschneidenden Momente, keine Puzzleteilchen in ihren ersten Studienjahren, die sich zu einem logischen Bild hätten zusammenfügen lassen.

»Die Urteilsverkündung ist nächste Woche«, sagte Eva und hakte sich bei ihrer Schwester unter.

»Ich weiß«, erwiderte Liz und umklammerte das Buch mit dem Theaterstück. Sie hatte es nicht ansprechen wollen.

»Tod durch Unfall, hat die Obduktion ergeben.« Aisling erschauderte ebenfalls.

Liz nickte. Vinny hatte sie auf dem Laufenden gehalten.

Maeve trat von einem Fuß auf den anderen, um sich zu wärmen. »Darf ich dich etwas fragen?«, wandte sie sich an Aisling.

»Natürlich«, erwiderte Aisling lächelnd.

»Was war der Grund … für das, was sie getan hat … das habt ihr nie erzählt. Hat eine von euch vielleicht etwas geahnt? Wir wären nie darauf gekommen … es war für uns alle ein totaler Schock …« Maeve wies auf Liz und Julie.

»Ja, selbstverständlich war es ein Schock«, entgegnete Aisling. »Aber es war auch nicht völlig unerwartet …«

»Nein?«, wunderte sich Maeve.

»Wahrscheinlich wusstet ihr es nicht. Doch Sarah hatte so etwas schon einmal versucht. Als sie nach dem ersten Jahr durch die Prüfungen gefallen ist. Sie musste ins Krankenhaus. Mum ist ausgerastet. Sie hat alles getan, um es unter den Teppich zu kehren. Offen gestanden, glaubten wir damals, Sarah hätte es aus purem Trotz gemacht. Wir haben es nie als Hilfeschrei gedeutet …«

»Wollt ihr die ganze Wahrheit hören?«, unterbrach sie Eva und sah alle eindringlich an. Der Wind trieb ihr die Tränen in die Augen. »Meine Mutter war eine gnadenlose Frau. Man soll ja nicht schlecht über die Toten sprechen, doch es muss auf den Tisch. Sie war ein totales Miststück!«

»Eva!«, rief Aisling aus. »Genug davon. Nicht heute. Komm jetzt, wir wollen zum Mittagessen gehen.«

»Einverstanden«, meinte Liz, die keine Lust hatte, vor einem Krematorium in einen Familienstreit hineingezogen zu werden. »Wir treffen euch im Restaurant.«

Am nächsten Tag, nach einer weiteren Fahrt, hielten Liz, Maeve und Julie ihre eigene Zeremonie ab. Liz war mit dem Graben an der Reihe. Anfangs hatte sich der Boden recht leicht anheben lassen. Jetzt war die oberste Schicht feucht, schlammig und torfig. Wegen der körperlichen Anstrengung und der ständigen Windböen bekam sie kaum noch Luft. Sie musste unbedingt bald mit dem Rauchen aufhören. Ihre Hände waren vor Kälte fleckig, ihre Wanderstiefel doch nicht so wasserdicht, wie sie gedacht hatte.

Vielleicht war es ja schon zu spät im Jahr, aber sie würden einfach abwarten. Von ihrem Platz aus hatten sie das Auto im Blick. Sie befanden sich nur drei morastige Wiesen von der Straße entfernt, was hieß, dass man ihn im Vorbeifahren sehen würde. Das hatte Liz so gewollt. Sie wollte wieder hierherkommen. Und sie wollte ihn von der Straße aus erkennen können.

Sie hielt Julie den Stiel hin. »Du bist dran.«

Julie beugte sich in ihren Gummistiefeln vor und lehnte sich mit ihrem ganzen Gewicht auf die Schaufel. Die Erde war schwarz und wurde von den fasrigen Wurzeln von Heidekraut und anderen Wildpflanzen zusammengehalten. Über ihren Köpfen flatterte eine Möwe und kreischte gegen den Wind an.

In der Ferne, auf dem grauen, aufgewühlten Atlantik, tanzte ein Fischkutter. Liz zog ihren Schal fester um den Hals zusammen.

»Glaubt ihr, er geht an?«, fragte Maeve und schlug den Kragen ihrer Wachsjacke hoch.

»Ich glaube schon«, erwiderte Liz. Zumindest machte er einen gesunden Eindruck, und eine niedrige Steinmauer bot immerhin von einer Seite her Schutz.

»Tief genug?«

Julie blickte von ihrer Arbeit auf. Der Wind wehte ihr die Haare ums Gesicht.

»Tief genug«, bestätigte Liz.

Nachdem sie den Wurzelballen noch ein letztes Mal untersucht hatte, versenkte sie ihn vorsichtig in dem Loch. Breit genug war es auf jeden Fall. Wenn sie die Erde darum herum richtig festklopften, würde die Tiefe reichen, damit er Wurzeln schlug.

»Okay, sieht gut aus. Also füllen wir es auf«, befahl Liz.

Während sie und Maeve den knorrigen Stamm festhielten, füllte Julie das Loch und schichtete Erde an den Seiten auf. Dann steckte Liz eine Stange in den weichen Erdhügel und band den Weißdorn vorsichtig mit einem alten roten Kopftuch daran fest.

Der Wunschbaum war ihre Idee gewesen. Die Dinge, die sie in den vergangenen Wochen erfahren hatten, verlangten nach einer Geste, einer Kenntnisnahme der Ereignisse, und sei es nur von ihnen dreien. Nach etwas, um Sarahs Leben zu feiern.

»Du willst einen Baum pflanzen?« Maeve hatte skeptisch geklungen.

»Nicht einfach nur einen Baum, Maeve«, hatte Liz entgegnet. »Einen Wunschbaum …«

»Was zum Teufel ist denn ein Wunschbaum?«, hatte Maeve gefragt.

»Ach, so etwas hast du bestimmt schon oft gesehen. Draußen auf dem Land. Bäume am Straßenrand, normalerweise ist es ein Weißdorn, und an den Ästen hängen Stofffetzen …«

»Jetzt verstehe ich«, hatte Maeve gesagt. »Obwohl mir schon seit Ewigkeiten keiner mehr untergekommen ist …«

»Bei den Nomaden ist es Sitte, Stoffstreifen an Wunschbäume zu binden – jedes Stück Stoff steht für einen Wunsch«, hatte Liz erklärt.

Als der junge Weißdorn fest im Boden verankert war, zog Liz Maeve und Julie näher an sich heran. Sie standen dicht beisammen, als jede ein Stück Stoff an den Baum band und sich in Gedanken etwas wünschte.

»Dieser Weißdorn soll an Sarah erinnern und an all die schönen Zeiten, die wir mit ihr hatten. Wir pflanzen diesen Baum, um diesen Teil ihres Lebens zu feiern.«

Eine Träne lief Liz übers Gesicht. Sie musste einen Kloß in der Kehle hinunterschlucken, als sie mühsam fortfuhr. »Dieser Baum ist auch für uns. Er soll uns feiern. ›Was vergangen ist, gerade vergeht oder noch kommen wird.‹«

Sie kniete sich hin und steckte den Holzklotz, den ihr Sohn Tom geschnitzt hatte, in den Erdhügel über der Wurzel.

Sarah Devereaux 1966–1988
Ruhe in Frieden.